PIERRE LAGRANGE

TOD IN DER PROVENCE

Ein Fall für Albin Leclerc

FISCHER Taschenbuch

MIX
Papier aus verantwortungsvollen Quellen
FSC® C014496

4. Auflage: November 2019

Erschienen bei FISCHER Taschenbuch
Frankfurt am Main, Juni 2017

Dieses Werk wurde vermittelt durch
die Literarische Agentur Thomas Schlück GmbH,
30827 Garbsen

Satz: Dörlemann Satz, Lemförde
Druck und Bindung: GGP Media GmbH, Pößneck
Printed in Germany
ISBN 978-3-596-03254-9

PROLOG

Ich bin das Licht. Ich bin die Sonne, die in der Finsternis erstrahlt und dem Toten Geist einhaucht. Ich bin die Inspiration. Der Same und Quell. Das Leben. Der Schöpfer. Im Dunkel der Agonie, in der qualvollen Umnachtung, bin ich der Funke. Ich leuchte hell wie ein Feuer. Wie eine Supernova. Ich bin das Licht.

Der Mann stand inmitten des Gewölbes und breitete die Arme aus. Es war kühl, und der Raum war in den harten Schein zweier Halogenlampen getaucht. Die Fugen des alten Bruchsteinmauerwerks krochen wie schwarze Adern über die Wände. Winzige dunkle Flüsse voller Schatten, die auch auf dem Fußboden ein wirres Geflecht bildeten. Die Luft hier unten war feucht, schal und verbraucht. Sie roch schwach nach Moder, nach Chemie und nach Elektrizität. Der betörende Duft des mannshohen Lorbeerbaumes jedoch überlagerte alles andere.

Der Mann schloss die Augen. Er atmete tief ein. Er atmete tief wieder aus. Für einen Moment begann die Welt um ihn herum zu taumeln. Er dachte an die weiße Haut. Weiß wie Milch und Marmor und die blassblauen Venen darunter. Er stellte sich die Bewegung vor, voller Anmut und Grazie. Unter den schlanken Füßen und den leichten Schritten würde man das Wispern des Laubes hören. Bei dem Gedanken daran erfasste ihn ein so heftiges Schaudern, dass er sich an der Tischkante festhalten und danach tasten musste wie ein Blinder. Dann öffnete er die Augen wieder. Was er sah, versetzte seinem Herzen einen Stich und erfüllte es blitzartig mit tiefer Liebe, Demut und heißem Verlangen. Er spürte, wie der Schweiß von innen gegen die Poren drängte, ohne einen Weg hinaus zu finden. Der Puls wühlte wie ein lebendiges Wesen in seinen Adern. Doch dann war der Augenblick vorüber. In ihm breitete sich wieder die traurige Leere aus, denn das Knistern des Laubes und das Brechen kleiner Äste würde er niemals hören können, wenn sich nicht endlich etwas ergab.

Langsam drangen die Umgebungsgeräusche zurück in sein Bewusstsein. Das leise Summen der Generatoren. Das Plätschern. Er betrachtete die zuckende Form vor sich. In dem kalten Licht wirkte sie noch weißer als in seiner Vorstellung. Wie nicht von dieser Welt. Er griff nach vorne, bewegte den Drehregler des Trafos, um die Spannung der Impulse zu verringern. Das Plätschern wurde leiser, weil die Bewegungen der Form schwächer wurden. Eine Form, die ein Michelangelo aus dem Stein befreit haben könnte. Schmal und elegant, dennoch kraftvoll. Wunderschön, nahezu perfekt – und doch so unvollständig. Der Mann seufzte und stellte den Strom ganz aus, worauf die Bewegungen wie bei einer an Land gezogenen Forelle nachließen und schließlich erstarben.

Er zog die Gummihandschuhe über und griff in den Glastank. Mit Daumen und Zeigefinger entfernte er die Krokodilklemmen aus dem Fleisch, in dem kleine Metalldrähte steckten. Sie würden später mit den anderen verknüpft, aber es war noch nicht an der Zeit dazu. Das Material war noch unvollständig. Erneut dachte der Mann an das Knistern des Waldbodens, als er die anderen Klemmen unterhalb des Knöchels löste, wo sich ebenfalls Kupferdraht befand – und wo eindeutig noch etwas fehlte.

1

DIE SOMMERLUFT DER PROVENCE lag an diesem Juniabend schwer und duftend auf dem noch glühenden Land. Die Felsen am Col de Murs strahlten die Hitze des Tages ab. Der graue Stein, an dem sich Bäume, Büsche und Flechten festklammerten, schoss links und rechts der Straße schroff in die Höhe. Der Himmel darüber hatte beinahe die Farbe der blühenden Lavendelfelder angenommen, die Nicole und Pierre eben an der Abbaye de Sénanque kurz hinter Gordes passiert hatten. Bald würde ein klarer Mond aufgehen. An einem Tag wie heute und einem Abend wie diesem dachte jeder nur ans Leben, das man genießen, aufsaugen, einatmen musste. Aber, wie immer, gab es Ausnahmen – denn Pierre war wütend. Richtig wütend. Er fuhr mit seinem kleinen Peugeot in einem irren Tempo durch die engen Serpentinen des Höhenzuges, der wie ein kleiner Bruder des einige Kilometer südlich verlaufenden Luberon wirkte. Ein Glück, dass die alte verbeulte Karre überhaupt noch fuhr. In jeder scharfen Kurve quietschten die Reifen, und die Türverkleidungen klapperten.

Nicole schwieg. Sie hielt ihre nackten Füße nach draußen, um sie vom Fahrtwind kühlen zu lassen, denn der Peugeot hatte keine Klimaanlage. Durch das offene Fenster strömte der Geruch von Pinien herein. Nicht ein Auto war ihnen bislang entgegengekommen. An Wochenenden herrschte hier weitaus mehr Verkehr. Auf der Hochebene gab es viele Möglichkeiten zum Picknicken an fest installierten Tischen und Bänken, die gerne von großen Familien genutzt wurden. Es waren Touristen und Hobbyfotografen unterwegs, die sich an der pittoresken Landschaft erfreuten oder die rätselhaften Steinhaussiedlungen bei Gordes, die Bories, besichtigen wollten. Oder natürlich die Abtei von Sénanque, wo man zu den Mittagsmessen gregorianischen Gesängen in der Sonnenglut lauschen und Lavendelhonig kaufen konnte, den die Mönche selbst herstellten. Aber an einem ganz normalen Wochentag wie heute hatten alle etwas Besseres zu tun, als durch die provenzalische Landschaft zu rasen und sich dabei zu streiten. Überhaupt fuhren Nicole und Pierre nur deswegen hier entlang statt auf der Bundesstraße, weil Pierre in seinem Wutausbruch vorhin im Kreisverkehr falsch abgebogen war.

»Du kannst mich mal«, brüllte er jetzt und quälte sich mit dem Zigarettenanzünder ab. Es gelang ihm nicht, sich eine weitere Zigarette anzustecken. Also drehte er stattdessen die Musik ohrenbetäubend laut an. Basslastiger Raggamuffin von Raggasonic.

Nicole gab ein genervtes Murren von sich und fuhr sich durch das feuerrote Haar, in das einige Strähnen geflochten waren.

»Ich kann dich mal?« Nicole verdrehte die Augen und spreizte die Zehen. An zweien steckten Ringe. »*Du* kannst mich mal! Oder besser gesagt: Du kannst mich überhaupt nicht mehr, du Idiot!«

»Verfickte Schlampe!«

Pierre hieb mit der Faust aufs Lenkrad. Der Peugeot machte in der langgestreckten Kurve einen Satz nach links.

Brach beinahe aus. Die Reifen quietschten noch lauter als bisher. Nach zwei hektischen Lenkbewegungen war der Wagen wieder in der Spur. Pierre starrte Nicole aus wütenden Augen an, anstatt auf die Straße zu achten. Sie bemerkte Schweißtropfen in seinem Bart und an seinen Schläfen.

Männer wie Pierre hatten ihren bescheuerten Stolz, so war das eben. Er war der Mann, sie war die Frau. Er sagte, was lief. Fertig. Und da konnte er sich noch so sehr als Freigeist darstellen, als Vagabund, der sein Geld mit Straßentheaterprojekten und als Jongleur auf dem Platz vor dem Papstpalast in Avignon verdiente. Er konnte sich mit weiteren hippen Tätowierungen und Piercings pflastern, um sein Anderssein zu unterstreichen, und noch mehr kiffen und von morgens bis abends mit weltoffenen Leuten in den alternativen Studentenclubs abhängen und über Freiheit dozieren. All das würde nichts daran ändern, dass er sich manchmal wie ein idiotischer Macho benahm und Nicole als sein persönliches Eigentum ansah.

Was sie natürlich nicht mit sich machen ließ. Deswegen fauchte sie: »Fick dich selber und guck auf die Straße, statt mich anzuglotzen!«

»Aha.« Er nickte vor sich hin. »Soso. Weißt du was? Ich sage dir was.«

Verdammt, er sollte lieber die Klappe halten, dachte Nicole. Jedes Mal diese blöde Tour. Heute regte er sich so auf, weil sie bei Benedicte und Josie in Gordes zum Grillen gewesen waren. Benedicte arbeitet dort in einer kleinen Galerie, wo sie allen möglichen Schnickschnack an die Touristen verkaufte. Vor allem an die Amerikaner, die alle Stationen aus sämtlichen Peter-Mayle-Büchern über die Provence abklapperten und unbedingt in dem Restaurant essen wollten, in dem Russell Crowe in Ridley Scotts Film »Ein gutes Jahr« gegessen hatte. Dem Ridley Scott von »Alien« und »Gladiator«, der im Luberon lebte. Wie so ein paar weitere Hollywoodleute.

Jedenfalls hatte sich Benedicte damit verplappert, dass Nicole ihr für ein paar Aktbilder Modell gestanden hatte, weil sie fand, dass Nicoles Körper perfekt dafür geeignet war. Wie der einer Elfe, was wiederum Nicole sehr geschmeichelt hatte. Pierre wusste von alledem aus gutem Grunde nichts – von den Aktbildern nicht und nicht von den Komplimenten. Denn Nicole war klar, dass ihm das ganz und gar nicht passen würde. Und damit sollte sie recht behalten. Denn Benedicte stand auf Frauen. Sie war zwar im Prinzip mit Lilou verheiratet, aber für Pierre schien das keine Rolle zu spielen. Er regte sich also darüber auf, dass Nicole ihn hintergangen hatte. Er regte sich darüber auf, dass Nicole sich für Benedicte ausgezogen und ihn vielleicht mit Benedicte oder Josie oder womöglich sogar mit beiden zusammen betrogen haben könnte. Er regte sich erst recht darüber auf, dass eventuell Nicoles nackter Körper in Rötel und Acryl in Dutzenden Haushalten in Arizona oder sonst wo von fetten amerikanischen Kapitalisten angestarrt werden würde. In der Folge war er beim Grillen ausgerastet, nicht mehr zu beruhigen gewesen, aufgesprungen und zum Auto gerannt. Nicole, wie so oft, war mit den Achseln zuckend und einem entschuldigenden Blick hinter ihm hergelaufen.

Jetzt brüllte er: »Ich sage dir was! Du kannst selbst auf die beschissene Straße achten!«

Und damit trat er auf die Bremse. Der Wagen machte einen plötzlichen Ruck – Nicole ebenfalls. Die Sicherheitsgurte schnitten ihr ins Fleisch. Pressten ihren Brustkorb zusammen.

Sie keuchte, zog schnell die Beine ins Innere, als der Wagen stand.

»Raus«, sagte Pierre.

»Was?«

»Raus!«

Er beugte sich vor, drückte auf den Auslöser des Sicherheitsgurtes auf Nicoles Seite, löste ihn. Er schnauzte: »Raus aus meinem Wagen. Geh von mir aus zu Fuß, mir egal, aber ich fahre kein Stück mit dir weiter!«

»Spinnst du jetzt völlig?«

Nicole starrte ihn fassungslos an und wartete darauf, dass er sagte, das sei alles nur ein Spaß. Was er aber nicht tat. Stattdessen löste er seinen eigenen Gurt, beugte sich über Nicole hinweg und öffnete die Beifahrertür. Er stieß sie umständlich auf und versuchte dann, Nicole nach draußen zu bugsieren. Er roch nach Schweiß. Nach bitterer Wut. Nicole widersetzte sich. Pierre griff nach ihr. Seine Hand umklammerte Nicoles Oberarm wie ein Schraubstock.

»Lass mich los!« Sie kreischte, denn so hatte sie ihn noch nie erlebt. Er wirkte regelrecht gewalttätig. Er machte ihr Angst. Große Angst.

Pierre brüllte wieder: »Raus!«

Nun stemmte er sich mit allem Gewicht gegen sie. Nicole wollte sich mit der einen Hand irgendwo festhalten, fand aber keine Möglichkeit dazu. Mit der anderen wollte sie sich aus Pierres Griff lösen. Was ihr nicht gelang. Schließlich purzelte sie auf die Straße. Fiel aufs Knie und den Ellenbogen. Hörte die Engel singen, weil sie mit dem Musikantenknochen aufgeschlagen war. Schließlich versuchte sie, sich aufzurappeln, halb im Straßengraben in einem großen Rosmarinbusch, halb auf der Straße. Als sie sich umdrehte, sah sie, wie Pierre die Tür wieder zuzog und durch das offene Fenster auf der Beifahrerseite brüllte: »Schön auf die Straße achten! Schlampe!«

Dann gab er Vollgas und fuhr mit durchdrehenden Reifen davon. Im nächsten Moment war der Peugeot ausgangs der Schlucht am Col de Murs in einer Kurve verschwunden.

»Verdammt!«, rief Nicole mit sich überschlagender Stimme und stand umständlich auf.

Der blöde Idiot hatte sie wirklich aus dem Wagen geworfen. Hier, mitten im Nirgendwo. Das war kein Albtraum, das stimmte wirklich – und das verdeutlichten ihr nicht nur der singende Ellenbogen und das blutige Knie. Das signalisierte ihr auch das sich entfernende Motorengeräusch, das nach kurzer Zeit mit dem Zirpen von unzähligen Grillen verschmolz. Um sie herum gab es nichts als Natur und das sich dahinschlängelnde Band der Straße, der D4, die wie ein Flickenteppich aussah und deren Oberfläche sich warm und rau unter ihren Füßen anfühlte. Die D4 führte entweder eine ganze Menge von Kilometern zurück nach Gordes und zur Abtei von Sénanque – oder nach Venasque, einem kleinen Bergdorf, in der anderen Richtung. Was ebenfalls einige Kilometer waren.

Scheiße, dachte Nicole. Diesen langen Weg? Das würde ja Stunden dauern. Und dann keine Schuhe, nur in Shorts und ihrem Batik-T-Shirt, denn alles andere befand sich in ihrer Umhängetasche. Handy, Schlüssel, Zigaretten. Geldbörse. Ein Pullover. Eine angebrochene Flasche Wasser. Und die Tasche war noch im Wagen. Vor allem das Handy fehlte, denn damit hätte sie aus dieser verdammten Einöde irgendwen anrufen können, um abgeholt zu werden. *So ein Mist!* Und Autos kamen hier keine vorbei. Ihr blieb nur eines übrig:

zu laufen. Nach Gordes, Sénanque oder Venasque – in einen Ort, wo sie telefonieren konnte. Vielleicht in einem Bistro, oder in einem Café.

»Ich hasse dich, Pierre!«, schrie Nicole in den Abendhimmel. Sie schluchzte vor Wut. Tränen stiegen ihr in die Augen. Ihre Nase lief.

»Mistkerl!«

Nicole ballte die Fäuste. Schnaufte. Lauschte. Überlegte und hoffte. Vielleicht hatte Pierre es sich doch wieder anders überlegt. Wollte ihr nur auf seine Art zeigen, wo es langging und wer der Chef war. Vielleicht würde er zurückkommen und sie wieder aufsammeln, weil sich sein schlechtes Gewissen meldete und ihm klarwurde, dass er das nicht bringen konnte, sie allen Ernstes hier allein zurückzulassen.

Aber es kam niemand. Es zirpten nur die Grillen. Kein sich näherndes Motorengeräusch. Kein Pierre. Niemand. Es passierte überhaupt nichts. Gar nichts. Und schließlich entschied Nicole, sich in Bewegung zu setzen und in die Richtung zu gehen, in der auch der Peugeot verschwunden war. In Richtung Venasque.

2

NACH EINER WEILE wurde das Land flacher, die Straße gerader, und das verbleibende Tageslicht wandelte sich zu einem dunklen, samtenen Schwarz. Der Mond verbarg sich hinter einigen Schleierwolken und konnte die Straße nur schwach erhellen. Nicole trottete vor sich hin und beschloss, dass es mit Pierre nun ein für alle Mal vorbei war. Diese Entscheidung beflügelte ihren Schritt. Nur ab und zu blieb sie stehen, strich ein paar kleine Steine unter den Füßen fort, die sich schmerzhaft in die Sohlen gegraben hatten. Und ging weiter.

Halb rechts sah sie nun das dunkle Massiv des Mont Ventoux, der die wildromantische Landschaft der Provence wie ein Götterolymp dominierte. Nicole wusste, dass er den Kelten als heiliger Berg gegolten hatte. Heute war er etwas Ähnliches für Radsportler und Tour-de-France-Anhänger. Nicole musste an den vernarbten Rücken eines gigantischen urzeitlichen Wesens denken, dessen Buckel aus dem Meer auftauchte. Unter dem fast zweitausend Meter hohen Gipfel lag ein riesiges Schotterfeld, das auch in diesem Licht noch zu erkennen war. Es sah stets ein wenig so aus, als habe es dort gerade geschneit.

Mit Erleichterung erkannte sie schließlich links die Lichter von Venasque, das wie ein Schwalbennest an einem riesigen Felsen zu kleben schien. Irgendwo vor ihr müsste sich bald die Straße gabeln, dachte sie. Und dann näherte sich ein Motorengeräusch.

Nicole blieb stehen, spähte nach vorn und nach hinten, um zu verorten, aus welcher Richtung es kam. Eine Minute verstrich, bis zwei Abblendlichter zu erkennen waren. Sie kamen rasch näher und gehörten zu einem Wagen, der allerdings nicht der von Pierre zu sein schien. Er war größer und neuer. Aber immerhin war es ein Auto, und in diesem Auto saß ein Fahrer, der ihr vielleicht helfen würde. Sie ein Stück mitnehmen, denn ihre Beine fühlten sich inzwischen reichlich schwer an, und ihre Füße taten weh. Also stellte sie sich halb auf die Fahrbahn und gestikulierte mit den Armen, um auf sich aufmerksam zu machen. Mit Erfolg. Der Wagen verlangsamte sein Tempo. Fuhr rechts ran und hielt mit laufendem Motor. Nicole lief hin.

»Brauchen Sie Hilfe? Hatten Sie einen Unfall?«, fragte der Fahrer durch die zur Hälfte geöffnete Seitenscheibe. Daraus schlug Nicole ein Schwall eiskalter Luft entgegen. Die Klimaanlage musste auf Anschlag stehen.

»Sie schickt der Himmel«, sagte Nicole mit einem glücklichen Lächeln, beugte sich vor und strich sich das Haar aus dem Gesicht. »Es gab keinen Unfall. Mein Freund und ich hatten einen Streit. Der Idiot hat mich einfach aus dem Wagen geworfen …«

Der Fahrer blickte Nicole ausdruckslos an. Musterte sie. Warf einen Blick nach unten.

»… und vielleicht könnten Sie mich ein Stück mitnehmen. Bis nach Venasque oder Carpentras, je nachdem. Das würde mir sehr helfen. Ich laufe schon seit fast einer Stunde zu Fuß.«

»Sie tragen gar keine Schuhe.«

»Nein. Leider nicht. Und es ist bald Nacht, und …«

»… und Ihr Freund ist fort, der Schuft. Sie sind ganz allein, und der Weg ist weit.«

Nicole nickte.

»Es hat noch niemand für Sie angehalten?«

»Nein, hier kam bisher niemand entlang. Und mein Handy und alles sind noch im Wagen meines Freundes – Ex-Freundes, muss ich wohl sagen …« Sie seufzte. »Es ist fürchterlich.«

»Woher kommen Sie?«

»Aus Avignon.«

Der Mann schien zu überlegen. Sah sie schließlich wieder an. »Aber natürlich«, sagte er und machte eine Geste. »Steigen Sie bitte ein. Ich fahre zwar nicht nach Avignon, aber ich helfe Ihnen.«

Nicole fiel ein Stein vom Herzen. Es gab doch noch gute Menschen. Sie sagte: »Das ist sehr freundlich von Ihnen, vielen Dank.«

Der Mann nickte und ließ das Fenster wieder nach oben surren. Nicole lief um den Wagen herum, öffnete die Beifahrertür und stieg ein. Drinnen war es wirklich eiskalt.

»Vielen Dank«, wiederholte sie, schloss die Tür und griff nach dem Sicherheitsgurt.

»Keine Ursache«, erwiderte der Mann.

Er wartete, bis Nicole angeschnallt war, sah zwischendurch immer wieder in den Rückspiegel und nach vorne, als wolle er sich vergewissern, dass er gefahrlos wieder auf die Straße einscheren konnte.

Der Mann fragte: »Möchten Sie einen Schluck trinken? Etwas Mineralwasser?«

Nicole nickte und fröstelte ein wenig. »Das wäre himmlisch. Meine Kehle fühlt sich an wie die Wüste Gobi.«

»Dagegen sollten wir etwas tun.« Mit der rechten Hand

öffnete der Mann ein Fach in der Mittelkonsole zwischen den Sitzen, griff hinein und schien in dem Fach nach einer Flasche zu suchen. »Ihr Haar hat eine beeindruckende Farbe. Ist sie echt, wenn ich fragen darf?«

Nicole zögerte ein wenig mit der Antwort. Es erschien ihr merkwürdig, dass der Mann danach fragte. »Ja«, antwortete sie schließlich. »Da ist nichts gefärbt.«

Der Mann nickte. Sah noch einmal in den Rückspiegel. Dann schien er gefunden zu haben, wonach er suchte, und nahm es aus der Mittelkonsole. Es sah aber nicht nach einer Flasche Wasser aus. Es ähnelte viel mehr einer Fernbedienung, die er nun mit einem Ruck hochnahm und Nicole gegen die Halsschlagader presste.

Sie hatte keine Zeit zu reagieren oder nachzudenken. Ein heftiger Schlag ließ ihren Körper zucken. Alle Muskeln schienen sich gleichzeitig zu verkrampfen. Sie biss sich auf die Zunge – und verlor das Bewusstsein.

Sie kam erst wieder zu sich, als sie einen heftigen Schmerz im Rücken wahrnahm. Eine Tigerpranke schien ihr das Fleisch von den Knochen zu reißen. Sie wollte aufschreien, aber das ging nicht. Etwas steckte in ihrem Mund. Sie bekam einen Erstickungsanfall, musste husten, würgen, sich beinahe erbrechen. Aber auch das war nicht möglich, weil etwas ihre Mundhöhle wie mit einem Korken verschloss. Nicole atmete hektisch durch die Nase, riss die Augen weit auf und starrte in den schwarzen Nachthimmel. Bäume oder Büsche glitten an ihr vorbei. Sie hörte ein Ächzen oder Schnaufen, Schaben. Sie wollte nach irgendetwas greifen, um sich daran festzuhalten. Aber auch das war nicht möglich. Anscheinend waren ihre Hände gefesselt.

Wieder war da dieses Gefühl am Rücken. Als hätte ihr jemand einen Topf mit kochendem Wasser über die Haut gegossen. Und nun wurde Nicole klar, dass sie auf dem Rücken liegend über den Boden gezogen wurde. Scharfe Steine schnitten ihr die Haut auf. Das Leben schoss in sie zurück. Sie wollte sich winden, drehen, wegrennen. Doch sie musste feststellen, dass nichts davon machbar war, denn ihre Beine waren an etwas fixiert. Sie verdrehte die Augen. Ihr gelang der Blick auf einen dicken Holzbalken. An dem Balken waren ihre Knöchel festgebunden. Keine Chance, sich zu bewegen. Und dort unten sah sie im Mondlicht den Mann. Den Mann, in dessen Auto sie gestiegen war, der sie mit einem Elektroschocker betäubt, gefesselt und hierhergeschleppt haben musste.

Er hockte neben dem Balken. Nicole spürte seine Hände an ihren Fußsohlen. Er schien dort Schmutz fortzustreichen. Dann sah er zu ihr hin, während sie mit aller Kraft an dem schweren Holz ruckte. Sie gab erstickte Schreie von sich und starrte panisch zu dem Kerl, der sich nun aufrichtete. Er hielt etwas in der Hand.

»Sie haben sehr schöne Füße«, sagte der Mann und atmete schwer. »Ich werde sie mitnehmen.«

Bevor sie seine Worte verarbeiten konnte, verstand Nicole, was er in der Hand hielt. Der blanke Kopf aus poliertem Edelstahl blitzte im Mondschein hell auf, als der Mann mit der langstieligen Axt weit ausholte und sie in Richtung des Balkens niedersausen ließ.

3

ES KRACHTE LAUT. Ein abscheuliches Geräusch. Einen Moment später breitete sich eine rote Pfütze aus. Klebrige Spritzer verteilten sich überall. Hanna keuchte genervt. Da stand sie nun in der Küche ihrer Etagenwohnung in Hamburg-Eppendorf, hatte das Chaos endlich besiegt, und jetzt das. Also stellte sie die randvolle Tüte mit den Resten von verschmierten Servietten, Luftschlangen und Geschenkpapier zur Seite, statt sie zum Müll zu bringen. Sie hob den Topf mit der restlichen Tomatensoße wieder auf, den sie gerade mit einer unbedachten Bewegung von der Anrichte gestoßen hatte, und nahm einen Lappen, um die Bolognese vom Boden aufzuwischen.

Es war inzwischen fast elf Uhr abends. Alle Fenster standen offen, denn es war heiß. Auch in der Nacht noch. Von draußen summte das Lied der Straße ins Innere des Altbaus mit seinen hohen Räumen und stuckverzierten Decken. In der Küche summte das Lied des Geschirrspülers, den Hanna eben zum zweiten Mal mit den Hinterlassenschaften der Party zu Lillys sechstem Geburtstag gefüllt hatte.

Sechs Jahre – wie schnell war nur die Zeit verflogen? Gestern noch ein Baby, heute eine naseweise kleine Prinzessin mit lackierten Fingernägeln, die eben erst eingeschlafen war, weil die Aufregung über die Feier und die vielen Geschenke noch anhielt. Okay, und natürlich hatte sie auf ihren Vater gewartet, klar – und war darüber so müde geworden, dass sie endlich die Kurve bekommen hatte. Während Mama alles aufräumte und putzte.

Als Hanna die Soße vom Boden gewischt hatte, stand sie auf, streckte den Rücken durch, warf den Lappen in die Spüle, wusch ihn aus und hängte ihn über den Wasserhahn.

Fertig. Sie auch, und zwar total.

Hanna atmete tief durch, nahm die Flasche Wein und ein Glas und ging ins Wohnzimmer, das heute Nachmittag und am frühen Abend noch der Schauplatz des Prinzessinnen-Geburtstags mit sechs entfesselten Mädchen in rosa Kleidchen und Glitzer-Diademen gewesen war – Lilly eingeschlossen. Sie hatte für jedes vollendete Lebensjahr eine Freundin einladen dürfen. Wie sollte das bloß erst mit zehn Jahren werden, dachte Hanna und ließ sich auf das Sofa fallen, wo sie sich das Glas vollgoss und einen großen Schluck trank. Von einem Moment auf den nächsten spürte sie, wie kaputt sie tatsächlich war. Die Kissen wollten sie beinahe in sich aufsaugen. Gerade als sie die Beine ausstreckte, hörte sie, wie der Schlüssel in der Wohnungstür herumgedreht wurde. Die Tür öffnete und schloss sich wieder. Eine schwere Tasche wurde abgestellt. Dann Schritte auf den Holzdielen. Und schließlich erschien Niklas im Eingang zum Wohnzimmer. Ein entschuldigendes und trauriges Lächeln auf den Lippen. Er machte mit beiden Armen eine Geste, die Hanna wohl bedeuten sollte, dass er machtlos gegen die Umstände gewesen war.

Was Hanna anders sah und deswegen nichts weiter sagte als: »Na?«

Niklas kam herüber. Beugte sich runter, um Hanna einen Kuss zu geben. Sie wich aus, so dass er nur ihre Wange erwischte. Setzte sich mit einem Ächzen neben sie, wischte sich durchs Gesicht und sagte: »Es tut mir wirklich leid.«

Hanna sagte nichts. Ihr tat es ebenfalls leid. Leid, dass Niklas den sechsten Geburtstag seiner Tochter verpasst hatte. Leid, dass Lilly auf Papa warten musste, der nicht kam. Leid, dass sie mit der ganzen Arbeit und der Ausrichtung der Party alleingelassen war. Leid, dass Niklas sein Job inzwischen über alles ging, der längst über ihn hinauswuchs, ihn auffraß und alle mit verschlang, die ihm nahestanden.

Niklas erklärte: »Auf der Baustelle hat es länger gedauert. Die Abnahme eines solchen Gebäudes ist sehr komplex, und man muss hier und da nachbessern.«

Niklas war Architekt und arbeitete seit einigen Jahren selbständig. Er wurde von größeren Büros angeheuert, um umfangreiche Projekte zu unterstützen oder sie komplett zu leiten und zu planen. Manchmal war er mit mehreren Aufträgen gleichzeitig beschäftigt und arbeitete oft auch von zu Hause aus. Das war jedoch nicht immer möglich, und wenn es in die Umsetzungsphasen kam, war Niklas oft viel unterwegs. Das Architekturbüro, für das er im Moment arbeitete, baute gerade einen gigantischen Glaspalast in Berlin. Eine Shopping-Mall. Niklas war die ganze Woche über dort gewesen. Heute war nun Freitag.

Er redete weiter: »Das Flugzeug hatte Verspätung. Ich musste noch mal in die Firma …«

»Ich weiß, das hast du mir alles gemailt.« Hanna trank noch einen Schluck und starrte an Niklas vorbei.

»Es ist ein wirklich wichtiges Projekt.«

»Deine Familie ebenfalls, nicht?«

»Ihr seid doch kein Projekt.«

Hanna schwieg.

Niklas ebenfalls. Dann sagte er: »Du bist sauer.«

»Nein, enttäuscht.«

»Es war eine Ausnahmesituation.«

Hanna sagte nichts.

»Hey, es ist ein Zwanzig-Millionen-Euro-Bau, und wenn das Projekt abgeschlossen wird, dann muss ich als Architekt da hin. Da gibt es kein Wenn und kein Aber.«

»Du hättest auch wen anders schicken können.«

»Zur Bauabnahme und für Nachbesserungen kann ich niemanden schicken. Das weißt du doch ganz genau.«

»Pff.«

Das mochte vielleicht stimmen. Andererseits sagte er das andauernd. Musste alles persönlich machen, konnte und mochte nichts delegieren. Arbeitete bis in die Nacht, kam völlig erledigt nach Hause oder gar nicht erst aus seinem Arbeitszimmer heraus. War gedanklich frühmorgens schon wieder bei der Arbeit, mailte am Wochenende hin und her, war dauernd gereizt, hatte Schlafstörungen und dabei ständig das Gefühl, trotz aller Arbeit nichts zu schaffen.

Als es vor einiger Zeit immer schlimmer damit geworden war, hatte Hanna darüber mit Henry telefoniert, der sagte, das seien Symptome eines Burn-outs und dass es sogar noch schlimmer damit werden könne. Henry war Hannas Bruder. Er lebte in Frankfurt und hatte eine Praxis für Psychotherapie. Niklas mochte ihn nicht, hatte sich aber von Hanna dazu überreden lassen, mit Henry zu reden. Und Henry hatte ihn davon überzeugt, wenn nicht mit einem Facharzt, dann wenigstens einmal mit seinem Hausarzt wegen der Schlafstörungen und Überlastungen zu sprechen. Der Arzt hatte Niklas gesagt, es gebe ambulante Therapien, und verschrieb ihm ein Antidepressivum. Niklas' Antwort war gewesen, dass er das für Unsinn halte, denn jeder in der Firma arbeite so viel wie er, und die Schachtel mit den Tabletten hatte einige Wochen lang ungeöffnet im Küchenschrank gelegen. So lange, bis Hanna eine Pillendose mit Fächern für jeden Tag gekauft, die Tabletten einsortiert und sie im Badezimmer am Waschbecken auf Niklas' Seite gestellt hatte. Dann hatte sie erklärt, dass sie ab jetzt jeden Tag nachprüfen werde, ob er sie auch nehme – und er sich andernfalls auf etwas gefasst machen konnte. Es klappte leidlich. Wenigstens nahm er inzwischen ab und an mal eine, damit Hanna Ruhe gab. Was besser war als gar nichts.

Bei alledem machte sich Hanna manchmal insgeheim Gedanken darüber, ob Niklas sich in Bezug auf Henry und Ärzte, Tabletten und eine Therapie vielleicht deswegen so stur anstellte, weil mit ihm tatsächlich alles in Ordnung war. Weil er die viele Arbeit nur vorgab und in Wahrheit eine Affäre hatte, aber nun sprichwörtlich bittere Pillen schluckte, damit seine Tarnung nicht aufflog. Hanna hatte sich sogar schon dabei erwischt, dass sie heimlich an seinen Hemden roch, bevor sie in die Waschmaschine wanderten. Dass sie in seine Sakkotaschen fasste, um zu sehen, ob sie dort zum Beispiel zwei Theaterkarten fände. Einmal starrte sie sogar fünf Minuten auf sein Handy, während er in der Badewanne lag – unentschlossen, seine SMS zu lesen oder den Rufnummernspeicher zu überprüfen. Dabei war es nur ein vager Verdacht. Ein unbestimmtes Gefühl, als ob man manchmal glaubt, möglicherweise eine Erkältung zu bekommen. An anderen Tagen hasste sie sich dafür und hielt das alles nur für Blödsinn und sich selbst für hysterisch.

»Wie war die Party?«, fragte Niklas. »Alles gut?«

Hanna schob ihm kommentarlos den kleinen Fotoapparat hin, der auf dem Wohnzimmertisch lag. Er griff danach, schaltete ihn ein und betrachtete auf dem Display Hannas fotografische Dokumente. Lilly mit Geburtstagskuchen. Grinsend und mit Zahnlücke. Lilly mit Geschenk. Mit Freundinnen. Das ganze Zimmer voller Kinder und Mütter. Lilly beim Auspacken von Geschenken. Lilly beim Sackhüpfen und mit von Bolognesesoße verschmiertem Mund …

Aus den Augenwinkeln sah Hanna Niklas schmunzeln. Seine Gesichtszüge waren weich, liebevoll und immer noch etwas traurig. Sicher wäre er sehr gerne dabei gewesen. Und sie hatte vielleicht etwas zu hart reagiert. Aber dennoch …

Er fragte: »Hat sie sich über das Geschenk gefreut?«

Hanna nickte. »Hängt schon über ihrem Bett. Kannst du dir ja morgen früh ansehen.«

Es handelte sich um ein großes Bild. Ein Gemälde. Ein eher ungewöhnliches Geschenk für ein kleines Mädchen – allerdings hatte sie es sich unbedingt gewünscht, und Hanna hatte es für sie gemalt. Lilly hatte gesagt: *Mama, immer zeichnest du etwas für andere Kinder, mal doch auch mal was für mich.* Daraufhin hatte Hannas Herz zunächst geblutet, und schließlich hatte sie eine riesige Leinwand gekauft und losgelegt. Zugegeben, das Ergebnis war auf fast zwei Quadratmetern etwas übertrieben und entsprach wohl eher dem Format ihres schlechten Gewissens. Denn es stimmte, Hanna malte in der Regel eher Bilder für andere. Sie illustrierte Kinderbücher, und zwar recht erfolgreich. Ihr Pseudonym war »Hanna Henna« – eine Anspielung auf ihre roten Haare, die Lilly von ihr geerbt hatte. Auf dem Bild war eine grüne Wiese zu sehen, auf der sich sämtliche von Lillys Lieblingstieren zu einem Fest trafen und zusammen tanzten: Pinguine mit Bären, Schmetterlinge mit Bienen, Katzen mit Mäusen. Lilly hatte sich beinahe ein Loch in den Bauch gefreut und, stolz wie Oskar, all ihren Geburtstagsgästen erklärt: »Das hat meine Mama gemalt. Sie ist nämlich Künstlerin.«

Hanna spürte Niklas' Blicke auf sich, trank noch etwas Wein. Dann sagte er völlig unvermittelt: »Onkel Justin ist tot.«

Hanna verschluckte sich und hustete. »Wie bitte?«

Justin. Hanna hatte ihn nie persönlich kennengelernt. Sie kannte ihn lediglich aus Niklas' Erzählungen. Von Bildern oder aus Büchern, und sie wusste, dass Niklas, trotz der Distanz der letzten Jahre, eine enge emotionale Bindung zu ihm gehabt hatte. Justin lebte in Südfrankreich in einem großen alten Haus bei Avignon. Niklas war in seiner Kindheit und Jugend sehr oft zu Besuch bei seinem Onkel gewesen, der zeitweise die Rolle eines Ersatzvaters übernommen hatte. Soweit Hanna wusste, war Justin als Literaturwissenschaftler eine Koryphäe auf seinem Spezialgebiet des Mittelalters. Gewesen.

»Tja«, machte Niklas, klatschte mit den Händen und ergänzte nach einer Pause: »So schnell geht das. Herzinfarkt mit gerade mal siebzig Jahren. Sein Notar und Anwalt hat mich heute angerufen. Die Putzfrau hat Justin im Sessel sitzend tot aufgefunden. Als sei er eingeschlafen. Jetzt gibt es natürlich einige Dinge zu klären.«

Niklas griff nach Hannas Glas, füllte es neu auf und trank es dann zur Hälfte aus.

Hanna sagte: »Das tut mir sehr leid. Vielleicht …« Sie dachte einen Moment nach. »Es ist schade, dass du ihn in den letzten Jahren nicht mehr gesehen hast. Ihr habt ja nur gelegentlich telefoniert. Zu Geburtstagen, Weihnachten …«

Niklas nickte und drehte das Weinglas in den Händen herum.

»Die Sache ist die, Hanna«, sagte er dann, »dass Justin außer mir keine Verwandten hatte. Irgendjemand muss sich nun um ein paar Dinge kümmern. Und ich denke, dass ich das sein werde. So viel bin ich ihm schuldig.«

Hanna formte den Mund zu einer Antwort, sagte aber nichts, sondern nickte nur. Mit anderen Worten, Niklas würde für ein paar Tage fort sein. Wieder etwas weniger Zeit, die er bei seiner Familie verbrachte, dachte Hanna und ärgerte sich gleichzeitig darüber, dass sie so dachte.

»Es gibt auch beim Notar etwas zu klären«, fuhr Niklas fort. »Justin hat ein Testament aufgesetzt, und ich habe das Gefühl …« Er trank das Glas leer. »Ich vermute, dass er mir tatsächlich das Château vermacht hat.«

»Das *Château*?«

»Sein Anwesen, das große Haus.«

Natürlich wusste sie, worum es ging. Sie hatten immer wieder einmal darüber gesprochen, dass früher oder später etwas mit dem Haus geschehen müsste. Wenn Justin in ein betreutes Wohnen müsste, ins Alters- oder Pflegeheim. Früher oder später, das war immer klar, wäre das ein Thema geworden. Und damit auch das Château. Sie erinnerte sich, dass Niklas oft davon gesprochen hatte, wie wunderbar es wäre, einfach alles hinzuwerfen und ein kleines Hotel in der Provence bei Onkel Justin zu eröffnen. Beiläufig, wie man manchmal eben solche Dinge sagt. Eine Vorstellung, die Hanna stets begeistert und sie regelrecht infiziert hatte – doch Träume waren nur Träume und außerdem kaum umsetzbar: Sie hatten nicht viel Geld. Aber nun, falls das mit dem Château wirklich eintreten sollte und damit vielleicht auch eine gewisse Geldsumme als Erbe verbunden wäre …

Mit einem Schlag war Hanna wieder hellwach, setzte sich aufrecht hin und schlug die Beine unter.

»Mein Gott«, sie legte die Hand vor den Mund, »du meinst – wir erben ein *Château* in Südfrankreich? Ein *Château*, das ein kleines Hotel werden könnte?«

»Gut möglich.« Niklas zuckte mit den Achseln.

»Wow«, sagte Hanna zwischen den Fingern hindurch.

»Zunächst«, sagte Niklas und massierte sich den Nasenrücken, »muss natürlich die Beerdigung organisiert werden. Und verschiedene andere Dinge. Ich werde mich darum kümmern müssen.«

»Niklas – gibt es da nicht irgendeine andere Möglichkeit? Du halst dir immer mehr auf, und …«

»Ich möchte, dass wir zusammen nach Frankreich fahren.«

»Wir?«

»Du, Lilly und ich. Ich hatte dir eben gesagt, dass ich noch etwas im Büro regeln musste. Aber letztlich haben wir die Bauabnahme bekommen. Das Projekt ist damit abgeschlossen. Das Wochenende steht vor der Tür, und ich werde mir eine gewisse Zeit freinehmen. Zeichnen kannst du auch in Frankreich – und wenn irgendwas sein sollte, bin ich für das Büro dort ebenfalls erreichbar und kann alles Mögliche vom Laptop aus steuern. Ich glaube, ich brauche das. Ihr braucht es. Wir brauchen das.«

Hanna lächelte. Beugte sich vor und nahm Niklas' Gesicht in beide Hände, um ihm einen Kuss zu geben. Da war er wieder, ihr echter, einziger und wahrer Niklas. Sie fragte sich, wie sie manchmal so dumm sein konnte zu glauben, er habe eine andere. »Da hast du sehr recht«, erwiderte sie.

»Außerdem sind Sommerferien. Der Kindergarten hat zu. Also dachte ich mir: Warum soll ich alleine nach Frankreich fahren? Ich glaube nicht, dass ich alles, was zu regeln ist, übers Wochenende hinbekomme. Das wird sicher einige Zeit in Anspruch nehmen. Außerdem habe ich dir schon so viel von Justins Haus erzählt – spätestens jetzt solltest du es einmal zu Gesicht bekommen, was auch immer nach Justins letztem Willen damit geschehen wird. Im Übrigen sprichst du fließend Französisch, viel besser als ich.«

Das stimmte. Hanna arbeitete als »Hanna Henna« auch mit Verlagen aus Frankreich zusammen, hatte während ihres Studiums an der Frankfurter Kunsthochschule zwei Auslandssemester in Paris an der Sorbonne Kunst studiert und zur Schulzeit ein Au-Pair-Jahr in Bordeaux verbracht.

Niklas ergänzte: »Ich hätte dich zudem einfach gerne dabei, wenn ich Justin beerdige. Ich wäre nicht gerne allein, weißt du.«

»Wann willst du fahren?«

»Am besten schon morgen. Spätestens übermorgen. Ich hoffe, ich bekomme kurzfristig einen Flug nach Marseille. Dort mieten wir einen Wagen und sind in einer Stunde vor Ort.«

»Fliegen wäre sicher angenehmer für Lilly, als sechzehn Stunden lang im Auto zu sitzen.«

Niklas nickte. »Genau das war mein Gedanke.«

»Natürlich kommen wir mit«, flüsterte Hanna und strich ihrem Mann über die unrasierte Wange.

Er sagte leise: »Übrigens – danke, dass du Lilly geboren hast.«

Hanna hauchte: »Immer wieder gerne.«

Dann küssten sie sich erneut – und dieses Mal richtig.

4

EIN MORGEN IN DER PROVENCE. Was sollte er nur mit diesem Tag anfangen? Wahrscheinlich dasselbe wie mit jedem anderen Tag. Albin fummelte eine zerknautschte Schachtel Gitanes aus der Hosentasche und steckte sich im Gehen eine an. Wie jeden Morgen. Tyson hechelte ihm voraus, sah sich ab und zu mal um, als ob er sich vergewissern wollte, dass Albin noch hinterherkam. Albin sah wie jeden Morgen mit einem Blick zurück, der sagte: *Mach das noch einmal, blöder Köter, und ich trete dir in den Hintern, dass du bis nach Marseille fliegst*. Dabei war beiden klar: Dazu würde es nie kommen.

Einerseits hatte Albin mit seinen fünfundsechzig Jahren keinen so festen Tritt mehr wie noch mit fünfunddreißig, als er die Polizeimannschaft ins Pokalfinale gekickt hatte. Andererseits war Tyson zwar bloß ein Mops, aber ein recht schwerer, und würde es allenfalls bis nach Aix schaffen. Drittens mochten sich die beiden irgendwie. So sehr wie man eben jemanden mögen konnte, dachte Albin, dessen warme Kackhaufen man jeden Morgen mit einer hauchdünnen Plastiktüte aus der Gemüseabteilung vom Auchan aufsammeln musste.

Albin schob die Gitanes in die rechte Hosentasche zurück. In der linken steckten die zusammengeknüllten Tüten für Tysons Hinterlassenschaften. Er paffte eine Wolke in den strahlend blauen Himmel, die sich rasch zwischen den im Wind wispernden Blättern der Platanen an der Route de Carpentras verlor. Ein pensionierter Bulle auf täglichem Routinegang mit seinem Mops, den sie ihm zum Abschied geschenkt und ausgerechnet Tyson getauft hatten. Nach Mike Tyson, dem Boxer, weil der Hund so eine platte Nase hatte. Andere bekamen eine Armbanduhr mit Gravur. Er einen Mops. »Damit du was zu tun hast und uns nicht mehr auf die Nerven gehst«, hatten sie gesagt. Und sich köstlich amüsiert. Albin, der aussah wie ein in die Länge gezogener Jean Gabin vom Format eines Kleiderschranks. Dazu das O-beinige sabbernde Vieh, dessen Gesicht so aussah, als habe sich ein Elefant drei Tage lang darauf ausgeruht. Was für ein Paar!

Nun, etwas zu tun hatten sie ihm verschafft, das stimmte. Das andere, das klappte nicht so ganz – denn was tat ein Bulle, der noch eine Rechnung offen hatte und vor seiner Zeit in Rente gehen musste? Natürlich sich über Neuigkeiten informieren und den Kollegen in der Gendarmerie und im Kommissariat auf die Nerven gehen.

Tyson hechelte quer über die Straße. Er kannte die Strecke, die jeden Tag dieselbe war. Ihre Route. Erster Wegpunkt war das Café du Midi. Ein kleines, zentrales Café mit einer Bar Tabac, drei Tischen vor der Tür und einer Boulebahn nebenan. Seine Fassade war verwittert. Die Fenster waren stumpf, die Markise verblichen wie der Schriftzug über dem Eingang und die Ricard-Werbung auf den Aschenbechern. Es wirkte so, als habe es das Café du Midi hier schon immer gegeben. Und als habe es schon immer so ausgesehen. Was vielleicht sogar stimmte. Die alten Dinge waren doch immer noch die besten.

Vor dem Café stand ein Postauto. Und heute kein Fahrzeug der Polizei, was Albin sofort auffiel. Denn jeden Morgen um diese Zeit hielten hier die Kollegen, um einen Kaffee zu trinken oder ein paar Zigaretten zu kaufen und ein bisschen zu schwatzen und sich mit Fragen löchern zu lassen.

Albin folgte Tyson, der bereits die ausgetretenen drei Stufen des Cafés hinaufsprang. Drinnen empfing Albin ein Halbdunkel mit vergilbten Wänden und alten Fotos von Tour-de-France-Profis, der Geruch nach Zigaretten, starkem Kaffee und schalem Bier. Und natürlich Matteo. Er putzte ein paar Gläser mit einem speckigen Tuch. In etwa so speckig wie das Poloshirt, das sich über seinem gewaltigen Bauch spannte. Seine Halbglatze glänzte ein wenig.

Er murmelte, ohne aufzublicken: »Womit habe ich das verdient? Albin schon wieder! Willst du mir die Gäste vergraulen?«

»Welche Gäste kommen schon in einen miesen Schuppen wie diesen?«

»Alte Kerle, die nichts Besseres zu tun haben, als die arbeitende Bevölkerung dabei zu stören, gegen die Staatsverschuldung zu kämpfen.«

»Als ob du jemals in deinem Leben gearbeitet hättest.«

Matteo lachte kurz auf, was mehr wie ein Husten klang, und stellte ungefragt eine dickwandige weiße Tasse unter den riesigen Kaffeeautomaten, der noch aus der Mitte des vergangenen Jahrhunderts stammen musste. Ein riesiges, verchromtes Teil vom Format eines V8-Motors, das zu fauchen und zu spucken begann, als Matteo irgendwelche Hebel bediente. Schließlich kam er mit der vollen Tasse zurück, stellte sie Albin auf den Tresen, neben dem, eine Etage tiefer, Tyson aus einer Schale lautstark Wasser schlabberte, die Matteo ihm schon hingestellt hatte, bevor sie hereingekommen waren. Wie jeden Morgen.

Albin schnüffelte am Kaffee. Er roch, wie immer, phantastisch. Er fragte: »Ist in der Brühe wieder Polonium, um mich zu vergiften?«

»Die doppelte Dosis heute für dich, Albin. Arafat-Mischung.«

»Ausgezeichnet.«

Albin schlürfte einen Schluck, blickte dann auf und beobachtete Matteo, der sich wieder den Gläsern widmete und das gerahmte Bild von Marine Le Pen an der Wand geraderückte. Darauf befand sich sogar ein Autogramm von Marine. Matteo hatte es bei irgendeinem Parteitag der Front National ergattert. Oder bei einem Wahlkampfbesuch. Er stand auf die Rechten, wie so viele hier im Süden. Wie so viele bei der Polizei. Bis auf Albin, denn dem war Politik vollkommen egal. Und Matteo stand auf Marine, die er für eine attraktive und aufrechte bürgerliche Dame mit den richtigen Zielen hielt. Matteo hatte sogar einmal überlegt, für die Front National zu kandidieren und das Kommunalparlament aufzumischen, es dann aber sein gelassen und sich weiter über die – nach seiner Meinung – unfähigen Politiker geärgert. Er schimpfte über den Euro, die Deutschen und die Steuern. Er schimpfte auf die Liberalen, die Algerier, die Marokkaner und Libyer. Er hatte so lange auf die Nigerianer geschimpft, bis Albin mal anmerkte: »Was glaubst du Idiot eigentlich, wer deinen Kaffee anbaut?«

Jetzt deutete Albin nach draußen und fragte Matteo in Anspielung auf den fehlenden Wagen der Polizei: »Wo sind die heute?«

Matteo lachte wieder hustend. Tyson schlabberte mit tropfenden Leffzen, stand in einer Wasserpfütze und starrte Albin dann fragend an.

»Weißt du das nicht?«, erwiderte Matteo. »Hast du über Nacht deinen siebten Sinn verloren?«

Albin schob die Tasse zur Seite. Irgendetwas war also los. Sein Interesse war geweckt.

Matteo fuhr fort: »Na, sie sind alle unterwegs. Alles ist in Aufruhr. Sie haben ein Mädchen gefunden.«

»Wo?«

»In den Obstbaumfeldern unten bei Venasque.«

»Sagt wer?«

»Sagt Louis, der mir heute Morgen die Zeitungen gebracht hat und einen Umweg fahren musste wegen der Straßensperrung. An der Sperre hat er Dodo getroffen.«

Dodo, der Kollege mit diesem blöden Spitznamen. Er ging auf einen ausgestorbenen Vogel zurück, der ziemlich dämlich und leicht zu fangen war, weswegen portugiesische Seefahrer ihn Doudo getauft hatten, was Einfaltspinsel bedeutete. Sicher hatte Dodo keinen Schimmer davon.

Matteo redete weiter: »Dodo hat es Louis erzählt. Louis hat es mir erzählt. Ziemlich üble Geschichte.«

»Also kein Unfall.« Albin ließ die Frage wie eine Feststellung klingen. Alte Gewohnheit aus zahllosen Vernehmungen.

Matteo blähte die Backen und sah Albin an, als habe er nicht mehr alle Tassen im Schrank. »Nein, natürlich kein Unfall. Einer hat dort ein Mädchen umgelegt. Louis sagt, Dodo sagt, ein paar von den Erntehelfern hätten sie gefunden. War wahrscheinlich einer von den Erntehelfern selbst, wenn du mich fragst. Sicher irgendein beschissener Algerier, der sie auf dem Gewissen hat. Oder einer von den Roma, die hier wieder unterwegs sind. Vielleicht hat sich die Kleine ihrem Mörder sogar an den Hals geschmissen, weiß man es? Diesen kleinen rothaarigen Teufeln ist alles zuzutrauen …«

»Rothaarig?« Albin schoss wie elektrisiert von seinem Hocker hoch.

»Louis sagt, Dodo sagt …«

»Sie hatte rote Haare?«

»Ja, lange, rote Haare.«

5

KEINE FÜNF MINUTEN SPÄTER saß Albin im Wagen und raste mit Tyson im Kofferraum in Richtung Venasque. Es war ein Wagen mit reichlich Ladefläche. Ein allradgetriebener SUV von Kia. Albin hatte den Wagen vom Erlös seiner Lebensversicherung gekauft, die zur Pensionierung fällig geworden war. Weil er meinte, wenn er jetzt schon einen Hund habe, dann müsse er diesen auch transportieren können. Gut, der Wagen war sehr groß und Tyson sehr klein. Albin hatte die Karre dennoch gekauft und redete sich ein, dass der Allradantrieb sicher irgendwann einmal nützlich sein würde.

Jetzt jedenfalls war er nutzlos. Genau wie der Hubraum und die vielen PS. Weil ein dämlicher Trecker vor ihm herzuckelte. Einer von den ganz alten mit einem verrosteten Anhänger, der früher vielleicht einmal die Farbe von Lavendel hatte, damit jeder Idiot kapierte, dass Lavendel drin war. Hunderte Kilos von Lavendel, die nach zig tausend Tonnen rochen. Albin verzog das Gesicht und stellte die Belüftung auf Umluft, um nicht das Bewusstsein zu verlieren. In Maßen war der Duft ja okay, aber so komprimiert unerträglich. Er scherte leicht nach links aus. Die Straße war verdammt schmal und der Anhänger verdammt breit. Grauenhaft, dachte Albin und traktierte die Hupe. Jeden Sommer zur Erntezeit der gleiche Mist. Ausgerechnet jetzt und hier konnte er den verfluchten Trecker ganz und gar nicht gebrauchen. Und natürlich fuhr der Kerl vor ihm kein Stück zur Seite. Egal, dachte Albin, scherte nochmals aus, um sich an dem Traktor vorbeizudrängeln. Kein Gegenverkehr. Die Gelegenheit war günstig und Präzision gefragt. Zentimeter für Zentimeter schob sich Albin voran. Er erreichte die Zugmaschine und warf einen Blick durchs Fenster auf der Beifahrerseite. Der Fahrer rief Albin irgendetwas zu und machte eine eindeutige Geste mit der Hand.

»Ja, du mich auch. Erstick doch an deinem Dreckszeug«, brummte Albin und drückte aufs Gas. Wenige Sekunden später sah er den Trecker im Rückspiegel kleiner werden.

Nach weiteren fünf Minuten hatte er die Straßensperre erreicht und dort Dodo und einer jungen Polizistin, die er nicht kannte, erklärt, wer er war und was er hier wolle. Nach einigem Hin und Her und einem Funkspruch zur Einsatzleitung hatten sie ihn endlich durchgelassen. Schließlich dauerte es noch drei zusätzliche Minuten, bis Albin am Straßenrand geparkt, Tyson angeleint und zur Tatort-Absperrung marschiert war. Dort stand neben dem Wagen der Gerichtsmedizin Alain Theroux von der Kripo, verdrehte die Augen und sagte: »Das kann doch wohl nicht wahr sein! Albin!«

»Was genau ist passiert?«

»Was, zum Teufel, hast du hier zu suchen?«

Albin blickte um Theroux herum, was nicht so leicht war, denn er stand mitten in seiner Sichtachse. Außerdem war der Polizist ziemlich breit gebaut. Fast so breit wie Albin. Seine Haare hatte er mit Gel zurückgekämmt, trug eine zerschossene Jeans und Turnschuhe und ein T-Shirt mit dem Aufdruck von irgendeiner Rockband. Wie eine Kette hatte er seinen Dienstausweis um den Hals hängen. Am Nietengürtel klemmte ein Pistolenhalfter. In der Hand hielt er sein Handy.

Albin fragte: »Es ist wirklich eine Rothaarige?«

»Oh, Mann …« Theroux seufzte und suchte mit der freien Hand nach einer Schachtel Zigaretten. Albin zog schneller und bot ihm eine Gitanes an. Gab ihm Feuer.

»Albin«, sagte Theroux im Ausatmen und stieß eine weiße Wolke Qualm aus, »das geht so nicht. Du bist raus. Im Ruhestand. Genieß deine Rente. Spiel Boule. Besuch deine Tochter und deine Enkelin in Paris …«

»Die spricht seit knapp drei Jahren nicht mit mir.«

»… fahr mit deinem Hund ans Meer, aber geh uns hier nicht auf den Geist!«

»Sie ist rothaarig?«

»Ja, verdammt.« Theroux machte eine hilflose Geste. »Woher auch immer du das weißt.«

»Was ist passiert?«

»Geht dich nichts an.«

»Halt mal«, sagte Albin und drückte Theroux Tysons Leine in die Hand. Reflexartig nahm der Polizist sie an, starrte auf den Mops, dann auf Albin, der bereits unter der Absperrung hindurchschlüpfte.

»Albin!«

Aber Albin reagierte nicht, und Theroux musste dort stehen bleiben, wo er war – mit dem Hund an der Leine konnte er schließlich nicht zum Tatort. Vielleicht tat er auch aus Respekt nichts, weil er Albin noch etwas schuldig war und weil ihm klar sein musste, wie wichtig das hier für den Exkommissar war. Für alle war es wichtig. Immens wichtig. Es stand außer Zweifel, dass irgendjemand hier vor Ort das nicht verstand, dachte Albin.

Er drängte sich an den Forensikern in ihren weißen Overalls vorbei, stapfte entlang eines von der Spurensicherung freigegeben Weges durch die Obstbaumplantage, deren Bäume voller Pfirsiche und Kirschen hingen. Blieb dann stehen und sog in sich auf, was er sah.

Der Boden war gefurcht. Braune Erde. Steine. Dort lag die Leiche der Frau. Ihr Alter war schwer zu schätzen, wahrscheinlich zwischen zwanzig und dreißig. Die roten Haare rahmten das bleiche Gesicht wie ein Kranz lodernder Flammen ein. Eine Korona aus den Strahlen der untergehenden Sonne. Ihre toten Augen starrten in den Himmel. Die Hände waren auf den Rücken gefesselt. Sie trug ein T-Shirt. Shorts. Keine Schuhe, denn … ihre Füße fehlten.

Albin sah eine Schnittkante knapp oberhalb der Fußknöchel. Darüber befanden sich links und rechts Stränge von Kabelbindern, mit denen die Unterschenkel an einen Eichenbalken befestigt worden waren. Der Balken war etwa einen Meter lang. Ein Hackbrett, dachte Albin. Überall war getrocknetes Blut – auf dem Balken, dem Boden, an den Blättern von Büschen, an Baumrinde. Was bedeutete: Der Frau waren die Füße bei lebendigem Leib abgehackt worden. Ihr Herz musste noch geschlagen haben. Das Blut war wie aus einem Schlauch herausgespritzt. Fundort gleich Tatort, und es stank erbärmlich. Ein Geruch, den man niemals wieder vergaß. Überall schwirrten Insekten herum. Fliegen auf der Leiche, Fliegen auf den Wundrändern, Fliegen …

»Was machst du denn hier, Albin?«

Berthe hockte neben der Leiche, blickte hoch zu ihm und zeigte ihrem Assistenten gleichzeitig, wovon sie noch weitere Fotos haben wollte. Berthe war die für die Region zuständige Rechtsmedizinerin. Sie hatte raspelkurze blonde Haare und trug eine rote Brille mit dickem Rand. Damit sah sie mehr aus wie eine Künstlerin als eine Pathologin.

Albin fragte: »Ist sie verblutet?«

Berthe machte eine abschätzende Geste. »Eher nicht. Es ist viel Blut ausgetreten, wie du siehst. Aber gleichzeitig haben die Kabelbinder die Arterien abgebunden. Sie hat Würgemale unterhalb des Kehlkopfes und geplatzte Äderchen in den Augen … Und siehst du hier?« Berthe deutete auf den Hals des Opfers. Dorthin, wo die Hauptschlagader verlief. »Hier ist eine Druckstelle. Die Haut sieht verbrannt aus. Ich würde auf den Einsatz eines Elektroschockers tippen. Und die Füße … Es sind glatte Schnitte, aber es gibt Quetschungen an den Wundrändern. Das lässt mich an kräftige Hiebe denken. Vielleicht mit einem Beil. Zwei kräftige Schläge mit einer sehr scharfen Axt.«

Albin betrachtete den Körper. Verscheuchte ein paar Insekten mit der Hand. »Wie lange ist das her?«

»Zwei bis vier Tage mindestens«, meinte Berthe.

»Albin Leclerc!«

Albin fuhr herum, und im nächsten Moment wusste er, dass die Tatort- und Leichenschau für ihn beendet war.

Staatsanwalt Luc Bonnieux kam mit forschen Schritten heran. Seine eleganten schwarzen Lederschuhe waren staubig. Ebenfalls der Saum seiner Anzughose, zu der er ein hellblaues Hemd mit hochgekrempelten Ärmeln trug. Das Sakko hielt er in der Hand. Zwischen seinem schütteren Haar glänzten Schweißperlen.

»Sie haben eine Minute«, sagte Bonnieux schlechtgelaunt, »um den Ort zu verlassen. Sie sind Privatier, Menschenskind!«

Albin machte mit beiden Händen eine abwehrende Geste. Gerne hätte er eine Hand zur Faust geballt und Bonnieux in den Magen gerammt. Der Kerl hatte es aus verschiedenen

Gründen verdient. »Man sollte Bonnieux den Wecker wegnehmen«, hatte Albin einmal im Kommissariat gesagt, »und ihn jeden Morgen mit ein paar Ohrfeigen aus dem Schlaf reißen.«

»Leclerc, wer hat Sie überhaupt durchgelassen?«

»Der liebe Gott persönlich.«

»Nun werden Sie nicht frech.«

»Frech möchten Sie mich nicht erleben.«

»Was treiben Sie hier?«

»Das wissen Sie doch ganz genau.«

Bonnieux sparte sich die Antwort. Blickte auf die Uhr und sagte: »Jetzt sind es nur noch dreißig Sekunden.«

Albin schluckte seinen Kommentar hinunter und ging. Er nickte Berthe einen Abschiedsgruß zu, die in Richtung von Bonnieux die Augen verdrehte. Er passierte den Staatsanwalt und rempelte ihn im Gehen leicht am Oberarm an. Schließlich kam er wieder zur Absperrung, wo Theroux mit Tyson an der Leine stand und versuchte, den Mops von seinem Bein abzuschütteln.

»Scheiße«, fluchte Theroux, »dein Köter ist pervers, Albin!«

»Freu dich doch! Wenigstens einer, der dich attraktiv findet.«

Theroux schwieg und drückte Albin die Leine wieder in die Hand. Sofort nahm Tyson Platz, hechelte und starrte sein Herrchen an.

»Was wisst ihr schon?«, fragte Albin.

»Dass der Himmel blau ist.« Theroux machte ein genervtes Geräusch. »Du weißt genau, wie es läuft, Albin. Du bist raus, und ich darf dir nichts sagen. Niemand darf das.«

»Papperlapapp.«

Theroux legte eine Kunstpause ein. Dann sagte er: »Nichts

wissen wir. Gar nichts. Die Kleine hatte keine Papiere dabei. Der Täter hat sie irgendwo aufgelesen, fährt mit ihr hierhin. Schleift sie in die Plantage. Er hackt ihr die Füße ab, bringt sie um und verschwindet wieder. Die Füße nimmt er mit. Hat nur Interesse an ihren Körperteilen.«

Und er war vorbereitet, dachte Albin. Hatte ein Beil dabei, einen Balken, Kabelbinder …

»Ist vielleicht wirklich ein Fetischist mit komischen Vorlieben«, sagte Theroux.

Albin glaubte das nicht. Er war sicher, dass die Sache viel komplizierter war. Aber es war ein Anfang. »Endlich«, sagte er, »haben wir ein Opfer und Spuren. Endlich wissen wir, was er tut und wie er es tut. Er sammelt Körperteile. Als Trophäen, oder weil er sie benötigt.«

»Kann sein«, meinte Theroux. »Vielleicht ist das aber auch bloß ein Zufall.«

»Niemand hackt jemandem zufällig die Füße ab.«

»Ich meine das mit den roten Haaren.«

Albin warf Theroux einen Blick zu. Theroux winkte ab, als habe er das nur so gesagt. Natürlich glaubte niemand an einen Zufall, auch nicht Theroux.

Albin sagte: »Wir haben bislang nicht eine gefunden. Und jetzt liegt diese hier da wie auf dem Silbertablett. Es muss etwas passiert sein. Er wurde gestört.«

»Möglich«, antwortete Theroux. »Aber vielleicht wird er einfach unvorsichtig. Oder alt. Genau wie du.« Theroux grinste schief.

Albin sagte nichts. Dachte nur nach. Dachte daran, dass in den vergangenen sechs Jahren in der Region rund um Avignon acht junge Frauen verschwunden waren. Alle in etwa im gleichen Alter. Und wenn man die Vermisstenbilder nebeneinanderhielt, fiel einem auf, dass sie sich vom Typ her sehr ähnelten. Die markanteste Gemeinsamkeit war natürlich das rote Haar. Das hatten sie alle. Manche blasser, manche kräftiger. Manche kurz, manche lang. Aber keine von ihnen hatte die Polizei bislang gefunden. Sie waren einfach von der Bildfläche verschwunden. Wie vom Erdboden verschluckt. Es gab nur die Vermisstenmeldungen und die Fotos.

Alle hingen an einer Pinnwand hinter Albins Schreibtisch, als er ihn am letzten Arbeitstag aufräumte. Vor dem Schließen der Bürotür hatte er einen letzten Blick auf die Bilder geworfen und den jungen Frauen ein Versprechen zugemurmelt. Dann hatte er, einer spontanen Eingebung folgend, die Fotos abgenommen und in einer Mappe verstaut, die nun bei ihm zu Hause lag.

Jetzt also dieser Ort an der Straße nach Venasque. Eine Rothaarige, die exakt ins Schema passte. Das erste Mal, dass sie eine Leiche fanden. Eine Tote, die für Albin keinen Zweifel mehr daran ließ, dass die Theorie stimmte. Dass ein Mörder in den Départements Vaucluse und Gard unterwegs war und sich die Rothaarigen holte. Der sie irgendwo verschwinden ließ, wo sie niemand fand – und der jetzt entweder einen Fehler gemacht hatte, bei der Tat gestört worden oder größenwahnsinnig geworden und bewusst an die Öffentlichkeit getreten war. Seht her, ich bin Gott, keiner kann mir was.

»Theroux«, sagte Albin und steckte sich eine Zigarette an. »Jetzt haben wir Spuren. Jetzt kriegen wir das Schwein.«

»Wir?«

»Dreht jeden Stein zehnmal um. Wenn ihr denkt, es ist genug, dreht ihn noch mal um. Ich rufe dich an.«

Damit ging Albin mit Tyson zum Wagen zurück. Er hob den Mops in den Kofferraum – es hatte sich in der Praxis herausgestellt, dass der SUV recht hoch und ein Mops aus physiologischen Gründen nicht in der Lage war, in den Kofferraum zu springen –, setzte sich ans Steuer und fuhr davon, wobei er den großen Motor aufröhren ließ. Er drückte die Gitanes im Aschenbecher aus und starrte auf das schnurgerade Band der Straße, die auch der Killer benutzt haben musste.

Ich bin dir auf der Spur, dachte Albin und erinnerte sich an das Versprechen, das er sich selbst und den verschwundenen jungen Frauen gegeben hatte. »Dich Schweinhund mache ich fertig«, murmelte er und fuhr davon.

6

HANNA SCHLOSS DIE AUGEN und streckte ihren Kopf aus dem Seitenfenster. Der Fahrtwind zerrte an ihren Haaren und ließ sie flattern wie rote Banner. Die helle Sonne wärmte ihr Gesicht. Die Luft roch weich und würzig, abwechselnd nach wildem Thymian, Rosmarin und Lavendel. Hanna nahm einen tiefen Atemzug und stieß einen Freudenschrei aus. Sie hörte Niklas am Steuer leise lachen. Dann sagte er, dass sie wegen der Klimaanlage das Fenster besser wieder schließen sollte, und Hanna beugte sich zurück in das Wageninnere, setzte eine Spielverderber-Miene auf und schloss das Fenster.

»Warum hast du denn so geschrien?«, fragte Lilly, die im Kindersitz auf der Rückbank des Mietwagens mit ihrer Barbie spielte. »Hast du eine Mücke ins Auge bekommen?«

Hanna lächelte und schüttelte mit dem Kopf. »Nein, Mama freut sich nur darüber, wie schön es hier ist.«

Genau das war es. Wunderschön. Betörend. Links und rechts der Straße wechselten sich Weinfelder und Obstbaumplantagen mit Kirschen, Pfirsichen und Aprikosen ab. Dazwischen standen Pinien, Oliven- und Lorbeerbäume, vereinzelt wuchsen wilder Lavendel und mannshohe Sonnenblumen aus dem steinigen Boden. Hier und da waren Höfe oder Scheunen zu erkennen, erbaut aus rohem rotbraunem oder grauem Stein. Der Himmel darüber war wolkenlos und knallblau.

Darunter lag die zerklüftete Landschaft in glühender Hitze, die vom Massiv des Mont Ventoux dominiert wurde.

Der Berg war mit seiner vom Mistral leergefegten Spitze schon zu erkennen gewesen, als sie aus Richtung Marseille kommend von der Autobahn bei Avignon abgefahren waren und an der Mautstelle ihre Péage entrichtet hatten. Fast erschien es Hanna, als habe man dort nicht die Nutzungsgebühr für die Autobahn entrichten müssen, sondern vielmehr den Eintritt in den Garten Eden, wo sich ein gutgelaunter Gott mit der üppigen Palette eines impressionistischen Malers ausgetobt hatte.

Je mehr Kilometer sie auf den schmalen Landstraßen zurückgelegt hatten, desto klarer war Hanna geworden, warum es so viele Künstler hierhergezogen hatte. Vincent van Gogh im Rausch der provenzalischen Farben – Hanna konnte schlagartig nachvollziehen, wie er sich gefühlt haben musste. Überwältigt und hingerissen.

»Am Fuße des Ventoux entspringt übrigens die Sorgue«, hatte Niklas im Fahren erzählt, »in einem Ort namens Fontaine-de-Vaucluse. Das Haus liegt direkt an der Sorgue, aber in einem anderen Ort.«

»Warum hat das Haus denn Sorgen?«, fragte Lilly von hinten, was Niklas grinsen ließ.

»Sorgue. So heißt der Fluss«, erklärte er. »Wo sie aus dem Berg entspringt, hat ein berühmter Dichter lange Jahre in einem Schloss gewohnt – ein Italiener namens Petrarca.«

»Sorge ist ein komischer Name für einen Fluss«, beharrte Lilly, während sie ihrer Puppe weiter die Haare kämmte. »Hat in dem Schloss auch eine Prinzessin gewohnt?«

»Nein, aber der Dichter war in eine verliebt und hat ihr viele Gedichte geschrieben.«

Lilly schien mit der Antwort zufrieden zu sein. Sie gähnte und fragte: »Wann sind wir endlich da?«

»Bald, mein Schatz«, antwortete Niklas, und Hanna hatte lächelnd zu ihm herübergesehen und gedacht, dass vielleicht doch noch alles gut werden könne. Dass die Provence genau das war, was sie alle brauchten, und dass sie Niklas schon lange nicht mehr so gelöst erlebt hatte –, wenngleich er am Flughafen in Hamburg und später in Marseille einige Male mit ernstem Gesichtsausdruck telefoniert hatte, statt das blöde Handy einfach auszuschalten.

Jetzt bog er nach rechts ab, und sie fuhren auf eine noch schmalere und von Zypressen gesäumte Straße, über der die heiße Luft flirrte. Auf der rechten Seite sah Hanna das grünbraune Band eines Flusslaufs, und schließlich deutete Niklas mit einem Nicken nach vorne.

»Dort«, sagte er.

In einiger Entfernung erkannte Hanna eine bewaldete Insel, die von zwei Seitenarmen des Flusses eingefasst wurde. Es schien einerseits, als widersetze sie sich dem Strom – oder als würde das Wasser der Insel ausweichen und sie gleichzeitig vom Rest der Landschaft abtrennen wollen. Dann entdeckte Hanna zwischen den grünen Baumkronen verblichene rote Dachziegel.

»Voilà, le Château Ledrome«, sagte Niklas und grinste über das ganze Gesicht.

Château Ledrome – und vielleicht bald ihr Eigentum. Hanna wusste aus Niklas' Erzählungen, dass das Haus aus dem siebzehnten Jahrhundert stammte, nach einem Vicomte Ledrome benannt und früher als Seidenspinnerei genutzt worden war. Es gehörte zum Besitz der provenzalischen Landgrafen, der Familie de Sade. »De Sade? *Der* de Sade?«, hatte sie gefragt, und Niklas hatte genickt und gemeint, ja, *der* habe auch dazu gehört. Später war das Haus als Landsitz umfunktioniert worden, hatte im Krieg den Amerikanern als Sanatorium gedient und war schließlich von einem wohlhabenden Ehepaar erworben und nach dessen Tod in den siebziger Jahren versteigert worden – an Onkel Justin.

Wenige Momente später bog Niklas erneut ab, dieses Mal auf einen holprigen, unbefestigten Weg. Nach einigen hundert Metern fuhren sie über eine schmale Brücke, unter der träge das grüne Flusswasser floss. Schließlich stoppte Niklas den Wagen auf einem mit Kies bedeckten Platz vor einem ockerfarbenen Schuppen, der wohl als Garage diente und in dem ein Wagen abgestellt war – sicher der von Onkel Justin. Davor standen zwei andere Fahrzeuge – ein staubiger Seat, dessen roten Lack die Sonne matt gebrannt hatte und auf dessen Heckscheibe sich ein verblichener Aufkleber mit dem Schriftzug einer Hausverwaltungsfirma »Lehmann – Gérance d'Immeubles« befand. Das andere war eine große schwarze BMW-Limousine.

Niklas stieg aus und streckte sich. Hanna folgte ihm und warf in der Bewegung einen Blick nach hinten, wo Lilly im Kindersitz aufmerksam nach draußen blickte. Die stille Mittagshitze des provenzalischen Sommers traf Hanna mit voller Wucht. Obwohl der Wagen im Schatten stand, musste es über dreißig Grad heiß sein. Die Luft war schwer und duftschwanger. Leise gluckerte es vom Fluss her. Eine Brise rauschte in den Pinien und Platanen. Die Ventile des Motors tickten leise nach. Mehr Geräusche waren nicht zu hören.

Hanna blickte auf und erkannte zwischen den Bäumen ein mit Zinnen verkleidetes Türmchen. Es musste zum Château gehören, das hinter einer dicken Sandsteinmauer verborgen war. Hanna drehte sich um, öffnete die Rücksitztür, schnallte Lilly los und nahm sie auf den Arm. Sie glühte, und das T-Shirt war am Rücken verschwitzt. Sie sagte kein Wort, sah nur aus ihren großen blauen Augen umher.

»Na, kommt«, meinte Niklas mit einer einladenden Geste und hielt Hanna die Hand hin, die sie mit einem Lächeln ergriff.

Dann setzten sie sich in Bewegung und gingen auf das verwitterte Tor an der Einfahrt zu.

Das Tor war in den Angeln von hohen Sandsteinsäulen verankert. Auf den Kapitellen hockten zwei verwitterte Löwen, die mit offenen Mäulern herabgafften. Das zweiflügelige Tor stand halboffen und quietschte kreischend, als Niklas es weiter aufstieß. Es schien lange nicht geölt worden zu sein – und lange nicht gestrichen. Seine geschwungenen, rostigen Gitterstäbe ähnelten dürren Wurzeln oder Lianen, fand Hanna.

Hinter dem Tor öffnete sich ein kleiner Platz, der mit weißem Kies aufgeschüttet worden war. Die Baumkronen riesiger Platanen spannten sich wie die Kuppel einer Kathedrale über der Fläche. Wenn sich die Äste im Wind bewegten, klang es, als ob in einem archaischen Rhythmus Knochen leise aufeinandergeschlagen wurden.

Ehrfürchtig und still sah sich Hanna weiter um und folgte Niklas. Ihre Schritte knirschten im Kies.

Hanna betrachtete das Moos in den Ritzen der alten Steinplatten vor dem Hauseingang, der links und rechts von bepflanzten Beeten eingefasst wurde. Darin wuchsen große und sicher sehr alte Hortensienbüsche, wilder Rosmarin und Lavendel. Die mit Intarsien verzierte Tür selbst war aus verwittertem, ehemals weiß gestrichenem Holz, der Lack bröckelte an manchen Stellen ab. Sie befand sich unter einem Baldachin aus wildem Wein, dessen Triebe wie Würmer über den an einigen Stellen abgeplatzten ockerfarbenen Putz des Châteaus krochen und am rechten Flügel das kleine Türmchen mit den Zinnen erreichten, das das Anwesen beinahe zu einem kleinen, verwunschenen Schlösschen machte.

Hannas Blick glitt weiter über die Fassade des würdevollen, zweigeschossigen Hauses. Über die von lindgrünen Fensterläden eingerahmten Fenster, hinter denen sie das Muster von Fliegengittern und weiße Vorhänge erkannte. Hin zu dem pittoresken Brunnen, der am Durchgang zu einer dicht bewachsenen Parkanlage stand, die sich hinter dem Château erstreckte. Auch dort schien sich ein Gebäude zu befinden, kleiner und deutlich flacher. Die Anlage wirkte verwildert und war von einem rostigen Zaun umgeben, dessen Tor verschlossen war.

»Schön, oder?«, hörte Hanna Niklas' Stimme.

Sie nickte ehrfürchtig. »Das ist«, sagte Hanna leise, »das ist einfach wow …«

Tatsächlich traf es das ziemlich gut. Denn das Château war mehr als nur schön. Es war beeindruckend, bezaubernd, überwältigend, hinreißend. Es war genau das, was sich Hanna immer unter einem südfranzösischen Anwesen vorgestellt hatte, und sie konnte es kaum fassen, dass dieses Traumschloss nun offenbar ihnen gehören würde.

Hanna griff Lilly etwas fester, die ihr mittlerweile vom Arm zu rutschen drohte. Sie bemerkte, dass ihre Tochter gar nicht zum Haus sah, sondern in die entgegengesetzte Richtung blickte. »Wie gefällt meiner kleinen Prinzessin das schöne Schloss?«, fragte Hanna leise und bohrte ihre Nase in Lillys blondes Haar.

»Ich weiß nicht«, sagte Lilly.

»Hast du das Türmchen gesehen?«

Lilly schüttelte mit dem Kopf.

»Dann schau es doch mal an.«

»Nein. Ich möchte nicht.«

Hanna runzelte die Stirn und warf einen Blick zu Niklas, der mit den Achseln zuckte.

»Na komm schon«, sagte Hanna und wollte Lilly absetzen, »du wirst mir langsam zu schwer, junge Dame.«

Aber als Antwort klammerte sich Lilly nur noch fester an Hanna.

»Was ist denn los?«, fragte Hanna.

»Gar nichts.«

»Geht es dir nicht gut?«

»Mhm.«

»Ja oder nein?«

Lilly drehte ihr Gesicht zu Hanna. Dann beugte sie sich nach vorne, bis ihre Stirn mit der von Hanna zusammenstieß, und flüsterte: »Das Haus guckt so böse.«

»Ein Haus kann doch gar nicht gucken«, flüsterte Hanna zurück.

»Doch.«

Hanna keuchte und umfasste Lilly nun mit beiden Armen. Sie war wirklich schwer geworden nach dem letzten Wachstumsschub. Als Hanna gerade antworten wollte, fragte Niklas: »Was ist denn los?«

Hanna schnaufte. »Ich glaube, sie hat ein wenig Angst.«

»Angst wovor?«

Lilly kroch enger an den Hals ihrer Mutter. Hanna hörte ihren flachen Atem.

»Vor dem Haus, sagt sie.«

»Vor dem Haus?«

Hanna nickte und zuckte gleichzeitig mit den Schultern. »Ich weiß nicht. Vielleicht wegen der Löwen auf dem Tor?«

»Sicher ist sie müde. Der Flug, die Fahrt, all die neuen Eindrücke, die Hitze …« Niklas machte eine ratlose, allumfassende Geste.

»Ja.« Hanna nickte. »Wahrscheinlich.« Niklas war ein Freund der einfachen Erklärungen. Manchmal waren die einfachen die besten, weil sie einen nicht zwangen, tiefer zu bohren.

»Monsieur und Madame Streuben?«

Hanna und Niklas blickten auf. Während sie sich unterhalten hatten, war die Haustür aufgegangen, und zwei Männer waren nach draußen gekommen. Der eine war schlank und groß, mit graumelierten Haaren. Er trug eine Anzughose und dazu ein kurzärmliges hellblaues Hemd sowie eine Aktentasche aus Leder unter dem Arm. Der andere Mann war einen Kopf kleiner, deutlich breiter, muskulös und mit Jeans sowie einem T-Shirt mit Firmenlogo bekleidet.

»Valéry Raynod«, stellte sich der elegantere von beiden vor. Ohne Zweifel der Notar von Onkel Justin, wie Hanna an Niklas' erkennendem Nicken ablas.

»Mein Beileid«, sagte Raynod.

Dann reichte er Hanna die Hand, die sie mit Lilly auf dem Arm mehr schlecht als recht ergreifen konnte. Raynod neigte den Kopf ein wenig, versuchte, Lilly anzusehen und ihr ein Lächeln zu schenken, aber sie drehte sich weg.

»Unsere Tochter Lilly«, erklärte Hanna und streichelte Lilly den Rücken. »Sie ist etwas müde von der Reise.«

»Natürlich«, machte Raynod und nickte verständnisvoll. »Kein Problem, ich habe selbst drei Töchter. Und das«, stellte er den anderen Mann vor, »ist Monsieur Lehmann, der Verwalter. Für alles zuständig, den Garten, die Pflege, die Hausmeisterarbeiten ...«

»Tag«, brummte Lehmann, dessen Haut tiefbraun war, sicher von der vielen Arbeit draußen. Er starrte Hanna an, als er Niklas die Hand gab und dann erst die von Hanna ergriff. Seine Hand war groß, rau und schwielig, der Griff fest. Hanna nickte ihm zu und erkannte einen Ausdruck in seinen Augen, den sie nicht zu deuten vermochte.

»Tja«, machte Raynod und wippte auf den Schuhspitzen. »Vielleicht gehen wir besser rein. Dort ist es angenehmer, und bestimmt wollen Sie sich frisch machen. Es gibt einige kühle Getränke, und dann sollten wir in aller Ruhe das Nötige besprechen. Ich würde dann ...«, Raynod setzte eine betroffene Miene auf, »... anschließend den Bestatter anrufen, damit Sie mit ihm die Formalitäten der Beerdigung besprechen können. Ich wollte Ihnen nicht vorgreifen.«

»Guter Vorschlag«, sagte Niklas und nickte.

Lilly flüsterte: »Ich will da nicht rein.«

Hanna flüsterte zurück: »Nun komm, alles ist gut. Vielleicht finden wir ja ein Eis in der Küche im Tiefkühlfach?«

Damit setzte sie sich in Bewegung und folgte den Männern ins Innere, nachdem Lehmann eher träge den Blick von Hanna gelöst hatte. Komischer Kerl, dachte sie und fragte sich, ob ihr T-Shirt vielleicht zu durchscheinend war oder etwas Ähnliches. Bevor sie eintrat, warf sie einen letzten Blick auf die Hausfassade. Dann zu den Löwen, die ihr nun den Rücken zukehrten, und wieder auf die Fassade. An ein, zwei geöffneten Fenstern bewegten sich die Vorhänge schwach im Wind. Vielleicht war es das gewesen, was Lilly einen Schrecken eingejagt hatte. Ansonsten, fand Hanna, war hier nämlich gar nichts beängstigend. Ganz im Gegenteil.

7

METALL SCHLUG AUF METALL. Ein leises Klickern, dem ein dumpfer Aufschlag folgte. Albin blickte nicht auf und ließ die Zigarette im Aschenbecher verglühen. Tyson lag auf dem Boden. Hechelte und gab ab und zu ein unbestimmtes Jaulen von sich. Albin nahm es nicht wirklich wahr. Auch nicht das warme Licht der Abendsonne, das die Provence in noch intensivere Farben tauchte. Nichts Besonderes, wenn man hier lebte. So war das eben: Die Sonne ging unter, na und? Albin hatte nur Augen für das, was vor ihm auf dem silbernen Bistrotisch lag. Eine rote Mappe, die aus verschiedenen Gründen diese Farbe hatte. Weil ihr Inhalt sehr wichtig war und Priorität besaß. Weil es darin um Frauen mit roten Haaren und, ja, vielleicht auch deswegen, weil es darin um Blut ging.

Wieder das metallische Klicken. Danach das Geräusch, als ob etwas auf den Boden fiel.

Acht Frauen, dachte Albin. Acht Frauen in sechs Jahren in den zwei Départements Vaucluse und Gard. Und nun waren es neun. Albin betrachtete das Foto und legte es zu den anderen. Das neue hatte er heute aus der »La Provence« ausgeschnitten. Es war kein professioneller Farbausdruck wie die anderen. Zu Hause besaß er keinen Drucker, mit dem er ein Bild aus der Online-Ausgabe der Zeitung hätte anfertigen können. Albin hatte nicht einmal einen Computer, und das Handy, das auf dem Tisch neben dem Hefter lag, war ein Nokia von 1998. Das gleiche, das sie in »Matrix« benutzen, hatte Theroux einmal gesagt, und Albin hatte geantwortet, dass er keine Ahnung habe, was er mit »Matrix« meinte. Eine Matrix war ein Schema, ein Raster, eine Tabelle, ein System der Ordnung. Inzwischen wusste Albin natürlich, dass Theroux einen Hollywood-Film mit dem Namen gemeint hatte.

Der Zeitungsausschnitt zeigte eine Art Urlaubsbild von der jungen Frau, die sie bei Venasque gefunden hatten. Jung, frisch, lebensfroh, einige geflochtene Zöpfe im roten Haar – und laut des Artikels in der »La Provence« als Nicole Langlois, 25 Jahre alt, aus Avignon identifiziert. Sie studierte Pädagogik an der dortigen Universität und war mit ihrem Freund namens Pierre Troyat – einem Straßenkünstler, ebenfalls 25 Jahre alt – unterwegs gewesen. Das hatte die Polizei in einer Pressekonferenz mitgeteilt. Was die Reporter selbst herausgefunden hatten, war, dass Nicole sich angeblich mit ihm gestritten hatte und von ihm aus dem Wagen geworfen worden war. Damit galt der Kerl für die Polizei als Hauptverdächtiger und lag wahrscheinlich gerade bettelnd und jammernd am Boden einer Zelle in Avignon, wo er von den Kollegen nach allen Regeln der Vernehmungskunst auseinandergenommen wurde. Aber natürlich, dachte Albin und griff nach seinem Glas, müsste allen klar sein, dass das zu nichts führen würde.

Troyat war ziemlich sicher nicht der Kerl, den sie suchten. Er war nur ein armer Trottel, den sie in die Mangel nahmen, weil sie keinen anderen hatten – ein Lebenspartner, mit dem eine Ermordete kurz vor ihrem Tod Streit gehabt hatte, kam nun mal als Erster an die Reihe. So lief das eben. Punkt. Standardverfahren. Wie in einer Matrix, dachte Albin. Und wenn sie einen Fuß oder eine Axt oder auch nur den Hauch von Nicoles Blut an Troyats Fingern, in seinem Wagen oder seiner Wohnung gefunden hätten, wäre Staatsanwalt Luc Bonnieux längst vor die Medien getreten und hätte die Ergebnisse präsentiert sowie sich selbst als der große King, und alle hätten ihn gefeiert.

Abgesehen davon war kein Serientäter so bescheuert, seine Freundin umzulegen. Es sei denn, dass das seine Methode war, weil er zum Beispiel Lebensversicherungen kassieren oder Erbschaften einstreichen wollte. Aber dann musste man einen Mord als Unfall oder Krankheit kaschieren. Außerdem war es essentiell, dass es eine Leiche gab, die man untersuchen konnte, damit die Versicherung zahlte. In dem laufenden Fall gab es jedoch keine Leichen – bis auf die von Nicole, die gewiss keinem Unfall zum Opfer gefallen war und bestimmt keine Millionen zu vererben hatte.

Hätte Troyat sie außerdem im Streit umgelegt, dann wäre das eine Beziehungstat im Affekt gewesen. In Rage geratene Beziehungstäter prügelten eine Frau tot, erwürgten sie oder drehten total durch und rammten ein Messer fünfzigmal in ihren Körper. Sie überfuhren sie mit dem Wagen, legten den Rückwärtsgang ein und rollten noch mal drüber. Sie nahmen einen Hammer oder eine Axt und droschen auf sie ein, bis sich nichts mehr regte. Sie stellten mit ihrem Opfer jedoch nicht das an, was der Mörder von Nicole Langlois getan hatte.

Der Mord an ihr, das glaubte Albin inzwischen, war vielmehr eine Art von Beschaffungskriminalität. Was zynisch klang, aber den Kern traf. Der Täter hatte sich etwas geholt, das er brauchte. Darum ging es bei dem Mord an Nicole. Vielleicht suchte er nach dem erhabenen Gefühl der Macht über Leben und Tod. Vielleicht nur die Körperteile, vielleicht beides zusammen. Ein Affekttäter suchte so etwas nicht, und da Troyat nach Albins Meinung, wenn überhaupt, allenfalls als solcher in Frage käme, handelte es sich bei ihm nicht um den Mörder von Nicole Langlois. Und er war auch nicht der, auf dessen Konto das Verschwinden der anderen Frauen ging.

Mal allen Ernstes: Troyat hätte dann im Alter von 19 Jahren seine Karriere beginnen müssen, dachte Albin. Noch ein halbes Kind. Das war zwar nicht unmöglich, aber doch reichlich unwahrscheinlich. Zudem war er bislang in keinem der anderen Fälle schon einmal aufgetaucht – und sie hatten mit allen Bekannten, Verwandten und Angehörigen der Vermissten zehnmal gesprochen, keinen Stein auf dem anderen gelassen. Als sie fertig waren, hatten sie wieder von vorne begonnen und alle noch weitere zehnmal vernommen.

Aber vielleicht, dachte Albin, könnten die Fakten inzwischen anderes liegen und er sich täuschen. Obwohl sein Gefühl etwas anderes sagte. Er blickte auf sein Telefon und fragte sich, ob er Theroux anrufen, ihm ein wenig auf die Nerven gehen und nach dem Stand der Dinge fragen sollte. Doch natürlich würde dieser ihm kaum Brauchbares mitteilen – außer, dass Albin sich eine Angel kaufen und fischen gehen sollte, statt den Leuten auf die Nerven zu gehen. Vielleicht hatte Theroux sowieso keinen Bereitschaftsdienst am Wochenende – und damit kam Albin noch eine sehr viel bessere Idee. Nachdenklich führte er das Glas zum Mund und bemerkte, dass es bereits leer war.

Wieder klickerte es. Metall auf Metall. Dieses Mal verfolgte Albin, wie die Boulekugel flog, zwei andere wegschoss und sich dicht am Schweinchen, der kleinen Holzkugel, platzierte. Ein Superwurf, da konnte man nichts sagen.

»Superwurf«, sagte Matteo. Er war wie aus dem Nichts neben Albin aufgetaucht, goss etwas Pastis nach und stellte eine kleine Karaffe Wasser auf den Tisch. Er legte den Kopf schräg, um in die Kladde zu linsen. Albin schlug sie zu, nahm das Wasser und verdünnte den Anisschnaps, bis er einen milchigblassen Gelbton angenommen hatte.

»Superwurf«, bestätigte er und steckte sich eine neue Zigarette an.

»Kannst das Mausen nicht lassen, alter Kater.« Matteo deutete mit dem Kinn auf die Akte, grinste und sah dann dabei zu, wie sich das Siegerteam abklatschte und die nächste Runde vorbereitet wurde. Einer der Männer drehte sich weg, verließ den Bouleplatz und kam rüber zum Café geschlendert. Albin kannte ihn. Natürlich, er kannte alle hier.

»Was?«, meinte Albin zu Matteo und paffte eine weiße Wolke in die Luft.

Matteo wies auf Albins Mappe und wischte wie nebenbei mit einem schmutzigen Tuch über den Bistrotisch. »Hast dein Büro offenbar nach draußen verlegt.«

Albin schwieg.

»Haben sie den Kaffer schon?«

»Wen?«

Matteo beugte sich wieder hoch. »Den Kaffer, der das Mädchen umgelegt hat.«

»Keine Ahnung, wovon du sprichst.«

Matteo gab ein heiseres Zischen von sich, das wohl ein Lachen sein sollte. Schließlich verscheuchte er mit dem Wischtuch ein paar Fliegen und schaute nach unten zu Tyson. Tyson blickte aufmerksam zurück. Knurrte ein wenig. Vielleicht hoffte er auf ein Stück Wurst.

Matteo stemmte die Hände in die fleischigen Hüften und

meinte: »Dein Hund ist mit Abstand der hässlichste, den ich je gesehen habe.«

Albin trank einen Schluck Pastis und antwortete beiläufig: »Das hat er mit dem Hintern deiner Mutter gemeinsam – auch hinsichtlich der Haare.«

Matteo wollte gerade antworten, als Jérôme Lehmann seine bullige Figur vor ihnen aufbaute. In der rechten Pranke hielt er zwei Boulekugeln gleichzeitig und trug ein T-Shirt mit dem Aufdruck seiner Hausverwaltungsfirma. Er kümmerte sich um alle möglichen Gebäude in der Gegend und verdiente ganz gut damit, wie man hörte. Vor allem, weil er kaum Angestellte hatte und das meiste selbst erledigte.

»Superwurf«, sagte Matteo zu ihm. »Ihr liegt vorne, oder?«

»Ziemlich«, meinte Lehmann und deutete auf Albins Pastis. »Ich mache 'ne Pause. Für mich auch so einen. Mit Eis.«

»Kommt sofort«, antwortete Matteo und schwirrte ab.

Lehmann rieb sich über den Nacken und wischte dann die Hand an seiner schmuddeligen Jeans ab. »Verdammte Hitze diesen Juni«, brummte er.

Albin nickte.

Lehmann ließ die Kugeln auf den Boden fallen, worauf Tyson zusammenzuckte und ein gutes Stück zurückkroch.

»Von dem alten Streuben gehört?«

»Was sollte ich von dem gehört haben?«, fragte Albin und zog an der Zigarette.

»Dass er tot ist?«

»Nein, habe ich nicht gehört.«

»Herzinfarkt. Marie hat bei ihm geputzt. Fand ihn morgens im Sessel.«

»Kein schlechter Tod.«

»In zwei Tagen bringen sie ihn unter die Erde. Das Château hat er seinem Neffen vermacht, wie es scheint. Ein Deutscher. Kam mittags mit seiner Familie an.«

»Aha«, machte Albin desinteressiert.

Er kannte weder diesen Streuben, noch interessierte ihn, wem er sein Château vermacht hatte. Er wusste nur, dass der Alte als verschroben galt und Professor für irgendwas war. Ein intellektueller Gelehrter, der sich in seinen Büchern vergrub und von morgens bis abends in einem Tweedjackett herumlief. Zumindest hatte er das über Streuben gehört. Sein Domizil lag ziemlich außerhalb, inmitten von Feldern, umgeben von einem Seitenarm der Sorgue. Ein durchaus prächtiges Anwesen, das Albin ab und zu im Vorbeifahren gesehen und sich Sorgen darüber gemacht hatte, ob es über eine vernünftige Alarmanlage verfügte. Denn sie klauten hier wie die Raben. Alles, was nicht niet- und nagelfest war, nahmen sie mit. Am liebsten aus den Ferienhäusern der Deutschen und Engländer, die ihre Hütten gerne von oben bis unten mit kostbaren Antiquitäten vollstellten, die sie auf den Flohmärkten in Villeneuve les Avignon oder in den unüberschaubaren Hallen von L'Isle-sur-la-Sorgue zu völlig überteuerten Preisen kauften.

Matteo kam mit einem Tablett zurück, auf dem ein Napf mit Wasser und ein Pastis auf Eis standen. Er reichte Lehmann das Glas und fragte: »Scheiße, ein Deutscher bekommt das Château?«

»Scheint so«, sagte Lehmann, nahm sein Glas und trank einen ordentlichen Schluck.

»Irgendwann gehört denen die halbe Provence. Statt mit Panzern kommen sie heute mit Euros.«

Albin drückte seine Zigarette aus. Er sagte: »Geld ist wirksamer als Granaten.«

Matteo brummte etwas Unverständliches. Er nahm den Napf mit Wasser vom Tablett und stellte ihn Tyson hin, der sofort dankbar begann loszuschlabbern.

Matteo fragte Lehmann: »Was ist das für ein Kerl, dieser Deutsche?«

»Er heißt Streuben«, antwortete Lehmann und leerte den Pastis. »Hat eine kleine Tochter und eine hübsche Frau.« Er stellte das Glas ab, machte mit den Händen einige Rundungen in der Luft und nahm in einer Bewegung seine Boulekugeln wieder auf. »Sie hat feuerrote Haare«, fuhr er fort, klackte mit den Kugeln und sah Albin bedeutungsvoll an. Albin blickte zwar auf, sah aber so desinteressiert wie möglich zurück.

Schließlich wurde Lehmann von seinem Team gerufen. Das Spiel ging weiter, und Matteo räumte den Tisch ab. Er tippte auf Albins Mappe und fragte: »Wie ist das, Sherlock: diese kleine Rothaarige in Venasque. Gehört die in diese Serie? Die Zeitungen vermuteten das, weißt schon. Diese Schmierfinken.«

Er warf Albin einen Seitenblick zu, denn natürlich wusste Matteo, dass das ein hochsensibles Thema war. Wenn er von Schmierfinken und Zeitungsartikeln sprach, dann sprach er auch von denen, in denen es geheißen hatte *»Weitere Frau verschwunden – Polizei ist machtlos«* oder *»Kommissionsleiter Albin ›Ahnungslos‹ Leclerc«* sowie *»Ist der kurz vor der Pensionierung stehende Commissaire Albin Leclerc wirklich der Richtige für diesen Fall?«*

Albin antwortete: »Was weiß denn ich? Ich bin nur ein alter Mann.«

Matteo lachte leise und nickte. Er sah auf, als gegenüber die Tür zum Blumenladen aufging. Véronique kam heraus und schloss die Tür von außen ab. Sie machte Feierabend. Wie immer um diese Zeit. Véronique gehörte zu den Frauen, denen das Alter nichts anzuhaben schien. Die mit jedem Jahr immer interessanter und attraktiver wurden. Wenn er ehrlich zu sich selbst war, hatte er schon seit einiger Zeit ein Auge auf sie geworfen. Bislang allerdings auch nicht mehr als das. Er fragte sich für einen Moment, warum er sich nicht mal wie ein Kerl verhielt und einfach in ihren Laden marschierte. Wahrscheinlich deswegen, weil er es schlichtweg verlernt hatte. Das letzte Mal, dass er eine Frau angesprochen hatte, lag mehr als dreißig Jahre zurück.

Véronique trug heute das leichte, weiße Sommerkleid, das Albin so sehr an ihr liebte. Und, verdammt, obwohl sie nur wenig jünger war als Albin, sah sie in dem Kleid aus, als sei sie ihre eigene Tochter. Sie setzte ihre Audrey-Hepburn-Sonnenbrille auf. Schwang sich aufs Fahrrad. Trat in die Pedale und winkte mit einem sonnigen Lächeln zu Albin herüber. Er hob leicht die Hand und lächelte zurück. Matteo grüßte ebenfalls. Dann tippte er nochmals auf die Mappe, drehte sich zur Seite und meinte im Weggehen: »Lass die Toten ruhen, mein Freund. Spiel lieber eine Runde Boule. Oder …« Er stoppte und verfolgte, wie Véronique mit dem Rad um die Ecke bog. Seufzte und fragte: »Ist das nicht ein Prachtarsch? Jeden Abend werde ich gezwungen, mir den anzusehen, ich armer Mann. Aber ich sage dir: Wenn du einem Hund ständig die Wurst vor die Nase hältst, schnappt er irgendwann zu.«

»Einen Scheiß wirst du tun, weil ich sonst meinen Kampfhund auf dich hetze.«

Tyson hörte auf zu schlabbern. Spitzte die Ohren, soweit das möglich war. Matteo verzog das Gesicht und verschwand in der Bar. Von der Boulebahn her klickte es wieder metallisch. Sie schlugen die Kugeln aneinander und begannen mit der nächsten Runde. Und Albin mit der nächsten Zigarette.

Eine neue Rothaarige in der Gegend, in der Rothaarige verschwinden, dachte er und inhalierte tief. Stieß den Rauch durch die Nase aus. Überlegte. Er fragte sich, warum ihn ein komisches Gefühl beschlich, als ihm die neuen Besitzer von Château Ledrome in den Sinn kamen.

8

HANNA SCHRECKTE AUS DEM SCHLAF. Im ersten Moment wusste sie nicht, wo sie sich befand und was geschehen war. Sie lag mit einem dünnen Top und ihrem Slip bekleidet ausgestreckt auf dem Bett. Ein leichter Schweißfilm bedeckte ihre Haut. Neben ihr lag Lilly unter einem dünnen weißen Laken, hatte ihr Schnuffelkissen umarmt und atmete ruhig. Offenbar war Hanna neben ihr eingenickt, nachdem sie Lilly in einem der Gästezimmer zu Bett gebracht hatte. Das Fenster stand offen. Ein leichter Wind bewegte die Vorhänge. Draußen war es weder dunkel noch hell. Die Grillen zirpten.

Leise stand Hanna auf und fragte sich, wie lange sie geschlafen hatte. Sie sah auf die Armbanduhr und rechnete nach, dass es sich lediglich um eine Dreiviertelstunde gehandelt hatte. Auf Zehenspitzen ging sie über die Holzdielen des hohen Raumes, öffnete die Tür, schlüpfte auf den Flur und schloss die Tür wieder behutsam hinter sich. Hier atmete sie tief durch.

Kein Wunder, dass sie mit ihrer Tochter eingeschlafen war. Das frühe Aufstehen in Hamburg, die Anreise, das Kofferschleppen in der Hitze, das Ein- und Auspacken. Sich im Haus zurechtfinden, die Gespräche mit dem Notar und dem Hausverwalter, später die mit dem Bestatter. Die Küche inspizieren, etwas Brauchbares finden, Essen machen – und dann Lilly ins Bett bringen, deren unbestimmte Angst sich gelegt hatte, nachdem Hanna mit ihr eine Erkundungstour durch das Château gemacht hatte, während Niklas noch ein paar Dinge am Telefon und per Mail regeln wollte.

Im Flur war es kühler als in den Schlafzimmern, die nach vorne hin ausgerichtet waren und den ganzen Tag über von der Sonne aufgeheizt wurden. Drei davon befanden sich hier im ersten Stock. In dem einen schlief Lilly. In dem daneben hatten sich Niklas und Hanna einquartiert. Die Decken eines jeden Zimmers waren mit Stuckornamenten verziert. Ebenfalls die der großen Räume im Erdgeschoss.

Wenn man das Haus betrat, gelangte man zunächst in eine Art Foyer oder Diele, die mit handgemachten Terrakotta-Kacheln ausgelegt war, für die man in Deutschland ein Vermögen bezahlen musste. Rechts gab es ein kleines Lesezimmer mit Kamin und einer imposanten Bücherwand sowie einem Fernseher – kein Flachbildschirm, sondern ein altes Röhrenmodell. Justin schien nicht viel Wert auf Technik gelegt zu haben.

Die Küche schloss sich an, und Hannas Herz hatte darin vor lauter Glück ein paar Sprünge gemacht. Sie war wunderschön, und der Boden war mit ebenfalls sehr alten Fliesen, jedoch in bunten provenzalischen Mustern, ausgelegt. An den Wänden standen zwei antike Küchenschränke, die mit ebenso antik wirkendem Geschirr vollgestellt waren. In den Schubladen befand sich jede Menge Silberbesteck, das wenigstens hundert Jahre alt sein musste. Es gab einen Gasherd, einen großen und randvollen amerikanischen Kühlschrank, überbordende Regale sowie einen großen und uralten Holztisch, über dem Trockenblumensträuße und Bündel von Lavendel hingen. Eine schmale Tür führte aus der Küche auf die Terrasse, wo sich ein kleiner Kräutergarten befand.

Auf der anderen Seite des Flures lag ein riesiger Raum, der mit einer wurmstichigen, weißlackierten Schiebetür unterteilt werden konnte. Der vordere Bereich stellte eine Art Empfangsbereich mit eleganten Sofas und Sesseln dar, der hintere ein Esszimmer. Auch hier standen überall Bücherregale. Es hingen Gemälde und Zeichnungen an den Wänden. Auf Tischen und Simsen standen Jugendstillampen, Glasvasen, kleine Figuren aus Bronze. Eine große Flügeltür konnte zur Terrasse hin geöffnet werden, von der aus man einen Blick auf das verwilderte Grundstück bis hinunter zum Fluss hatte.

Eine geschwungene Treppe führte in die erste Etage. Ihre Handläufe waren ebenfalls geschwungen und voller Ornamente – Hanna tippte auf Jugendstil. Am Fuße der Treppe stand, und das war für Lilly ein echtes Highlight gewesen, eine waschechte Ritterrüstung mitsamt Schwert und Schild. Am oberen Ende der Treppe öffnete sich ein schmaler Flur, dessen Wände wiederum mit jeder Menge Bildern und Graphiken dekoriert waren. Hier und da standen alte, rustikale Kommoden, schlicht und nicht aufgearbeitet, für die jeder Antiquitätenliebhaber zu Hause seine rechte Hand, wenigstens aber ein paar Tausender gegeben hätte. Es gab ein geräumiges Bad mit Waschtischen sowie – neben den drei Gästezimmern – Justins großes Schlafzimmer, das zur Terrasse hin ausgerichtet war und über einen kleinen Balkon verfügte.

Über dieser Etage lagen weitere Räume. Ein Zimmer war wohl von Justins Haushälterin zum Bügeln verwendet worden: Es türmten sich Berge von weißen Handtüchern und Laken und Gardinen aus Leinen. Hanna hatte sich hier bedient, um die Betten frisch zu beziehen. Und es gab, korrespondierend zum Empfangs- und Esszimmer im Erdgeschoss, einen riesigen Arbeitsbereich, den Justin für seine Studien und

Forschungen genutzt haben musste. »Das Allerheiligste des Hauses«, wie Niklas ehrfürchtig gesagt hatte. Auch dieser Raum ließ sich mit einer Schiebetür unterteilen. Überall standen Regale voller Bücher. Kostbar wirkende Teppiche lagen auf dem Boden. Die wenigen freien Flächen der Wände waren mit Graphiken und Zeichnungen dekoriert. An einer Stelle hing ein gerahmtes Foto in Schwarzweiß. Ein Hochzeitsbild, das Justin mit seiner verstorbenen Frau Lorraine zu zeigen schien. Auch diese kannte Hanna nur aus Erzählungen und dachte für einen Moment: *Nun seid ihr beide wieder vereint.*

Zwischen allem thronte ein gewaltiger Schreibtisch, auf dem Stapel von Papieren lagen. Darauf stand ein PC mit Röhrenmonitor. Hanna hatte in Hamburg mal einen vergleichbaren Schreibtisch gesehen, der für um die fünfzigtausend Euro angeboten wurde. Ein alter Jugendstilschreibtisch an der Grenze zum Art déco, aus edlen Hölzern gefertigt und mit schlichten Metalleinfassungen versehen, die für klare Linien sorgten.

Ein weiteres Highlight – und für Lilly das entscheidende, um ihre anfängliche Furcht zu vergessen – war das Türmchen. In der zweiten Etage führte eine Tür in einen runden Raum von etwa drei Metern Durchmesser, und darin befand sich eine Toilette mit Ausblick nach draußen. Hanna und Lilly hatten gekichert und sich vorgestellt, wie hier früher die Prinzessinnen ihre Geschäfte erledigt hatten. Vornehmlich hatte sicher Onkel Justin das Etagenklo in direkter Nähe zu seinem Arbeitszimmer benutzt, aber diese Vorstellung war weitaus weniger romantisch. Genau wie die Tatsache, dass mit hoher Wahrscheinlichkeit niemals eine echte Prinzessin das Château betreten hatte.

Die noch größere Attraktion war jedoch der Raum darunter. Eine Etage tiefer konnte man das Türmchen ebenfalls durch eine Tür betreten und gelangte wiederum in einen runden Raum mit identischem Durchmesser. Dort lagerten Putzmittel, Staubsauger und Besen. Aber als Hanna gesagt hatte, dass sich hier doch ein richtig schönes Prinzessinnenzimmer einrichten ließe, hatte Lilly große Augen gemacht und gefragt: »Für miiiich?« Hanna hatte genickt und gemeint, dass sicher kein anderes kleines Mädchen auf der Welt ein rundes Zimmer in einem echten Turm mit Zinnen hätte – abgesehen natürlich von richtigen Prinzessinnen, die in echten Schlössern lebten. Sie hatte angefügt, dass man die Wände bestimmt toll in rosa anstreichen könnte, vielleicht sogar mit etwas Glitzer drauf, und Lilly aus einem der schmalen Fenster jeden Morgen ihr Volk grüßen oder auch eine Flagge heraushängen könnte, wenn sie zu frühstücken wünschte. Es war kein Wunder, dass dieser Vorschlag bei Lilly auf offene Ohren stieß – und einen Moment später hatte sich Hanna von dem Gedanken verabschiedet, in diesem Raum ein Atelier einzurichten. Ein rundes, in einem Türmchen mit echten Zinnen, über das mit Sicherheit keine andere Kinderbuchillustratorin auf der ganzen Welt verfügte …

Unter dem Dach gab es dann nicht mehr viel zu sehen. Die Treppe dorthin wurde schmaler und steiler, weniger dekorativ und führte zu einem Dachboden, der voller Koffer und Gerümpel stand. Hanna war sich sicher, dass es dort noch so einige Schätze zu entdecken gäbe – aber die Luft war heiß und stickig und roch nach Staub und Taubendreck. Sie hatten die Expeditionstour dorthin schnell wieder abgebrochen.

Hanna gähnte und schlich über den Flur. Ihr Blick streifte die Wände. Sie musterte auf dem Weg zur Treppe die Bilderrahmen, hinter deren Glas sich alte Kupferstiche mit Landschaftsansichten oder handschriftliche Manuskripte in kunstvoll geschwungenen Schriften befanden. Es war schwer zu sagen, ob es sich um Originale oder Kopien handelte. Bei allem, was Hanna im Haus jedoch bereits unter die Augen gekommen war, war es schwer zu glauben, dass Justin sich mit Kopien zufriedengegeben hätte. Folglich musste dieses Château von oben bis unten randvoll mit Kostbarkeiten sein, deren Wert sich gewiss kaum beziffern ließ.

Als Hanna die Stufen hinabstieg und das kühle Holz unter ihren Füßen spürte, ging ihr kurz der Gedanke durch den Kopf, dass es hier mehr als genug Zimmer gab und das Château tatsächlich mit einigen wenigen Umbauten in ein kleines Hotel verwandelt werden könnte. Genug Startkapital hing mit Sicherheit an den Wänden oder stand in den Regalen in Form von antiken Büchern oder auch in Form von Möbeln in den Zimmern. Vielleicht könnte sie Lehmann, den Hausverwalter, anrufen und nach einem Brocanteur fragen, der sich das alles ansah und einen Preis machte. Vielleicht war es aber besser, direkt einen spezialisierten Antiquitätenhändler anzusprechen. Aber …

Aber, nein. All diese wundervollen Dinge gehörten nun Niklas und damit auch ihr! Warum sofort daran denken, sie wegzugeben? Wo sie noch nicht einmal genau wussten, *was* sich eigentlich alles im Einzelnen darunter befand, weil sie von der schieren Menge und Pracht schlicht erschlagen gewesen waren?

Bevor sie das alles – oder überhaupt irgendetwas anderes – tun würden, würde Hanna wenigstens einen Tag nutzen, um ihre Tasche mit den Stiften, Farben und Zeichenblöcken zu nehmen und durch die Gegend zu ziehen. Gleich morgen zum Beispiel.

Darauf freute sie sich schon: Sie, Hanna Streuben oder Hanna Henna, eine Zeichnerin und Künstlerin inmitten der blühenden Provence – das war irgendwie wie Weihnachten und Ostern zusammen. Oder so, als ob man mit Lilly zu Toys'R'Us fuhr und ihr sagte: *Nimm alles, was du möchtest, halt dich nicht zurück, Mama und Papa bezahlen.* Allein auf dem Weg vom Flughafen hierhin hatte sie schon viele Motive gesehen. Die Landschaft und die kleinen Dörfer strotzten nur so davon, und sicherlich gäbe es in vielen Ortschaften zahllose kleine Galerien zu besichtigen.

Und noch viel mehr: Avignon, Nîmes und die Camargue mit ihren wilden Pferden und den kleinen Stieren waren kaum eine Stunde entfernt. St. Rémy lag ganz in der Nähe – St. Rémy, wo Vincent van Gogh in der Psychiatrie war und seine berühmten Bilder mit den irren Nachthimmeln entstanden sind. Arles, in dessen Nähe er mit Paul Gauguin ein Haus gemietet hatte. Aix-en-Provence, wo Gauguin und van Gogh im Café les deux Garçons mit anderen Malern, Bildhauern und Schriftstellern Absinth getrunken und sich geprügelt hatten. Aix, die Stadt Paul Cézannes, wo sein Atelier – *Paul Cézannes Atelier!* – besichtigt werden konnte und sich Picasso ein Schloss mit Blick auf Cézannes Lieblingsmotiv, das Gebirge Sainte Victoire, gekauft hatte. Zudem Gordes, mehr oder weniger gleich um die Ecke, wo der große Op-Art-Künstler Victor Vasarely gelebt und gearbeitet hatte.

Hanna wischte die Gedanken beiseite, ließ die letzte Treppenstufe hinter sich und schaute sich um. Kein Zeichen von Niklas. Nur das Ticken einer alten Standuhr. Schließlich sah sie durch eines der Fenster, dass er draußen auf dem Hof war, wo er an einem kleinen Tisch voller Papiere mit seinem Laptop saß.

Hanna ging raus. Draußen war es immer noch warm, aber es wurde zunehmend dunkler. Sie trat vorsichtig mit ihren bloßen Füßen auf den Kies und stand schließlich hinter Niklas. Er schien sie erst zu bemerken, als sie ihm die Hände auf die Schultern legte und flüsterte: »Na, du, Schlossbesitzer?«

Niklas war gerade mit seinem Handy beschäftigt und schrieb eine SMS. Er zuckte leicht zusammen, drückte im selben Moment das Programm weg und legte das Telefon mit dem Display nach unten auf den Tisch.

»Hanna«, sagte Niklas und lächelte.

Er strich ihr über die Hand, griff dann nach vorne und goss sein Weinglas randvoll. Hanna ging um ihn herum, setzte sich auf einen zweiten Stuhl und trank einen Schluck von dem schweren Wein, der ein wahres Feuerwerk in ihrem Mund entfachte.

»O mein Gott, wie lecker ist der denn?« Sie griff nach der Flasche und musterte das Etikett.

»Habe ich im Weinkeller gefunden – unglaublich, was dort alles lagert. Es ist ein Gigondas aus den Dentelles. Die Weine aus der Gegend sind recht schwer und würzig, aromareich, ganz anders als im Bordeaux.«

»Vor allem total lecker«, sagte Hanna, stellte die Flasche weg und griff sich nun das Glas.

»Schläft sie?«

Hanna nickte und sagte, dass sie selbst gleich mit eingeschlafen sei. Niklas schmunzelte und tippte nebenbei etwas in das Laptop. Das leuchtende Display tauchte sein Gesicht in kaltes weißes Licht.

»Mit wem hast du geschrieben?«, fragte sie beiläufig.

»Arbeit. Hamburg«, antwortete Niklas.

»Und wem schreibst du nun?«

»Ebenfalls Arbeit.«

Hanna sah in den Himmel, wo zwischen den Blättern der Kuppel aus Ästen vereinzelt Sterne blinkten. Das Konzert der Grillen schwoll an. Sie trank noch etwas und sagte: »Es ist so wunderschön hier. Ich verstehe gar nicht, warum ich noch nie in der Provence war. Warum sind wir eigentlich nie hergefahren, um deinen Onkel zu besuchen?«

Niklas zuckte mit den Achseln. »Hat sich halt nicht ergeben.«

»Es ist traumhaft, wirklich. So leid es mir ja um Justin und für dich tut – aber das Château ist großartig, und wir könnten hier doch wirklich ein kleines Hotel …«

»Zunächst einmal muss ich mich um die Beerdigung kümmern. Dann den ganzen Papierkram beim Notar. Die Behördengänge und das alles, und dann noch on top …«

»On top?«

»Probleme in Berlin und mit einem neuen Projekt. Die Bodengutachten sind ganz anders als erwartet ausgefallen, was die Kosten explodieren lässt und den Zeitplan über den Haufen wirft.«

»Aber ich dachte …«

»Ich habe die Mail vorhin bekommen und mit dem Büro telefoniert. Hast du eine Ahnung, was damit alles zusammenhängt? Da hängen die ganzen Baufirmen, die Statiker und Handwerker mit drin. Und noch viel mehr.«

»Niklas, ich dachte, du hättest dir freigenommen, und …«

»Pfff. Sicher. Aber du siehst es ja. Aus der Nummer komme ich nicht raus. Da muss ich jetzt durch, Zähne zusammenbeißen, anpacken, hilft ja nichts.«

Da muss ich jetzt durch. Das war sein Lieblingsspruch, wenn er sich Arbeit bis zum Gehtnichtmehr aufhalste – so, als ob es niemand anderen gab, der sich darum kümmern könnte. Aber er schien irgendwie auch stolz darauf zu sein. Stolz darauf, sich kaputtzumachen und wie ein Held der Arbeit dazustehen. Was in gewissen Kreisen vielleicht als cool galt. Hanna fand es einfach nur bescheuert. Und für einen Moment blitzte wieder dieser Gedanke auf. Dass er die SMS gerade eben nicht wegen des Jobs geschrieben hat, sondern aus privaten Gründen. Vielleicht war sie an seine Ex adressiert, mit der er immer noch ein freundschaftliches Verhältnis pflegte. Oder an diese Jutta von der Baufirma, die er gelegentlich erwähnte. Oder an eine andere Frau, die vielleicht jünger war als sie. Hübscher. Knackiger. Weniger genervt von ihm.

Hanna trank einen weiteren, großen Schluck Wein. Dann beugte sie sich vor und klappte das Laptop einfach zu.

Niklas sah sie fassungslos an. »Hallo?«, protestierte er. »Spinnst du jetzt?«

»Schau doch mal in den Himmel, Niklas. Und schau dich überhaupt mal um. Ein Sommerabend in der Provence, es ist warm, wir sitzen draußen, die Grillen zirpen. Wir haben Wein und gerade ein Château geerbt. Hm?«

Niklas starrte sie an. Schließlich fuhr er sich mit den Händen durch das Gesicht und sagte durch die Finger hindurch: »Vielleicht hast du recht.«

»Ziemlich sicher habe ich recht«, antwortete Hanna und schenkte Wein nach. Sie gab Niklas das Glas. Er nahm es, schwenkte die ölige Flüssigkeit und trank es dann halb leer.

Hanna lachte leise. »Du bist mir ja ein Genießer. Kippst den guten Tropfen einfach so runter …«

»Ist ja genug davon da.«

Niklas grinste. Hanna ebenfalls. So gefiel er ihr schon wieder besser. Sie deutete in Richtung des Brunnens und auf das Gitter vor dem Parkeingang.

»Was genau ist eigentlich in dem Park hinter dem Haus?«

»Bäume. Büsche. Regenbassins. Ein kleines Gebäude, in dem sie früher wohl irgendwelches Material für die Seidenspinnerraupen aufbewahrt haben.«

»Material?«

Niklas machte eine ahnungslose Geste. »Frag mich etwas Leichteres. Keine Ahnung, was man dazu benötigt hat. Futter? Ich weiß es nicht. Früher habe ich oft in dem Park gespielt. Damals wurden Gartengeräte dort aufbewahrt.«

»Das Tor scheint ja versperrt zu sein. Hat Lehmann dir die Schlüssel gegeben?«

»Nein, dafür hatte er keine. Justin hatte sie wohl irgendwo herumliegen. Ich werde sie schon finden.«

Hanna nickte. Sie winkelte die Beine an, zog sie hoch und stellte die Hacken auf dem Stuhl ab. Sie wischte ein paar Steinchen und Piniennadeln fort, die es sich unter ihren Fußsohlen bequem gemacht hatten, und sagte: »Ich würde morgen gerne ein wenig auf Tour gehen – zum Fotos machen und zum Zeichnen. Ist das okay? Würdest du dich solange mit Lilly beschäftigen?«

Niklas sog die Luft durch die Nase ein. Verschränkte die Arme hinter dem Kopf und sagte im Ausatmen: »Na, klar. Ich muss mich natürlich noch um einige Dinge kümmern, aber …«

»… aber«, zählte Hanna an ihren Fingern auf, »du bist mit deiner Familie in Frankreich, du musst dich um Justins Nachlass kümmern, um seine Beerdigung, und es ist Wochenende.« Hanna hielt nun fünf Finger hoch. »Du hast eigentlich sowieso frei, und ich bitte dich nur um einen Vormittag.

Bitte! Du weißt, wie sehr ich mich darauf freue, ein paar Skizzen oder Aquarelle …«

»Okay, okay.« Niklas fiel ihr ins Wort und hob eine Hand. »Ich werde mich mit ihr zusammen ein wenig in Justins Arbeitszimmer umsehen und ihr ein paar Geschichten von früher erzählen.«

»Deal?«

»Deal.«

Hanna hielt Niklas die Hand hin. Er klatschte sie ab.

Sie sagte: »Machen wir noch die Flasche leer, gehen duschen und werfen uns dann nackt auf die Laken? Ich hatte noch nie Sex mit dem Besitzer eines südfranzösischen Anwesens.«

Niklas lachte leise und klappte sein Laptop wieder auf. »Warum nicht?«

Hanna blickte auf den Computer. Sie hörte den Ton von Niklas' Handy für eine eingegangene SMS. Und wusste warum nicht. Sie seufzte, griff die Weinflasche und das Glas und sagte, dass sie schon mal vorgehen werde. Niklas antwortete, er käme gleich nach.

Beim Hereingehen streifte Hanna die feinen Kiesel unter ihren Sohlen auf der Fußmatte ab. Sie ging in Richtung Treppe und prostete im Hinaufgehen der Ritterrüstung sowie dem gerahmten Porträtbild daneben an der Wand zu. Es zeigte das Profil einer wunderschönen, eleganten Frau. Ihre Haare hatten einen zarten Rotton.

9

ALBIN WAR FRÜH AUFGESTANDEN und hatte mit Tyson die übliche Runde gedreht. Er war an Véroniques Blumenladen vorbeigekommen und hatte eine Weile in die Fenster gestarrt. Schade, dass nicht geöffnet war. Endlich einmal hätte er sich zusammenreißen und eintreten, einige Blumen kaufen und ein wenig mit Véronique plaudern können. Aber es war Sonntag, und sonntags waren die Läden für gewöhnlich geschlossen. Also keine Blumen, dafür zwei Tüten mit duftenden Croissants vom Bäcker – eines davon sogar mit Schokofüllung. Schließlich war Albin nach der morgendlichen Runde mit Tyson zum Wagen gegangen, hatte die Heckklappe geöffnet und Tyson hineingehoben. Dann war er selbst eingestiegen und nach Carpentras gefahren.

Die Stadt am frühen Sonntagmorgen. Normalerweise ließ das quirlige Leben den etwa dreißigtausend Einwohner zählenden Ort wenigstens doppelt so groß wirken, vor allem an Markttagen. Aber jetzt um diese Uhrzeit – nichts davon zu sehen oder zu spüren. Alles war wie ausgestorben, ein bisschen wie in diesem Film, wo der Kerl morgens aufwacht, und alle Menschen sind fort und die Städte verwaist. Über der Straße wehten einige bunte Wimpel. Ebenso bunte Plakate kündeten von der nahenden *Fête de la Musique* – dem alljährlichen, vom Kultusministerium geförderten Musikfestival in Carpentras, auf dem es von Klassik über Jazz bis hin zu Heavy

Metal alle möglichen Konzerte gab, bei denen für gewöhnlich jede Menge los war.

Albin parkte den Wagen am Rande des Boulevard Albin Durand, der einen Teil des Rings um die Altstadt darstellte, im Schatten unter den Bäumen. Er nahm eine der Tüten mit Croissants und ließ Tyson an der Leine aus dem Kofferraum springen – wozu ein Mops durchaus und ohne schwere Gelenkschäden davonzutragen in der Lage war. Dann liefen sie über die Straße zum Polizeigebäude und gingen hinein.

An der Pforte musste Albin sich gar nicht vorstellen – die junge Polizistin, die dort saß, kannte Albins Namen.

»Ich habe etwas für Theroux«, sagte Albin, lächelte verschwörerisch und wackelte mit der Tüte vom Bäcker.

»Aber es ist doch Sonntag?«

»Eben drum.«

Sie warf einen Blick auf ihren Computer und erklärte, dass Theroux leider nicht im Dienst sei.

»Dieser Faulpelz«, meinte Albin und lachte leise. »Naja, ich werde ihm schnell die Croissants auf den Schreibtisch legen. Die sind morgen auch noch gut, und ich habe damit meinen Teil des Deals erfüllt.«

Die Polizistin lächelte amüsiert, dachte sich wahrscheinlich, dass die beiden irgendeine Art von Wette abgeschlossen hatten.

Sie fragte: »Sie wissen ja, wo Theroux' Büro ist?«

»Natürlich«, antwortete Albin.

Er lief die Treppe hinauf, den Flur entlang, ließ Theroux' Büro jedoch links liegen und ging in den Besprechungsraum. Alles war verwaist. Weil es noch zu früh war, weil der Bereitschaftsdienst auf Abruf zu Hause hockte und am Sonntag sowieso nur eine Notmannschaft zur Verfügung stand. Wunderbar, dachte Albin, als er die zwei Whiteboards betrachtete, die mit Fotos vom Tatort bei Venasque gepflastert waren. Es hingen Berichte an den Tafeln, außerdem Bilder der bisherigen Vermissten und Fotos der mutmaßlichen Orte ihres Verschwindens. Es sah nach jeder Menge Arbeit aus. Albin nahm sich eine Minute, in der er sich einen vagen Überblick verschaffte. Dann nahm er die kleine Kamera aus der Hosentasche – ein hochauflösendes Sechzehn-Megapixel-Modell – und machte einige Aufnahmen von den Whiteboards, um sich auf diese Weise die Tatortbilder zu sichern und ein paar der neuen Berichte. Aufregendes stand eher nicht darin. Reine Archivarbeit für seine persönlichen Unterlagen. Er steckte die Kamera wieder ein und ging in die Teeküche, wo er die Croissants ablegte, die Tüte aufriss, ein Croissant herausnahm und den Rest so drapierte, dass es aussah, als habe irgendwer die Tüte und das Gebäck dort am Ende der Woche vergessen.

Dann ging er wieder zu Theroux' Büro, dieses Mal nicht daran vorbei, sondern hinein. Er nahm den Telefonhörer ab und wählte die Nummer der Rechtsmedizin in Nîmes, wo jemand abnahm, der auf seinem Display eine Nummer aus dem Kriminalkommissariat in Carpentras sehen würde. Albin meldete sich mit einem vernuschelten Namen und fragte, ob Berthe heute keinen Dienst habe. Der Sachbearbeiter in der Zentrale antwortete, sie sei vor ein paar Minuten an der Anmeldung vorbeigekommen. Ob er das Gespräch zu ihr durchstellen solle? Das sei zwecklos, log Albin, denn Berthe habe eben nicht abgenommen und sei wahrscheinlich erst einen Kaffee trinken gegangen. Er werde es gleich noch mal direkt probieren, sein Anliegen sei aber eh nicht allzu dringend. Er legte auf und blickte auf die Uhr. Fünf Minuten hatte er gebraucht. Alles im Zeitplan.

Albin setzte sich nebst Tyson wieder in Bewegung und stoppte an der Pforte, um der Polizistin ein Croissant zu schenken.

»Danke schön, Monsieur le Commissaire«, sagte sie höflich.

»Frühstück ist die wichtigste Mahlzeit«, antwortete Albin.

Die junge Frau streckte sich etwas, sah über den Tresen hinweg, grinste und meinte: »Sie haben einen wirklich drolligen Hund.«

»Drollig?«

Die Polizistin nickte. »Wie heißt er denn?«

»Tyson. Wie Mike Tyson, der Boxer.«

Jetzt grinste sie noch breiter. »Er passt zu Ihnen.«

Albin seufzte und zuckte mit den Achseln. Dann verabschiedete er sich und überquerte im Laufschritt die Straße. Tyson hechelte hinterher.

Albin hob ihn in den Kofferraum, setzte sich ans Steuer und fuhr los in Richtung Avignon. Er überquerte die Rhône und bog bei Remoulins, wo es auch zum großen römischen Aquädukt Pont du Gard ging, auf die A9 in Richtung Montpellier.

In Nîmes verließ er die Autobahn und fuhr zum Rechtsmedizinischen Institut an den Uni-Kliniken. Es war erst kurz nach neun, er hatte nicht lange gebraucht. Die Pathologen dort waren für einen ziemlich großen Bereich in den Regionen Languedoc-Roussillon, Provence-Alpes-Côte d'Azur und Rhône-Alpes zuständig. Das Institut deckte die angrenzenden Départements mit den Landgerichtsbezirken Nîmes, Alès, Tarascon, Mende, Avignon und Carpentras.

Albin warf einen sorgenvollen Blick auf die Croissants in der verbleibenden Tüte, die auf dem Beifahrersitz lag. Darin befand sich auch das mit Schokolade gefüllte, und Albin hoffte, dass es in der Sonne nicht matschig und damit unappetitlich werden würde.

10

BERTHE SASS AM TISCH in der Teeküche. Sie roch frisch geduscht. Ihre kurzen Haare waren mit ein wenig Gel aufgestellt. Die ungeschminkten Lippen mochten sich nicht zu einem ironischen Lächeln entscheiden, standen aber unmittelbar davor. Aus klaren Augen musterte sie Albin, der ihr gegenübersaß, mit einem abschätzenden Blick.

Albin gab sich entspannt, hatte die Beine etwas auseinandergestellt, die Hände im Schoß gefaltet und dazwischen eine Tasse Kaffee aus der Instituts-Kaffeemaschine. Vor ihm lag die Tüte mit den Croissants. Neben ihm lag Tyson und sah unschlüssig zwischen Albin und Berthe hin und her – als sei er nicht sicher, was als Nächstes passieren würde.

»Nein«, sagte Berthe.

»Ach, nun komm schon.«

»Ich darf darüber keine Informationen geben, und das weißt du ganz genau, Albin Leclerc!«

»Nur eine klitzekleine.«

»Nein. Auch wenn du noch so nett und freundlich und zugänglich wärest und aussehen würdest wie Johnny Hallyday in seinen besten Zeiten.«

»Aber ich bin doch nett. Und zugänglich.«

»Genau das macht mich skeptisch.«

»Du … Du magst Johnny Hallyday?«

Berthe machte eine wegwerfende Geste. »Habe ich doch

nur so dahergesagt, meine Güte. Johnny Hallyday, also bitte.«

Albin räusperte sich leise. Er löste eine Hand von der Tasse und schob Berthe die Tüte mit den Croissants hin. »Das dunklere«, erklärte er, »ist mit Schokofüllung.«

»Trotzdem: Vergiss es.« Berthe griff nach vorne und nahm das Croissant, ohne den Blick von Albin zu lösen.

»Du bist eine harte Frau.«

»Und du bist ein unmöglicher Kerl.« Berthe musterte das Gebäck. Dann sah sie Albin an wie einen kleinen Jungen, der etwas Schlimmes getan hatte. »Hast du ein Wahrheitsserum hineingespritzt?«

»Natürlich nicht«, lächelte Albin.

Berthe biss ein Stück ab und wischte sich sofort danach einen Krümel aus dem Mundwinkel.

Albin sagte: »Ich verlange doch gar nicht, den Bericht zu lesen.«

»Das wäre auch noch schöner!«

»Ich bitte lediglich um ein unverbindliches Informations-Almosen.«

Nun lachte Berthe endlich, schallend. Albin lächelte zurück. Bring sie zum Lachen, dachte er, und die verschlossene Türe öffnet sich einen Spalt.

»Und, was sagst du?«

Statt zu antworten, biss Berthe das nächste Stück ab und drang offenbar zur Füllung vor.

Albin fragte: »Theroux war bei der Obduktion dabei?«

»Sicher«, antwortete Berthe und hielt sich die Hand unters Kinn, um weitere Krümel aufzufangen.

Albin nickte. Theroux würde er sich anschließend noch vorknöpfen.

Albin sagte: »Also, nach meiner Meinung passierte Folgendes: Dieser Kerl, dieser Troyant, fährt mit seiner Freundin durch die Gegend, streitet sich mit ihr und wirft sie unterwegs raus. Der Mörder liest sie an der Straße auf, denn er ist selbst mit dem Wagen unterwegs und denkt sich: O là là, die passt ja genau in mein Beuteschema. Er stoppt. Bietet an, sie mitzunehmen – und setzt sie mit dem Elektroschocker außer Gefecht. Dann sucht er sich einen ruhigen Ort, holt seine Sachen aus dem Kofferraum, fixiert Nicole und schlägt ihr mit der Axt die Füße ab.«

Berthe sagte erst nichts. Dann meinte sie: »Könnte so passiert sein. Vielleicht war es auch anders.«

»Ich gehe lediglich von dem aus, was ich weiß. Ist allerdings nicht viel. Der Rest ist Intuition.«

»Mhm.«

»War es denn eine Axt?«

»Habe ich dir ja schon am Tatort gesagt, dass das sein könnte.«

Albin schwieg. Wartete ab.

Nach einem Moment erklärte Berthe: »Meine Annahme hat sich bestätigt. Eine sehr scharfe Axt, keine mit kurzem Stiel, sondern mit einem langen. Denn du brauchst ziemlich viel Kraft, wenn du jemandem ein Körperteil mit einem Hieb abschlagen willst, und mit einer langen Axt mit schwerem Kopf erreichst du erheblich mehr Wirkung. Ich würde annehmen, dass man eine solche Axt besitzt, wenn man zum Beispiel Holzfäller oder Gärtner ist. Aber angesichts des Falls Langlois und in Anbetracht einer vagen Möglichkeit, dass sich das Abschlagen von Körperteilen möglicherweise auch in den bislang noch nicht bestätigten Mordfällen als Ritual oder Modus erweisen könnte …«

»Ja?«

»Vielleicht hat der Täter die Axt nur zu diesem Zweck angeschafft. Um damit seine Opfer zu amputieren.«

Albin nickte und fuhr fort: »Er lässt Nicole also da liegen. Die Füße nimmt er mit. Normalerweise würde er die Leiche verscharren, aber aus irgendwelchen Gründen kommt er nicht dazu. Die anderen Leichen hat er jedenfalls vergraben. Und Theroux und der Rest laufen wie blöd in der Gegend herum, suchen bei Venasque überall nach Reifenspuren vom Fahrzeug und Fasern und Täter-DNS an Nicoles Körper …«

»Gibt keine«, sagte Berthe mit vollem Mund. Sie griff nach ihrer Kaffeetasse, trank einen Schluck. »Er hat sie nicht vergewaltigt, nicht geküsst, nicht auf sie onaniert und wahrscheinlich Handschuhe getragen.«

»Weil er das nicht zum ersten Mal macht«, sagte Albin. »Er hat Routine. Sein System hat sich bewährt: Er findet die Opfer zufällig, hat immer alles dabei, was er benötigt. Fährt einfach durch die Gegend, und kaum sieht er eine Rothaarige – bingo –, springt er sofort darauf an.«

Und damit, dachte Albin, könnte sich erklären lassen, auf welche Art und Weise die Vermissten verschwunden waren. Der Fall Nicole Langlois war der Schlüssel.

Die anderen …

Begonnen hatte es vor sechs Jahren. In Avignon wurde damals eine junge Frau vermisst gemeldet. Eine Joggerin. Sie ging laufen, kam jedoch nicht wieder zurück. Dann verschwand etwas später eine rothaarige Erntehelferin in Cavaillon, und im Jahr darauf eine Frau nach dem Einkaufen in der Gegend von Nîmes. Zwei Frauen in Beaucaire und Vaison-la-Romaine lösten sich scheinbar in Luft auf – wiederum jeweils Erntehelferinnen in den Weinfeldern. Alles waren bis dahin normale Vermisstenfälle, zudem in unterschiedlichen Départements. Niemand dachte an einen Zusammenhang. Hunderte von Menschen verschwanden jedes Jahr aus den unterschiedlichsten Gründen. Viele tauchten wieder auf, manche nicht. So war das eben. Nichts Außergewöhnliches. Die Routineermittlungen wurden abgespult, Verwandte und Datenbanken befragt, Suchmeldungen gestartet, fertig.

Als schließlich in Carpentras eine junge deutsche Touristin verschwand, gab es ziemlichen Wirbel mit Botschaften und auswärtigen Ämtern und Druck vom Ministerium, das Recherchen über Interpol und Europol verlangte. Albin ging also die Vermisstenverzeichnisse durch – und dachte, ihn trifft der Schlag, als ihm all die Rothaarigen auffielen. Dann gab es zwei weitere Fälle, und der inzwischen hellhörig gewordenen Polizei war damit endgültig klar: Das sind mit Sicherheit keine Zufälle – zumal alle Frauen vollkommen spurlos verschwunden waren. Niemand hatte ihre Kreditkarten benutzt oder sonst etwas. Nichts tauchte bei Hehlern auf. Gar nichts. Die Frauen waren einfach weg. Wie vom Erdboden verschluckt. Und das inmitten einer Welt voller Überwachungskameras und GPS-Sensoren. Genau wie dieses Flugzeug aus Malaysia mit den chinesischen Passagieren, von dem sie aber mittlerweile immerhin ein paar Wrackteile gefunden haben.

Jedenfalls ging die Polizei nicht von Raubmorden aus. Es gab den Ansatz, ein bizarrer Mädchenhändlerring mit Vorlieben für spezielle Haarfarben könne die Frauen entführt und – zum Beispiel – in den Harem irgendeines Scheichs nach Dubai verfrachtet haben. Am wahrscheinlichsten aber war, wovor sie alle Angst hatten: dass ein Serienmörder in der Provence aktiv war und sich rothaarige Frauen holte. Dass es nicht eine Leiche gab, machte den Fall zu einer ermittlungstechnischen Katastrophe – und am Ende zu einem persönlichen Desaster für Albin. Bis auf Hunderte von Zeugenaussagen, die zu nichts führten, Berge von Vernehmungsprotokollen und Gutachten von Psychologen und Fallanalytikern aus Marseille sowie einigen Hinweisen von selbsternannten Hellsehern hielt Albin nichts Greifbares in Händen. Es war zum Verrücktwerden, denn sie konnten ja kaum alle rothaarigen Frauen in der Gegend mit Fußfesseln überwachen. Im Prinzip konnten sie überhaupt nichts tun – außer danebenstehen, die Streifen verdreifachen und darauf hoffen, dass irgendwann irgendwem irgendetwas auffiel. Was nicht geschah.

Berthe vernichtete den Rest des Croissants und sagte dann: »Nicole war wohl vorher beim Grillen in Gordes, bei Freunden, sagt Theroux. Im Magen fanden sich Reste von Rindersteaks, Salat und Rotwein.«

»Ah«, machte Albin und dachte: Gordes, Venasque, dazwischen der Col de Murs, die beide Orte verbindende D-4, die schließlich weiter nach Carpentras führte …

»Die Frage ist bloß«, meinte Berthe, »was er mit den Füßen will.«

»Trophäen?«

»Recht kurzlebige. So ein Körperteil zerfällt sehr schnell – es sei denn, du konservierst es. Und wenn du das tust, brauchst du gute Kenntnisse über die Methoden und spezielle Materialien und Zutaten.«

»Formalin?«

»Es gibt einige Möglichkeiten.«

»Weiß Theroux das?«

Berthe setzte zur Antwort nur eine mitleidige Miene auf.

»War ja nur eine Frage.«

»Theroux ist ein cleverer Bursche.«

Ja, dachte Albin. Und leider war da draußen jemand mit einer Axt im Kofferraum unterwegs, der ebenfalls nicht auf den Kopf gefallen war.

11

HANNA SASS IM SCHATTEN eines Hauses auf einer flachen Mauer und hörte nichts als das Plätschern eines Brunnens. Dazu kam nun das Glockenläuten aus der Kirche Notre Dame auf der anderen Seite des kleinen Platzes. Sie legte die Graphitstifte zur Seite und ließ den Zeichenblock auf ihren Knien ruhen. Darin befanden sich inzwischen einige Skizzen. Sie betrachtete die Menschen, die vom Sonntagsgottesdienst aus der Kirche kamen. Menschen aller Altersschichten. Kaum zu glauben, dachte Hanna, dass dieses kleine Dorf mit seinen gerade mal tausendfünfhundert Einwohnern früher Bischofssitz und die kleine, schmucklose graue Kirche eine Kathedrale gewesen waren. Hanna hatte vorhin auf ihrem Smartphone gelesen, dass Teile der Kirche aus dem 7. Jahrhundert stammen sollen – zumindest hatte man das lange angenommen und geglaubt, die Kirche sei eine der ältesten in ganz Frankreich.

Überhaupt war hier alles uralt – wie die Turmruinen an der wuchtigen Stadtmauer, die bereits die Römer errichtet hatten. Uralt und wunderschön, mit engen Gassen und von wildem Wein bewachsenen Fassaden, gelegen auf einem Felssporn, dem sich Hanna von einer schmalen Landstraße aus genähert hatte, die links und rechts mit Obstbaumplantagen bewachsen war. Bis zum Château waren es mit dem Auto nicht einmal fünf Minuten.

Hanna trank einen Schluck Wasser aus der großen Flasche und ließ die Gottesdienstbesucher an sich vorbeiziehen. Sie verloren sich rasch in den Straßen oder in ihren Autos und würdigten Hanna keines Blickes. Sicherlich waren sie Touristen gewohnt. Bestimmt auch solche, die mit Zeichenblöcken unterwegs waren. Hanna schaute über die weite, sattgrüne Landschaft unterhalb der Mauer und legte den Block zur Seite. Die Skizzen darin würden sich auf die eine oder andere Art und Weise in einem neuen Wimmelbuch wiederfinden. Meist ging es darin um Dinge wie Städte, Baustellen, Flughäfen, Zoos – kurz alles, was in der Lebenswirklichkeit von Kindern eine Rolle spielte. Das neue Projekt hingegen sollte eine Art Zeitreise darstellen und von den Dinosauriern über die Ritter bis hin zu den Cowboys und Indianern führen. Für alles, was mit Rittern und Burgen zu tun hatte, würde sie in dieser Gegend zahllose Motive finden. Die Turmruinen und die Mauern der Befestigungsanlage schrien geradezu danach, in ein Ritterbild zu gelangen. Und im Tal zu Füßen des Ortes wand sich ein kleiner Fluss namens Nesque durch eine Art Canyon, und man konnte sich ausgezeichnet vorstellen, wie dort Dinos umherliefen oder Neandertaler an Feuerstellen kochten. Hanna nahm das Smartphone aus ihrem Rucksack, hielt es hoch und machte einige Aufnahmen, um den fabelhaften Ausblick festzuhalten, der am Horizont lediglich vom allgegenwärtigen Massiv des Mont Ventoux begrenzt wurde. Für eine weitere Zeichnung blieb ihr keine Zeit mehr, denn sie hatte gesagt, dass sie bis spätestens …

»Hallo«, sagte der Mann freundlich. Er stand am Brunnen, wusch sich die Hände und fuhr sich mit feuchten Fingern über den Nacken. Hanna schätzte ihn auf Anfang vierzig. Der Dreitagebart war leicht graumeliert, ebenso die halblangen

Haare, die er zum Zopf gebunden trug. Sein weitaufgeknöpftes, hellblaues Hemd offenbarte gebräunte Haut. Er trug es über einer khakifarbenen Chino und wirkte insgesamt nicht wie jemand, der gerade aus dem Gottesdienst kam. »Haben Sie schöne Motive gefunden?«

Hanna nickte und steckte das Handy zurück. Sie sagte: »Es fällt nicht schwer, hier welche zu finden.«

»In der Tat.« Er kam herüber, deutete auf Hannas Zeichenblock, neben dem ihr Skizzenbuch lag. »Sie arbeiten beruflich daran?«

»Wie kommen Sie darauf?«

»Ich sehe, welche Marken Sie verwenden. Das ist Profi-Material.«

»Dann arbeiten Sie auch beruflich damit?«

»Gewissermaßen.«

»So, so. Ich tatsächlich auch«, meinte Hanna.

»Ich bin Jeremy.« Der Mann lächelte und streckte seine Hand aus. Sie fühlte sich kühl und frisch an.

»Hanna Streuben.«

Jeremy stutzte kurz, so als sagte ihm das irgendetwas, was natürlich nicht sein konnte. Hanna hatte ihn noch nie im Leben gesehen. »Streuben«, meinte er dann gedehnt. »Ich höre, dass Sie keine Französin sind – also müssen Sie meine neue Nachbarin sein.«

»Nachbarin?« Hanna schaute verdutzt und glitt von der Mauer, um sich hinzustellen.

»Château Ledrome.« Jeremy machte eine Geste, die alles und nichts bedeuten konnte. »Ich wohne ganz in der Nähe. Wie man hört, ist Ihr Onkel verstorben …«

»Der meines Mannes«, lächelte Hanna.

»Oh.« Jeremy lächelte zurück und musterte Hanna blitzartig. Vor allem ihre Hände und dort sicher insbesondere ihren Ringfinger. »Okay«, meinte er. »Dann der Onkel Ihres Mannes. Tut mir sehr leid. Im Ort redet man so dies und das, und ich schnappte den Namen Streuben auf.«

»Ich habe ihn nie kennengelernt.« Hanna pustete sich eine Strähne aus der Stirn und strich sie hinters Ohr.

»Ich ebenfalls nicht«, kommentierte Jeremy. »Obwohl mein Haus beinahe in Rufweite des Anwesens liegt. Dieses kleine Bauernhaus, vielleicht haben Sie es gesehen, es liegt etwas abseits ... Mit Windspielen auf dem Dach?«

Hanna verneinte mit einem Kopfschütteln. »Ich werde darauf achten. Klingt aber sehr romantisch.«

»Es ist mehr ein *work in progress* – ich baue seit Jahren daran herum. Ihr Onkel – nein, der Ihres Mannes – war jedenfalls niemand, der die Öffentlichkeit suchte – zumindest nicht im Ort. An der Uni mag das anders gewesen sein. Er war ja wohl eine gewisse Größe auf seinem Gebiet.«

»Das war er wohl, stimmt.«

Hanna schwieg einen Moment. Jeremy ebenfalls. Schließlich legte er den Kopf schief und betrachtete ihre letzte Zeichnung. »Die Landschaft und das Nesquetal können Sie übrigens von der anderen Seite aus besser überblicken«, sagte er dann. »Nahe des Stadttores.«

»Ah, danke.«

»Sie zeichnen für Kinder?«

Hanna klappte den Block zu, um ihn zusammen mit den anderen Zeichensachen im Rucksack zu verstauen. Sie war eher durch Zufall darauf gekommen und hätte sich auf der Kunsthochschule in Frankfurt nie im Leben vorgestellt, später einmal als Hanna Henna Bilderbücher zu illustrieren. Damals hatte sie große, wuchtige Neo-Pop-Art gemalt. Es war eine aufregende

Zeit gewesen. Als sie wegen Niklas nach Hamburg gezogen war, hätte es um ein Haar sogar mit einem Galeristen geklappt. Der Galerist hatte in Hannas Portfolio allerdings ein paar Zeichnungen für Kinder entdeckt – eher dahingekritzelte Bilder mit Schiffen und Fischen, mit denen Hanna einfach so aus Lust und Laune begonnen hatte, nachdem sie wusste, dass sie schwanger war.

Der Galerist kannte einen Verleger. Der Verleger hatte eine Frau. Die Frau arbeitete in einem Kinderbuchverlag. Die Frau rief an und sagte, sie suchten gerade nach einem neuen Look für eine neue Reihe für Kinder ab drei Jahren, und ob Hanna sich vorstellen könne, ein paar Zeichnungen einzureichen. So wurde Hanna Henna geboren. Es machte Hanna einen riesigen Spaß, Hanna Henna zu sein. Ihre größte Inspiration war Lilly – wenngleich sie nie aufgehört hatte, den großen Traum von der freien Malerei zu träumen. Ein Traum, den sie nie aufgegeben, lediglich verschoben hatte.

Hanna zurrte den Rucksack zu und antwortete: »Ich zeichne Illustrationen für Bilderbücher.«

Jeremy nickte und machte, mit Blick auf den Rucksack, eine abwehrende Geste. »Ich wollte Sie sicher nicht verscheuchen. Tut mir leid. Ich war nur interessiert.«

Hanna lächelte. »Keine Sorge. Ich muss mich wieder auf den Rückweg machen. Es gibt noch viel zu tun.«

»Natürlich. Und ich muss mich ebenfalls auf den Weg machen und die Galerie öffnen.« Er deutete in Richtung der Ortsmitte.

»Galerie?«

»Sie erhält mich mehr oder weniger am Leben.«

Ein Maler mit eigener Galerie und eigenem Haus inmitten der Provence – traumhaft, dachte Hanna.

»Sie ist nur klein«, fuhr Jeremy fort. »Wenn Sie noch zehn Minuten haben, zeige ich Sie Ihnen.«

Hanna zögerte einen Moment. Dann entschied sie, sich die zehn Minuten zu nehmen, worauf sie mit Jeremy durch das beinahe menschenleere Venasque spazierte und seine Fragen zu ihrem Job als Illustratorin beantwortete. Jeremy gab ihr seine Karte, versehen mit seiner privaten Adresse, E-Mail, Homepage und Handynummer. Er meinte, sie solle doch unbedingt mal vorbeikommen – sein Atelier habe er im Haus, und er sei brennend interessiert, ihre Bilder zu sehen. Wenn Zeit da sei, gern, hatte Hanna geantwortet – und überlegt, wie lange es her war, dass sie sich mit einem anderen Maler ausgetauscht hatte. Ziemlich lange.

Sie passierten die Touristeninformation, die sich an einem weiteren kleinen Platz mit einem Brunnen befand. Er war mit einigen Blumenkästen dekoriert. An den ockerfarbenen Fassaden links und rechts rankte wilder Wein empor, dazwischen befanden sich gusseiserne Straßenlaternen. Vor den meisten Häusern standen kleine Steinbänke. Viele Fenster waren gegen die Sonne mit in Pastelltönen lackierten Holzlamellen verschlossen. Kurz hinter einem kleinen Hotel, das mit einem rostigen »Auberge«-Schild auf sich hinwies, bog Jeremy in einen schmalen Hauseingang ein und schloss die Tür auf.

»Es gibt hier eine Reihe von Galerien«, erklärte er, schaltete das Licht an und schob ein Aufstellschild zur Seite, das wahrscheinlich für gewöhnlich vor dem Eingang stand und auf das »Atelier du Soleil« hinwies. »Wir kennen uns natürlich alle untereinander«, fuhr er im Reingehen fort. »Erwarten Sie bitte nichts Besonderes: Ich male Bilder für die Touristen, und wie Sie eben in Bezug auf Ihre Illustrationen für Kinder sagten: Ein bestimmter Stil drängt sich da eben auf.«

Hanna lachte leise – und sog den Duft von Farben, Leinöl, Terpentin und Firnis, der sich mit den getrockneten Lavendelbüscheln vermischte, die dekorativ auf den Fensterbänken lagen, tief in sich ein. Davor stand eine Staffelei nebst Leinwand, Pinseln, Paletten und Farben – offenbar konnte man hier dem Künstler bei der Arbeit über die Schulter schauen. Die Wände waren unverputzt und bestanden aus Bruchstein. Daran hingen einige großformatige Bilder und auch kleinere Gemälde – Landschaftsmalerei mit deutlichen impressionistischen Ansätzen und dickem Farbauftrag. Bilder, die hübsch und dekorativ aussahen und die man sich als Souvenir mitbringen, zu Hause hinhängen und dabei wohl bei den meisten Betrachtern als Freund moderner Malerei durchgehen konnte. Dabei war ganz offenkundig: Jeremy verstand sein Handwerk. Er hatte einen sehr genauen Blick, ein Gefühl für Komposition und eine tadellose Technik.

»Wow«, sagte Hanna und sah sich weiter um. »Nicht schlecht. Und das alles haben Sie in Ihrem Atelier gemalt?«

Jeremy nickte. »Machen wir uns nichts vor: Draußen in der Natur malt doch kaum noch jemand. Mit Staffelei und Farben in den provenzalischen Feldern – das klingt zwar romantisch, aber wenn der Mistral weht, haut es einem die Staffelei sofort um, und alle möglichen Insekten bleiben in der Farbe kleben.«

Hanna lachte. »Geht die Galerie gut?«

»Ich kann nicht klagen«, meinte Jeremy und verschränkte die Arme vor der Brust. »Ich habe noch eine Reihe von Bildern in anderen Galerien in Arles, Aix, Gordes, Roussillon und Avignon hängen, fahre des Öfteren mal rum und tausche sie aus.«

»Überall, wo Touristen sind?«

»Überall, wo Touristen sind. Einheimische kaufen das nicht. Es gehört ein wenig Drumherum dazu, wissen Sie. Diese Geschichte – wir waren drei Wochen in der Provence, haben da dieses kleine private Weingut entdeckt, das niemand kennt, und diesen angesagten Maler in der und der Galerie, hier schau mal …« Jeremy schmunzelte und zuckte leicht mit den Schultern.

So war das also mit dem Traum von der eigenen Galerie in der Provence, dachte Hanna: am Ende doch nur ein Mittel, um seine Brötchen zu verdienen. Wenngleich es schlechtere Berufe gab. Sie deutete mit einer Kopfbewegung auf die Bilder und meinte: »Man kann eine gewisse Vorliebe nicht verkennen, oder?«

Jeremy sagte: »Oh, ich weiß, was Sie meinen. Aber ehrlich gesagt: Es ergab sich einfach so – liegt an der Jahreszeit, abends brennen die Häuser regelrecht im Licht, und ich fahre oft durch die Gegend und schieße Bilder für Motive, nach denen ich später male. Diese Blumen blühen zurzeit, ich sah sie am Straßenrand …«

Hanna nickte. Sie betrachtete den malvenfarbigen Abendhimmel auf einigen Landschaftsansichten und die glutroten Dörfer darunter. Sie bewunderte die strahlenden Sonnenblumenfelder auf den anderen Gemälden, an deren Rändern der Klatschmohn wie darauf verspritztes Blut aussah.

»… und Rot verkauft sich irgendwie besser«, ergänzte Jeremy.

Daran hatte Hanna Henna keinen Zweifel.

12

»ALSO GEHEN WIR DAS noch einmal von Anfang an durch«, sagte Albin und biss in die kalte Hähnchenkeule. Sie schmeckte ausgezeichnet. Kräftig und aromatisch gewürzt. Sophie, Theroux' Frau, schien eine gute Köchin zu sein.

Theroux selbst saß in Badehosen mit einer Pilotensonnenbrille auf der Nase neben ihm, schwieg und starrte einfach weiter auf das Wasser des Lac du Paty, bei dem es sich um einen kleinen Stausee oberhalb von Caromb handelte. Es war eine Art Naherholungsgebiet und an Wochenenden ziemlich überlaufen. Touristen kamen ebenfalls oft her oder Angler. Irgendwo inmitten der kreischenden Masse am Ufer spielte Theroux' Frau mit den Kindern.

Albin klemmte die Keule zwischen die Zähne, nahm ein Wasserglas aus der Kühlbox und ließ eine Flasche Rotwein folgen. Ein Côtes du Ventoux von einem kleinen Gut in der Gegend von Mazan. Junger Wein, aber nicht schlecht. Er goss sich etwas ein und rutschte mit dem Hintern auf der Picknickdecke herum. Es war unbequem hier auf den Kieseln am Ufer. Dann nahm er einen Schluck und fuchtelte mit der Keule in der Luft herum. Tyson folgte dem aufmerksam. Theroux nicht. Der starrte immer noch vor sich hin.

»Die psychologischen Gutachten von damals, weißt du noch?«, fragte Albin.

Theroux sagte nichts.

»Einerseits ein sehr organisierter Täter, andererseits einer, der chaotisch und ohne Struktur vorgeht und mobil ist. Sein einziges erkennbares Muster: rothaarige Frauen im Alter zwischen zwanzig und fünfunddreißig, die er allein und mehr oder weniger in der freien Natur aufgabelt. Was für Risikobereitschaft spricht. Er könnte ja beobachtet werden.« Albin biss noch ein Stück von dem Hähnchen ab und ergänzte mit vollem Mund: »Oder es spricht für emotionale Kälte, weil es ihm völlig egal ist. In jedem Fall müsst ihr das Profil überarbeiten lassen. Aktualisieren, und zwar im Hinblick auf die Sache mit den Körperteilen. Außerdem waren wir bislang von einem kräftigen, jungen Mann ausgegangen. Weil die Opfer sich wehren und er sie vielleicht ausknockt. Ein Typ, der körperliche Gewalt anwendet und seine Opfer vergewaltigt. Mit dem Elektroschocker sieht das nun anders aus. Damit kann jeder einen anderen ausschalten. Das ist ein Gerät, das Distanz erzeugt, weißt du? Was anderes, als wenn man jemanden bewusstlos würgt oder k.o. schlägt. Außerdem vergewaltigt er die Opfer nicht. Er hat ein ganz anderes Motiv, als wir bisher glaubten.«

Theroux seufzte.

»Seid ihr die Sachen nochmals durchgegangen?«, fragte Albin.

»Wie«, fragte Theroux leise, »kommst du, um Gottes willen auf die Idee, mir am Sonntagnachmittag mit deinem Scheiß auf die Nerven zu gehen?«

»Du bist sonntags im Sommer doch meistens mit der Familie hier.«

»Ja, aber …«

»Sitzt hier rum, hast sowieso nichts zu tun und guckst nur aufs Wasser.«

»Albin, du fährst den ganzen Weg hierher …«

»Ist doch nicht weit. Außerdem war ich gerade eh in der Gegend. Ein kleiner Spaziergang durch Nîmes.«

Theroux wandte sich zu Albin und sah ihn an.

Albin zuckte mit den Achseln. »Das ist die Wahrheit. Ich dachte, ich schau mal, ob ich dich hier treffe. Mehr nicht.«

»Was machst du sonntags in Nîmes?«

Albin trank noch etwas Wein und zupfte ein Stück Hähnchenfleisch vom Knochen, um es Tyson hinzuwerfen, der sich sofort darüber hermachte.

Albin sagte: »Ist immer noch so voll wie früher. Ich war seit Jahren nicht mehr hier.«

»Du fährst doch nicht einfach so am Sonntag nach Nîmes.«

»Nîmes, Avignon, Aix, Marseille, zu Hause – ist doch egal. Wo soll ein alter Rentner wie ich sonntags schon hin?«

»Wie kommst du darauf, dass er sie nicht vergewaltigt hat?«

Albin sagte nichts. Er bemerkte, dass Theroux sich ihm zuwandte, den Kopf etwas vorschob und über den Rand der Sonnenbrille hinweglinste. »Du warst doch nicht etwa im … Du hast doch nicht das getan, was ich denke, oder?«

Albin drehte sich weg, blickte in Richtung See und tat so, als würde dort gerade etwas Hochinteressantes passieren. »Schau. Theroux. Hast du gesehen? Der eine da hat gerade einen Salto gemacht. Die sind doch komplett irre. Wie heißt dein Großer noch?«

»Mathis«, knurrte Theroux. Er goss sich nun ebenfalls einen Wein ein, streckte sich auf seinem Handtuch aus, indem er sich auf die Ellenbogen lehnte, und stellte das Glas auf seinem haarigen Bauchnabel ab.

Albin warf ihm einen Seitenblick zu und meinte: »Mit dieser affigen Brille siehst du aus wie ein Pornostar aus den Siebzigern.« Er fischte eine Papierserviette aus der Box, tupfte sich den Mund ab und wickelte die Knochenreste darin ein.

Statt zu antworten, trank Theroux einen Schluck. Schließlich sagte er: »Wir haben eine Menge Spuren gesammelt und ins Labor geschickt. Alle mögliche DNA unter ihren Fingernägeln und der Bekleidung. Haare. Reichlich Faserspuren. Wir haben ebenfalls diverse Fahrzeugspuren und Fußabdrücke. Wenn du mich fragst, sieht das ziemlich gut aus. Wird allerdings ein paar Tage dauern mit den Analysen.«

»Noch nichts Konkretes?«

Theroux verneinte. »Ich verspreche mir etwas von dem Holzblock.«

Albin dachte kurz nach und nickte dann. Der Mörder hatte den Block genutzt, um Nicole die Füße abzuschlagen. Es konnte sein, dass er ihn auch bei den anderen Morden verwendet hatte. In diesem Fall wäre es wahrscheinlich, dass sie Blutspuren und DNA von anderen Opfern daran finden würden. Vielleicht sogar DNA vom Täter selbst. Außerdem hatte er den Block auf den Boden gelegt. Es könnte Erde daran haften, die von anderen Tatorten stammt, Steinchen, und damit ließen sich eventuell geologische Gutachten erstellen.

»Ihr müsst eine neue topographische Analyse machen«, meinte Albin. »Er hat Nicole wenige Kilometer von dem Ort getötet, an dem er sie aufgriff. Und jede Wette, dass er sie genau an dem Ort auch begraben hätte, wenn nicht irgendetwas geschehen wäre. Dieses Schema müsst ihr auf die anderen Fälle anwenden – ausgehend von den Punkten, an denen die anderen mutmaßlich …«

»Albin, wir sind keine Anfänger, okay?«

Albin drehte sein Weinglas in der Hand und betrachtete,

wie sich das Sonnenlicht darin brach. »Nein«, sagte er, »natürlich nicht.«

»Und wir dürfen nicht aus dem Auge verlieren, dass der Fall mit den anderen vielleicht gar nicht zusammenhängt.«

»Quatsch.«

Theroux richtete sich wieder auf. »Du weißt doch, wie das ist.«

Ja, sicher, das wusste er. Trotzdem.

»Schaut euch nach Formalin um«, sagte Albin und leerte das Glas. Es war voller Abdrücke seiner fettigen Finger.

»Formalin?«

»Formalin. Das Zeug, in dem man Dinge konserviert. Oder andere, ähnliche Substanzen. Wenn er Körperteile sammelt, will er nicht, dass sie vergammeln. Also muss er sie konservieren.«

Theroux nickte langsam.

»Und er muss sich damit auskennen. Wissen, wo er das Zeug her bekommt und wie er das alles anwendet. Vielleicht auch Acryl oder flüssiges Glas.«

»Acryl und Glas?«

»Kennst du diese Briefbeschwerer oder Buchstützen, in die Blumen oder Tiere eingeschlossen sind?«

Theroux schien zu verstehen.

»Und das alles«, ergänzte Albin und stand auf, »muss in das neue Profil einfließen. Handwerklich geschickt, vielleicht wissenschaftlich vorgebildet oder künstlerisch.«

Schließlich ging Albin über die Kiesel zum Wasser und ließ Theroux mit seinen Gedanken allein. Tyson hoppelte ihm hinterher. Albin ging in die Hocke und wusch sich das Fett von den Fingern ab. Er blickte auf, als Theroux' Frau Sophie ihm zuwinkte und ihrem Sohn Mathis dann einen vollgesogenen Schaumgummiball zuwarf. Sie standen beide bis zu den Knien im See. Sophie hatte eine knackige Figur in ihrem Bikini. Lange Beine, obwohl sie insgesamt eine Statur hatte, die Albin eher als *petite* einschätzen würde. Immerhin war ihr Junge deutlich größer als sie, und der war erst dreizehn. Oder fünfzehn? Egal.

»Ausgezeichnete Schenkel«, rief Albin und stand mit nassen Händen wieder auf.

Sophie lachte. »Danke! Haben sie dir also geschmeckt?«

Albin nickte. »Viel zu schade, um sie dem Pornostar hinter mir zum Fraß vorzuwerfen.«

Sophie kicherte. »Er meint, das sei der Top-Gun-Look von Tom Cruise.«

Albin lachte heiser auf.

»Albin, pack dir doch einfach ein paar Hähnchenschenkel ein. Es sind auch noch kalte Hackbällchen mit Rosmarin da. Du hast doch niemanden, der für dich kocht.«

Das stimmte. Albin aß meistens auswärts oder irgendwelche Sachen aus Dosen – oder Dinge, die man in der Mikrowelle zubereiten konnte. Die Ernährungsgewohnheiten waren quasi eine Altlast aus dem Polizeialltag. Na ja, es gab natürlich schon noch andere Gründe, warum niemand da war, der ihm etwas kochte.

»Werde ich machen, Sophie!«

Mathis wedelte mit dem Ball in der Hand herum. Er rief: »Fängt er Bällchen?«

»Was?«

»Tyson, dein Hund. Fängt er Bällchen?«

Albin vergrub die Hände in den Hosentaschen und sah nachdenklich zu Tyson herab, der mit allen vier Pfoten im Wasser stand, hechelte und Mathis anblickte. Albin konnte sich viel vorstellen. Zum Beispiel, dass eines Tages das Eis in der Arktis schmelzen und die ganze Welt überfluten würde. Er konnte sich vorstellen, dass sie zum Mars flogen und dort vielleicht eine Siedlung für pensionierte Polizisten bauen würden. Er konnte sich sogar vorstellen, dass irgendwann Sarkozy ein politisches Comeback hinlegte. Leute wie Berlusconi taten das schließlich auch. Dass sein Mops einen Ball apportierte, konnte er sich aber beim besten Willen nicht vorstellen.

Albin zuckte mit den Achseln, worauf Mathis den Ball in den See warf. Bereits, als er noch in der Luft war, startete Tyson durch und sprintete platschend und strampelnd hinterher, um an den Ball zu gelangen. Was er schließlich auch schaffte und mit dem Ding im Maul eine Kehrtwende vollzog, um wieder ans Ufer zu paddeln. Mit dem gelben Ball zwischen den Zähnen sah er aus wie ein Ertrinkender, der sich an einer Boje verschluckt hatte.

»Meine Güte«, murmelte Albin und fuhr sich durchs Haar. »Tyson kann schwimmen – mit einem Ball im Maul. Glaubt man das?«

13

»NIKLAS?«

Keine Antwort.

»Lilly?«

Ebenfalls keine Antwort. Wo mochten sie nur stecken? Hanna reckte ihren Hals, um im Treppenhaus nach oben zu sehen. Dann warf sie vom Flur aus einen Blick in den Salon. Leer. Aber draußen waren sie ebenfalls nicht gewesen. Oder? Hanna stellte den Rucksack neben der Ritterrüstung ab und warf noch mal einen Blick vor die Haustür. Da war nichts zu sehen. Niemand. Nun, mit dem Auto konnten sie nicht weggefahren sein – damit war Hanna ja unterwegs gewesen. Justins Wagen schien noch in der Garage zu stehen. Wahrscheinlich hielten sie sich also in einem der oberen Stockwerke auf, vielleicht auf dem Dachboden. Hanna drehte sich herum, machte einige Schritte rückwärts und blickte an der Fassade hinauf. Dabei nahm sie aus dem Augenwinkel wahr, dass das eiserne Tor am Brunnen offen stand, von wo aus es in den Park und zum Anbau ging. Anscheinend hatte Niklas inzwischen den Schlüssel gefunden. Unternahmen die zwei dort vielleicht eine Expedition?

»Niklas? Lilly?«

Nun hörte Hanna ein Klopfen von oben. Finger auf Glas. Sie blickte wieder hinauf und erkannte die verschwommenen Umrisse von Lilly hinter einem Fenster im ersten Geschoss.

Sie lachte und winkte. Hanna lächelte und winkte zurück. Sie war erleichtert, und für einen Moment fragte sie sich, warum. Sicher nur die ganz gewöhnliche Furcht von Eltern, die einen stets ergriff, wenn das Kind gerade nicht da war, wo es sein sollte, und man unweigerlich an Krankenhäuser, Verkehrsunfälle, Unglücke oder Schlimmeres dachte.

Lilly kam Hanna bereits entgegengestürmt und flog die Treppe geradezu herab. Aufgeregt erzählte sie davon, dass sie mit Papa im Park gewesen sei, der verwunschen wäre und in dessen Wasserbecken eine Nixe wohnte. Wenn nicht sogar zwei. Plappernd wie ein Wasserfall zog sie Hanna an der Hand nach oben und berichtete, dass wohl kein Mensch auf der Welt jemals so viel gelesen habe wie Onkel Justin, denn sein Zimmer sei voller – und zwar v-o-l-l-e-r – uralter Bücher, viel älter als Mama, Papa und Lilly zusammen, und Papa habe einen Safe geknackt wie ein Panzerknacker. Hanna kam kaum hinterher. Weder auf den Treppen, noch mit ihren Gedanken.

Als Lilly sie schließlich in Justins Arbeitszimmer gezogen hatte, wo Niklas sich inmitten von Stapeln mit Aktenordnern, Dokumenten- und Foliantenbergen aufhielt, wurde ihr zumindest ein wenig klarer, was die zwei den ganzen Vormittag über getrieben haben mussten: Entdeckungstour im Park mit anschließender Expedition in Justins Wunderkammer. Wunderkammer deswegen, weil auf einem großen Sessel alle möglichen Dinge herumstanden, die Lilly dort aufgebaut haben musste. Zumindest stürmte sie jetzt dorthin und präsentierte Hanna abwechselnd ein Nautilusgehäuse, eine antik wirkende Sanduhr aus Messing, zwei Jugendstil-Figurinen, die wahrscheinlich Nixen oder Nymphen darstellten, einen reich verzierten und wie ein Schwert geformten Brieföffner sowie zwei kleine Büsten, die jeweils einen ernst dreinblickenden Herrn mit lorbeerumkränztem Haupt zeigten.

In der nächsten Sekunde war Lilly schon wieder in ihr Spiel vertieft und ließ die beiden Nixen oder Nymphen sich miteinander unterhalten, als seien es Barbiepuppen.

»Reiche Beute gemacht?«, fragte Niklas und blickte auf. Er saß am Schreibtisch und war ebenso in die Dinge vertieft wie Lilly in ihrem Spiel. Er wirkte übernächtigt. Kein Wunder – er war erst deutlich nach Hanna ins Bett gegangen und hatte vermutlich noch die Flasche Rotwein geleert, weswegen er sofort eingeschlafen war und nicht einmal mehr bemerkt hatte, dass Hanna unter dem Laken nichts anhatte. Als er nicht kam, hatte sie sich im Bett herumgewälzt, an junge Architekturstudentinnen gedacht, mit denen ein Midlifecrisisgeschädigter Niklas in Berlin herumflirtete und Telefonnummern austauschte. Gegen sechs Uhr morgens hatte die durch die Fenster hereinscheinende Sonne sie geweckt, und Hanna ärgerte sich über sich selbst. Niklas war einfach überarbeitet, überreizt, überlastet. Fertig. Er lag noch wie betäubt neben ihr und schnarchte leise …

Jetzt nickte Hanna zu seinen Worten und sah sich weiter in dem Raum um, in dem sich ein mittelschweres Chaos ausgebreitet hatte. Es war warm hier drin. Die dunkel vertäfelten Holzwände, die schweren Teppiche und überbordenden Buchregale schienen die Hitze des Tages zu speichern. Es roch nach Staub, altem Mann und altem Papier.

Hanna sagte: »Ich war in Venasque und habe tolle Motive gefunden. Wunderschön. Aber meine Beute ist nichts im Vergleich zu eurer, wie mir scheint.«

Niklas nickte leicht. Er fuhr sich mit den Händen über das Gesicht, rieb sich die Augen und sagte: »Ich habe allerlei Dokumente zusammengestellt für den Notartermin morgen nach der Beerdigung. Raynod hatte mich darum gebeten. War wirklich nicht einfach, das hier alles zu finden. Bei der Gelegenheit habe ich im Schreibtisch einige Schlüssel entdeckt.« Niklas deutete auf eine Schublade in dem schweren Mahagonimöbel. »Einerseits die Schlüssel zur Garage und für Justins Wagen – was prima ist, denn nun haben wir zwei Autos zur Verfügung. Außerdem den Schlüssel für das Tor zum Park und das Gebäude dort. Lilly und ich waren bereits ein wenig auf Erkundungstour«, erzählte er und lächelte.

Hanna sah zu Lilly, deren Bronze-Nymphen sich immer noch unterhielten. Über so wichtige Dinge wie *Geht es dir gut, ja mir geht es gut, dir auch, ja mir geht es auch gut, das ist ja schön, mir geht es ebenfalls gut, ich wohne im Park im Becken, ich wohne nebenan im Brunnen, kommst du mich besuchen, ich habe Geburtstag*.

»Bist du sicher«, fragte Hanna Niklas leise, »dass sie mit den Figuren spielen darf? Sind die nicht kostbar? Sehen aus wie Jugendstil …«

Niklas winkte grinsend ab. »Ach«, meinte er, »das Haus steht doch voll davon, und auf den Flohmärkten in der Gegend werfen sie dir solche Figuren hinterher. Das sind Nymphen. Justin hatte ein gewisses Faible dafür. Hängt mit seinen Forschungen zusammen, denke ich.«

»Er hat über Nymphen geforscht?«

»Nicht direkt. Sein Spezialgebiet war der mittelalterliche Dichter Petrarca, der hier in der Gegend gelebt hat.«

»Peter Aka war in eine Prinzessin verliebt, Mama, hat Papa erzählt, und er wohnte in einem Schloss. So wie wir jetzt.«

Niklas lachte. Hanna lächelte und zog die Augenbrauen leicht hoch.

»Genau«, meinte Niklas. »Besser gesagt in Fontaine-de-Vaucluse. In einer Burgruine an der Quelle der Sorgue, sehr romantisch. Die ganze Gegend ist voller Wasser, Hanna. Bäche und kleine Flüsse, Schluchten überall. Je näher man dem Ventoux-Massiv kommt, desto mehr sprudelt es.«

»Aha.«

»Petrarca hat viel über eine bestimmte Nymphe geschrieben, über eine dieser ... Quellgöttinnen.« Niklas lächelte. »Als Dichter sah er sich in der Rolle des Gottes Apoll, und der war unsterblich in die Nymphe Daphne verliebt.«

»Hm«, machte Hanna mäßig interessiert.

Niklas zuckte mit den Achseln. »Ich habe mir früher viele Geschichten darüber anhören müssen, wenn ich bei Justin war, weißt du. Ich habe Lilly auch ein wenig darüber erzählt, weil sie das mit den Prinzessinnen und dem Dichter und dem Schloss genauer wissen wollte. Na ja. Wie dem auch sei. Das Gebäude im Park ist jedenfalls wirklich toll. Der Park ist regelrecht verwunschen. Sieht beinahe aus wie ein Urwald. Lilly und ich sind wie die Forscher herumgelaufen und haben in einem Regenbassin Salamander gesehen und Libellen.«

»Oh.« Hanna lächelte und blickte weiter herum. »Das klingt ja aufregend.«

»Ist es auch. Ich will dir im Park gleich unbedingt etwas zeigen, ich habe da so eine Idee.«

»Eine Idee?«

Niklas nickte. Er stand auf und wirkte mit einem Mal vollkommen wach. »Ja, eine Idee – aber eines nach dem anderen. Ich habe übrigens auch einen Schlüssel zu dem Wandsafe hier gefunden.« Niklas deutete auf eine Öffnung in der Holzvertäfelung. Dort stand eine Metallklappe offen, und in dem Fach lagen einige Dokumentmappen.

Niklas ging dorthin und sagte: »Es ist wirklich total idiotisch, den Schlüssel zu einem Safe im Schreibtisch drei Meter weiter aufzubewahren. Aber du weißt, wie die Leute sind. Notieren sich die Pin-Codes für ihre EC-Karten auf Zetteln, die sie in der Geldbörse mit sich herumtragen.«

Hanna lachte schallend auf, denn Niklas sprach gerade von sich selbst. Sie sah zwischen der offen stehenden Schreibtischschublade und der Tresortür hin und her. In der Schublade lag allerlei Krams. Unter anderem eine Reihe Medikamente, die Justin offenbar während der Arbeit zu sich genommen hatte. Wahrscheinlich, weil er es sonst vergessen hätte.

Niklas klopfte mit den Knöcheln auf die Tresortür. »Zum Glück war Justin auch so einer. Muss in der Familie liegen. Jedenfalls habe ich hier alles gefunden. Die ganzen Unterlagen zum Haus, diverse andere Dokumente. Und einige wirklich alt wirkenden Manuskripte hinter Glas mitsamt allen möglichen Aufzeichnungen von Justin. Ist zumindest seine Handschrift. Ich glaube, vielleicht auch so eine Art Tagebuch, und ...«

»Was denn für Manuskripte?«

»Warte.«

Niklas zog ein paar weiße Handschuhe über, die im Tresor lagen. Er zuckte dabei mit den Achseln und meinte: »Die lagen hier mit drin. Ich nehme an, Justin hat sie ebenfalls stets angezogen, wenn er das hier herausgeholt hat.«

Und damit zog Niklas eine flache Lade heraus. Er klappte sie auf und blätterte eine Art Schutzumschlag zur Seite. Darunter lagen drei engbeschriebene Seiten aus vergilbtem Papier, die mit Glasplatten eingefasst waren. Etwa DIN-A-5 groß. Das Papier sah wirklich sehr alt aus. Die Schrift war klar, gestochen scharf und kunstvoll – aber überhaupt nicht zu entziffern. Am Rand der einen Seite befanden sich so etwas wie kleine Skizzen. Es waren anatomische, und Hanna musste sofort an Kritzeleien von Leonardo da Vinci denken.

»Wow«, machte sie leise.

»Toll, oder?« Niklas nickte stolz und schloss die Schublade dann wieder. Er sagte: »Ich weiß noch nicht, was genau das ist, aber Justin hat es sicher in seinen Aufzeichnungen notiert. Werde mir das alles noch durchlesen.«

Damit schob er die Schublade zurück in das Tresorfach. Er nahm zwei dicke Moleskine-Bände heraus, legte sie zur Seite und schloss den Tresor.

»Niklas, das scheinen wirklich alte und wertvolle Manuskripte zu sein. Muss man die denn nicht klimatisiert aufbewahren? Und nicht hier? Ich meine ... *hier*?«

»Vielleicht wären sie in einem Bankschließfach sicherer, meinst du?«

Hanna nickte. Niklas zuckte mit den Achseln und meinte: »Wer weiß, vielleicht ist das ja alles nicht von wirklichem Wert. Werden wir sicher noch feststellen. Ich frage Raynod morgen mal danach – möglicherweise hatte Justin ja eine spezielle Versicherung, aber ...« Er rieb sich angestrengt die Nase. »Meine Güte, an was ich alles noch denken muss und noch zu erledigen habe ...« Niklas seufzte tief.

Bevor Hanna etwas entgegnen konnte, klatschte er schon in die Hände und meinte: »Komm, wir gehen runter, und ich zeige dir, was ich dir zeigen wollte. Lilly, komm du auch, wir gehen die Nixen besuchen.«

14

DIE DIMENSIONEN DES PARKS waren schwer abzuschätzen. Hanna tippte auf die Größe eines Fußballfeldes, vielleicht etwas mehr. Er umfasste jedenfalls den wesentlichen Teil der Insel. Das Gelände war abschüssig und fiel sanft in Richtung Fluss ab, dessen Gurgeln leise durch den dichten Bewuchs hindurch zu hören war. Sehen konnte man ihn nicht durch das allgegenwärtige Grün – Niklas hatte nicht übertrieben, als er das Wort »Urwald« benutzt hatte.

Vom Tor im Zaun aus führte ein mit Kies bestreuter Weg zu dem Nebengebäude und weiter zu einer Steintreppe, die hinab zum Ufer führen musste. Die Stufen verloren sich im Dickicht, waren mit Moos überwuchert, dunkel und wirkten zum Teil gebrochen. Links und rechts der Stufen befanden sich zwei Bassins, deren Steineinfassungen ebenfalls mit Moos und Flechten bewachsen waren. Das darin stehende Wasser wirkte dunkel und brackig. Überall wuchsen große Farne und mannshohe Büsche. Durch die Kronen der Bäume war der Himmel nicht zu erkennen – ein beinahe lückenloses Dach aus grünen Blättern überspannte den Park. Die Luft hier roch feucht und nach Wald. Es war deutlich kühler als auf dem Hof. Angenehm und erfrischend.

Zur Treppe hin war der Weg von Unkraut überwuchert. Zu dem Gebäude hin schien er ausgetretener zu sein. Nicht gepflegter, aber häufiger benutzt.

Der Anbau selbst war nicht sonderlich groß. Er hatte weiße, verwitterte Holzfensterrahmen und war mit rötlichem Ocker verputzt, der an einigen Stellen abgeplatzt war und darunter das Bruchmauerwerk freilegte. Efeu rankte daran empor. Das Dach war mit Steinschindeln gedeckt. Die Eingangstür war aus grünlich verwittertem Holz, das Schloss dagegen schien neu zu sein.

Niklas öffnete die Tür, und im Inneren tat sich ein großer Raum auf. Nach links führte eine offen stehende Tür in einen zweiten Raum. Unter der Decke lagen die Holzkonstruktionen blank. Durch zwei Oberlichter fiel diffuse Helligkeit, die drinnen für ein ausgewogenes Licht sorgte. Auf dem Boden lagen teilweise Teppiche, teilweise waren fleckige Kacheln zu erkennen. Die Wände waren roh verputzt. Im Raum selbst befanden sich lediglich einige Gartengeräte, ein alter Arbeitstisch und ansonsten nichts. Der Anbau war also als eine Art Schuppen benutzt worden, befand sich aber insgesamt in einem recht guten Zustand. Es roch lediglich etwas merkwürdig – ein Geruch, den Hanna nicht einordnen konnte. Aber niemand würde erwarten, dass es in einem solchen Gebäude nach Veilchen duftete.

»Und?«, fragte sie.

»Das perfekte Arbeitszimmer für mich«, sagte Niklas. »Und nebenan ein spiegelgleicher Raum, ebenfalls mit Oberlichtern, ein perfektes Atelier für dich.«

Hanna schwieg einige Augenblicke, um zu verdauen, was Niklas gerade gesagt hatte.

»Meinst du …«, sagte sie zögernd. »Bedeutet das …«

Niklas lächelte und machte eine unbestimmte Geste. »Ich weiß es selbst nicht genau«, meinte er lachend. »Ich dachte, wenn wir die Beerdigung und alles erledigt haben, dann wäre es in der Tat eine Option, darüber nachzudenken, etwas hieraus zu machen. Ich habe einige Ideen skizziert, und …«

»Skizziert?«

»Ja. Skizziert. Wie man das alles zu einem Hotel umbauen könnte. Dazu wäre es natürlich nötig, so viele Zimmer wie möglich im Haus vorzuhalten. Wir bräuchten aber auch Arbeitsräume, und die könnte man hierhin auslagern, um im Hauptbau keinen Platz dafür zu verschwenden. Ich dachte, wenn wir schrittweise das Haus umbauen oder umbauen lassen, benötigen wir so oder so Platz zum Ausweichen, während das Château zu einer Baustelle wird. Selbst, wenn wir nur beschließen, einige Wochen im Jahr hier zu verbringen und alles andere so zu lassen, wie es ist, brauchen wir Arbeitsräume. So oder so sollten wir genau hier starten, denn der Schuppen lässt sich recht schnell in Schuss bringen. Es gibt Strom, eine Heizung ließe sich nachrüsten. Das WLAN reicht vom Haupthaus bis hierher. Diese Räume benötigen lediglich eine kleine optische Auffrischung und einen schönen Fußboden – das war es dann schon.« Er machte eine weitere Geste. »Ging mir alles nur so durch den Kopf.«

»Dir geht sehr viel durch den Kopf zurzeit. Vielleicht sollten wir …«

»Nein, nein, schon gut. Wenn mich eine Idee erst einmal gepackt hat, dann …«

»Wenn die Welle kommt, dann muss man sie reiten, meinst du?«

Niklas lachte und nickte. Das war einer seiner typischen Sprüche. Allerdings konnte man stets nur auf einer Welle reiten. Waren zu viele da, und man wollte sie alle gleichzeitig nehmen, konnte es schnell geschehen, dass sie über einem zusammenbrachen. Im Moment erschien es Hanna, als sei das Meer ziemlich aufgewühlt, auf dem Niklas unterwegs sein wollte. Dennoch: Die Idee war reizvoll. Den Anbau in ein Studio umzubauen. Allein, dass er inzwischen wirklich ernsthaft darüber nachdachte, einen Lebenstraum für sie beide zu verwirklichen, war zauberhaft. Und ein weiteres Mal schämte sich Hanna für die Gedanken, die sie manchmal hatte.

Sie stellte sich auf die Zehenspitzen und gab ihm einen Kuss auf die Wange. »Ich liebe dich«, flüsterte sie ihm ins Ohr.

»Ich liebe dich auch«, flüsterte er zurück und legte den Arm um sie. Schließlich sahen sie beide Lilly zu, die wie eine Ballerina in den leeren Räumen herumhüpfte und immer wieder rief »Ich bin eine Nixe!«, und sprachen darüber, wie sich künftig das »Arbeitshaus« im romantischen Park gestalten könne. Niklas wollte ein Aufmaß machen und ging los, um im Château nach Zollstock und Wasserwage zu suchen. Hanna streckte unterdessen die Hand zu Lilly aus und meinte: »Na, dann zeig mir doch mal den Park, meine kleine Nymphe.« Was Lilly sich nicht zweimal sagen ließ. Sie gingen zu den Stufen und den Bassins, beobachteten eine Libelle im Flug und folgten den Stufen weiter bis zum Ufer des Flussarms. Hanna warf einen Blick zurück und vermochte das Anwesen durch das grüne Dickicht kaum noch auszumachen. Hier unten am Wasser rauschte und plätscherte der Bachlauf eilig an einer Art Dock aus Steinquadern vorbei. Wahrscheinlich, dachte Hanna, war der Platz früher zum Waschen benutzt worden. Die Böschungen daneben und auf der gegenüberliegenden Seite fielen schroff und steil nach unten ab. Man konnte sich vorstellen, dass der kleine Bach sich bei Hochwasser schlagartig zu einem reißenden Fluss auswachsen konnte, wovon die steilen Hänge zeugen mochten. Auf der anderen Uferseite erblickte Hanna eine Obstplantage. Sie konnte außerdem in wenigen hundert Metern Entfernung ein Haus ausmachen, das der Lage und Beschreibung nach das von Jeremy sein mochte, der sich ihr in Venasque als ihr Nachbar vorgestellt hatte.

Lilly warf einige Äste in den Bach, die sie auf dem Weg hierhin gesammelt hatte. Nachdem sie eben noch so ausgelassen gewirkt hatte, erschien sie nun etwas ernster zu werden und fragte: »Wollen wir denn jetzt für immer hier wohnen, Mama?«

Hanna streichelte ihr über das Haar und zupfte ein trockenes Blatt daraus hervor. »Nein«, antwortete sie. »Nicht für immer. Papa und ich überlegen nur, ob wir aus dem Haus nicht ein Hotel machen können. Denn irgendwas müssen wir mit dem schönen Haus ja anfangen.«

»Und was ist mit unserem echten Zuhause?«

»Unser Zuhause in Hamburg bleibt unser Zuhause. Aber hier könnten wir uns ein zweites Zuhause bauen und manchmal herkommen. Immer im Sommer zum Beispiel oder im Frühling – denn im Winter und Herbst würde ja eh niemand Urlaub bei uns machen wollen. Deine Freundinnen könnten dich hier ebenfalls besuchen kommen. Vielleicht auch Pia, deine Cousine, Onkel Henrys Tochter. Dann könntest du in deinem Prinzessinnenzimmer im Prinzessinnenturm die ganzen anderen Prinzessinnen aus den fernen Königreichen empfangen, und ihr könntet Tee und Limonade trinken.«

»Au ja«, meinte Lilly. Ihr schien die Idee zu gefallen. Und vielleicht wäre es wirklich eine gute Idee. Wenn sie hier noch einige Wochen bleiben würden, bräuchte Lilly eine Freundin. Eine Spielkameradin. Vielleicht, dachte Hanna, sollte sie wirklich ihren Bruder anrufen und fragen, ob er nicht Lust hätte, sich das Château einmal anzusehen und seine Tochter mitzubringen – natürlich nur, wenn er Zeit hätte. Bei der Gelegenheit könnte sie ihm direkt mitteilen, dass sie sich Sorgen wegen Niklas machte, und ihn nach seiner Meinung fragen.

»Komm«, sagte sie schließlich und wuschelte Lilly durch das Haar. »Gehen wir wieder hoch. Vielleicht können wir Papa etwas helfen.«

Lilly nickte. Als Hanna sich umdrehte, erstarrte sie. Ihr Herz krampfte sich vor Schreck zusammen. Mitten auf der Treppe stand auf einmal ein Mann, der etwas in der Hand hielt, das nach einer Axt aussah.

Der Mann lächelte freundlich, und als Hanna sich wieder einigermaßen gefangen hatte, erkannte sie, dass es sich bei dem Mann um Jérôme Lehmann handelte. Den Hausverwalter.

Hanna schluckte, legte sich die Hand aufs Herz und spürte, dass es wild pochte.

»Guten Tag«, sagte Lehmann und betrachtete Hanna wieder mit diesem merkwürdigen Blick.

»Guten Tag«, antwortete sie, griff Lilly bei der Hand und ging die Stufen hoch, bis sie vor Lehmann zum Stehen kam. Er roch selbst auf die Entfernung von einer Armlänge noch nach Schweiß. »Haben Sie mich erschreckt!«

»War nicht meine Absicht.«

»Was tun Sie denn hier?«

Lehmann zuckte mit den Achseln und deutete mit der Axt nach rechts. »Bin eben mit Marie gekommen. Marie hat noch einige Sachen im Haus und traf dort eben Ihren Mann. Ich sah das Tor offen stehen und dachte, ich schlage solange noch etwas Holz.«

»Holz?«

»Ja. Holz. Was denn sonst?«

»Aha.« Hanna strich sich eine Strähne aus der Stirn. »Wozu?«

Lehmann grinste feist und meinte: »Das hier ist ein kleiner Wald. Hier wachsen Äste und Wurzeln manchmal über die Wege. Ab und zu muss man etwas durchforsten.« Lehmann deutete mit der Axt erneut nach rechts. Hanna erkannte dort einen größeren Stapel von abgeschlagenen langen Ästen. Er redete weiter: »Ich schlage das Holz klein. Dann kommt es auf den Stapel.«

Hanna nickte.

»Oder ist das ein Problem?«, fragte Lehmann.

»Nein, natürlich nicht.« Hanna versuchte ein Lächeln. »Marie ist Ihre …«

»Meine Frau, ja. Wo Herr Streuben nun tot ist, wird sie sicher nicht mehr als Haushälterin gebraucht und ich auch nicht mehr, um alles in Schuss zu halten.«

Hanna sah hinter Lehmanns Rücken eine Bewegung. Eine bunte Gestalt am oberen Ende der Treppe. Sie war klein, und nun hüpfte sie die Stufen hinunter. Es war ein Mädchen.

»Deswegen«, sprach Lehmann weiter, »holt Marie nun ihre Sachen ab. Und ich mache hier noch schnell meine Arbeit fertig und nehme dann meine Sachen mit.«

Hanna nickte erneut, behielt aber das Mädchen im Blick, das nun unten angekommen war und sich an Lehmanns Bein festhielt. Sie musterte Lilly interessiert. Lilly griff Hannas Hand fester und betrachtete ihrerseits das Mädchen, wobei sie etwas verschüchtert wirkte.

Lehmann legte den Arm auf die Schultern des Mädchens. »Das ist Zoe«, sagte er. Hanna verfolgte, wie sein Gesichtsausdruck mit einem Mal weicher wurde. »Meine Tochter. Sie ist sechs Jahre alt. Zoe, das ist Frau Streuben, und das ist ihre Tochter …«

»… Lilly«, ergänzte Hanna.

»Genau, die kleine Lilly. Sag hallo, Zoe.«

Zoe sagte »Hallo« und winkte schwach mit der Hand, ohne die Augen von Lilly zu lassen. Lilly grinste verschüchtert, hob ebenfalls die Hand und schmiegte sich an Hannas Bein.

Hanna erklärte: »Lilly spricht leider kein Französisch, aber sie freut sich ganz bestimmt, dich kennenzulernen.«

Zoe nickte. Lehmann lächelte zu ihr herab. Zoe sagte: »Ich kann ja auch kein Deutsch. Aber ich kann ein wenig Englisch aus dem Kindergarten. How are you to dead?«

»Today«, korrigierte Lehmann. »Nicht dead. Dead bedeutet tot.«

Lilly kicherte, obwohl sie sicher kein Wort verstanden hatte. Aber sie verstand in der universellen Mischung aus Mimik und Gestik und dem telepathischen Band, das es zwischen Kindern bar jeder Sprachbarrieren gab, wenn sie auf ihresgleichen trafen, dass irgendetwas Lustiges gesagt worden sein musste. Zoe kicherte ebenfalls. Hanna dachte einen Moment nach.

Dann fragte sie Lehmann: »Nimmt Ihre Frau die Kleine immer mit, oder geht Zoe in den Kindergarten?«

»Sie nimmt sie manchmal mit. Im Sommer geht sie nicht in den Kindergarten.«

Hanna spürte, dass Lilly ihre Hand losließ, um sich in Bewegung zu setzen. Sicher wollte sie zu den Bassins. Sie sagte leise zu Zoe: »Ich gehe zu den Nixen. Kommst du mit?«

Zoe schien zumindest zu verstehen, dass Lilly eine Frage gestellt hatte, und nickte erst mal. Was Lilly als Zeichen nahm, um kichernd loszulaufen, die Stufen hinauf. Eine Sekunde später lief Zoe ihr kichernd hinterher.

Nun musste auch Lehmann lachen. »Scheinen sich ja wunderbar zu verstehen«, meinte er.

»Kinder sind in dieser Hinsicht so viel klüger als wir Erwachsenen«, antwortete Hanna. Sie dachte einen Moment lang nach. Schließlich sagte sie zu Lehmann: »Ich wäre froh, wenn Sie und Ihre Frau Ihre Arbeit hier noch ein wenig fortsetzen würden. Mein Mann und ich haben eine Menge zu tun, und ich kenne mich noch überhaupt nicht aus. Vielleicht könnte ihre Frau einige Male in der Woche vorbeischauen und gerne die kleine Zoe mitbringen. Mein Mann könnte sicher auch etwas Hilfe gebrauchen.«

Lehmann nickte und meinte, das ließe sich machen. Er fragte: »Bei welcher Arbeit benötigt er Hilfe?«

»Wir wollen das Château umbauen und mit dem Anbau dort beginnen.«

Lehmann sah sie mit einem Blick an, den Hanna nicht zu deuten vermochte.

»Mit dem Anbau?«, fragte er.

»Ja. Wir wollen dort Arbeitsräume für uns einrichten. Mein Mann ist freiberuflicher Architekt und hat einige laufende Projekte, an denen er weiterarbeiten muss. Ich selbst illustriere Kinderbücher und benötige ein Atelier.«

»Im Anbau? Dem alten Schuppen?«, wiederholte Lehmann.

»Ja. Sehr viel ist da nicht zu machen, denke ich. Mein Mann ist außerdem Architekt. Man müsste den Außenputz auffrischen, drinnen ein wenig streichen, den Fußboden auslegen …«

»Es gibt hier in der Gegend klassischen Naturverputz mit

schönen Naturfarben. Man reichert sie mit Ockerpigmenten aus Roussillon an. Sieht man hier überall an den alten Häusern. Mal mehr ins Gelbe, mal mehr ins Rote.«

»Oh, das klingt großartig. Niklas wird begeistert sein, wenn er davon hört. Er arbeitet sehr gerne mit Naturmaterialien, und wenn wir dann anschließend das Haupthaus umbauen und aus den Räumen Hotelzimmer machen, dann …«

»Hotelzimmer?«

»Es ist bislang nur eine Idee, aber mal schauen, vielleicht wird es ja bald konkreter …«

Lehmann zuckte mit den Achseln.

»Wo wir gerade sprechen: Das ganze Haus steht voller alter Möbel. Wir werden sicher nicht alle benötigen.«

»Mein Schwager ist Entrümpler. Er hat auch ein Antiquitätengeschäft und beliefert einige Flohmärkte. Soll ich ihn mal anrufen?«

»Das wäre toll.«

»Es stehen sehr schöne Stücke im Haus, die eine Menge Geld bringen können.«

»Das wäre noch toller.«

»Ich rufe ihn an.« Lehmann blickte sich um. Sah zum Anbau hinauf, dann zu den beiden Mädchen, die inzwischen auf dem Rand eines der Bassins hockten und vor sich hin kicherten. Er drehte sich wieder zu Hanna und fragte: »So, dann sind Sie also Künstlerin. Gibt einige davon hier in der Gegend.«

Hanna lächelte. »Ich war heute Morgen in Venasque, ein wenig zeichnen.«

»Zu Fuß?« Lehmann wirkte etwas entgeistert.

»Nein, mit dem Wagen natürlich.«

Er nickte.

Hanna sagte: »Es gibt dort wunderbare Galerien. Und einer

meiner neuen Nachbarn ist ja ebenfalls Künstler. Ich traf ihn dort, Jeremy hieß er.«

»Jeremy?« Lehmann deutete mit der Axt nach vorne. In die Richtung, wo Jeremys Haus liegen musste. »Der da?«

»Ja, ich glaube, *der da*.«

Lehmann ließ die Axt wieder sinken und zuckte mit den Achseln. »Ist ein komischer Vogel.«

»Komischer Vogel?«

Lehmann zuckte noch mal mit den Achseln. »Komischer Vogel. Künstler eben.«

»Ja«, meinte Hanna und verschränkte die Arme. »Genau wie ich.«

Lehmann grinste leicht, sagte aber nichts.

»Ich denke«, meinte Hanna schließlich, »ich gehe mal nach den Kindern schauen. Und vielleicht spreche ich oben einmal mit Ihrer Frau.«

Lehmann nickte nur und wandte sich seinen Ästen zu. Hanna ging einige Schritte. Dann blieb sie stehen und wandte sich noch einmal um.

»Morgen ist die Beerdigung von Justin. Ich bin mir nicht sicher, aber: Haben Sie eine Einladung dazu bekommen?«

»Ich habe keine Einladung zu gar nichts bekommen.«

»Oh, das tut mir leid. Ich denke, Sie standen sich vielleicht nahe. Also, wenn Sie und Ihre Frau mögen, dann sind Sie beide herzlich eingeladen, Abschied zu nehmen. Wir würden uns freuen, wenn Sie es einrichten könnten.«

Lehmann nickte. »Gut«, sagte er. »Gerne.«

Dann hieb er mit der Axt mit einem gewaltigen Schwung auf einen etwa beindicken Ast ein und spaltete ihn mit einem einzigen Schlag.

15

AM NÄCHSTEN MORGEN nahm Albin eine andere Route als sonst. Er ging nicht die Straße hoch, um bei Matteo einen Espresso zu trinken. Er ging die Straße runter, was Tyson im ersten Moment verwirrte. Im zweiten schien es ihm wiederum egal zu sein – sofern einem Mops überhaupt etwas egal sein konnte. Aber seit Albin wusste, dass Tyson schwamm und Bällchen fing, erschien ihm vieles möglich.

Sie gingen die Straße entlang, bis die Platanen aufhörten, sie zu einer Allee zu machen. Wo der Bürgersteig endete, betraten sie die Straße und ließen kleine Lieferwagen an sich vorbeirauschen, die die Geschäfte in Carpentras belieferten, wo heute Markt war. Sie gingen über die Brücke, unter der die an den Ufern mit Schilf bewachsene Nesque floss, und bogen kurz dahinter scharf rechts ab. Dort, wo es zur örtlichen Cave ging.

Sie passierten die genossenschaftliche Weinhandlung, die hier in der Stille und unter der bereits gleißenden Sonne wirkte wie eine verlassene Tankstelle in Texas: Draußen standen Zapfsäulen mit Zählwerken, an denen man sich zwei verschiedene Sorten Rotwein oder Rosé in Tanks abfüllen konnte. Drinnen zahlte man dann. Im Gehen hob Albin beiläufig einen kurzen Ast auf und warf ihn vor sich. Tyson startete sofort durch, um ihn zu holen und Albin zurückzubringen, der ihn dann wieder wegwarf, immer noch ungläubig den Kopf schüttelnd.

Sie gelangten an eine weitere Abbiegung. Eine scharfe Kurve, deren Scheitelpunkt von einem Feigenbaum markiert wurde. Daran befestigt war ein Panoramaspiegel. Darunter stand das rostige Wrack eines alten Citroëns, den irgendjemand vor den Baum gefahren und einfach stehen gelassen haben musste. Inzwischen hatte sich die Natur einen großen Teil der Karosserie erobert. Sie folgten der Straße noch ein Stück und kreuzten dabei eine weitere Brücke, die über einen Seitenarm der Sorgue führte. Ein Stück weiter stoppte Albin und setzte sich im Schatten zweier Pfirsichbäume auf einen weißen Begrenzungsstein. Tyson hockte sich daneben und hechelte. Albin ließ den Blick schweifen. Hinter ihm lag der Ort. Rechts kam man nach Venasque und links nach Carpentras, und geradeaus – geradeaus befand sich inmitten eines kleinen Wäldchens das Château Ledrome. Ein langgestrecktes Weinfeld grenzte es von einem alten Bauernhaus aus Bruchsteinen ab, auf dessen Dach sich einige bunte Windspiele drehten. Dort wohnte ein Künstler, soweit Albin wusste.

Sah man an dem Haus vorbei, verlor sich der Blick in den Feldern bis hin zu dem Punkt, wo sie vom Mont Ventoux begrenzt wurden. Ein Sirren schreckte Tyson auf. Im nächsten Moment rauschten drei Rennradfahrer an ihnen vorbei. Alle drei in engen Trikots und mit bunten Helmen. Drahtige braungebrannte Kerle, etwa in Albins Alter. Tja, dachte er, als Rentner konnte man alles Mögliche mit seiner Zeit anstellen, zum Beispiel mit sagenhaft teuren Rennrädern und engen Hosen aus dem Decathlon-Sportmarkt bei Avignon die Gegend verunsichern. Für ihn war das sicher nichts. Nein, diese Rennradfahrerei war eine echte Volkskrankheit hier im Süden. Andere bekamen mit fünfundsechzig den Grünen Star, diese Burschen jedoch das grüne Trikot.

Die Frage war, was Albin bekam, nachdem er nun keine Arbeit mehr hatte. Und die Antwort darauf: Er hatte keinen Schimmer. Sein Leben hatte sich seit der Pensionierung quasi von einem Moment auf den nächsten komplett umgekrempelt. Es war, als habe man ihn in eine andere Dimension katapultiert, die neben der seinen stets existiert, die er aber nie wahrgenommen hatte. Zum Beispiel hier sitzen und in die Gegend schauen. Das hatte er früher nie getan. Keine Zeit. Und wenn er es getan hatte, hatte er höchstens Landschaft gesehen. Also: eine unbestimmte Landschaft ohne jede Details. Seine Mitmenschen hatte er früher lediglich als vorhanden verbucht. Nicht mehr. Sie waren halt da gewesen, während Albin den Blick und sein Interesse ausschließlich auf die Arbeit gerichtet und an der Schönheit der Landschaft und den Menschen in seiner Umgebung vorbeigesehen hatte.

Zum Beispiel an Véronique vom Blumenladen. Als Matteo neulich über ihren Hintern gesprochen hatte, hatte Albin das zwar kommentiert – aber eigentlich überhaupt zum ersten Mal wahrgenommen, dass Véronique einen besaß. Natürlich kannte er unglaublich viele Menschen. Was man so kennen nennt. Über die wenigsten allerdings wusste er wirklich etwas. Wer sie waren. Okay, über einige wusste er deutlich mehr, als ihm und ihnen lieb war. Immerhin war er jahrzehntelang Polizist gewesen. Aber es gab verschiedene Arten von Wissen. Und mit jedem Tag seiner Rente war es so, als weitete sich sein Blick für diese andere Art von Wissen. Als steigerte sich seine ganze Wahrnehmungsfähigkeit. Als bremse man von Tempo zweihundert ab und beginne gleichzeitig, die Augen zu öffnen, zu riechen, zu schmecken, zu hören. Alle möglichen verwirrenden neuen Eindrücke und Gefühle eroberten sich ihren Platz zurück. Entschleunigung nannte man das wohl. Nur an den Stillstand, den sie mit sich brachte, war er nicht gewohnt.

Albin nahm die Zigarettenschachtel aus der Brusttasche und steckte sich eine an. Dann zog er seine Geldbörse aus der Hintertasche der Jeans, klappte sie auf und betrachtete eine Weile lang das Foto darin. Es zeigte Manon und Clara, Albins Tochter und seine Enkelin, in inniger Umarmung. Clara war gerade sechs Jahre alt geworden und hatte die rabenschwarzen Haare und dunklen Augen ihrer Mutter. Manon wiederum hatte die rabenschwarzen Haare und dunklen Augen ihrer Mutter, die bis zum offiziellen Scheidungstermin Inès Leclerc geheißen hatte und nun wieder ihren Mädchennamen trug. Sie lebten alle drei in Paris und hatten seit drei Jahren kein Wort mehr mit ihm gesprochen. Genau genommen seit zwei Jahren und einhundertfünfundzwanzig Tagen. Wofür sie ziemlich gute Gründe hatten.

Albin strich mit dem Daumen über die Folie, hinter der sich das Bild befand, und paffte eine Wolke in den Himmel. Dann schloss er die Geldbörse, steckte sie zurück und bemerkte, dass sich der weiße Rauch mit einer Staubfahne vermischte. Mit knirschenden Reifen kam ein Wagen aus dem Wäldchen, das das Château Ledrome umgab. Holperte über die kleine Brücke und rollte über den nicht asphaltierten Weg auf Albin zu. An der Einmündung stoppte der Wagen und bog dann nach links ab. Albin erkannte den Aufkleber einer Mietwagenfirma.

Am Steuer hatte er einen mittelalten Mann mit Sonnenbrille gesehen. Neben ihm eine jüngere Frau mit roten Haaren und ebenfalls einer Sonnenbrille, dahinter, im Kindersitz, ein kleines Mädchen. Sie waren alle dunkel gekleidet. Schwarz. Die Erben auf dem Weg zur Beerdigung von Justin Streuben, dachte Albin. So musste es sein. Er rauchte auf und drückte die Zigarette achtsam aus – die Waldbrandgefahr war enorm hoch im Sommer. Dann stand er wieder auf und schnippte mit dem Finger, worauf sich Tyson voller Erwartung ebenfalls erhob.

»Na, komm, gehen wir weiter«, sagte Albin und betrachtete im Gehen das Wäldchen, in dem sich das Anwesen verbarg. Wenn er ehrlich war, hatte er keine Ahnung, was das eigentlich für ein Haus war. Es lag zwar in der Nachbarschaft, aber es musste durchaus einmal etwas Besonderes dargestellt haben. Ein Weingut vielleicht.

»Sie ist tatsächlich rothaarig, Tyson«, meinte Albin und blickte zurück auf die Straße. »Langsam macht es mich ganz kirre mit dieser Haarfarbe. Das ist so, als würdest du nur Möpsinnen hinterherlaufen, die einen kreisrunden braunen Fleck auf dem Rücken haben.« Albin überlegte kurz, ob man weibliche Möpse tatsächlich so nannte. Er kickte einen Stein vor sich her, vergrub die Hände in den Hosentaschen und meinte: »Warum würdest du bei Hundemädchen mit einem kreisrunden Fleck durchdrehen? Kann ich dir sagen, mein Freund. Darüber habe ich in den letzten Jahren tausendmal nachgedacht.« Tyson lief einfach weiter. Immer einen Meter vor Albin her.

»Entweder ist bei dir etwas nicht richtig verdrahtet. Oder es ist durch einen Vorfall neu verdrahtet worden. Vielleicht bist du irre und glaubst, die Roten seien Hexen oder vom KGB geschickt und dir auf den Fersen. Oder deine Mutter hatte rote Haare und hat dich regelmäßig vermöbelt, woran du dich rächen willst – dich aber nicht an deine Mutter selbst herantraust. Könnte aber auch sein, dass sie dir immer wieder auffallen, weil du ihr Haar wunderschön findest und diese

Frauen haben willst – aber ein Feigling bist, der sich nicht traut, sie anzusprechen. Allerdings würdest du dann ihr Haar haben wollen und sie vergewaltigen, oder?«

Oder *ich* bin bekloppt, dass ich mit meinem Hund rede, überlegte Albin und scherte in einen Weg ein, der ihn zurück in den Ort führte. So weit war es also schon: mein Hund, der Beichtvater. Albin steckte sich im Gehen noch eine Zigarette an und dachte, dass das so nicht weiterging. Einige Minuten später stand er am Bouleplatz, der sich dort befand, wo sich die Straße gabelte. Er sah zur Bar herüber, wo es Matteos Espresso gab. Er sah zur anderen Straßenseite, schnippte die Zigarette weg und atmete tief durch. Dann ging er mit schnellen Schritten los, hielt die Luft an und öffnete die Tür.

Ein leiser Klingklang war zu hören. Von einem Windspiel, das statt einer Glocke verkündete, dass jemand eingetreten war.

Véronique drehte sich herum. Lächelte. Hob eine Augenbraue und schüttelte schwach und verstört den Kopf, als wolle sie ein Trugbild daraus verscheuchen. Sie war gerade damit beschäftigt, einen Strauß zu binden. Er sah wunderschön aus. So wie alles hier wunderschön aussah. An den rohen Wänden hingen überall kleine, auf alt gemachte Bilderrahmen und Schilder. Jede Menge duftende Blumen befanden sich in Kübeln aus Terrakotta oder verblichenen Eimern und Gläsern. Lavendelseifen verströmten ihren betörenden Duft – die Art von Seifen, die man noch mit einem großen Messer zurechtschnitt, abwog und in Wachspapier einschlug. Auf dem wurmstichigen Arbeitstisch stand eine uralte Registrierkasse und daneben, kurioserweise, ein modernes Kartenterminal. Aus einem Kofferradio, in dem einer dieser iPods steckte, erklang Jazzmusik. Man konnte sagen, was man wollte, dachte

Albin: Véronique war nicht nur attraktiv. Sie schien außerdem über Geschmack und Stil zu verfügen.

»*Albin Leclerc?* In *meinem* Laden?«, fragte sie, nachdem sie sich wieder gefangen hatte, und schaute fragend zu ihm auf. Sie war recht klein, Albin ziemlich groß.

Albin nickte. Wusste nicht genau, was er darauf antworten sollte.

»Und der kleine Hund besucht mich auch.«

Véronique strahlte, legte den Strauß zur Seite, um sich hinzuhocken und Tyson am Kopf zu wuscheln, was dieser sich gerne gefallen ließ.

»Er heißt Tyson«, sagte Albin.

»Wie der Boxer?«

»Ja.«

Véronique lachte schallend und wischte sich mit dem Handballen über den Augenwinkel. Dann sah sie ein wenig tadelnd hoch, während Tyson den Hals streckte, um sich dort kraulen zu lassen.

»Also wirklich«, meinte sie. »Der arme Hund. Was ist denn das für ein Name?«

»Nicht meine Schuld. Meine Kollegen haben ihn so getauft. Sie haben ihn mir zum Ruhestand geschenkt, damit ich was zu tun habe und ihnen nicht mehr auf die Nerven gehe.«

»Klappt es denn?«

»Nein.«

Sie lachte wieder. Ein Lachen, das einen wie Honig einlullen konnte. Dann stand sie auf und meinte: »Ich habe dich schon oft mit Tyson gesehen und mich immer gefragt, warum du dir einen Mops zugelegt hast. Ausgerechnet. Du bist fast zwei Meter groß, und dann dieses winzige Tier – ihr seid schon ein drolliges Paar.«

Albin ließ einige Sekunden verstreichen. Lehnte sich dann mit der Hüfte an den Tisch und verschränkte die Arme. Er fragte: »Drollig?«

»Mhm. Niedlich irgendwie.«

Albin war schon mit vielen Bezeichnungen versehen worden. Grobschlächtig, stur, egoistisch, mürrisch. Verhaftete hatten ihn mit allen nur erdenklichen Tiernamen und Schimpfworten bedacht. Aber er hatte noch nie in seinem Leben die Wörter *drollig* oder *niedlich* im Zusammenhang mit sich gehört – allenfalls vielleicht mal als Kind von seiner Mutter, woran er sich nicht mehr erinnern konnte.

Véronique fragte: »Wie kann ich dir denn helfen, Albin? Du kommst hier doch nicht einfach so rein.«

»Nein. Komme ich nicht.«

Véronique verschränkte nun ebenfalls die Arme vor der Brust und musterte ihn. Albin irritierte, dass ihn das irritierte. Nein, eher verunsicherte.

Er räusperte sich und sagte: »Ich dachte mir, ich könnte ein paar Blumen kaufen.«

»Willst du sie verschenken?«

»Nein.« Albin schüttelte mit dem Kopf. »Für mich.«

Véronique sah ihn mit einem abschätzenden Lächeln an und hob wieder eine ihrer fein geschwungenen Brauen. »Für dich.«

»Für mich. Für meine Wohnung. Ich dachte, das …« Er machte eine Geste und suchte nach dem richtigen Wort. »Ich dachte, das wertet sie etwas auf.«

Véronique nickte schwach. »An welche Art von Blumen dachtest du denn? Vielleicht ein paar Lilien?«

»Lilien. Genau.«

»Und welche von denen gefallen dir?« Sie spreizte den kleinen Finger ab und deutete auf eine der Wände mit den Kübeln.

Albin war überfordert und zeigte auf ein paar violette. »Diese gefallen mir.«

»Das sind keine Schnittblumen und keine Lilien. Das ist ein Hibiskus.«

»Ist aber auch schön.«

Véronique schmunzelte. »Was willst du wirklich, Albin?«

Albin löste die Hände aus der Verschränkung und schob ein loses Blatt auf dem Tisch hin und her. Er zuckte mit den Achseln und meinte: »Ich gehe abends manchmal essen.«

»Ach, tatsächlich.«

»Ich dachte, vielleicht gehst du auch abends manchmal essen.«

»Nein, ich koche meist.«

»Also … Falls du einmal eine Ausnahme machen und doch essen gehen möchtest …«

»Wird das eine Einladung zu einem Rendezvous?«

Albin ließ das Blatt los, blickte hoch und sagte: »Nicht direkt. Also, wenn man so will, je nachdem … Ich dachte nur an ein Abendessen. Es gibt da ein schickes Restaurant …«

Véronique lachte leise und nickte. »Gerne. Warum nicht? Wann?«

Und beim Rausgehen dachte Albin: Der Hund, der schwimmen kann, besitzt ein Herrchen mit einem Rendezvous. Die Welt wird immer verrückter.

16

ES WAR EINE STILLE BEERDIGUNG unter einem strahlend blauen Himmel. Einige Vögel zwitscherten. Die Glocke einer Kapelle läutete. Gerade hatte der Pfarrer seine kurze Rede beendet. Die wenigen Menschen, die erschienen waren, kondolierten Niklas und Hanna und auch Lilly. Unter ihnen waren der Hausverwalter und die Haushälterin, drei oder vier Leute von der Universität aus Avignon und ein paar andere Personen, die Hanna nicht kannte. Einige unterhielten sich nun mit Niklas. Neben ihm stand der Notar Valery Raynod, mit dem Niklas anschließend einige offizielle Dinge zu erledigen hatte.

Lilly quengelte ein wenig herum, weswegen Hanna aus ihrer Umhängetasche eine Orangina herausholte und öffnete – Lilly hatte an den rund geformten Limonadeflaschen großen Gefallen gefunden. Hannas schwarzes Etuikleid spannte und machte es fast unmöglich, sich zu bücken, weswegen sie eine Art Knicks machen musste, um Lilly die geöffnete Flasche zu reichen. Die Sonne brannte auf ihre bloßen Schultern.

Sie hatten Justin in Carpentras auf dem Friedhof am Boulevard du Repos begraben. Neben seiner Frau Lorraine konnten sie ihn nicht zur letzten Ruhe betten: Sie stammte von der Île d'Oléron, und Justin hatte ihre Asche seinerzeit in den Atlantik gestreut. Hanna hatte einen Kloß im Hals gehabt, als Niklas das erzählt hatte.

Der Friedhof in Carpentras lag wie so viele in Europas Süden hinter hellen Mauern unter Kiefern und Zypressen. Einige Gräber glichen kleinen Monumenten oder Tempeln mit Säulen und Kapitellen. Justins Grab würde kein solches werden. Nach dem Absacken würde es lediglich mit Kies bestreut werden und einen schlichten Grabstein erhalten, den sie nach Justins letztem Wunsch in Auftrag geben würden. Er sollte mit einem Lorbeerblatt geschmückt sein und graviert werden.

Ein solches Lorbeerblatt hatte sich auch auf dem Band eines großen Kranzes befunden, der neben dem Grab stand. Mit einem Spruch, der Hanna sehr angerührt hatte. Er lautete: »Wein nicht um mich. Seit mich der Tod umfangen, schaue ich die Ewigkeit. Zum inneren Licht sind meine Augen mir jetzt aufgegangen.«

Mit Lilly an der Hand ging sie über den Kiesweg hin zu dem Steintor, das wieder hinaus zur Straße und den Parkplätzen führte. Links und rechts war es mit duftenden Pflanzbeeten eingefasst, die eine flache Mauer vom Gehsteig abgrenzte. Hier herrschte angenehmer Schatten. Lilly schnorchelte an ihrer Limonade herum und fragte: »Warum haben eigentlich bei Beerdigungen alle schwarze Sachen an?«

»Weil sie damit zeigen, dass sie traurig sind. Schwarz ist eine traurige, manchmal aber auch festliche Farbe.«

»Aber das ist doch kein Fest.«

»Ein bisschen schon. Man ist traurig, weil ein lieber Mensch gegangen ist. Aber man feiert auch ein wenig, weil es schön ist, dass er nun für immer schlafen kann und sich in den Himmel träumt.«

Lilly schwieg einen Moment. »War Onkel Justin denn lieb?«

»Ganz bestimmt.«

»Und woher weißt du das?«

»Weil er immer lieb zu Papa war.«

»Und warum stand ein Gedicht auf dem Kranz an seinem Grab?«

»Weil einer seiner Freunde sich Gedanken um Justin gemacht hat und möchte, dass die Menschen darüber nachdenken, wenn sie sich an Justin erinnern.«

»Hat der Freund sich das selbst ausgedacht?«

»Ich glaube nicht.«

»Ich würde mir für meinen Grabstein selbst etwas ausdenken.«

Hanna schmunzelte im Gehen. Die Beerdigung beschäftigte Lilly wirklich sehr. Es war schließlich das erste Mal, dass sie persönlich mit dem Tod zu tun bekam und zu verstehen schien, worum es dabei ging. »Was würdest du dir denn ausdenken?«

Es schnorchelte aus der Orangina-Flasche. »Vielleicht: Hier ist Lilly. Bitte nicht stören, ich will schlafen.«

Hanna verkniff sich ein Grinsen. Sie hörte eine tiefe Stimme neben sich, die sagte: »Das Zitat auf dem Kranz stammt von Petrarca.«

Hanna blieb in der Toreinfahrt stehen und wandte sich dem Mann zu, der ergänzte: »Und was die kleine Dame empfiehlt, ist sicherlich ganz reizend.«

Der Mann war schmal und wirkte in seinem schwarzen Anzug, den grauen Haaren und der ausgeprägten Hakennase ein wenig wie ein Geier. Als er Hanna die Hand reichte, merkte sie, dass seine Haut mit Altersflecken übersät war. Dabei wirkte er gar nicht so alt. Vielleicht sechzig. Er hatte eben mit am Grab gestanden und – wie es schien – den großen Kranz dort aufgestellt.

»Victor Picard«, stellte er sich höflich vor. »Verzeihen Sie, dass ich Ihr Gespräch belauscht habe, ich wollte mit meiner Bemerkung nicht aufdringlich sein.«

»Sie waren nicht aufdringlich. Und Sie sprechen sehr gut Deutsch.«

»Sprache«, sagte Picard charmant, »ist eine meiner Leidenschaften. Es freut mich, Ihre Bekanntschaft zu machen, Frau Streuben. Der Tod von Professor Streuben ist ein großer Verlust für die Wissenschaft.«

Hanna nickte. Sie wusste nicht, ob das tatsächlich so war oder nicht, schloss es aber nicht aus.

Picard musste ihren Blick bemerkt haben und sagte: »Auf seinem Fachgebiet, der mittelalterlichen Poesie, war er eine Kapazität und weltweit einer der führenden Experten für Francesco Petrarca. Die internationale Petrarca-Gesellschaft war bestürzt über die Nachricht seines Todes. Auch in ihrem Namen bin ich heute hier – ich leite das Petrarca-Museum und Archiv in Fontaine-de-Vaucluse.«

Lilly setzte sich auf die flache Mauer vor dem Tor und ließ die Beine baumeln. Sie kaute auf dem Strohhalm herum und sagte: »Peter Aka hat in einem Schloss gewohnt und gedichtet. Er war in eine Prinzessin verliebt. Bei uns in der Straße wohnt auch einer, der Peter heißt.«

Hanna schmunzelte. Als sie Lilly betrachtete, musste sie kurz an den großen Mann denken, den sie vorhin beim Wegfahren auf einem Straßenpfeiler sitzend mit seinem kleinen Mops gesehen hatte.

Picard lachte amüsiert und verschränkte die Hände vor dem Bauch. Hanna schmunzelte und meinte entschuldigend: »Ich muss leider sagen, dass ich überhaupt nicht in Sachen Petrarca bewandert bin, gar nicht. Der Name ist mir natürlich ein Begriff, ja. Ich weiß, dass er ein mittelalterlicher Dichterfürst wie Dante ist. Mein Mann hat mir ein wenig über Justins Arbeit erzählt, aber …« Sie machte eine schwache Geste. »Lyrik ist einfach nicht meins.«

»Er wurde 1304 in Arezzo geboren und gilt neben Dante Alighieri und Boccaccio als ein Mitbegründer des Humanismus und der Literatur. Man verbannte seinen Vater aus Florenz, und er folgte ihm nach Avignon, was seinerzeit Sitz des Papstes war. Später zog er nach Fontaine-de-Vaucluse. Ihnen sagt der Lorbeerkranz etwas?« Picard deutete an, sich einen aufzusetzen. »Der Siegerkranz, manchmal golden, wie ihn früher die römischen Kaiser trugen?«

Hanna nickte. Das Symbol war auch auf Justins Grabstein graviert.

Picard erklärte weiter: »Lorbeer heißt auf Latein *laureus* und loben heißt *laudare*, *aurum* bedeutet Gold. Alles ein ähnlicher Wortklang. Dichter ließen sich gerne mit einem solchen Kranz darstellen und wurden damit von Städten, Universitäten oder Kaisern als höchste Form der künstlerischen Anerkennung gekrönt – ein alter antiker Brauch – und zum *poeta laureata* ernannt. So auch Petrarca, der mit der Dichterkrone in Rom aus der Hand des Senators Ursus d'Anguillara auf dem Kapitol geehrt wurde. Der Lorbeer hat noch andere Bedeutungen und spielte für ihn eine besondere Rolle. Alles reichlich mystisch, sehr komplex und etwas geheimnisvoll.« Picard lächelte und machte eine abwinkende Geste. »Ich möchte Sie damit nicht überfordern – an einem traurigen Tag wie heute.«

»Nein, nein«, erwiderte Hanna und strich sich eine lose Strähne aus dem Gesicht. Sie warf einen Blick nach rechts, wo Niklas in einiger Entfernung immer noch in Gespräche vertieft zu sein schien. »Die Worte auf dem Grabstein finde ich sehr berührend.«

»Das sind viele seiner Verse, Frau Streuben. Petrarca war auch Bergsteiger und schrieb zwar ein beachtliches Werk über die Ersteigung des Mont Ventoux. Legendär ist er aber natürlich wegen seiner Liebesgedichte, der *Canzoniere*, und des Troubadourwesens – das Schöpfen aus dem Leid einer unerreichbaren und glorifizierten Liebe: Sie ist so wunderschön, aber, o weh, sie liebt einen anderen, es bricht mir das Herz, und ich klage euch meinen Schmerz ...« Picard lachte amüsiert.

Hanna dachte an das, was ihr Niklas erzählt hatte. An Apoll und die Nymphe und deren unglückliche Liebe. Sie sagte: »Wie im Blues. Oder im Tango.«

Picard spreizte die Arme und meinte: »Das Thema ist universell und immer aktuell.«

Da war etwas dran, dachte Hanna.

»Tatsächlich«, Picard verschränkte die Finger wieder ineinander, »möchte ich Sie nicht mit meinem Gerede langweilen. Ich wollte mich mit einer großen Bitte an Sie wenden.«

»Nur zu«, meinte Hanna.

»Ihr Onkel hat in den letzten Jahren recht zurückgezogen gelebt und sich seiner Forschung gewidmet. Sein Nachlass dürfte von großem ideellen Wert für die Wissenschaft sein – und das eine oder andere Dokument aus seinem Besitz gewiss auch von beträchtlichem materiellen.«

Das klang interessant. Sofort musste Hanna an die Schublade im Safe von Justins Arbeitszimmer denken. An die drei alten Manuskriptseiten. Was sollten sie mit den Dokumenten auch anstellen – außer, diese mit Gewinn an ein seriöses Institut zu veräußern? Vielleicht, um damit ihre Umbaukosten zu finanzieren? Und hier war womöglich die Chance dazu.

»Insbesondere ginge es mir um ein originales Manuskript, eine bestimmte Seite aus einem verschollenen Tagebuch, die sich nach unserem bescheidenen Wissen im Privatbesitz des Herrn Streuben befinden soll. Die Petrarca-Gesellschaft wäre jedenfalls begeistert, wenn sie es ankaufen und damit für das Archiv gewinnen könnte. Wenn es Ihnen nicht unangenehm ist, würde ich Sie und Ihren Gatten sehr gerne auf dem Château besuchen und mir einen Überblick über Professor Streubens Studien und Dokumente verschaffen, um ein angemessenes Gebot abgeben zu können, bevor es ein anderer tut.«

Die Worte *original, verschollen, beträchtlicher Wert* klingelten in Hannas Ohren wie bare Münzen. Sie sagte: »Ich denke schon, dass das möglich sein wird, Herr Picard – es gibt im Moment natürlich sehr viel zu tun …«

Und einen mit allen möglichen Aufgaben reichlich überlasteten Niklas, dachte Hanna, der bereits nach ihrer Meinung im roten Bereich agierte.

Picard machte eine abwehrende Geste. »Ich möchte mich in keinem Fall aufdrängen.«

»Ich würde vorher gerne mit meinem Mann darüber reden.«

»Natürlich.« Picard lächelte und zückte eine Visitenkarte, um sie Hanna zu reichen. Dann verabschiedete er sich freundlich und ging zu seinem Wagen – einer großen dunklen Limousine.

Hanna betrachtete die Visitenkarte. Sie war auf schweres Papier gedruckt. Tiefdruckverfahren, soweit sie sehen konnte. Sehr elegant und sicher sehr teuer – es gab bestimmte Druckereien, die sich auf diese alten und in der Massenproduktion nicht mehr wirtschaftlichen Verfahren spezialisiert hatten. Auf der Karte befanden sich die Miniatur eines Lorbeerkranzes sowie die Adresse des Petrarca-Museums in Fontaine-de-Vaucluse, Picards Name und seine Kontaktdaten. Hanna drehte die Karte in den Händen und verfolgte, wie der dunkle Wagen um die Ecke bog und verschwand.

»Wer war das?«, fragte Lilly und baumelte mit den Beinen.

»Nur ein Mann«, antwortete Hanna. »Nur ein freundlicher älterer Mann …«

17

ROUSSILLON WAR EIN DORF mit kaum mehr als eintausend Einwohnern. Im Grunde ein Nichts. Wenn die Mittags- und Nachmittagsglut auf den kleinen Ort am Fuße des Luberon-Massivs brannte, bewegten sich nicht einmal mehr die Fliegen, und der Ort wirkte wie ausgestorben. Leben war so wenig vorhanden, dass Samuel Beckett hier vor lauter Langeweile »Warten auf Godot« geschrieben hatte, als er sich vor der Wehrmacht versteckte. Das war der eine Umstand, der den Bekanntheitsgrad von Roussillon über die anderen Nester in der Gegend hinaushob. Der andere war die rote Erde. Ocker, den hier schon die Römer abgebaut und der Roussillon den Namen »Rotes Dorf« verliehen hatte. Ocker, der die Basis für die Herstellung von Farben war. Pure Pigmente, die heute jährlich mehr als hunderttausend Touristen in den Ort zogen. Sie marschierten in Schlangen zu den Ockerbrüchen, in denen es aussah wie in einem surrealistischen kleinen Grand Canyon, dessen Felsen jemand mit intensiven Rot- und Gelbtönen angemalt hatte. Ein Grand Canyon mit dem Unterschied, dass der Ocker weich wie Butter war und man ihn einfach abkratzen konnte. In den Brüchen lag er wie Sand in allen möglichen Farbschattierungen auf dem Boden herum, erwuchs zu Dünen oder Felsnadeln und legte sich in jede Ritze. Wirklich in jede. Der Ockersand war schmierig, und wenn die Touristen aus den Brüchen zurückkamen, sahen sie meistens aus wie mit Farbpuder beworfen. Einem Puder, der aus reinsten Pigmenten bestand. Eine sagenhafte Sauerei. Aber einmalig schön.

Vor allem im Sonnenuntergang glühten die Ockerfelsen orangerot – und genau das taten sie jetzt, als Albin einen ebenso glutroten Schluck Gigondas in Véroniques Glas nachschenkte. Sich selbst goss er den Rest aus der Flasche und bestellte die Rechnung. Sie saßen auf der Terrasse des Restaurants David, wo es auch Tische unter einer Glyzinienlaube gab. Von der Terrasse aus hatte man jedoch einen fabelhaften Blick auf die Felsen. Das Restaurant lag am Place de la Poste und gehörte nicht zu den preiswertesten. Was einerseits dem Ausblick und dem Tourismus geschuldet war, aber auch mit der sehr guten und eher rustikal-provenzalischen Qualität der Küche zusammenhing. Die Kellnerin räumte Albins Teller ab, auf dem sich vor kurzem noch Schweinefilet mit Zuckerschoten, grünem Spargel, Rotweinzwiebeln und Tomaten, Möhrchen und kleine Kartoffeln befunden hatte. Auf Véroniques Teller lagen die letzten Reste ihres Gerichtes: Garnelen mit Tomatensoße und Zucchini. Knoblauch war natürlich auch an beiden Speisen gewesen. Und das nicht zu knapp.

Roussillon lag nicht gerade um die Ecke, aber auch nicht allzu weit entfernt. In Carpentras gab es ebenfalls gute Restaurants. In Avignon oder Gordes auch. Aber Gordes war an den Abenden zu überlaufen, und Albin hatte unbedingt über Murs fahren wollen, weswegen er sich für Roussillon entschieden hatte. Zudem war es ein ausgesprochen hübsches Dorf und die Kulisse malerisch und romantisch. Was wohl auch Véronique so empfunden und gemeint hatte: »Gott, wie lange bin ich nicht in Roussillon gewesen?« Tja, so war das meistens. Manche Menschen reisten tausend Kilometer oder mehr, um das alles zu sehen. Manche mussten nur zehn Kilometer fahren und kamen niemals her.

Natürlich hatte Albin einen speziellen Grund gehabt, über Murs fahren zu wollen. Genauer gesagt: über den Col de Murs. Der Grund war Nicole Langlois. Albin wollte die Route verfolgen, die sie und ihr Freund am Abend des Mordes genommen hatten. Er hatte die Stelle sehen wollen, wo Nicole vermutlich in den Wagen des Täters gestiegen war, und nachvollziehen wollen, welche Strecke der Killer selbst genommen haben musste. Unterwegs hatte Véronique viel erzählt, Albin aber nur die Hälfte davon wahrgenommen. Seine Gedanken schwirrten vielmehr um Nicole und den Täter. Bildfetzen in seiner Vorstellung, die sich stets aufs Neue zusammensetzten. Varianten des Geschehens, die Albins Gehirn immer wieder miteinander abglich, sortierte und die er sich aus unterschiedlichen Blickwinkeln vorstellte. Im Ergebnis war dabei noch nichts wirklich Profundes herausgekommen, aber Albin bekam ein wesentlich besseres Gefühl für die Situation, in der sich Nicole befunden hatte, sowie ein wesentlich besseres Gefühl für die Perspektive des Täters und die Szenerien des Geschehens insgesamt.

Was sich natürlich auf Albins Perspektive insgesamt auswirkte, und er nur »Hm?« meinte, als Véroniques Frage ihn aus den Gedanken riss.

»Bist du gerade etwas fortgedriftet, mein Lieber?«

Albin rang sich ein Lächeln ab, nahm einen Schluck Rotwein und sagte: »Schön, dass du meine Einladung angenommen hast.«

»Vielen Dank dafür, Albin – ich muss ehrlich sagen: Ich hätte mir nie vorgestellt, dass wir zwei einmal gemeinsam essen gehen würden.«

»Dinge geschehen manchmal einfach so.«

»Ja«, meinte Véronique gedehnt. Sie fasste nach Albins Hand. Rieb zart mit dem Daumen über die Stelle, an der einmal sein Ehering gesessen hatte. Sie ergänzte: »Dinge geschehen manchmal einfach so. Du bist ein netter Kerl, Albin, auch, wenn du nicht danach aussiehst.«

Albin runzelte die Stirn. »Nett?«, fragte er.

»Mir reicht zu sehen, wie du mit Tyson umgehst.«

Tyson lag unter dem Tisch. Vor ihm standen eine Schale mit Wasser und eine Schale mit Trockenfutter, das Albin extra mitgebracht hatte.

»Ich gehe mit dem Hund ganz normal um.«

Véronique lächelte.

»Der Hund muss essen und trinken. Also besorge ich ihm Wasser und etwas zu essen. Das ist nichts Ungewöhnliches.«

Véronique nickte.

»Der Hund muss laufen. Also gehe ich mit ihm spazieren.«

»Ja.«

»Er wird behandelt wie ein ganz normaler Hund. Er ist nun einmal da. Sie haben ihn mir geschenkt. Da kann er schließlich nichts dafür. Was soll ich machen, ihn einschläfern lassen und für den Unsinn bestrafen, den meine Kollegen sich ausgedacht haben? Nein, wenn, dann sollte ich eher *die* einschläfern lassen.«

Albin machte eine kurze Pause. Dann sagte er: »Er kann übrigens schwimmen. Hätte ich nie gedacht. Ich meine: mit den kurzen Beinen! Aber er schwimmt wie eine Forelle.«

Véronique lachte leise. Sie sagte: »Dank Tyson hast du ein bisschen Abwechslung und bist wenigstens nicht allein.«

»Wer sagt, dass ich allein bin?«

Véronique antwortete mit dem mitleidigen Blick, den Frauen oft aufsetzen, wenn sie sagen wollen, dass sie längst absolut alles wissen und das, was sie nicht wissen, sich mit ihrem sechsten Sinn längst zusammengereimt haben. Sie sagte: »Warum die Zeit nicht lieber zu zweit verbringen als allein? Ist doch viel schöner.«

Albin schmunzelte. Mit der freien Hand zog er eine Gitanes aus der Zigarettenpackung, klemmte sie in den Mundwinkel und steckte sie an. Véronique schien nichts dagegen zu haben, dass er rauchte. Weil sie wusste, wie es im Leben läuft, dachte Albin. Dass man manche Dinge nicht ändert, sondern besser hinnimmt. Dass man nicht lange herumfackeln sollte, sondern Chancen nutzen, wenn sie sich boten. Dass man keine Umwege gehen sollte, sondern besser geradeaus. Die Jahrzehnte lehrten einen das. Sie hatten es Véronique ebenso gelehrt wie Albin selbst. Und hier saßen sie nun. Zwei gestandene Personen, die sich nichts vormachen mussten über die Gründe, aus denen sie hier saßen.

»Bist du viel allein?«, fragte Albin.

Véronique erwiderte nur: »Ich habe meinen Laden. Er hält mich auf Trab. Man muss sich um alles Mögliche kümmern. Die Einkäufe, die Dekoration, die Buchführung, Steuern ...«

»Aber die Arbeit ist nicht alles.« Albin wunderte sich einen Moment lang, dass ausgerechnet er das gerade gesagt hatte und es ihm wie selbstverständlich von den Lippen gekommen war.

»Nein, die Arbeit ist nicht alles. Ich habe zwei Töchter. Sie leben in Narbonne und Bordeaux, und ich habe einen kleinen Enkelsohn.«

»Dein Mann?«

»Ist vor fünf Jahren gestorben.« Véronique nahm ihre Hand wieder fort. »Ich dachte, das wüsste jeder.«

»Ich habe in den vergangenen Jahren vieles mitbekommen. Manches aber auch nicht.«

»Bernard starb an Krebs.«

»Das tut mir leid.«

»Und deine Frau? Du lebst schon länger getrennt?«

»Es ist schon länger her, ja.«

Albin merkte auf, als der Kellner mit der Rechnung kam. Er beglich sie und gab ein gutes Trinkgeld. Dann klappte er die Geldbörse wieder zu, drückte die Zigarette aus und leerte sein Glas Wein in einem Zug.

Véronique trank ebenfalls aus und fragte. »Wo leben die zwei?«

»Wer?«

»Deine Enkelin und deine Tochter. Die beiden auf dem Bild in deiner Geldbörse.«

Auch das war ihr also nicht entgangen. Albin sagte: »Sie leben in Paris.«

»Bist du oft da?«

»Nein«, sagte Albin. »Nie.«

»Besuchen sie dich?«

»Nein.«

»Oh.« Véronique nickte verstehend. »Streit in der Familie.«

»Mehr oder weniger. Eher mehr.«

»Darf ich fragen, warum?«

Albin wollte gerade aufstehen, ließ es dann aber bleiben. Lehnte sich zurück. Musterte Véronique im verbliebenen Sonnenlicht. Atmete tief ein und aus.

»Tut mir leid«, meinte Véronique, machte eine abwehrende Geste und verstaute anschließend ihre Sachen in der

Handtasche, um sich bereit zum Aufbruch zu machen. »Geht mich ja nichts an.«

»Manon, meine Tochter, hat diesen Freund«, begann Albin. »Netter Kerl. Guter Junge. Groß, gutaussehend, solide. Arbeitet an der Sorbonne. Sie bekommen eine Tochter, Zoe. Das niedlichste und aufgeweckteste Kind der Welt. Alles ist gut, und ich sage: Warum heiratet ihr nicht? Und Manon sagt: Warte nur ab, bis er mich fragt. Aber der Idiot fragt nicht, und es stellt sich heraus, dass er sie betrügt. Also zieht Manon mit Zoe aus, und ich sage: Soll ich mit dem mal reden. Manon aber meint: Halt dich bloß raus. Also tue ich das. Und ihr Leben geht vor die Hunde. Sie zieht in ein schlechtes Viertel, verliert ihren Job, muss sich um das Kind kümmern. Meine Ex-Frau zieht nach Paris, um ihr zu helfen, aber sie will sich nicht helfen lassen, weil sie ein Sturkopf ist. Dann lernt sie diesen neuen Kerl kennen. Einen Autoverkäufer. Verliebt sich Hals über Kopf. Nach einem halben Jahr wollen sie heiraten. Sie stellt ihn mir vor, und ich weiß sofort Bescheid, dass er ein Idiot ist und einer von den Menschen, vor denen man sich in Acht nehmen muss. Polizistenblick. Jahrzehntelange Erfahrung mit diesem Schlag Mensch. Ich sehe so was, kann ich nicht ändern.«

Véronique nickte leicht.

»Später komme ich noch mal zu Besuch, und Manon hat ein blaues Auge, und ich sehe einen Bluterguss an ihrer Hüfte, als das T-Shirt hochrutscht. Sie sagt: Ich bin die Leiter herabgestürzt, als ich die Vorhänge abnehmen wollte. Und ich antworte: Du bist nicht die Leiter hinabgestürzt. Weil ich weiß, wie die Ergebnisse von Faustschlägen aussehen.«

»Er … schlägt sie?«

»Er schlägt sie. Aber es gehören immer zwei dazu. Einer,

der schlägt, und einer, der sich schlagen lässt. Ich konnte es nicht ertragen. Beides nicht. Dass ein Idiot von Autoverkäufer mein Kind schlägt. Dass mein Kind sich schlagen lässt und nicht Reißaus nimmt. Und dass der Idiot von Autoverkäufer der Stiefvater meiner Enkelin werden soll.«

»Und was hat deine Frau gesagt?«

»Dass Manon die Leiter heruntergefallen ist, wenn sie sagt, dass sie die Leiter heruntergefallen ist.«

»Meine Güte.«

Albin zuckte mit den Achseln. »Menschen reden sich gerne Dinge schön. Auch Opfer. Manchmal vor allem die Opfer. Ist psychologisch komplex, ist aber so.«

»Und dann?«

»Dann habe ich einen Fehler gemacht. Oder das Richtige. Nachdem Manon Zoes Vater verlassen hatte, hatte ich auf ihre Bitte gehört und mich rausgehalten. Ich hätte mich aber besser eingemischt. Also fuhr ich dieses Mal nach Paris und knöpfte mir diesen Autoverkäufer vor. Ich habe ihn wohl etwas hart angefasst und Klartext mit ihm geredet. Dachte, die Sache sei damit erledigt. Drei Wochen später fiel Manon angeblich eine Treppe runter und musste mit mehrfachen Prellungen in die Klinik. Also fuhr ich wieder nach Paris und warf den Autoverkäufer tatsächlich eine Treppe runter.«

»Albin, das hast du nicht wirklich getan?«

»Waren nur ein paar Stufen.«

»Albin, also bitte.«

»Der Autoverkäufer packte jedenfalls aus. Erzählte alles Manon und ihrer Mutter, die seither nicht mehr mit mir reden. Und mir schickte er eine Erklärung über seinen Anwalt, dass er mich anzeigen werde, falls ich nochmals in seine Nähe komme. Ein inoffizielles Schreiben mit offizieller Drohung, dass ich meinen Job loswerden würde und so weiter. Also halte ich mich seither fern. Was bestimmt besser so ist, denn das nächste Mal würde es nicht bei den paar Stufen bleiben.«

»Sie sprechen wirklich nicht mehr mit dir?«

»Kein Wort.«

»Aber du rufst doch mal an?«

»Habe ich versucht. Sie gingen nicht ran. Meiner Enkelin schicke ich zu Weihnachten und zum Geburtstag und zu Ostern Geschenke und eine Karte.«

»Sie melden sich nicht zurück?«

»Nein.«

Wieder fasste Véronique nach Albins Hand. »Oh, Albin das tut mir so schrecklich leid. Kinder brauchen ihre Väter und Opas. Und andersherum genauso.«

Albin sagte nichts. Schluckte nur schwer und beschloss, aufzustehen und das Thema nicht weiter zu vertiefen. Es war bereits tief genug gewesen.

Sie verließen das Restaurant und schlenderten über den kleinen Platz. Véronique hakte sich bei Albin unter. Tyson trottete neben ihnen her. Sie gingen durch eine kleine Gasse und kamen auf dem Platz vor dem alten Rathaus wieder heraus, dem früheren Hôtel de Ville, das wie alle Gebäude hier mit ockerfarbenem Putz versehen war und sich wie die meisten hinter einem grünen Kleid aus wildem Wein versteckte. Die Sonne war mittlerweile verschwunden, aber es war noch nicht dunkel. Die Straßen im Ort und die kleinen Bars und Cafés waren noch von Menschen bevölkert. Auch vor dem Rathaus standen einige Stühle und Tische unter weitausladenden Sonnenschirmen.

Davor saß eine junge Frau mit einer Gitarre und machte

Musik. Sie trug eine gebatikte Art von Pluderhose und ein trägerloses Top. Ihre Stimme war wirklich schön. Wunderbar. Eine französische Stimme, und sie sang keine blöden amerikanischen Lagerfeuerlieder, sondern Chansons. Unauffällig, leise, angenehm. Albin kannte das Lied nicht, das sie gerade sang. Es ging darin natürlich um die Liebe, und was sie auf der Gitarre spielte, erinnerte ihn ein wenig an klagenden Flamenco. Der Instrumentenkoffer vor ihr war aufgeklappt. Darin lagen einige Euromünzen und auch Scheine, nicht gerade wenige. Was Albins Aufmerksamkeit aber wirklich auf sich zog, war etwas anderes. Weder die Musik noch die schöne Stimme. Es waren die leuchtend roten Haare, die die Sängerin halb unter einem Tuch verborgen trug. Leuchtend rot wie die Ockerfelsen in der untergehenden Sonne.

»Sie ist wirklich gut, nicht?«, fragte Véronique, die neben Albin nun das Tempo verlangsamt hatte und dann stehen blieb wie er selbst.

Albin sagte nichts. Sah das Mädchen nur an und dachte an all die anderen Mädchen und an Nicole Langlois. Funktionierte es so? Genau so? Der Mörder ging irgendwo rum, fuhr irgendwo lang – und dann geschah es? Er sah die roten Haare und – zack – legte sich bei ihm der Schalter um? Stellte ihn auf den neuen Modus ein? Genau wie soeben bei Albin?

Es funktionierte auf diese Weise, weil es ein Trigger war. Es gab eine Geschichte – in Albins Fall die vielen unaufgeklärten Morde, die ihn sofort aufmerken ließen, wenn er rotes Haar sah. Aber was geschah dann weiter? Wenn man eine Glühbirne anschaltete, spendete sie so lange Licht, bis man sie wieder ausstellte. Feuer, einmal entzündet, brannte so lange, bis es verglühte oder gelöscht wurde. Wie, fragte sich Albin, würde es also weitergehen mit ihm und dieser Sängerin? Die

Antwort war: Albin würde sich auf die Lauer legen. Er würde Platz nehmen, vielleicht ein Getränk bestellen und warten. Er würde den Rest des Abends damit verbringen, die Sängerin zu betrachten, und genau wissen, was er mit ihr tun würde. Er würde seine Möglichkeiten abschätzen und vielleicht genießen, dass er über Leben und Tod entschied. Sich vorstellen, was er mit dem Mädchen tat. Wenn sie dann fertig wäre, würde er ihr folgen, sie vielleicht ansprechen oder …

… oder auch nicht, denn alle möglichen Menschen hätten ihn gesehen. Es könnte jemand auf die Sängerin warten. Vielleicht wäre sie in Begleitung, hätte ein eigenes Auto und würde damit fortfahren. Mit anderen Worten würde es vielleicht überhaupt keine Chance geben, sie zu schnappen. Nein, was er tun müsste, wäre, ihre Gewohnheiten studieren. Wenigstens ein paar Tage lang. Sie beobachten und entscheiden, wann der günstigste Zeitpunkt war, um zuzuschlagen. Wie ein Leopard, der endlos lange auf einem Baum lauerte, scheinbar unbeteiligt in der Gegend umherstarrte, aber tatsächlich sein Opfer inmitten der Herde genau im Blick behielt und es dann riss, wenn kein anderes Tier es mitbekam. Es nicht erwartete, weil sich die Herde längst an die Präsenz des Leoparden gewöhnt hatte, weil er sich mitten unter ihr befand und weil von ihm scheinbar keine Gefahr ausging.

War der Mörder genauso? Schlug er tatsächlich derart unwillkürlich zu, wie Albin und der Rest der Polizei glaubten? Oder war er ein Jäger, der längst einen Plan hatte und auf der Lauer lag?

Albin drehte sich herum. Betrachtete die Menschen in den Bars und Cafés, die nun applaudierten, als die Sängerin ihre Darbietung beendet hatte. Der mit dem Bart dort, der alleine am Tisch saß. Oder auch der mit der Glatze da hinten, mit

Freunden und einigen Bieren. Der dort mit seiner Frau, dem gerade ein Salat gebracht wurde. Sie alle konnten es sein. Jeder Einzelne. Hier. Jetzt. Genau vor seinen Augen.

»Albin, sag mal – bist du noch da?«

»Hm?«

»Alles in Ordnung mit dir?«

Véronique hörte auf zu klatschen und zupfte Albin am Ärmel. Es dauerte eine oder zwei Sekunden, bis er wieder zurück in die Gegenwart kam und bemerkte, dass er samt Tyson und Véronique mitten auf dem Platz wie zur Salzsäule erstarrt stehen geblieben war. Genau vor der Sängerin, die ihn nun lachend ansah und meinte: »Sie sind heute Abend der Einzige, der Lust hat, in der ersten Reihe zu stehen – aber freut mich, dass es Ihnen gefällt.«

»Aber ja«, meinte Albin und spürte, wie ein Ruck durch ihn ging. Er fasste in die Hosentasche, nahm einige Münzen heraus, hockte sich hin und legte sie in den Gitarrenkoffer. Knapp zehn Euro.

»Vielen Dank!«, sagte die junge Frau. »Super.«

Albin nickte ihr in der Hocke zu. Befand sich mit ihr auf Augenhöhe und fragte leise: »Sind Sie alleine unterwegs? Haben Sie einen Wagen?«

»Nein. Ich fahre meist per Anhalter.«

Albin fasste nun erneut in seine Hosentasche. Nahm ein paar Scheine heraus. Dreißig Euro. Er legte sie in den Koffer. Der Sängerin gingen fast die Augen über. Véronique ebenfalls.

»Nehmen Sie heute ein Taxi. Bitte«, sagte Albin und stand wieder auf.

Die Sängerin meinte: »Tut mir leid, das kann ich nicht annehmen – so viel Geld …«

Albin blickte nach unten und sah einige CDs in ihrem Gitarrenkoffer. »Dann verkaufen Sie mir eine CD dafür.«

Die junge Frau schien damit zufrieden zu sein und reichte Albin ein Exemplar. Laut Cover hieß die Sängerin Anouk und war auf dem Titelbild im Profil abgebildet. Klassisch. Dunkler Hintergrund, weiße Haut, feurige Haare. Schwarz, Weiß, Rot. Auf der Rückseite war eine Titelliste gedruckt, es gab einige Infos über Anouk, eine Kontaktadresse, wenn man sie buchen wollte, sowie eine Internetadresse.

»Ernsthaft«, sagte Albin zu Anouk. »Nehmen Sie ein Taxi.«

Anouk blinzelte. Sie fragte sich sicher, was das für ein merkwürdiger alter Kerl war. Aber schließlich sagte sie: »Gut, ich nehme ein Taxi. Und nochmals vielen Dank.«

Albin nickte. Spürte die ganzen Blicke auf sich. Auch den sorgenvollen von Véronique. Und er dachte, dass die Sängerin wahrscheinlich trotzdem kein Taxi nehmen würde, sondern lieber das Geld behielt.

Schließlich nahm er Véroniques Hand und ging mit ihr weiter. Tyson hechelte ihnen hinterher. »Ist wirklich alles okay?«, fragte Véronique.

»Alles okay«, log Albin.

18

SIE GINGEN ZUM WAGEN, stiegen ein und fuhren in der hereinbrechenden Dunkelheit zurück. Unterwegs sprachen sie wenig. Véronique gab sich redlich Mühe, nicht zu fragen, warum Albin diese Sängerin eben so angestarrt und sich so merkwürdig verhalten hatte. Dann brach es aber doch aus ihr heraus, und Albin erzählte ihr alles – an welchem Fall er zuletzt gearbeitet und woran er beim Anblick von Anouk gedacht hatte.

»Himmel«, meinte Véronique, »das Mädchen, das sie bei Venasque gefunden haben – ist sie etwa auch …«

»Wer weiß«, meinte Albin. »Aber ich glaube, schon.«

»Gott«, hauchte Véronique und legte ihre Hand auf Albins, die auf dem Schaltknauf ruhte. Albin ließ es sich gerne gefallen.

Sie passierten Gordes und Sénanque, fuhren durch die dunkle Schlucht am Col de Murs. In Gedanken setzte Albin einen Wegpunkt an der Stelle, wo Nicole Langlois aus dem Wagen geworfen worden war – um zu stoppen, wie viel Zeit man bis zu der Stelle brauchen würde, wo ihre Leiche gefunden worden war. Sie fuhren am Château Ledrome vorbei, wo noch Licht brannte, und standen wenig später vor Véroniques Haustür.

»Wir sollten das wiederholen«, meinte sie lächelnd beim Aussteigen.

Albin bemerkte: »Der Abend muss ja noch nicht enden.«

Véronique lächelte, beugte sich vor und umarmte Albin. Dann gab sie ihm links und rechts auf die Wange einen Kuss. »Für heute schon«, flüsterte sie. »Wir haben alle Zeit der Welt und ich morgen sehr früh einen Arzttermin, und dann muss ich arbeiten und im Geschäft die neuen Lieferungen annehmen. Nicht jeder hat so viel Zeit wie ein Rentner.«

»Unverschämtheit«, meinte Albin und lachte leise.

Véronique lachte ebenfalls. Im Aussteigen winkte sie und warf ihm noch eine Kusshand zu.

Albin wartete, bis Véronique in der Haustür verschwunden war. Ihr Duft hing noch in seiner Nase. Ein Duft nach Jasmin, Lavendel und Zitrone.

Schließlich nahm er die CD von Anouk und schob sie in den Schlitz über dem Autoradio. Der erste Song startete – ein ähnlicher wie der, den sie in Roussillon gesungen hatte. Flamencogitarre, dazu Chansongesang. *»Je te désire«*, hieß der Titel.

Albin dachte noch einmal daran, dass das Mädchen mit Sicherheit lieber das Geld behalten würde, statt sich ein Taxi zu nehmen. Verflixt nochmal, er hätte auch auf die Idee kommen können, ihr anzubieten, mit ihm und Véronique ein paar Kilometer zu fahren. Laut der Infos auf der Platte lebte Anouk in Avignon, dann wäre er eben einen kurzen Umweg gefahren. Andererseits benahm er sich schon beinahe paranoid und ziemlich überzogen. Aber: Konnte man überhaupt paranoid genug sein, wenn da draußen ein Wahnsinniger unterwegs war, der sich alle Rothaarigen schnappte?

Na dann, dachte Albin, warf noch einen Blick auf die inzwischen geschlossene Eingangstür zu Véroniques Haus, legte den Gang ein und fuhr wieder los.

19

ANOUK HATTE den ganzen späten Nachmittag und frühen Abend gespielt. Jetzt reichte es. Die meisten Touristen waren sowieso fort. Wer noch in den Restaurants gesessen hatte, war nun mit dem Essen fertig und brach auf. Es war inzwischen halb zehn. Irgendwie musste sie noch zurück nach Avignon kommen. Sie hatte heute gut verdient. Wirklich gut.

In diesen kleinen Touri-Orten war es in der Hinsicht sehr viel lukrativer als auf dem Platz vor dem Papstpalast in Avignon. In den kleinen Orten gab es sehr viel weniger Konkurrenz. Außerdem hatte sie heute einige CDs verkauft, knapp zehn Stück. Das war super.

Sie hatte die Aufnahmen selbst gemacht – also: fast selbst. Ein befreundeter Musiker hatte ihr dabei geholfen, und zwar mit einem Laptop und einem guten Studiomikro. Das reichte vollkommen, denn die technischen Geräte waren heute so dermaßen gut und erschwinglich, dass man für kleinere Produktionen kein Studio mehr brauchte. Außerdem hatte ihr Kumpel einen Freund, der Tonmeister werden wollte und für das Mastering gesorgt hatte. Den ganzen Rest gab es im Internet bei allen möglichen Anbietern für wenig Geld: dreihundert CDs mitsamt Booklet für einen Spottpreis. Nötig waren die CDs sowieso nur für den Verkauf auf der Straße. Alles andere lief heute im Internet per Download und auf Youtube-Kanälen.

Anouk ging über das warme Pflaster zu den Parkplätzen und hielt den Gitarrenkoffer in der Hand. Sie dachte an den älteren Herrn, der ihr eine CD abgekauft hatte und sie dazu drängen wollte, ein Taxi zu nehmen. Komischer Typ. Solchen Kauzen begegnete man dauernd. Irgendwelchen Blödmännern, die einem erzählten, sie seien früher ganz lange und super erfolgreich im Musikgeschäft gewesen und hätten immer noch Mordskontakte. Oder die einem erzählten, sie seien Musikproduzenten oder würden welche kennen, die Anouk ganz groß herausbringen könnten. Am Ende ging es allen um das Gleiche: Anouk anzumachen und sie ins Bett zu bekommen.

Der alte Herr war ein wenig speziell gewesen. Hatte sie regelrecht angestarrt, so dass sie beinahe Zittern in den Fingern bekommen und sich verspielt hätte. Sie verstand nicht, was er mit seinem Taxi wollte – und außerdem hatte seine Frau oder Freundin genau neben ihm gestanden. Wahrscheinlich hatte er sie daher nicht anmachen wollen. Vielleicht war er wirklich besorgt. So wie manche ältere Herren eben besorgt sind um jüngere Frauen, denen etwas auf der Straße geschehen konnte. Aber natürlich war es totaler Unsinn, ein Heidengeld für ein Taxi nach Avignon aus dem Fenster zu werfen. Und unnötig, denn Anouk war ja nicht blöd. Auf der Straße konnte einem nämlich wirklich alles Mögliche passieren, weswegen sie stets ein Klappmesser in der einen Hosentasche und eine Dose Pfefferspray in der anderen bei sich trug.

Sie sah sich auf dem Parkplatz um, der ganz in der Nähe der Mairie und den Kunstgalerien zwischen der Rue de la Fontaine und der Rue des Bourgades lag. Deswegen, weil er recht zentral und noch einigermaßen gut gefüllt war. Vermutlich würden dort Restaurant- oder Bar-Gäste parken, die der kleinen Straßenmusikerin mit dem Gitarrenkoffer vorhin noch zugehört hatten.

»Hallo, fahren Sie vielleicht nach Avignon?«, fragte sie freundlich ein älteres Paar, das allerdings nach Cavaillon wollte. Dann sprach sie drei jüngere Typen an, die angenehm und nicht wie Vollidioten wirkten, aber auch diese hatten ein anderes Ziel.

Anouk stellte den Koffer neben sich ab, steckte sich eine Zigarette an und sah sich weiter um. Gerade schien ein weiteres, etwa mittelaltes Paar auf den Parkplatz zuzusteuern, bog aber vorher in eine Seitengasse ab. Anouk blies den Rauch in den Himmel.

»Suchen Sie eine Mitfahrgelegenheit?«, hörte sie dann eine Stimme hinter sich.

Sie drehte sich um, betrachtete den Mann und blies mit einem Lächeln den Rauch an ihm vorbei. »Ja, nach Avignon.«

»Ich fahre in die Richtung.«

»Die Richtung reicht mir.«

»Ich könnte Sie kurz vorher rauslassen.«

»Das ist völlig okay.«

»Dann steigen Sie mal ein.«

»Klasse, danke«, meinte Anouk und blinzelte, denn sie erkannte den Mann wieder. »Sie waren doch vorhin auch auf dem Platz, als ich …«

»Ja«, sagte der Mann. »Ich habe Ihnen eine CD abgekauft.«

»Genau!«

»Hören wir sie doch unterwegs, und Sie erzählen mir ein wenig über Ihre Musik.«

»Klar«, sagte Anouk und folgte der Geste des Mannes, der sagte: »Ihr Haar leuchtet im Wettstreit mit den Ockerbrüchen in der untergehenden Sonne. Ist es echt oder gefärbt?«

»Echt«, meinte Anouk und lachte.

Der Mann öffnete eine der Hintertüren statt des Kofferraums und bedeutet ihr mit einem Nicken, dass sie ihren Koffer hineinlegen sollte. Das war ihr ohnehin lieber. Dann hatte sie alles in Griffweite. Sie legte den Gitarrenkoffer hinein und stieg in den Wagen.

20

DER MANN FUHR MIT ANOUK letztlich nicht bis nach Avignon. Er stoppte deutlich vorher und fuhr mit dem Wagen an den Straßenrand. Er lächelte Anouk freundlich an und sagte: »Hier ist für dich dann Ende.«

Der Weg war an sich nicht mehr allzu weit. Vielleicht noch knapp zwanzig Kilometer, und draußen senkte sich bereits die Nacht über die Provence.

In Avignon lebte Anouk in einem kleinen Appartement unweit des Papstpalastes. Dieser war eher eine graue Festung als ein Palast – die Päpste, die ihren Sitz im Mittelalter hierher verlagert hatten, hatten sicher allen Grund dazu gehabt, sich derart einzumauern.

Was die Massen von Touristen nicht davon abhielt, zum Palast zu strömen. Der Platz davor war von Pantomimen, Kleinkünstlern und Musikern bevölkert. Hier tobte das Leben in all seinen bunten Facetten – manchmal so laut, dass es bis zu Anouk durchs Fenster drang, wenn sie es in den heißen Nächten weit geöffnet hatte. Die Päpste hatten allerdings auch dafür gesorgt, dass eine Uni gegründet wurde, und zwar schon im frühen 14. Jahrhundert. Dort studierte Anouk ein bisschen vor sich hin und verdiente ihr Geld mit Straßenmusik, manchmal auch mit Kellnern.

Genau darüber hatte sie mit dem Mann gesprochen, als er von Roussillon aus auf die D900 in Richtung Avignon gefahren war. Sie hatten sich weiter unterhalten, als er auf die 901 abgebogen war, was Anouk kurz stutzen ließ. Okay, beide Routen führten am Ende nach Avignon, aber die über die 901 war ein Umweg. Die 900 führte bis zur Autobahn und dann direkt in die Stadt. Die 901 hingegen führte erst ein Stück nach Norden, bevor sie wieder in Richtung Avignon verlief.

Kurz vor L'Isle-sur-la-Sorgue hatte Anouk schließlich gefragt: »Fahren Sie doch nicht nach Avignon?«

»Nein«, hatte der Mann geantwortet.

»Oh, ehm, also … habe ich mich verhört?«

»Habe ich das denn gesagt?«

Anouk nickte.

»Ich fahre Richtung Avignon, habe ich gesagt.«

»Stimmt«, sagte Anouk beruhigt.

»Dann ist ja alles klar«, sagte der Mann.

Trotzdem war er eine Weile später an die Seite gefahren, um dort zu halten.

Die Straße war hier schmal und lang. Sehr übersichtlich, und die Seitenstreifen waren dicht bewachsen. Weit und breit war kein anderes Auto zu sehen.

»Hier ist Schluss?«, fragte Anouk.

»Wir können auch noch etwas weiterfahren. Ich fahre bis Le Thor, aber vielleicht ist hier ein besserer Ort für Sie, um weiterzukommen.«

Anouk nickte und dachte: So ein Mist. Es wirkte hier nicht gerade so, als müsste sie nur den Daumen raustrecken – und innerhalb der nächsten paar Minuten käme ein Wagen, der sie weiter mitnehmen würde. Nein, es wirkte hier sogar reichlich gottverlassen, und es war beinahe komplett dunkel.

Auf der anderen Seite war es ihr ganz recht, wenn der Mann sie absetzen würde. Seine Weise, Fragen zu stellen, sie anzusehen und all das. Die Art, sich ruhig zu geben, aber dennoch irgendwie unruhig zu sein. Das gefiel ihr nicht.

Sie sagte: »Gut. Herzlichen Dank für Ihre Freundlichkeit.«

Dann öffnete sie die Beifahrertür, stieg aus, und der Mann betätigte einen Knopf, der die Heckklappe aufschnappen ließ.

»Liegt doch alles auf dem Rücksitz«, meinte sie, nahm von dort ihren Gitarrenkoffer und warf die Tür wieder zu.

»Ach ja«, meinte der Mann. Anouk wunderte sich erneut über dessen Zerstreutheit. Vorhin hatte er ihr doch extra gesagt, sie solle ihre Sachen auf den Rücksitz legen.

»Danke noch mal«, rief sie, stellte sich an die Straße und war recht froh, aus dem Wagen heraus zu sein.

Der Wagen rollte auf dem Seitenstreifen an, fuhr einige Meter mit noch offen stehender Heckklappe. Meine Güte, dachte Anouk, was war nur mit dem Kerl los? War der stoned, und sie hatte es nicht gemerkt?

»Die Heckklappe ist noch offen«, rief sie. Woraufhin der Wagen stoppte und die Lämpchen für das Rückwährtsfahren angingen. Und als sie das taten, erregten sie Anouks Aufmerksamkeit, schließlich hätte der Fahrer eigentlich aussteigen müssen, um den Kofferraum zu schließen. Nicht den Rückwärtsgang einlegen. Zweitens beleuchteten sie einen Kofferraum, mit dem offensichtlich etwas nicht in Ordnung war. Es schien so, als sei er mit Folie ausgelegt worden. Sowohl das Innere der Heckklappe als auch das Ladefach selbst.

Im nächsten Moment röhrte der Motor auf. Der Wagen kam rückwärts auf Anouk zugeschossen, und zwar mit Vollgas. Die Reifen drehten durch. Kies spritzte zu den Seiten. Das Heck kam auf Anouk zugerast wie ein offen stehendes Maul mit flammenden Augen. Wie ein Dämon, der sie verschlucken wollte. Nachdem er sie gerammt hatte. Oder sie mit einem Rammstoß in sein Maul befördern wollte. Wie auch immer – es lief in jedem Fall auf etwas möglicherweise Tödliches hinaus.

Das begriff Anouk innerhalb von Sekundenbruchteilen. Sie begriff auch, dass es total bescheuert von ihr gewesen war, mit einem einzelnen Mann mitzufahren. Dass sie recht gehabt hatte mit ihrem Gefühl, dass mit dem Kerl etwas nicht stimmte. Und ihr fiel ein, dass sie am Rande von Mordfällen an Frauen in der Provence gehört hatte. Sie schloss nicht aus, dass sie nun zu einem davon werden sollte.

Anouk dachte außerdem an etwas völlig Irres – nämlich, dass ihre Gitarre kaputtgehen könnte. Und dass sie sich das beleuchtete Nummernschild merken müsste, das nun mit hohem Tempo auf sie zugeschossen kam. Schließlich setzte sie sich endlich in Bewegung. Mit einem Ausfallschritt wich sie zur Seite aus. Eine Sekunde später traf der Kotflügel den Koffer, der Anouk aus der Hand gerissen wurde. Sie hörte es noch knirschen, als er unter den Wagen gezogen und unter den Vorderrädern zermalmt wurde.

Meine Gitarre, dachte Anouk, mein Handy, *meine Schlüssel, meine CDs …*

Sie geriet ins Stolpern und stürzte in einen Straßengraben. Dornen schlitzten ihr die Haut an den Armen und Knien auf. Anouk rappelte sich wieder hoch. Hörte, wie der Motor erneut aufheulte, und kroch auf allen vieren den Graben auf der anderen Seite hinauf. Hektisch blickte sie sich um und verharrte einen Moment in der Bewegung. Nahm wahr, dass der Wagen in einen kleinen Feldweg zu setzen schien. Die Lichter gingen aus. Eine Tür klappte. Schnelle Schritte. Rascheln im Unterholz.

Der Mann kam, und mit einem Wimmern setzte sich Anouk

wieder in Bewegung. Auf allen vieren kroch sie auf den Rand eines Feldes, das an den Graben angrenzte. Die Erde war trocken, klobig und steinig. Sie stand mühsam auf und lief, so schnell es ging, eine Furt entlang. Links und rechts neben ihr war alles voller Weinstöcke. Mannshoch.

Anouk hastete weiter, spürte überhaupt nicht, wie die Äste und Blätter ihre Arme peitschten. Weg hier, nur weg hier. Fort von dem Mann, der offensichtlich hinter ihr her war. Die schweren Geräusche, die von links kamen, schienen in jedem Fall darauf hinzudeuten. Sie rannte nun einen Hang hinauf, und dachte: In den Weinfeldern waren die Rebstöcke alle in einer Linie gepflanzt. In der Mitte eine Fahrgasse für die Traktoren, links und rechts daneben die Rebstöcke. Sie musste nur immer geradeaus weiterlaufen und würde automatisch irgendwo ankommen. Entweder an einem weiteren Feld. Einer anderen Straße. Vielleicht – hoffentlich – am Gebäude eines Weingutes oder einer Kooperative. Völlig egal, Hauptsache dort, wo Menschen waren. Sie überlegte, ob sie um Hilfe schreien sollte. Andererseits würde sie genau damit den Mann auf sich aufmerksam machen.

Sie riskierte im Laufen einen Blick nach hinten. Spürte, wie ihre Bronchien brannten. Und sah den hin und her wackelnden Lichtschein einer Taschenlampe exakt in der Fahrgasse, in der sie sich bewegte.

»Scheißescheißescheiße«, fluchte sie.

Der Mann war direkt hinter ihr, und er schien aufzuschließen, denn der Lichtkegel der Taschenlampe tanzte nun um ihre Füße. Es war, als liefe sie im Licht eines Suchscheinwerfers. Vor sich sah sie nichts als die endlosen Reihen dunkler Rebstöcke. Kein Licht, kein gar nichts. Nur eine schier endlose Gasse, die sich in der Dunkelheit der Nacht verlor.

Sie müsste querfeldein laufen. Die Furt verlassen, Haken schlagen, dachte Anouk. Und schreien. Jetzt war es egal, da der Mann ihre Spur aufgenommen hatte und sie mit dem Licht der Taschenlampe fixierte. Nun war es total gleich, nun konnte es nur noch helfen.

Also schrie sie aus Leibeskräfte: »Hilfe!«

Ihre eigene Stimme dröhnte Anouk im Kopf. Gellte in ihren Ohren. Überschlug sich. »Hilfe!«, kreischte sie ein erneutes Mal – und schlug dann einen Haken nach rechts, wühlte sich durch die Reihen der Rebstöcke, um die schnurgeraden Furten im rechten Winkel zu kreuzen.

Sie schrie erneut: »Hil…«

Doch dieses Mal blieb ihr die andere Hälfte des Wortes im Halse stecken, weil etwas von vorne heftig dagegenschlug und sie von den Füßen riss.

Anouk schlug hart auf. Registrierte erst überhaupt nichts, fühlte dann den brennenden Schmerz an ihrer Kehle und spürte, dass ihr das Atmen schwerfiel. Sie brachte nur noch ein Röcheln zustande – und verstand, dass sie gegen einen Draht gelaufen sein musste. Einen der Drähte, die manchmal entlang der Rebstockreihen gezogen wurden, damit der Wein sich daran festhalten konnte. Drähte, die an Masten gespannt wurden. Teils über mehrere hundert Meter hinweg, weswegen ein beachtlicher Zug aufgebaut werden musste, damit sie stramm saßen. Und einer dieser Drähte hatte Anouk am Hals erwischt wie ein Handkantenschlag.

Plötzlich wurde alles gleißend hell, als sie in das Licht der Taschenlampe starrte, das ihr von oben herab ins Gesicht leuchtete. Anouk rammte ihre Hacken in den Boden und versuchte wegzukriechen. Noch immer kam nur ein tonloses Husten aus ihrem Mund, als sie um Hilfe schrie.

Sie wurde am Bein gepackt. Am Knöchel festgehalten, probierte zuzutreten, trat aber ins Leere. Ihre Finger krallten sich in den Boden. Bekamen schließlich einen Stein zu fassen. Einen faustgroßen. Als Anouks Körper herumgedreht wurde, wollte sie damit zuschlagen. Aber ein brutaler Tritt in die Magengrube raubte ihr jeden Atem und presste alle Energie förmlich aus ihr heraus. Ein weiterer Tritt traf sie unterm Kinn. Heftig. Ihre Zähne schlugen aufeinander und bissen auf die Zunge, worauf sich sofort ein Geschmack nach Eisen ausbreitete. Sie öffnete den Mund, um zu schreien. Das Einzige, was geschah, war, dass Blut heiß zwischen ihren Lippen hervorströmte. Ein weiterer Tritt mit der Hacke auf ihren Solarplexus betäubte sie nun vollends.

Wie in Trance bekam sie mit, dass der Mann etwas mit ihrem wehrlosen Körper anstellte, und sie dachte paradoxerweise: *Halt still*, obwohl sie sich sowieso nicht bewegen konnte. *Halt einfach still und lass es geschehen.* Weil man das immer las und hörte, dass man sich ruhig verhalten sollte, wenn ein Vergewaltiger über einen herfiel.

Aber der Kerl, der an ihr herumhantierte, war wahrscheinlich mehr als das. Er war vielleicht überhaupt gar kein Vergewaltiger, sondern ein Mörder, der Provence-Killer, der es nicht auf erzwungenen Sex, sondern auf ihr Leben abgesehen hatte. Und wenn es um das eigene Leben ging, hielt man besser nicht still, sondern kämpfte.

Anouk wollte sich aufbäumen, um mit ihren Fäusten auf den Mann einzuschlagen. Ihm die Finger in die Augen stechen, das Gesicht zerkratzen und ihm die Ohren abreißen. Sie wollte ihre Knie hochrammen, um ihm mit einem gewaltigen Tritt die Hoden zu zerquetschen.

Nichts davon ging. Gar nichts.

Sie brachte nur eine Art verzweifeltes und angestrengtes Nicken zustande. Denn der Mann saß auf ihren Beinen. Und ihre Handgelenke waren festgebunden. Die Unterarme auch. Sie waren links und rechts mit Drahtschlingen an den Rebstöcken festgebunden worden. Als Anouk den Kopf wieder senkte, um einen erneuten Versuch zu unternehmen, schlug ihr Kopf auf die scharfe Kante eines im Boden steckenden Steins.

Was hatte der vor? Wollte der sie kreuzigen, oder …

Im nächsten Moment stopfte er ihr ein Stück Stoff in den Mund. Pfropfte es einfach hinein, und sie konnte es nicht verhindern, obwohl sie ihren Kopf hin und her warf. Nun konnte sie nur noch durch die Nase atmen, musste husten, weil sie sich durch das schnelle Atmen an ihrem eigenen Blut verschluckte und dabei fast erstickte.

Schließlich nahm sie wahr, dass der Mann etwas in der Hand hielt. Einen Knüppel oder Stock. Nein, das war etwas anderes, und er nahm damit Maß.

Anouk warf den Kopf zur Seite und sah gerade noch, um was es sich handelte. Sie sah den im Licht der auf dem Boden liegenden Taschenlampe glänzenden Kopf einer verchromten Axt. Die Schneide war kurz oberhalb ihres rechten Handgelenks platziert. Dann sauste sie nach oben. Und bevor Anouk auch nur irgendwie reagieren konnte, sauste die Schneide wieder herab.

21

HANNA STAND MIT EINEM GLAS WASSER in der Hand in der Tür zum Arbeitszimmer. Draußen war es längst stockdunkel. Es war spät in der Nacht, schon nach halb eins. Zikaden zirpten. Lilly schlief, und Hanna hätte das auch gerne tun wollen. Doch die Sorge um Niklas hielt sie wach.

Raynod hatte ihm am Nachmittag anlässlich der offiziellen Testamentseröffnung einen persönlichen Brief von Justin überreicht, der Niklas offenbar sehr berührt hatte. In Verbindung mit dem Brief schien nach Hannas Meinung nun durchzubrechen, was Niklas bislang nicht an sich herangelassen hatte: die Trauer um Justin. Niklas hatte Hanna nicht erzählt, was in dem Brief stand. Sie hatte auch nicht gefragt. Es war eine persönliche Sache zwischen Onkel und Neffe. Damit hatte sie nichts zu tun. Und später hatte sich Niklas im Arbeitszimmer regelrecht vergraben und der Lektüre der Notizbücher von Justin gewidmet. Er brauchte das sicher, um mit einem Kapitel seines Lebens abschließen zu können – dem Kapitel, in dem Justin eine wichtige Rolle für Niklas gespielt hatte.

Schließlich hatte er sich damit verabschiedet, im Baumarkt einige Dinge besorgen zu wollen, um den Umbau in Angriff zu nehmen. Er hatte gemeint, das werde ihn auf andere Gedanken bringen. Außerdem wollte er sich nach den Farben umsehen, von denen Lehmann erzählt hatte – Niklas hielt es für eine ausgezeichnete Idee, mit typischen Produkten der Region zu arbeiten. Was Hanna für überzogen hielt, es ging ja nur darum, den Anbau etwas herzurichten. Aber so war Niklas nun einmal.

Nach der Testamentseröffnung beim Notar war außerdem noch einmal sehr deutlich geworden, dass das Château mit allem, was sich darin befand, nicht zum Nulltarif zu haben wäre. Es war zwar ein Erbe, aber ein Erbe mit einem nicht geringen Schätzwert und damit einer respektablen Summe an zu entrichtender Erbschaftssteuer. Das Geld dafür hatten sie nicht. Sie könnten es sich besorgen, indem sie einiges an Inventar verkauften – immerhin hatte Niklas sein Okay gegeben, als Hanna ihm von Lehmann erzählte und dessen Schwager, dem Entrümpler. Zu allem anderen aber sagte er: »Nein, auf gar keinen Fall.«

»Aber warum nicht?«

»Weil ich es nicht will.«

»Wenn es wirklich eine originale Handschrift ist, dann ist sie enorm wertvoll und könnte alle Probleme auf einmal lösen. Victor Picard möchte sich doch alles nur ansehen, und es wäre sicher in Justins Sinne, wenn seine Forschungen …«

»Was«, blaffte Niklas und schlug mit der flachen Hand auf den Tisch, »was weißt *du* schon von Justins Forschungen?«

Hanna zuckte zusammen. Zwischen ihr und Niklas lagen zwar einige Meter Distanz, aber selbst von hier aus konnte sie die kleinen Speicheltropfen sehen, die vor seinem Mund zerstäubten.

»Gar nichts weißt du! Überhaupt nichts! Ideelle Werte kann man nicht einfach so … verscherbeln! Es geht um sein Lebenswerk, verstehst du?«

»Niklas …«

»Wenn er gewollt hätte, dass irgendjemand anders das Manuskript und die ganzen Aufzeichnungen erhält, dann hätte er schon dafür gesorgt, oder? Hat er aber nicht!«

»Niklas …«

»Was, denn, verdammt nochmal?«

Hanna atmete ein. Sie atmete aus, bemerkte, dass ihre Hand zitterte und sagte: »Du machst mir Angst.«

»Ich?«

Hanna nickte leicht. Es stimmte: Niklas machte ihr Angst. Sie hatte ihn selten so erlebt wie gerade eben. Ein einziges Mal, und da hatte er kurz vor einem Nervenzusammenbruch gestanden. Damals, als Lilly gerade geboren war und alles über ihn hinauswuchs. Die Sorge um das Geld, die Verantwortung, die Belastung im Beruf. Und nun wieder.

Sie sagte mit einem Seufzen: »Vielleicht nehmen wir uns zu viel vor. Vielleicht sollten wir alles in Ruhe angehen und die Idee mit dem Hotel auf nächstes Jahr verschieben. Vielleicht ist das alles zu viel auf einmal.«

»Ach, Unsinn.« Niklas machte eine fahrige Geste. Atmete tief ein und aus. »Ob früher oder später, spielt keine Rolle. Es gibt eine Menge Dinge, die jetzt sofort erledigt werden müssen. Wer weiß außerdem, was nächstes Jahr ist?«

Ja, dachte Hanna. Wer wusste schon, was nächstes Jahr war?

»Tut mir leid«, meinte Niklas schließlich und fuhr sich durch die Haare. »Ich wollte dich nicht anschreien. Ich bin emotional ein wenig …«

Instabil, dachte Hanna, kurz vorm Kollaps.

»… angeschlagen, das ist alles.«

»Versprichst du mir, dass du deine Tabletten regelmäßig nimmst?«

Niklas funkelte sie mit düsterem Blick an.

»Ich mache mir Sorgen deswegen, okay? Versprichst du es mir?«

Er nickte leicht. Nicht überzeugend, aber immerhin war es ein Nicken. Dann meinte er: »Morgen früh fahre ich in den Baumarkt und besorge noch ein paar Dinge.«

»Du warst doch schon den ganzen Abend im Baumarkt?«

Mehrere Stunden lang hatte er sich dort herumgetrieben, Hanna hatte sich noch gewundert, dass die Baumärkte hier abends so lange geöffnet hatten.

»Ich muss noch mal hin, weil ich etwas vergessen habe.«

Sie sagte: »Ich bin irgendwann um zehn Uhr eingeschlafen und gegen elf Uhr wieder aufgewacht, als du im Bad duschen warst.«

»Die Baumärkte haben bis zehn geöffnet, und ich habe das Material in den Anbau getragen. Das hat mich ins Schwitzen gebracht. Weswegen ich noch mal duschen war. Ist das okay für dich?«

Hanna rollte mit den Augen.

»Ich habe auch die Farben bekommen. War ein toller Tipp, aber weißt du, wie schwer Zehn-Liter-Eimer sind?«

»Ist ja schon gut, Niklas.«

»Wunderbar. Ich muss noch jetzt ein paar Mails ans Büro schicken.«

Was bedeutete: Geh ins Bett und lass mich zufrieden!

Hanna drehte sich wortlos um und ging. Idiot, dachte sie und fröstelte auf dem Flur. Wahrscheinlich wollte er seine Ruhe haben, um mit seiner Jutta aus dem Büro zu chatten und sich bei ihr auszuheulen. Oder mit seiner Ex zu skypen. Oder wem auch immer, der ihn wahrscheinlich schrecklich vermisste und dauernd Mails schickte. Mit dem Niklas womöglich heimlich telefoniert hatte, als er im Baumarkt war. Nicht ausgeschlossen. Ganz und gar nicht. Vielleicht stimmte es, dass er hinter ihrem Rücken irgendetwas laufen hatte – und sie war so blöd gewesen, ihm abzukaufen, dass das Château und Frankreich und alles sie enger zusammenführen würden. »Ich glaube, wir brauchen das«, hatte er gesagt. Na toll. Und jagte sie aus dem Zimmer wie einen lästigen Hund. Idiot.

Im Schlafzimmer stellte sie das Glas Wasser auf einer Kommode ab und zog sich bis auf den Slip aus. Es war warm. Warm und stickig. Sie ging zum Fenster, um die Gardinen zuzuziehen. Tausende Sterne funkelten am Himmel. Einige schienen herabgestürzt zu sein und in der Ferne auf dem Boden zu liegen. Aber es waren nur Lichter von den Fenstern eines Hauses, dem einzigen weit und breit außer ihrem – es musste das von Jeremy sein. Hanna entschied sich, die Vorhänge nicht zu schließen. Sie dachte an die Einladung von ihm. Und überlegte, dass es nicht schlecht wäre, wenn sie sich selbst ebenfalls auf ein paar andere Gedanken bringen würde. Schließlich legte sie sich aufs Bett, starrte durchs Fenster in den Nachthimmel und wartete auf den Schlaf.

Der Schlaf kam. Und ging wieder, als Hanna nach Luft schnappend aufwachte und um sich schlug.

Sie brauchte einige Momente, um zu begreifen, wo sie war. Sie starrte in die konturlose Dunkelheit. Die roten Ziffern des Digitalweckers auf dem Nachttisch umschwirrten sie wie rotierende Glühwürmchen, die sich nur langsam beruhigten. Schließlich stand sie auf, ging zur Kommode, trank das Wasserglas leer und wischte sich den schweißnassen Körper mit einem T-Shirt trocken. Anschließend versuchte sie, sich die Bilder aus den Schläfen zu massieren. Aber die Bilder blieben.

Wie es Träumenden oft zu eigen ist, schwebte sie regelrecht und glitt auf das Château zu, ohne dass ihre Füße den Boden berührten. Da war die Fassade mit ihren von lindgrünen hölzernen Läden eingerahmten Fenstern. Obwohl Hanna recht weit entfernt war, konnte sie die Risse in dem alten Holz erkennen, das Muster der Fliegengitter, die weißen Vorhänge, die sich leicht im Wind bewegten, als stünde jemand dahinter, der einen beobachtete und dabei nicht erkannt werden wollte. Schließlich erschienen an den Fenstern, eines nach dem anderen, rote Flecken. Zuerst nur zaghaft, dann immer kräftiger. Sie erblühten wie Klatschmohn. Dazwischen tauchten Personen auf, deren Züge nicht zu erkennen waren. Wie in einem Ölgemälde, in dem die Gesichter mit einem terpentingetränkten Lappen weggewischt worden waren. Die Figuren standen einfach da und warteten. Aber nicht an jedem der Fenster. An einem stand keine, und bevor Hanna erahnte, für wen der Raum in dem Fenster dahinter bestimmt sein könnte und auf wen die Personen warteten, war sie aufgewacht.

Der Traum war diffus, wirr und beklemmend gewesen. Hanna dachte darüber nach, ob Lilly am ersten Tag einen ähnlichen Schreck bekommen haben mochte. Sie überlegte, was der Traum bedeuten konnte – und kam zu dem Schluss, dass sich ein wirres Gemenge aus Eindrücken und Ängsten der letzten Tage einfach verselbständigt hatte. Justins Tod, ihre Zukunftsängste, das Château und Jeremys Klatschmohnbilder, alles zusammen hatte einen surrealen Tanz vollzogen. Mehr nicht. Hanna seufzte, stellte sich ans Fenster und genoss die nun kühlere Nachtluft. Sie erkannte, dass die vom Himmel gefallenen Sterne immer noch leuchteten. Sie nahm außerdem einen schwachen Lichtschein wahr, der aus dem Arbeitszimmer kommen musste. Dann ging sie wieder zum Bett, nahm die feuchte Decke ab und legte sich auf das blanke Laken. Und dieses Mal kam der Schlaf innerhalb von Sekunden und ohne jedes Grauen im Gepäck.

22

DER TAG WAR NOCH JUNG, als Albin im Schatten von Matteos Café saß. Er las die »La Provence«, rauchte, trank seinen Kaffee und blickte gelegentlich über den Rand der Zeitung hinweg zu Véroniques Blumenladen. Vor ihm lag die Pappkladde mit den Ausdrucken und Kopien. Er war zwischendurch im Auchan-Supermarkt gewesen, wo sie eine Fotostation hatten, an der man sich Bilder von Kamera-Chips ausdrucken lassen konnte. Neben ihm lag Tyson, hechelte und betrachtete den vorbeirauschenden Lieferverkehr.

In den letzten Tagen war nicht besonders viel geschehen. Hier nicht und auch nicht im Rest der Welt, wie die Tageszeitung mit ihren wenig aufregenden Nachrichten über Debatten zum Sozial-Etat, Homo-Ehen und über die Frage, ob Russland am nächsten G8-Gipfel teilnehmen soll, verriet. Die Zeit war vergangen, so wie sie es immer tat. Sie floss dahin, manchmal ruhig wie ein gewaltiger Strom, manchmal wie eine wilde Klamm.

Albin hatte weiter seine morgendlichen Runden gedreht und nachgedacht. Auf seiner neuen Strecke hatte er es sich zur Gewohnheit gemacht, einen Augenblick auf dem Begrenzungspfahl zu sitzen und das Château zu betrachten. Zweimal hatte er dabei die Frau gesehen, die mit einem Auto unterwegs war und aus der Ausfahrt des Anwesens kam. Ihre Tochter saß hinten und drückte sich die Nase an der Scheibe platt, um Tyson zu sehen. Beim zweiten Mal hatte die Frau schwach gewinkt und gelächelt. Albin hatte mit einem freundlichen Nicken geantwortet. Auch ihren Mann hatte Albin einmal gesehen. Er war mit einem anderen Wagen unterwegs gewesen, etwa doppelt so schnell, und hatte recht gestresst gewirkt. Gehetzt.

Ohnehin schien sich auf dem Château etwas zu tun. An einem Morgen war Albin ein Möbelwagen mit dem Aufdruck »Valois Brocante« aufgefallen. Albin wusste, dass Lehmanns Schwager Valois hieß, durch die Gegend fuhr und bei Haushaltsauflösungen abstaubte, was es abzustauben gab. Mit dem Material belieferte er dann Flohmärkte und Antiquitätenläden. Lehmann hatte außerdem letztens beim Boule erzählt, dass die Deutschen tatsächlich damit beginnen würden, das Château in ein Hotel umzubauen, und dass sich seine Tochter Zoe mit der kleinen Deutschen angefreundet habe, deren Name Lilly sei. Marie fahre weiterhin täglich zum Haus.

Albin hatte sich vorgenommen, demnächst einmal persönlich dort vorstellig zu werden und nicht immer nur auf dem Begrenzungsstein zu sitzen. Weil er neugierig war. Weil ihn die Leute aus einem nicht fassbaren Grund interessierten. Und, ja, vielleicht auch deswegen, weil die Frau rote Haare hatte und Albin etwas daran ein wenig unruhig machte. So wie bei der Sängerin kürzlich in Roussillon. Nach wie vor trug er sich ohnehin mit der Absicht, in der Bibliothek einmal nachzusehen, ob er etwas über die Geschichte des Hauses herausfinden würde. In einem Internetcafé ginge das sicher schneller, aber Albin misstraute dem Internet, weil er von der Polizeiarbeit wusste, wie einfach es auszuspionieren war. Nicht, dass er etwas zu verbergen hätte, aber Bücher konnte man nicht überwachen. Außerdem gefiel ihm Papier. Was auf

Papier stand, das stand geschrieben und konnte nicht im Nachhinein von irgendwem kopiert, ergänzt, verfälscht und verwässert sowie als sein neues geistiges Eigentum ausgegeben werden. Papier war verlässlich. Es würde ja auch niemand auf die Idee kommen, sich mit einem iPad den Hintern abzuwischen.

Albin hatte außerdem zweimal mit Theroux telefoniert, der ihm jeweils gesagt hatte, dass es nichts zu sagen gäbe. Was sicher Unfug war, denn bestimmt gab es etwas zu erzählen, bloß weigerte sich Theroux.

»Was ist mit dem Verdächtigen im Fall Langlois?«, hatte Albin gefragt.

»Nichts natürlich – jeder weiß, dass er Nicole nicht auf dem Gewissen hat. Sie werden ihn aus der U-Haft entlassen.«

»Habt ihr nochmals mit dem psychologischen Gutachter von damals gesprochen? Wegen des Täterprofils?«

»Albin, ich kann mich nicht um jeden Scheiß kümmern, okay?«

»Das ist aber wichtiger Scheiß.«

»Bonnieux sagt etwas anderes.«

Bonnieux, der Staatsanwalt. Albin konnte sich das vorstellen. Er würde Tatsachen statt Theorien fordern.

»Trotzdem«, sagte Albin.

Er hörte Theroux genervt seufzen.

Albin fragte: »Was ist mit dem Formalin?«

»Läuft, gibt aber noch keine Ergebnisse. Außerdem gibt es alle möglichen anderen Stoffe, die ähnliche Eigenschaften haben.«

»Ihr müsst euch fragen, wer Zugang dazu hat.«

»Nein, wirklich? Sag nicht so was. Danke für den Hinweis.«

»Wer hat Zugang, und wer kann damit umgehen?«

»Albin, du bekommst im Internet Bauanleitungen für Sprengstoffwesten, okay? Jeder Blödmann kann mit Formalin umgehen und jeder Blödmann kann es bestellen.«

»Aber nicht jeder Blödmann legt Körperteile darin ein.«

»Vielleicht tut er das ja gar nicht.«

»Bestatter. Mediziner. Biologen. Chemiker.«

Theroux schwieg.

»Und wo bekommt man das Zeug her? Denk dran, Theroux, besorgt euch Lieferantenlisten.«

»Herr Neunmalklug, Formalin ist eine Formaldehydlösung. Formaldehyd wird überall eingesetzt – in Kosmetika, in der Kunststoffherstellung, man braucht es für Klebstoffe, Süßmittel, Düngemittel, Selbstbräuner, Farbstoffe, Textilveredelung, in der Holzverarbeitung. Es ist nicht so, dass wir schlafen. In vier- bis achtprozentigen Lösungen wird es zum Präparieren eingesetzt. Es gibt sogar beschissene Künstler, die das Zeug benutzen, um damit tote Tiere als Kunstwerke zu deklarieren.«

»Künstler?«

»Was auch immer daran Kunst sein soll. Abgesehen von Formalin kann man auch Ethanol oder bestimmten Alkohol benutzen.«

»Trotzdem glaube ich nicht, dass sich jeder Blödmann das Zeug besorgen und damit umgehen kann. Vielleicht gibt es Großhändler. Vielleicht arbeitet dort jemand, der sich dann und wann etwas abzweigt.«

»Vielleicht leben auch grüne Männchen auf dem Mars.«

»Theroux, ruf mich umgehend an, wenn ihr was Neues habt.«

»Einen Scheiß werde ich tun.«

»Das reicht mir völlig. Danke.«

Dazwischen hatte Albin sich ein weiteres Mal mit Véronique getroffen und war sich sicher, dass es noch ein drittes und vielleicht auch viertes Mal geben könnte. Was sich zwischen ihnen entwickelte, war zaghaft. Aber es gab keinen Zweifel, dass sich etwas entwickelte. Wer wusste, wo es hinführen würde? Jedenfalls ließen sie sich Zeit. Davon hatten sie schließlich mehr als genug. Und komisch, hatte Albin kürzlich gedacht: Man konnte zwanzig Jahre lang jeden Tag die gleiche Strecke zur Arbeit hin und wieder zurückfahren – und dann blickte man einmal aus dem Seitenfester und entdeckte, dass am Wegesrand wunderbare Blumen blühten, die einem nur nie aufgefallen waren. Dann hielt man an, stieg aus, betrachtete ihre zarten Blütenblätter und darauf die mikroskopisch kleinen Pollen. Nahm ihren Duft wahr und verstand, was einem im Leben so alles entging, weil man dauernd bloß auf die blöde Straße oder das Heck seines Vordermanns starrte.

Jetzt starrte Albin auf etwas anderes. Nämlich auf das, was vor ihm lag, und er dachte nach. Er dachte darüber nach, dass die Luftlinie zwischen dem Punkt, an dem der Täter Nicole Langlois wahrscheinlich aufgelesen hatte, und dem Ablageort der Leiche zwei bis vier Kilometer lagen. Ein bis eineinhalb Kilometer Luftlinie – nicht mehr, weil die Straßen sehr kurvig waren. Es sprach also viel dafür, dass der Täter die Sache schnell hinter sich bringen wollte. Wenn man davon ausging, dass der Modus bei den anderen Taten identisch gewesen war, dann …

»Verstehst du?«, fragte Albin Tyson leise. »Nehmen wir also an, er gibt sich selbst drei oder acht Minuten, um einen Ort zu finden, an dem er den Job erledigt. Sagen wir: zwei Kilometer Luftline. Dann müssten wir innerhalb dieses Radius' die Leichen finden können.«

Weswegen Albin nun einen Stift nahm, den Maßstab abschätzte und entsprechende Kreise auf einer Karte des Départements Vaucluse einzeichnete. Im Mittelpunkt jeweils die Kreuze, die die wahrscheinlichen Orte des Verschwindens der Frauen markierten. Natürlich fassten diese Kreise ziemlich große Flächen ein. Aber man konnte überlegen, in welche Richtung sich der Täter womöglich bewegt haben könnte. Und man konnte nach den Stellen auf der Landkarte suchen, die vom Muster her dem Ablageort von Nicole Langlois glichen: gut mit einem Wagen zu erreichen – also musste es eine Einfahrt geben. Einen kleinen Feldweg mindestens. Abgelegen, schlecht einsehbar, aber ausreichend Platz, um sich bewegen zu können. Es müsste eine Möglichkeit zum Verscharren der Opfer geben. Zwischen dem jeweiligen Start- und Landepunkt würde es vermutlich nicht irrsinnig viele solcher Stellen geben. Zwar blieb dann immer noch ein enorm großes Areal übrig, aber es wäre immerhin ein Anfang.

Außerdem, überlegte Albin, war da noch etwas. Er besah die Karte mit den Kreisen und dachte an den Begriff »Komfortzone«. Man sprach davon, dass Serientäter meist innerhalb bestimmter Radien aktiv waren. Sie wohnten beispielsweise an Punkt A und waren im Umkreis von zwanzig Kilometern um diesen Punkt herum aktiv. Aber nie in der unmittelbaren Nähe. Weil sie ihr Nest nicht beschmutzen wollten. Die Komfortzone konnte aber auch eine Straße sein, die der Täter jeden Morgen zur Arbeit fuhr. Oder auf der er mit einem Lkw oft unterwegs war. Oder die sich entlang einer Bahnlinie befand.

Albin malte ein paar weitere Kreise auf die Karte und dachte: Wenn die Start- und Landepunkte die äußere Grenze markierten, dann musste der Täter irgendwo innerhalb dieser Grenzen leben. Ein großes Gebiet, riesig. Aber dennoch. Es war so, dass der Fall Langlois auch hier einen Schlüssel bedeutete: Er war messbar und übertragbar auf die anderen wie eine Schablone, und man konnte Folgendes annehmen: Wie alle anderen Frauen war Nicole Langlois an einer Straße mit der Bezeichnung »D« verschwunden – eine größere und gut ausgebaute Landstraße. Nicole war abends verschwunden, und man konnte annehmen, dass ihr Mörder vielleicht auf dem Heimweg war. Irgendwo seine Dinge erledigt hatte und danach auf Opfersuche ging. Wie bei Nicole, so auch bei den anderen. Aus dieser Bewegungsrichtung, der Uhrzeit und der Dauer bis zur Tatvollendung ließen sich Richtungsmuster erkennen, die wie …

»Bonjour!«

Albin schreckte auf und klappte automatisch die Mappe zu. Er schluckte, blickte hoch und sah in ein lächelndes Gesicht, das von der Sonne und dem feuerroten Haar wie von einer Korona eingefasst wurde. Die dazugehörige Frau trug eine löchrige Jeans mit eingetrockneten weißen Farbklecksen. Am Unterarm sah Albin ebenfalls etwas eingetrocknete Farbe. Lack vermutlich.

»Ich bin Hanna Streuben«, sagte die Frau. »Endlich einmal sehe ich Sie nicht nur im Vorbeifahren auf dem Begrenzungspfahl sitzen.«

»Ach so«, meinte Albin, grinste ins Gegenlicht und gab sich überrascht. »Sie sind das. Ich bin Albin Leclerc.«

Das Mädchen, das neben der Frau stand, hatte nur Augen für Tyson.

»Vorsicht, Lilly«, mahnte Hanna, als ihre Tochter in die Knie ging und den Mops streicheln wollte.

»Das darf sie ruhig«, antwortete Albin. »Der fängt Bällchen und kann schwimmen, aber beißen tut er nicht.«

»Sie spricht kein Französisch«, sagte Hanna Streuben und übersetzte ihrer Tochter Albins Worte.

»Wie heißt dein Hund?«, fragte Lilly.

Hanna übersetzte, woraufhin Albin entgegnete: »Er heißt Tyson.«

»Tyson?«, fragte die Mutter.

»Wie der Boxer Mike Tyson, genau.«

Hanna lachte.

»Das ist …«

»… ungewöhnlich, ich weiß. Und wie heißt die kleine Dame?« Albin blickte zwischen beiden hin und her.

»Das ist meine Tochter Lilly. Lilly, gib dem Herrn Leclerc die Hand!«, forderte Hanna sie auf Deutsch auf.

Lilly tat, wie ihr geheißen.

»Nehmen Sie doch Platz. Tyson gibt Madame Lilly gerne eine Orangina aus.«

Die Kleine ließ sich das nicht zweimal sagen. Hanna stellte ihre Tasche mit Einkäufen ab und seufzte laut.

»Ist derzeit einiges los in Ihrem Haus, nicht?«, meinte Albin.

Hanna Streuben nickte. »Ja, es ist sehr viel Arbeit. Ein Abenteuer regelrecht, in das wir uns da hineinstürzen. Wir möchten das Haus schrittweise zu einem Hotel umbauen. Vieles machen wir zunächst in Eigenregie.«

Albin bemerkte nun auch einen Lackspritzer in ihrem Haar. »Jede Menge Arbeit«, meinte er.

Hanna nickte erneut. Sie wollte gerade antworten, als Matteo herauskam, verwundert guckte und dann zum Tisch kam. Er blickte zu Tyson und knurrte: »Irgendwann stolpere ich noch mal über diese wandelnde Speckwurst und breche mir das Rückgrat.«

»Dazu müsstest du erst mal eines haben«, erwiderte Albin.

Matteo hustete etwas hervor, das wohl ein Lachen sein sollte. Dann bestellte Albin eine Orangina für Lilly und ein Wasser für Hanna.

Schließlich sprachen sie miteinander über die Pläne der Streubens, dass Hanna die Menschen im Ort ein wenig kennenlernen wollte und ihre Tochter von Tyson fasziniert sei, weil sie noch nie so einen Hund gesehen hatte. Dann kam Matteo, servierte, wartete eine Weile neben dem Tisch und rauschte mit einem beleidigten Blick wieder ab, als Albin ihn nicht in das Gespräch mit einband.

Nachdem die Orangina geleert, Tyson ausgiebig gekrault und auch das Wasser ausgetrunken war, verabschiedeten sich Hanna und Lilly von Leclerc.

»Ich wünsche Ihnen weiterhin viel Erfolg mit Ihrem Projekt«, sagte Albin. »Das Haus muss stattlich sein. Ich habe es noch nie gesehen.«

»Kommen Sie gerne einmal vorbei, wenn Sie mit Tyson spazieren gehen«, sagte Hanna und griff nach ihren Einkaufstaschen.

Albin überlegte, dass er heute Nachmittag ohnehin mit dem Wagen loswollte. Ein paar Dinge überprüfen. Start- und Landepunkte. Bei der Gelegenheit könnte er am Château vorbeischauen – und vielleicht endlich einmal daran denken, einen Abstecher zur Bücherei zu machen.

»Gern«, sagte Albin. »Vielleicht heute Nachmittag.«

»Da werde ich leider nicht da sein. Ich besuche einen Bekannten.«

»Oh? Schon Bekannte hier? Herzlichen Glückwunsch.«

»Na ja«, meinte Hanna. »Sagen wir, einen Nachbarn, der ebenfalls malt. Vielleicht kennen Sie ihn? Jeremy.«

Albin verneinte und sagte: »Schade. Dann eben an einem anderen Tag.«

»Ich bin eine Prinzessin mit einem eigenen Turm«, sagte Lilly ernst und nickte.

»O là là«, scherzte Albin, nachdem Hanna übersetzt hatte, »dann hoffe ich, dass deine Wachen mich durchlassen.«

Albin nahm wieder Platz und verfolgte, wie beide ins Auto stiegen. In den Mietwagen. Als sie aus der Parklücke heraussetzten und fortfuhren, bemerkte Albin auf der anderen Straßenseite Véronique, die dem Wagen ebenfalls hinterhersah und dann zu ihm herüberschaute. Sie lächelte mit einem wissenden Blick, winkte kurz und verschwand dann im Blumenladen. Albin konnte sich gut vorstellen, was sie dachte. An das Foto in Albins Brieftasche. Daran, dass es so sein könnte wie eben, wenn er mit Tochter und Enkelin im Café säße. Genauso. Aber das Schicksal hatte nun einmal andere Pläne mit Albin gehabt.

23

»DAS SCHICKSAL geht manchmal seltsame Wege«, sagte Jeremy und goss aus einer Karaffe etwas Rosé nach. Er schmeckte köstlich, kalt und fruchtig. Hanna fand es zwar etwas verwegen, schon am Nachmittag Wein zu trinken, aber: He, das war Frankreichs Süden, hier sah man das anders als im biederen Deutschland, wo man als Alkoholiker abgestempelt wurde, wenn man zum Mittagessen Rotwein trank, später statt einem Kaffee ein Gläschen Pastis im Schatten und zum Abendessen wieder Wein.

»Ja«, seufzte Hanna und strich mit der Fingerkuppe einige Wassertröpfchen von ihrem beschlagenen Glas ab.

»Jedenfalls«, fuhr Jeremy fort, »bin ich auf diese Weise hierhergelangt. Habe nach dem Tod meiner Frau alle Brücken in Lyon hinter mir abgebrochen, meinen Job als Kunstlehrer gekündigt und entschieden, meine Träume zu leben, bevor sie wie Seifenblasen zerplatzen. Ich habe auch keine Eile mit dem Haus. Wenn ich Lust habe, arbeite ich daran. Wenn nicht, dann nicht.«

Jeremeys Haus war nicht besonders groß und nicht besonders klein. Er hatte es zu einem guten Preis gekauft und in den letzten Jahren einigermaßen in Schuss gebracht. Man gelangte durch ein kleines Weinfeld dorthin, an das eine mit Kornblumen und leuchtend rotem Mohn besprenkelte Wiese angrenzte. Zwei Olivenbäume und eine große Pinie markierten die Einfahrt, bei der es sich eher um einen mit Schotter bestreuten früheren Wirtschaftsweg handelte. Das Haus war in dem für diese Gegend so typischen rötlichen Ockerton gestrichen und hatte mintgrüne Fensterläden aus Holz. An dem Wohnhaus befand sich ein kleiner Anbau, früher sicher eine Scheune, mit einer großen Flügeltür aus Holz in Kobaltblau. Auf dem mit Steinschindeln gedeckten Dach befanden sich mehrere Windspiele aus bunt lackiertem Metall. Alles in allem konnte man auf den ersten Blick erkennen: Hier lebte ein Künstler, der die Farben liebte.

Hanna sagte: »Manchmal sind es traurige Anlässe, die unser Leben auf eine andere Bahn bringen. Wenn man so will, ist es bei uns ähnlich – durch den Tod von Onkel Justin.«

»Wie kommen Sie im Château voran?«

Hanna blähte die Backen und lächelte beinahe entschuldigend. »Es ist viel zu tun«, sagte sie und trank noch etwas.

Andererseits war schon einiges getan worden. Der Schwager von Lehmann namens Valois war gekommen und hatte die Möbelstücke und Gemälde, Vasen, Gläser, Teppiche und Lampen begutachtet, die Hanna mit gelben Klebezetteln ausgepreist und zu deren Verkauf Niklas teils beiläufig, teils nur mit Widerwillen zugestimmt hatte. Wenn Valois alles kaufen würde, käme gut eine LKW-Ladung zusammen, was bedeutete: viel Platz in den Zimmern. Und Valois hatte sich entschieden, alles zu nehmen. Er machte nach Hannas Empfinden gute Preise für einige Einzelstücke, mittelmäßige für andere und für manche bot er lediglich einen symbolischen Wert. Am Ende stand eine Summe, die Hannas Augen leuchten und Niklas immerhin mit der Zunge schnalzen ließ. Natürlich würde Valois alles mit Gewinn weiterverkaufen, keine Frage. Dennoch käme das Geld wie gerufen – wenngleich es angesichts der Gesamtkosten, die das Château noch mit sich bringen würde, nur einen Bruchteil ausmachte. Also hatte Hanna eingeschlagen und Valois einen zeitnahen Termin genannt, wann er mit einigen Packern vorbeikommen würde. Bis dahin gab es in den Zimmern nicht viel zu sanieren. Zeit für Hanna, sich Gedanken über den Namen des künftigen Hotels zu machen, über ein Signet für das künftige Marketing nachzudenken und zu recherchieren, wie man überhaupt ein Hotel gründet und anmeldet sowie vermarktet. Das war alles nicht so einfach, und Niklas hatte gesagt, Raynod habe dafür seine Hilfe als Notar und Anwalt angeboten. Und es war Zeit für Hanna, ein wenig an sich zu denken und an die Malerei sowie den Besuch bei Jeremy zu unternehmen.

Lilly hatte sie im Château gelassen, Marie war mit Zoe gekommen, und die beiden Mädchen spielten »Prinzessinnen im Turm«. Niklas war mit der Sanierung des Anbaus beschäftigt. Er legte Wert darauf, das ganz allein zu machen, weil es am Ende eine Überraschung für Hanna sein sollte. Ihr war das recht. Sollte Niklas nur machen – so lange er quasi arbeitstherapeutisch beschäftigt war, würde er hoffentlich wieder etwas herunterkommen. Und wenn es ihm Spaß machte, aus dem Anbau ein Geheimnis zu machen, na bitte, warum nicht? Er verschloss sogar jedes Mal die Tür zum Park von innen, also konnte man sowieso nicht hineingelangen. Wenngleich die Sache mit dem Tor einen anderen Grund hatte: Hanna und Niklas hatten sich darauf verständigt, immer abzuschließen. Lilly sollte nicht alleine im Park herumspuken. Hanna hielt das wegen der Regenbassins und der Nähe zum Fluss für zu gefährlich.

Jeremy machte eine Geste und meinte: »Ich weiß genau, wovon Sie reden. Als ich mit dem Haus anfing, sah ich zunächst nur einen Riesenberg an Arbeit vor mir. Aber dann habe ich meine Sichtweise verändert und verstanden, dass sich Träume nicht per Knopfdruck erfüllen. Und für einen guten Start sind Euphorie und Begeisterung stets nützlich. Für ein gelungenes Ende braucht es jedoch jede Menge Disziplin.«

Hanna lachte und nickte. »Ich weiß genau, was Sie meinen.« Denn nicht anders war es, wenn man ein Bild anging. Voller Tatendrang, bis man auf der Hälfte spürte, dass es nicht so wurde wie gedacht. Dann musste man sich durchbeißen, dann wurde es harte Arbeit – bis schließlich angesichts des vollendeten Werks die Anfangsbegeisterung zurückkehrte.

Jeremy schmunzelte. Er stellte sein Glas zur Seite, nahm erneut Hannas iPad zur Hand und wischte sich mit dem Finger durch die Galerie ihrer Bilder. Hannas Portfolio umfasste freie Arbeiten und einige ausgewählte Auftragsgraphiken aus Vorlesebüchern sowie Wimmelbilder. Jeremy hob anerkennend die Brauen und wiederholte: »Ich muss es noch einmal sagen, aber das ist einfach phantastisch. Die Illustrationen – wunderbar. Allerdings muss ich eingestehen, dass ich bislang nicht viele Kinderbuchillustrationen kenne. Aber die freien Arbeiten … wirklich ausgezeichnet.«

Jeremey legte das iPad zurück auf den Tisch, musterte einen Moment seine Schuhspitzen und blickte schließlich wieder auf. Er fragte: »Was halten Sie von einer Ausstellung in meiner Galerie? Mit Ihren Bildern? Und wenn nicht in meiner, dann vielleicht in einer anderen, größeren in Avignon oder Nîmes? Oder in Aix? Ich kenne einige Leute.«

Hannas Brust schwellte vor Stolz, und ohne Zögern sagte sie: »Ja.«

»Perfekt.« Jeremy schmunzelte nach wie vor und sah sie

mit einem Blick an, der alles oder nichts bedeuten konnte. Hanna hoffte, dass es besser nichts wäre.

»Natürlich«, erklärte sie, »habe ich keine meiner Arbeiten hier unten. Sie lagern in Hamburg, und …«

Jeremy winkte ab und meinte: »Nun, es muss ja nicht von heute auf morgen geschehen. Vielleicht am Ende des Jahres oder im nächsten Jahr. Haben Sie einen Kontakt? Eine Homepage oder Telefonnummer?«

Hanna nickte und überlegte, dass ihre Kontaktdaten schließlich kein Geheimnis waren. Sie fasste in ihre Umhängetasche und fingerte aus der Geldbörse eine »Hanna-Henna«-Visitenkarte heraus, um sie Jeremy zu geben.

»Perfekt«, sagte er noch einmal und schob das Kärtchen in die Brusttasche seines Hemdes.

Hanna fragte: »Haben Sie hier eigentlich Ihr eigenes Atelier eingerichtet?« Jeremy hatte ihr davon erzählt, als sie sich in Venasque kennengelernt hatten.

»Oh, aber ja. Verzeihung.« Behände stand er auf und meinte: »Kommen Sie, Hanna, ich zeige es Ihnen.«

»Dir«, meinte Hanna. »Dieses umständliche Siezen …«

Jeremy lachte und streckte die Hand aus. »Komm, gehen wir ins Atelier.«

Hanna zögerte einen Moment. Dann griff sie nach Jeremys Hand, ließ sich von ihm galant beim Aufstehen helfen und folgte ihm schließlich beim Gang ums Haus herum, wobei er ihre Hand erst wieder losließ, als Hanna betont den Griff lockerte.

Sie gelangten zu der kleinen Scheune mit dem kobaltblauen Tor. Jeremy schob es mit Schwung auf. Dahinter öffnete sich ein Raum von vielleicht hundert Quadratmetern. Hanna schlug der Geruch von Malerei entgegen. Es roch nach Ölfarben, Harzen und Lacken, nach Terpentin, Firnis. Sie inhalierte tief, genoss es für einen Moment und folgte Jeremy beschwingt ins Innere. Überall standen bemalte Leinwände in allen möglichen Formaten herum. Sie lehnten in Stapeln an den Wänden. Der Boden war fleckig, insbesondere dort, wo zwei von oben bis unten bekleckste, wuchtige Staffeleien standen. Hanna sah zwei Arbeitstische, die einerseits voller Farbtuben, Pinseln und Lappen waren und auf denen sich andererseits allerlei Werkzeug befand, das Jeremy sicher zum Anfertigen der Leinwände und Rahmen benötigte. Dazu dienten gewiss auch die langen Holzleisten in der Ecke. Wie Fremdkörper wirkten dagegen ein Laptop und eine Digitalkamera, die auf einem kleinen Beistelltisch standen. Der Raum war außerdem von Licht durchflutet. Mit einem Blick nach oben erkannte Hanna, dass Jeremy große Öffnungen ins Dach eingebaut und dazu eine Menge Ziegel abgenommen hatte, um sie durch Glas oder Plexiglas zu ersetzen.

»Wow«, meinte Hanna mit einer anerkennenden Geste. »Ich bin beeindruckt.«

»Und herzlich willkommen«, ergänzte Jeremey, »falls du einmal Lust haben solltest, ein wenig zu arbeiten, aber nicht die Räume dazu.«

»Das ist ein sehr nettes Angebot. Ich hoffe, dass mein eigenes kleines Atelier bald fertig ist.«

Auf einer Staffelei befand sich ein Gemälde, das er wohl gerade in Arbeit hatte. Mit leuchtend roten Felsen. Jeremy bemerkte ihren Blick und erklärte: »Eine Ansicht aus Roussillon. Die Ockerfelsen – was für ein Farbspektakel! Ich war gerade da und habe ein paar Fotos gemacht. Die Farben dafür mache ich selbst aus den Pigmenten, die man dort bekommt.«

Hanna nickte und dachte an die Farben, die Lehmann ihr und Niklas empfohlen hatte.

Sie sagte: »Wir nutzen ähnliche für die Sanierung des Anbaus am Château.« Dann überlegte sie eine Sekunde und meinte: »Wenn du Zeit und Lust hast, komm uns mal besuchen. Ist ja gleich um die Ecke.«

»Sehr gerne«, erwiderte Jeremy. »Danke.«

Hanna ließ den Blick durchs Atelier schweifen. Für einen Moment blieb sie mit dem Blick an einem Bilderstapel hängen, der in der hinteren Ecke der Scheune an der Wand lehnte. Ein Tuch lag darüber und verdeckte den größten Teil der Motive. Aber es schien sich um Porträts zu handeln. Frauenporträts, gemalt mit stark verdünnter Farbe, die in rötlich-braunen Schlieren an den Leinwandrändern herabgelaufen war.

Im nächsten Moment summte ihr Telefon in der Umhängetasche. Sie fummelte es hervor, doch die Nummer im Display sagte ihr nichts. Als Hanna das Gespräch annahm, war ihr aber sofort klar, wer sich am anderen Ende der Leitung befand.

»Victor Picard«, sagte die angenehm tiefe Stimme. »Einen schönen guten Tag, Frau Streuben. Vielleicht erinnern Sie sich …«

»Ja, natürlich«, fiel ihm Hanna ins Wort.

Victor Picard von der Petrarca-Gesellschaft, mit dem sie nach Onkel Justins Beerdigung gesprochen hatte. Sicher wollte er sich noch einmal ins Gespräch bringen, was die alten Manuskripte aus Justins Safe anging. Hanna machte eine entschuldigende Geste in Richtung Jeremy und ging mit dem Telefon in der Hand nach draußen.

Picard sagte: »Ich habe Justins alte Nummer gewählt und Ihre Haushälterin erreicht …«

»Marie«, erläuterte Hanna.

»Jedenfalls gab Sie mir Ihre Mobilnummer ...«

Was für ein Glück, dachte Hanna, dass Marie nicht Niklas ans Telefon gerufen hat. Sicher wäre er ausgerastet.

Im Gehen sagte Hanna: »Ich habe mit meinem Mann gesprochen, aber ich fürchte, er ist nicht sehr angetan von der Idee.«

»Oh.« Picard klang überrascht und enttäuscht. »Darf ich fragen, warum nicht?«

»Es ist etwas schwer für mich, das zu erklären. Ich denke, er ist der Meinung, dass Justin die Dokumente sicherlich der Öffentlichkeit zugänglich gemacht oder bereits veräußert hätte, wenn das sein Ziel gewesen wäre. Mein Mann glaubt daher, dass es Justins Wunsch gewesen sei, die Artefakte in der Familie zu behalten, denn er hat auch in seinem Testament keinerlei Bemerkung darüber hinterlassen, dass anders mit den Manuskripten umgegangen werden solle.«

Picard klang jetzt, als würde er schmunzeln. Er erwiderte: »Ich habe volles Verständnis dafür. Ohne Zweifel ist das Familienerbe eines jeden Verstorbenen mit vielen Emotionen verbunden. Ein Erbe will man schließlich bewahren. Wenn mir die Bemerkung erlaubt ist, bin ich außerdem sicher, dass Streuben intensiv mit seiner eigenen Forschungsarbeit an den Papieren befasst gewesen ist. Was es umso spannender für die Öffentlichkeit macht, diese Forschungsresultate einsehen und fortsetzen zu können. Ich kann mir vorstellen, dass genau das in seinem Sinne wäre.«

»Hm«, machte Hanna. »Ich weiß nicht.«

»Frau Streuben, ich möchte Sie nicht bedrängen. Aber es gibt allen Grund zu der Annahme, dass die Manuskripte aus Streubens Besitz wirklich – und das sage ich nicht einfach so –, dass sie wirklich, wirklich einzigartig und sehr kostbar sind. Stellen Sie sich bitte nur vor, man fände bislang unbekannte Skizzen und Notizen aus Tagebüchern von Leonardo da Vinci. Oder es tauchten handschriftliche Entwürfe von Dante Alighieri mit persönlichen Gedanken zu seinen Stücken auf. Das ist …«, Picard machte eine kurze Pause, »… wie Futter für die Löwen der Literaturwissenschaften. Nicht nur das, es reicht bis in viele andere Disziplinen – denn viele Künstler, Dichter und Literaten sind uns nur mit ihrem Werk überliefert, nicht aber mit dem, was sie als Mensch ausgezeichnet hat. Und man kann davon ausgehen, dass genau das in Tagebuchaufzeichnungen auftaucht. Zudem ein bislang unbekanntes Gedicht Petrarcas, von dem wir annehmen, dass es in einem Entwurf in seinem Tagebuch …«

»Schon gut«, lachte Hanna mit einem Seufzen und malte mit der Schuhspitze Striche in den Kies. Sie überlegte, dass sie Picard besser nicht ins Château einlud, denn Niklas würde sicher ausrasten, wenn sie sich über seinen ausdrücklichen Wunsch hinwegsetzte. Sie dachte, dass Niklas' Erbe gewissermaßen ja auch ihres war. Dass sie die Manuskripte aus dem Safe nehmen, Picard einen Blick darauf werfen lassen und erfahren könnte, was sie wert waren. Damit könnte sie schließlich Niklas konfrontieren –, der sicherlich immer noch sauer wäre und ihr vorwerfen würde, ihn hintergangen zu haben. Aber wenn sie ihm eine Summe nennen konnte, eine *beträchtliche* Summe, dann wäre er vielleicht …

Hanna fragte: »Herr Picard, lässt sich denn so über den Daumen gepeilt sagen, welchen Wert derlei Manuskripte haben könnten?«

Picard schwieg einen Moment. Dann sagte er: »Ohne mich festzulegen, würde ich sicherlich von einer halben Million

Euro ausgehen. Bei einer guten Auktion und mit entsprechenden wissenschaftlichen Expertisen gewiss mehr. Für solche Expertisen könnte ich sorgen, für eine gelungene Auktion aber nicht garantieren. Jedoch dafür garantieren, dass die internationale Petrarca-Gesellschaft sicher gerne ein Erstgebot abgeben würde. Wozu ich die Manuskripte erst prüfen muss.«

Eine. Halbe. Million. Euro.

Hanna schwieg einen Moment und spürte, dass ihr das Herz bis zum Hals schlug. Alle finanziellen Probleme wären mit einem Schlag gelöst. Ja, noch mehr – es würde außerdem ein solides Startkapital übrig bleiben. Ein Fangnetz für alle Fälle. Und sollte dem nun Niklas' Sturkopf im Wege stehen? Oder musste eine Frau nicht manchmal die Entscheidungen für die Zukunft ihrer Familie selbst treffen?

Hanna räusperte sich. »Wann«, fragte sie, »könnte ich mit den Manuskripten zu Ihnen nach Fontaine-de-Vaucluse kommen?«

24

WENN DU ETWAS WISSEN WILLST, gehst du in die Inguimbertine in Carpentras.

So einfach ist das. Wenn du dort bist, riecht die ganze Luft schwer und nach Wissen. Vergiss das Internet mit seinen Millionen Seiten an kopierten und wiederum kopierten Informationen aus unbekannten Quellen, wenn du 220 000 Bücher mit jeweils vielen Hundert Seiten und damit ebenfalls Millionen Seiten an originalem, altem Wissen haben kannst. Joseph-Dominique d'Inguimbert, von 1735 bis 1754 Bischof in Carpentras, war ein Büchernarr gewesen und hatte die Bibliothek errichten lassen, die lange am Boulevard Albin Durand zu finden gewesen war.

In einem monströsen Akt hatten sie die »Inguimbertine« 2013 ins frisch sanierte Hôtel-Dieu an der Ecke Avenue Victor Hugo, Avenue du Comtat Venaissin verfrachtet. Und nun war alles zusammen unter einem Dach. Das Hôtel-Dieu selbst, ein unter der Ägide des Bischofs errichtetes Krankenhaus, seine Bibliothek und außerdem die noch in großen Teilen als Museum erhaltene Apotheke aus dem 18. Jahrhundert. Dabei stellt die Inguimbertine selbst eine Mischung aus Museum und öffentlicher Bibliothek dar. Bibliophile aus ganz Frankreich leckten sich die Finger nach d'Inguimberts Büchern und den vielen, die nach seinem Tod noch dazugekommen waren.

In den nach historischem Vorbild gestalteten Räumen gab es uralte Manuskripte und in schweres Leder gebundene Folianten und Bücher. Massen davon. Sie standen in Regalen, die vom Boden bis unter die Decke reichten. Zwischen diesen Regalen befanden sich weitere, fast mannshohe, die ebenfalls voller aufwändig gebundener Bücher waren. Bücher, das sah man, die auch benutzt worden waren und nicht nur zur Dekoration gedient hatten. An den Wandregalen liefen Leitern auf Laufleisten. Überall standen Büsten und Statuen aus Marmor herum. Wo die Wände Platz ließen, hingen barocke Bilder und Porträtgemälde sowie Zeichnungen. Weil es so wenig freien Platz gab, hatte man einige davon sogar vor den Fronten der Buchregale aufgehängt. Hier und da standen antike Arbeitstische mit kunstvoll gedrechselten Globen und Kandelabern, neben denen kleinere Bücher, Manuskriptmappen und Münzen lagen, damit es so wirkte, als sei der Besitzer dieser Bibliothek gerade kurz aufgestanden, um sich die Hände waschen zu gehen. Außerdem gab es vereinzelt barocke Sessel in den Ecken. Alles mehr zur Dekoration, weniger zum tatsächlichen Gebrauch.

Albin saß in einem dieser Sessel, unter dem es sich Tyson auf dem kühlen Kachelboden bequem gemacht hatte, ein Buch aus dem frühen 20. Jahrhundert vor sich auf dem Schoß sowie einen Notizblock in der Hand. Der Chefbibliothekar, mit dem Albin wegen seines Anliegens telefoniert hatte, konnte ihm versichern, dass dies immer noch die beste historische Abhandlung war über die Geschichte des Vaucluse, das zwischen 1274 und 1791 als päpstliche Enklave Comtat Venaissin mit seinen Hauptstädten Carpentras und Venasque bekannt gewesen war. Nun, auf das Wort des Mannes musste man sich verlassen und konnte es für gewöhnlich auch: Albin kannte ihn aus der Zeit, als sie bei der Polizei damit angefangen hatten, die alten Akten zu digitalisieren, und jemanden brauchten, der wusste, worauf, zum Teufel, man dabei alles achten musste.

In dem Buch befanden sich alle möglichen Fakten, Stammbäume und jede Menge genealogisches Zeug in einer ziemlich abgehobenen Sprache. Inhaltlich war dem zu entnehmen, dass das Château Ledrome lange Zeit als eine Seidenspinnerei und später als Adelslandsitz genutzt wurde, sowie dass es ziemlich alt war. Eine beachtliche Geschichte insgesamt, aber nicht allzu bemerkenswert, wie sich herausstellte. Tausende von Jahren hatten die Chinesen das Geheimnis der Seidenspinnerei gehütet, bis es über Indien nach Byzanz durchgesickert und von den Arabern nach Spanien und Sizilien gebracht wurde. Von da aus gelangte es über die Provence in Richtung Norden, wo überall Spinnereien und Maulbeerbaumplantagen aus dem Boden schossen. Das erklärte das kleine Wäldchen mit eben diesen Bäumen, in dem das Château lag.

Bemerkenswerter war, dass es einst einem Vicomte Ledrome gehört hatte, der zur Familie de Sade zählte. Nicht überraschend wiederum, weil die Markgrafen de Sade die Provence seit Jahrhunderten geprägt hatten. Sie hatten die Brücke bei Avignon gebaut, die jeder aus dem Lied »Sur le pont d'Avignon« kennt. Sie hatten den ersten Gegenpapst empfangen. Sie stellten Ratsherrn in Avignon wie Hugues de Sade. Und natürlich gab es den bekannten Marquis de Sade, der eine Zeit in einem ehemals verfallenen Schloss in Lacoste im Luberon gelebt hatte. Während Albin in dem Buch über den Abschnitt der Historie der Familie de Sade blätterte, fiel ihm ein Bild auf.

Niemand wusste, was genau im Gehirn geschah, wenn es Ideen produzierte. Sie kamen einfach so, oder sie blieben aus.

Wie eine göttliche Eingebung. Ein Kuss der Musen. Wie ein Blitzschlag aus dem Nichts. Aus dem Vielklang von Millionen und Abermillionen Neuronen kristallisiert sich im Bruchteil einer Sekunde der reine und klare Ton der Erkenntnis. Dabei ist es so: Das Gehirn ist ununterbrochen damit beschäftigt, Informationen zu filtern, Wichtiges von Unwichtigem zu trennen und alles zu vernetzen. Trotzdem dringt nur ein Bruchteil sämtlicher Reize überhaupt in das Bewusstsein ein. Alle bisherigen Lebenserfahrungen beeinflussen wiederum, was von diesen Informationen und Reizen unsere Aufmerksamkeit erregt und zur Matrix vorgelassen wird. Was bedeutet: Zwei unterschiedliche Menschen nehmen jeweils etwas völlig anderes wahr, wenn sie in ein Buch schauen. Für einen Leser eröffnet sich eine knallbunte, lebhafte Phantasiewelt voller großartiger Abenteuer. Ein Drucker erkennt hingegen lediglich jede Menge Buchstaben, die in einer bestimmten Satzbreite und Punktgröße auf ein bestimmtes Papier gedruckt worden sind.

Genau deswegen hätten hunderttausend Menschen das Bild in dem Buch auf Albins Schoß einfach als irgendein durchschnittliches mittelalterliches Porträt einer Frau wahrgenommen. Schon zigtausendfach gesehen. Sie hätten nicht dieselbe Erkenntnis gehabt wie Albin, als er das Bildnis betrachtete.

Es zeigte eine Frau mit elegantem Profil, die Augen ein wenig niedergeschlagen. Ihr Haar war rötlich blond. Man konnte nicht sagen, in welche Farbrichtung es genau schlug. Das mochte am Druck liegen, am Alter des Bildes oder daran, wie der Maler sich die porträtierte Dame vorgestellt hatte. Denn das Bild, so die Quellenangabe, war annähernd hundert Jahre nach ihrem Tod entstanden. Es zeigte Laura de

Noves. Eine Dame aus dem Adelsgeschlecht der de Sades, die als die unerreichbare Muse des Dichters Petrarca bezeichnet wurde, in die er unsterblich verliebt war und die er in seinen Gedichten geradezu vergöttert hatte.

Albin blickte auf. Seine Augen fokussierten ins Nichts. Was, fragte er sich, wenn der Mörder, der in der Provence die Rothaarigen umbrachte, ebenfalls eine solche Muse hatte? Was, wenn er sich am Bildnis einer berühmten Provenzalin und historischen Persönlichkeit wie Laura de Noves orientierte – ob sie nun rotes oder blondes oder rotblondes Haar gehabt hatte? An jemandem, den er vergötterte, der in der Praxis jedoch unerreichbar war und den er für sich greifbar machen wollte? In Form seiner Opfer? In Form ihrer Körperteile?

Albin klappte den Wälzer wieder zu. Er sah zu Tyson herab, der erwartungsvoll zu ihm aufschaute.

»Wir müssen los, Tyson«, sagte Albin und stand auf. »Wir müssen uns was ansehen.«

25

MEINE GÜTE, dachte Raymond Venier und stapfte in der Gluthitze den staubigen Hang hinauf. *Meine Güte, sehe ich eben nach.*

Venier arbeitete auf einem kleinen Weingut bei L'Isle-sur-la-Sorgue. Kein besonderes Weingut. Der Boden war mittelprächtig, die Lage ebenfalls. Sie lieferten ihre Erzeugnisse an eine Kooperative. Tafelwein, der in den Supermärkten oder direkt ab der Cave verkauft wurde und manchmal in Fünf-Liter-Tetrapacks abgefüllt wurde, die man sich ins Küchenregal stellen und selbst zapfen konnte. Der Rest wurde in Kanistern an die Gastronomie verkauft. Venier trug schwere Arbeitsschuhe, die auf dem rötlichen Boden knirschten, und eine staubige Arbeitshose. Dazu ein T-Shirt und eine Baseballkappe gegen die Sonne, die seine Haut während der Arbeit unter freiem Himmel längst tief gebräunt hatte.

Venier streifte mit den Händen die Reben, sah bei der Gelegenheit einmal nach den Trauben und marschierte weiter. Auffallen würde ihm sowieso nichts, das war so klar wie noch was. Der Chef hatte heute am Morgen gemeint, dass eine Wildschweinherde durch den Berg getrampelt sein müsste. Er habe ferne Geräusche gehört. Schwere Geräusche, die genau danach geklungen hätten.

»Aber was sollen Wildschweine im Weinberg?«, hatte Venier gefragt.

»Weiß ich doch nicht, Venier«, hatte der Chef geantwortet und ergänzt: »Sieh halt mal nach!«

Dabei fraßen Schweine die Trauben gar nicht. So gespritzt, wie diese waren, würden die Viecher daran verrecken. Und das wussten sie genau, die Schweine, die vielleicht nicht besonders klug, aber auch nicht ganz blöd waren. Das Wissen um die in Chemie gebadeten Trauben musste sich genetisch irgendwie in ihnen fortpflanzen. Stattdessen kamen sie nachts aus den Wäldern, um die Obstplantagen zu plündern, weil sie scharf auf herabgefallene Früchte waren. Auch dieses Wissen mussten sich die Biester von Generation zu Generation vererbt haben. Und wenn so eine Herde Bachen und Eber durch einen Acker getobt war, mein lieber Freund, dann sah es dort in der Tat am anderen Tag aus wie in einem Saustall. Die Viecher machten alles platt und wühlten den Boden auf, voller Gier auf die gegorenen Früchte und Begeisterung darüber, dass sie sich den Bauch damit vollschlagen konnten. Sie hinterließen eine Plantage manchmal in einem Zustand, den man gut und gerne mit den Schlachtfeldern von Verdun oder der Somme vergleichen mochte.

Trotzdem waren sie nicht scharf auf Trauben. Natürlich mochte es sein, dass eine Herde auf dem Weg von Punkt A nach Punkt B durch den Weinberg getrampelt war. Und Venier wusste, dass sich das anhören konnte, als sei ein geiferndes, schnaufendes und tobendes Rudel Werwölfe unterwegs.

Deswegen hatte er genickt und dem Chef gesagt, er werde mal einen Rundgang unternehmen. Das hatte er dann so lange vor sich hergeschoben, bis der Chef nochmals ankam und sagte, dass Venier jetzt endlich seinen Hintern in Bewegung setzen sollte. Was er schließlich getan hatte. Erfolglos, natürlich. Er ging seit einer halben Stunde durch die Reihen und hatte nichts außer den geradegezogenen Linien der Rebstöcke gesehen. Was auch sonst. Hier waren nirgends irgendwelche Wildschweine hindurchgetrabt. Wer weiß, was der Chef da gehörte hatte. Falls er überhaupt etwas gehört hatte und nicht Venier wieder einmal einfach durch die Gegend scheuchen wollte.

Und dann sah Venier doch etwas. Er hatte keinen Schimmer, um was es sich handeln mochte. Aber weiter hinten schien wirklich der Boden zerwühlt zu sein, und irgendetwas lag dort herum. Verdammt, war vielleicht ein Reh durch das Feld gelaufen und dort von einem wilden Hund gerissen worden? Oder von etwas Größerem? Venier beschleunigte seinen Schritt, und je näher er der Stelle kam, desto sicherer war er sich, dass dort kein Reh lag. Mit jedem Meter wuchs seine Beklemmung, und als er schließlich an der Stelle angekommen war, schlug er die flache Hand vor den Mund und murmelte ein schnelles Gebet.

Im nächsten Moment rebellierte sein Magen. Er wandte sich ab, fiel auf die Knie und würgte und kotzte sich die Seele aus dem Leib. Schließlich kam nichts mehr, doch sein Magen verkrampfte sich immer noch unkontrolliert. Auf allen vieren tastete er nach dem Handy, zog es aus der Hosentasche, und es rutschte ihm zweimal aus den Fingern, bevor es ihm gelang, die Nummer vom Chef zu wählen.

»Chef«, flüsterte er mit wunder Kehle in das Smartphone. »Chef, hier liegt eine Frauenleiche. Das ist ein Massaker«, während er dachte: *Bloß nicht umsehen. Wenn du wieder aufstehst und bei Verstand bleiben willst, sieh dich bloß nicht noch einmal um.*

26

LE PONTET LAG KURZ VOR AVIGNON, und zwar im Norden. Es war ein kleiner Ort, gar nicht mal unhübsch und eine eigene Gemeinde, aber im Wesentlichen war Le Pontet ein Ausläufer der Stadt, daran gab es nichts zu deuteln. In Le Pontet befand sich das große Einkaufszentrum mit dem riesigen Auchan-Supermarkt, dem Decathlon-Sportmarkt und einem Ikea an der Autobahnausfahrt Avignon Nord der A7 mitsamt der Péage-Anlage zur Zahlung der Mautgebühren. Man konnte also sagen: Le Pontet war so etwas wie Avignons Gewerbezone, im Westen begrenzt von der Rhône, im Osten, Süden und Norden umzingelt von der A7, der Schnellstraße D225 nach Carpentras sowie der D901 in Richtung L'Isle-sur-la-Sorgue und einer Anschlusskreuzung an die D900 Richtung Cavaillon. Bundesstraßen, Autobahn, Einkaufszentren, im Hintergrund ein hübscher Ortskern, beinahe in Sichtweite die Mauern von Avignon mit den Umrissen des Papstpalastes, neue Wohnblöcke und alte Steine – und mittendrin war eine Frau verschwunden. Die erste von allen.

Albin hatte den Wagen auf dem riesigen Parkplatz vom Decathlon geparkt, in dem man alles kaufen konnte. Tennissocken, Profiradsportzubehör, Jagdmaterial selbst für die Bogenjagd, die sich in der Camargue so mancher Beliebtheit erfreute. Er hatte den Platz mit Tyson an der Leine überquert und nachgedacht, ob er anschließend rüber zum Auchan fahren und ein paar Mikrowellengerichte besorgen sollte. Oder vielleicht doch besser Véronique anrufen und sie fragen, ob sie mit ihm essen gehen würde? Schließlich war er auf dem kombinierten Geh-Radweg angekommen und fragte sich zwischen Leitplanken und Böschung mit Blick auf den großen Kreisverkehr, Verkehrsinseln und dem Gewirr von Straßen, wie hier irgendjemand angehalten und eine Joggerin mitgenommen oder überwältigt haben sollte.

Die Joggerin trug den Namen Sylvie Biard und wohnte an der Rouelle de Perigord quasi direkt gegenüber. Praktisch für jemanden, der täglich am frühen Abend seine zehn Kilometer lief, gleich einen Decathlon im Vorgarten zu haben. Sylvie war dreiundzwanzig Jahre alt gewesen, hatte noch bei ihren Eltern gelebt und in einem Kindergarten in Avignon gearbeitet. Sie hatte einen Freund und galt als Sportskanone. Was man auf den Bildern von ihr auch sehen konnte: rank und schlank, dynamisch, Beine wie eine Gazelle. Ihre reguläre Route führte durch einige Seitenstraßen, entlang von Feldwegen durch einen Grüngürtel parallel zur Autobahn, dann über Vedène bis kurz vor Monteux und wieder zurück. Zuletzt gesehen worden war sie von Zeugen jedoch hier, wo Albin nun stand.

Sie hatten daher in ihren Ermittlungen folgende Überlegungen getroffen: Zunächst gab es überall Schnellstraßen, Bundesstraßen und die Autobahn. Wenn sich Sylvie entschlossen hatte, aus welchen Gründen auch immer, abzuhauen und unterzutauchen, wäre das ein Kinderspiel gewesen. Später, nachdem Sylvie als potentielles Opfer gehandelt wurde, hatten sie umgedacht. Sylvie wollte erst noch im Sportmarkt vorbeilaufen, um sich irgendetwas zu besorgen, war aber nicht dazu gekommen. Zumindest hatten die Befragungen im

Markt und die Einsicht in Kassenprotokolle auf der Suche nach EC- oder Kreditkartenzahlungen nichts ergeben. Vielleicht war sie auf halbem Wege wieder umgekehrt und hatte sich anders entschieden. Vielleicht war ihr eingefallen, dass sie gar kein Geld dabeihatte – zumindest befanden sich sämtliche Papiere und ihre Geldbörse zu Hause. Was, ehrlich gesagt, schon früher dafür hätte sprechen sollen, dass Sylvie nicht abgehauen war. Niemand verschwand ohne seine Papiere oder Geld. Aber es konnte natürlich sein, dass sie sich ein paar Scheine in die Tasche ihrer Jogginghose gesteckt hatte.

Jedenfalls sprach einiges dafür, dass sie irgendwo hier auf den Täter getroffen sein musste. Der vielleicht selbst im Sportladen etwas besorgt hatte – doch auch diesbezüglich hatten die Ermittlungen nichts Auffälliges ergeben. Keine Verweise auf jemanden, zu dem Sylvie in einer persönlichen Beziehung gestanden hatte. Niemand, der im betreffenden Zeitraum im Decathlon eingekauft hatte und als Straffälliger einschlägig bekannt war. Entweder, der Kerl hatte Sylvie einfach überwältigt und ins Auto gezerrt, oder er hatte sie angefahren und zum Arzt fahren wollen, vielleicht aber war sie auch umgeknickt und der Täter ihr zur Hilfe gekommen. Alles war möglich – Zeugenhinweise über Unfälle oder weitere Personen, die im Kontakt mit Sylvie gestanden hätten, hatten sie jedoch nicht. Folglich gab es noch die Alternative, dass Sylvie umgekehrt, auf ihrer üblichen Route gelaufen und dort auf den Täter getroffen war. Weswegen die Polizei auf der Strecke alles von oben nach unten umgekrempelt, jeden Grashalm vernommen und nicht das Geringste an Anhaltspunkten gefunden hatte. Gar nichts. Überhaupt nichts. Null.

Albin seufzte und verfolgte den hin- und herrauschenden Verkehr. Er dachte: Weil wir damals von anderen Voraussetzungen ausgegangen waren. Weil wir damals den Fall Langlois noch nicht kannten. Und weil es nun Radien und Start- und Landepunkte gab.

Sylvie war gegen 17.45 Uhr zuletzt gesehen worden. Albin stellte sich vor, dass der Täter daher auf dem Rückweg gewesen sein musste. Auf dem Rückweg vom Job, was auch immer. Damit war es wahrscheinlich, dass er gerade aus Avignon kam. Es war wahrscheinlich, dass er auf einer Bundesstraße unterwegs war. Und es war eher unwahrscheinlich, dass er eine der Nebenstraßen durch das Wohngebiet zum Abkürzen genommen hatte. Was zunächst zwei Fragen aufwarf: Wenn er in Avignon arbeitete, was hatte er dann im Fall Langlois zig Kilometer weiter im Westen bei Gordes getrieben? Quasi in genau der entgegengesetzten Richtung? Es warf außerdem die Frage auf: Wenn er Sylvie also tatsächlich hier am Decathlon eingeladen hatte – wohin war er gefahren? Eher nicht in Richtung Avignon, nicht mitten in die Stadt. Das passte nicht ins Schema. Er wäre Richtung Carpentras gefahren und dann irgendwo in der Gegend von Monteux in die Felder. Oder entlang der Rhône Richtung Sorgues. Oder Richtung L'Isle-sur-la-Sorgue.

Albin starrte in den Himmel und nuschelte zu Tyson herunter: »Drei Wege, drei Möglichkeiten. Was meinst du, wo ist er hin? Sorgues läge etwas aus der Richtung, oder? Wenn ich mir die Radien vorstelle, die Punkte ... hm. Ich weiß nicht.«

Albin strich sich über das unrasierte Kinn und beobachtete einen Hubschrauber am Himmel, der gerade eine Wendung flog. Die Sonne schien jetzt in einem anderen Winkel auf die Kabine, und Albin sah, dass es ein Polizeihubschrauber war. Vielleicht ein Unfall auf der Autobahn, dachte Albin. Dann hörte er in der Ferne ein Martinshorn. Aber nicht aus Richtung Autobahn. Der Hubschrauber schlug nun einen völlig anderen Weg ein. Albin blickte in Richtung Süden, und es sollte ihn der Teufel holen, wenn dort hinten, wo sich in einigen Kilometern Entfernung der Flughafen Avignon Provence befand, nicht noch ein Hubschrauber in der Luft war und sich in den Himmel schraubte.

Albins Nackenhärchen stellten sich auf. Er hatte einen bitteren Geschmack auf der Zunge. Und das Gefühl, dass etwas im Busch war. So wie Polizisten das eben fühlten. Ein Instinkt, der sich im Laufe der Jahre entwickelt hatte. Er griff in die Hosentasche und zog das Handy hervor, suchte Theroux' Nummer heraus und rief ihn an. Ließ es zehnmal klingeln, bis eine Stimme sagte, dass der Teilnehmer nicht zu erreichen sei. Albin versuchte es noch einmal. Ließ es wieder zehnmal klingeln. Dann noch einmal. Schließlich ging Theroux ran.

»Scheiße, Albin, was nervst du hier rum?«

»Theroux, was ist los?«

»Ich habe jetzt keine Zeit für dich. Geh Gassi mit Tyson. Geh angeln. Aber geh mir nicht auf die Nerven.«

»Ihr habt einen Einsatz. Verfolgt ihr einen Verdächtigen?«

Theroux schnaufte.

Albin sagte: »Ich bin in Pontet. Höre ein Martinshorn. Sehe Hubschrauber in der Luft, die sich nach Südwesten bewegen. Du nimmst nicht ab. Also ist was los. Und *was*?«

»Ich muss jetzt auflegen, wir haben jede Menge zu tun.«

»Also kein Verdächtiger?«

»Nein!«

Albin schwieg einen Moment. Dachte nach. Hörte im Hintergrund durch das Mikro in Theroux' Handy Rauschen und Rufen, Autos vorfahren.

Albin sagte: »Theroux, ihr habt eine gefunden, oder? Eine neue oder eine von den Alten?«

»Ich muss Schluss machen. Bonnieux ist im Anmarsch.«

»Eine neue? Schon wieder eine? Verarsch mich nicht.«

Theroux seufzte. »Ich verarsch dich nicht.«

»Und wo?«

»Du weißt ganz genau, dass ich dir das nicht sagen kann, und du wirst deinen Hintern still halten, Albin Leclerc!«

»Klar«, sagte Albin. »Logisch.«

27

ALBIN STOPPTE AN DER ABSPERRUNG. Er ließ die Seitenscheibe herab und sagte: »Leclerc, Kripo Carpentras.«

Der junge Polizist schien damit nicht viel anfangen zu können und fragte: »Darf ich Ihren Ausweis sehen?«

»Habe keinen mehr. Bin im Ruhestand und arbeite als Berater, weil ich bisher die Ermittlungen geleitet habe. Theroux und Staatsanwalt Bonnieux warten auf mich. Ich habe es etwas eilig.«

Der Beamte schien unschlüssig und überlegte sicher, ob er sich rückversichern solle.

Albin rollte mit den Augen, zog sein Handy raus und sagte: »Meine Güte. Hier, nehmen Sie. Theroux' Nummer ist gespeichert. Unter ›T‹ wie Theroux. Keine Ahnung, ob er drangeht. Aber wenn er drangeht, wird er Sie anschreien und fragen, warum Sie Ihren Hintern nicht langsam in Bewegung setzen.«

Nun lachte der Polizist, machte eine ablehnende Handbewegung und trat dann einen Schritt zurück. Er sagte: »Alles klar. Tut mir leid. Sie wissen schon – Schaulustige, die Presse und alles. Wir haben den Tatort weiträumig abgesperrt.«

Albin nickte nur, steckte das Handy wieder weg, ließ das Fenster hoch und fuhr weiter.

Zwei Minuten später glich die menschenleere Straße dem vor Autos wimmelnden Parkplatz beim Sportmarkt. An die zwanzig Fahrzeuge parkten kreuz und quer. Streifenwagen, Wagen der Rechtsmedizin und der Spurensicherung. Zivile Kripo-Fahrzeuge. Albin stoppte hinter einem von ihnen und hob Tyson aus dem Laderaum, leinte ihn an, sah sich um und ging los. In der Luft brummten die Rotoren eines nicht sichtbaren Hubschraubers. Albin überlegte, was sie damit wollten. Vielleicht das Gelände abfotografieren und irgendetwas suchen, das sie mit hoher Wahrscheinlichkeit nicht finden würden: ein zurückgelassenes Täterfahrzeug oder den flüchtigen Täter selbst. Denn der wäre längst über alle Berge, wenn er sich an sein bisheriges Muster gehalten und am Abend zugeschlagen hatte.

Nach ein- oder zweihundert Metern gelangte er zu einer Böschung, deren Begrenzung in allen Richtungen mit Flatterband abgesperrt und von der Spurensicherung in Beschlag genommen worden war. Er blickte nach rechts, wo sich Weinstöcke an einen leichten Hang schmiegten. Etwa in der Mitte erkannte er eine größere Ansammlung von Menschen. Albin ging über ein Brett, das die Forensiker quasi als Brücke über den Straßengraben gelegt hatten.

Er schritt durch eine von den Kriminaltechnikern freigegebenen Zone zwischen den Rebstöcken. Tyson hechelte ihm hinterher. Schließlich erkannte Albin einige Kollegen, darunter Theroux und Staatsanwalt Bonnieux. Er sah Kollegen von der Spurensicherung in weißen Overalls. Einige von ihnen standen auch an anderer Stelle im Feld und wirkten, als ob sie mit der Weinlese beginnen wollten. Tatsächlich markierten sie wohl eher Fußspuren. Er erkannte außerdem Berthe von der Rechtsmedizin mit ein oder zwei Assistenten. Jemand schoss mit Blitzlicht Fotos. Ein anderer filmte mit einer Videokamera. Und alle richteten konzentriert ihre Blicke auf etwas am Boden, das Albin nicht erkennen konnte. Jedenfalls noch nicht.

Was sich änderte, als er schließlich ankam. Theroux musste wohl Tysons Hecheln bemerkt haben und warf einen Blick zur Seite. Dann noch einen. Seine Haltung versteifte sich ein wenig, und er schlug sich mit dem Handballen einige Male vor die Stirn. Das sollte Albin sicher verdeutlichen, dass er nicht mehr alle Tassen im Schrank habe.

Bonnieux trug heute eine helle Hose und ein blaues Kurzarmhemd, in das sich Schweißflecken gesogen hatten. Theroux hatte das an, was er meistens anhatte: Jeans, T-Shirt, Turnschuhe. Beide begannen, auf Albin einzureden. Leclerc, das gibt's doch nicht, scheren Sie sich fort, was machst du hier, geh angeln, hier ist ein Tatort, Leclerc, du bist im Ruhestand, finden Sie sich damit ab, blabla ... Das alles drang wie durch einen Schleier zu Albin. Ging zum einen Ohr rein, zum anderen wieder raus, und dazwischen blieb kein Wort hängen. Denn Albin starrte nur auf das, was dort am Boden lag. Jedes Detail. In Überschärfe. Angefangen mit dem vertrockneten Blatt, das sich im roten Haar verfangen hatte. Ein Blatt, das vom Stamm gekappt worden war und nie mehr grün sein und wachsen würde.

Die Frau lag auf dem Rücken. Die Haare verdeckten ihr Gesicht. Der Oberkörper war verdreht, die Beine ebenfalls. Ihr T-Shirt war bis zum Brustansatz hochgerutscht. Darunter kam weiße Haut zum Vorschein, die zum Rücken hin violett verfärbt war, weil das Blut nach unten absackte, wenn es nicht mehr zirkulierte. Schon auf den ersten Blick befand sich ihr Körper in einem erbärmlichen Zustand, war schmutzig, und ganz offensichtlich traktiert worden. Vielleicht mit Tritten. Mit den weitausgebreiteten Armen wirkte die Leiche wie eine

Person, die man zum Kreuzigen auf den Boden gelegt hatte. Augenscheinlich hatte die Pose aber einen anderen Hintergrund. Links und rechts war Draht abgerissen worden, mit dem eigentlich die Weinstöcke an die Spaliere gebunden wurden. Statt der Weinstöcke waren die Handgelenke der Frau mit dem Draht umwickelt worden, um sie zu fixieren. Die Handgelenke waren allerdings nicht mehr da. Auch nicht die Hände. Deswegen lagen die Drahtenden neben den mit Blut bespritzen Stämmen in großen, beinahe getrockneten dunklen Pfützen, die aussahen, als habe hier jemand Lack ausgegossen. Darauf krochen zahllose Fliegen umher.

»Die Hände.« Albin schluckte und rieb sich über die trockenen Lippen. »Er hat die Hände mitgenommen.«

»Ganz offensichtlich«, meinte Bonnieux. Er zog ein Taschentuch hervor, um sich damit die Stirn abzutupfen, und sagte: »Also gut, Leclerc. Erfreuen Sie uns mit Ihrer Meinung, bevor Sie gehen.«

»Fundort gleich Tatort. Wieder in einem Feld an einer Landstraße. Wieder eine Rothaarige in ähnlichem Alter. Identität?«

Theroux schüttelte mit dem Kopf. »Ein paar persönliche Gegenstände, die sie verloren haben muss, mehr nicht.«

»Dieses Mal hat wieder etwas nicht geklappt. Er hat sie nicht mit einem Schocker betäubt. Sie ist geflohen. Er hat sie hier überwältigt und getötet. Die Leiche wieder nicht vergraben.«

Berthe, die neben der Toten hockte und gerade für ein Foto den Vorhang aus Haaren über dem Gesicht der Frau zur Seite wischen wollte, hielt in der Bewegung inne. Sie blickte hoch und meinte: »Auf den ersten Blick gibt es Abwehrverletzungen und Hämatome am Körper. Das spricht für einen

Kampf. Die Hände wurden erneut mit einem scharfen Gegenstand abgetrennt. Vielleicht wieder mit einer Axt.«

Albin sagte: »Dieses Mal kein Holzblock.«

Theroux erwiderte: »Weil er den beim letzten Mal liegen ließ und vielleicht noch keinen neuen hat beziehungsweise nicht mit dem Block unter dem Arm dem Opfer nachlaufen konnte.«

»Es war hektisch. Unvorbereitet. Völlig andere Handschrift.«

Bonnieux fragte: »Ein Nachahmungstäter?«

»Es hätte schon bei Nicole Langlois einer sein können«, sagte Theroux. »Alle vorherigen Fälle sind noch komplette Blackboxes. Wir wissen nicht, wie der Täter vorging. Wir wissen es erst seit Langlois, und das auch nur, weil sich im Fall Langlois etwas im Vorgehen verändert hat.«

Bonnieux steckte das Tuch wieder ein. »Aber der Täter im Fall Langlois und in diesem ist in jedem Fall identisch?«

Theroux nickte schwach. »Die Körperteile«, sagte er bloß. »Davon ging nichts an die Medien. Das hier war der gleiche Kerl.«

»Oder auch nicht«, erwiderte Albin. »Der Fall Langlois war akkurat. Dieser hier ist ein Massaker. Alle anderen Fälle waren noch perfekter, weswegen wir immer noch keine dazu passenden Leichen haben. Hier ging alles Hals über Kopf.«

»Was sagt uns das?«, fragte Bonnieux.

»Weiß ich noch nicht.«

»Apropos Hals.« Berthe deutete auf den Hals der Frau und verscheuchte ein paar Fliegen. »Seht ihr hier?«, fragte sie. Man sah einen beinahe fingerdicken dunklen Strich. »Das könnte von einer Schlinge stammen.«

Albin schüttelte schwach den Kopf und meinte: »Aber das ist ganz und gar nicht sein Stil. Der Elektroschocker ist sein Stil. Das passt zu ihm. Eine Schlinge nicht.«

»Vielleicht war die Batterie alle.« Theroux grinste. Sonst grinste keiner.

Vorsichtig strich Berthe nun die Haare aus dem Gesicht der Leiche und ließ eine Aufnahme machen. Sie kommentierte: »Verletzungen auch im Gesicht. Platzwunde an der Lippe. Eingeriebener Schmutz.«

Albin starrte auf die Frau. Der Tod veränderte die Züge im Gesicht. Die Farbe der Haut, die Spannung der Muskulatur, die Wunden, die Leichenstarre. Aber die wesentlichen Merkmale veränderte der Tod in der Regel nicht. Albin war deswegen einige Momente lang unsicher. Momente, in denen das Entsetzen sein Rückgrat hinaufkletterte, sich im ganzen Körper ausbreitete und schließlich mit einem Meißelschlag sein Gehirn traf und damit den Moment der Erkenntnis in einem grellen, neuronalen Atompilz aufglühen ließ.

»Alles klar, Leclerc?«, hörte er Bonnieux fragen.

Albin drückte Theroux die Hundeleine in die Hand, ignorierte den Staatsanwalt und lief los. Lief durch das Feld bis zum Seitenstreifen, sprang mit einem Ausfallschritt über die Böschung. Lief in Richtung seines Wagens und zog unterdessen den Schlüssel aus der Hosentasche. Öffnete im Laufen den Wagen und riss außer Atem die Tür auf. Fingerte hastig und keuchend im Ablagefach herum. Schloss die Tür wieder und lief den ganzen Weg zurück. Außer Atem und schwitzend stand er da. Während die anderen ihn angafften, hielt er die CD-Hülle mit zitternden Fingern hoch.

»Anouk«, keuchte er hervor und gab Theroux die CD, der sie drehte und wendete und musterte. »Sie heißt Anouk. Lebt in Avignon. Straßenmusikerin. Sie kam aus Roussillon. Hat dort gespielt, auf dem Platz vor der Mairie.«

Theroux sagte: »Wie, zum Teufel ...«

Bonnieux fragte scharf: »Leclerc, woher wissen Sie das? Und wie kommen Sie an die CD?«

»Ich war dort zum Abendessen«, erwiderte Albin und schnaubte. Er wischte sich mit dem Handrücken den Schweiß aus der Stirn. »Mit einer guten Bekannten. Auf dem Weg zum Parkplatz hörten wir ihr zu. Ich ging hin, denn mir ist ihre Haarfarbe aufgefallen. Ich fragte: Fahren Sie mit dem eigenen Wagen nach Hause? Sie verneinte. Ich habe ihr für dreißig Euro eine CD abgekauft und sie gebeten, ein Taxi zu nehmen.« Dann schwieg er einen Moment. Blickte zur Leiche. »Verflucht«, sagte er, »das arme Mädchen. Der Kerl ist also vielleicht ein Taxifahrer – warum sind wir nicht früher darauf gekommen, mein Gott?«

»Ist er nicht.« Bonnieux rieb sich das Kinn und musterte Albin.

»Wieso?«, fragte Albin.

Wortlos gab Theroux Albin die Hundeleine zurück. Er wendete sich zur Seite und zog die Gummihandschuhe über, die er in der Hintertasche der Jeans trug. Dann beugte er sich zu einem größeren Koffer hinab und nahm einen noch nicht versiegelten Beweismittelbeutel hervor. Darin befanden sich Geldscheine. Albin kapierte schlagartig.

Bonnieux sagte tonlos: »Wie es aussieht, haben wir Geldscheine, auf denen sich gewiss Ihre Fingerabdrücke befinden, bei einem Mordopfer in der Hosentasche gefunden. Die Fingerabdrücke des früheren Leitenden Ermittlers in der Mordserie Albin Leclerc, der das Mordopfer zudem wenige Stunden vor dessen Tod persönlich gesprochen hat. Der es identifiziert hat, eine CD des Mordopfers mit sich führte und dann aus heiterem Himmel den Tatort aufsucht.«

»Albin«, sagte Theroux und legte den Beutel wieder weg, »du steckst total in der Scheiße.«

»Blödsinn«, antwortete Albin gelassen. »Ich kann eine Zeugin benennen. Meine Begleiterin. Und gebe euch alles zu Protokoll.«

»Das wirst du auch tun müssen, mein Lieber.«

»Kein Problem.« Und Albin dachte: Auch gar nicht so schlimm. Denn so würde er zu einem offiziellen Vernehmungstermin in die Polizeibehörde gelangen und könnte sich dort ein wenig umschauen. Schlimm war aber etwas anderes: Der Killer war wahrscheinlich am gleichen Abend wie Albin in Roussillon gewesen. Vielleicht hatte er sogar am Nachbartisch gesessen. Genau neben Albin. In Reichweite. Und er hatte es nicht gemerkt. Aber irgendetwas hatte er gespürt und Anouk deswegen … Mist, hätte er nur auf sein Gefühl gehört und sie gefahren und auf sie aufgepasst! Véronique hätte sicher Verständnis dafür gehabt.

Bonnieux sagte: »Und ob es ein Problem ist, Leclerc. Es ist sogar ein ganzer Sack voller Probleme. Wenn es zu einer Verhandlung gegen den Täter kommt, was wird dessen Anwalt wohl sagen?«

Albin konnte es sich vorstellen, zuckte aber achtlos mit den Schultern.

»Er wird sagen«, blaffte Bonnieux, »warum ermittelt ihr gegen meinen Mandaten und nicht gegen Leclerc als mutmaßlichen Täter, der ja nachweislich Kontakt zu der Frau kurz vor ihrem Tod hatte? Der als Leitender Ermittler wunderbar bis zu seinem Ruhestand all seine anderen Spuren beseitigen, die Polizei in die Irre führen und sich immer wieder an der Ahnungslosigkeit der Kollegen erheitern konnte! Und jeder weiß, dass Täter immer wieder gerne ihre Tatorte aufsuchen! Was Herr Leclerc auch im Fall Langlois getan hat!«

»Herr Bonnieux«, versuchte Theroux zu beruhigen. »Ich denke, wir klären das in Ruhe ...«

»Da gibt es nichts in Ruhe zu klären!« Der Mund des Staatsanwalts war nur noch ein dünner Schlitz. Er schnaufte und sagte: »Leclerc, können Sie sich vorstellen, was daraus für eine Bombe werden kann vor Gericht? Da sitzt die Presse. Und die wird uns alle fertigmachen. Total. Die werden uns alles komplett versauen.«

Theroux verzog die Mundwinkel und starrte betreten auf seine Schuhspitzen.

Albin hielt Bonnieux' zornigem Blick etwas länger stand. Dann sagte er leise: »Nun ja, ich denke, ich gehe dann mal besser und komme morgen für meine Aussage ins Präsidium.«

»Ja«, fauchte Bonnieux. »Gehen Sie! Schnell!«

Was sich Albin nicht zweimal sagen ließ. Auf dem Weg zum Wagen überlegte er, dass Theroux und Bonnieux recht hatten. Er steckte in der Scheiße und hatte vielleicht alles versaut. Und das Mädchen war tot. Anouk. Er hatte ihr die Hände abgeschlagen. Er, der vielleicht neben Albin gegessen hatte. Den Albin vielleicht im Café vor der Mairie gesehen hatte. Und nichts unternommen. Anouk, dachte Albin, könnte noch leben.

»Scheiße, scheiße, scheiße«, brummte Albin, als er den Kofferraum öffnete und Tyson hineinhob. »Der Chef hat es versaut, Tyson. Ich bin ein Vollidiot.«

Tyson hechelte. Er sah Albin an und winselte. Legte den Kopf etwas schief, wie um zu sagen: *Armer Chef, aber das bekommen wir schon wieder hin.*

Albin murmelte: »Das glaubst du vielleicht. Aber ich werde noch mit Véronique sprechen müssen. Ich könnte kotzen, sie in die Sache mit hineinzuziehen.«

That's life, antwortete Tyson.

Und als Albin den Kofferraum schloss, dachte er darüber nach, was Bonnieux und Theroux versäumt hatten, ihn zu fragen. Wo er den Abend und die Nacht verbracht hatte und ob es ein Alibi dafür gab. Das gab es natürlich nicht – außer Tyson würde schwören: *Er lag die ganze Nacht schnarchend im Bett.*

»Scheiße, scheiße, scheiße«, flüsterte Albin erneut. Dann stieg er ein und fuhr fort.

28

AM ABEND WAR ALBIN ALLEIN zu Hause und starrte ins Nichts. Er saß auf dem Ikea-Sofa, das – wie alles andere in der kleinen Wohnung – noch aus der Zeit vor seiner Trennung stammte. Nicht zu modern eingerichtet, aber auch nicht altbacken, in einem alten Haus in einer Seitenstraße. Die Wände waren weiß gestrichen, an einigen hingen gerahmte Kunstdrucke mit abstrakten Bildern. Die wurmstichigen Holzdielen hätten irgendwann einen neuen Schliff nötig. Die Waschbetonfliesen auf der kleinen Terrasse müssten mal mit einem Hochdruckstrahler bearbeitet werden. Aber ansonsten war alles noch intakt. Auf dem alten Röhrenfernseher im Breitbildformat lief gerade eine amerikanische Krimi-Folge. In der Küche, in die das Wohnzimmer nahtlos überging, schlabberte Tyson Wasser und verschluckte sich, was Geräusche machte, als würde ein außerirdisches Monster zu Abend essen. Albins Mahlzeit hingegen stand noch neben der Mikrowelle und wartete auf seine Zubereitung: eine Fertiglasagne.

Auf dem Tisch vor Albin lag eine Karte des Départements Vaucluse. Er goss einen Schluck Wein ins Glas, dachte über Leben und Tod nach und darüber, dass es im Leben eines Polizisten immer wieder zu solchen Situationen kam. Situationen, in denen man wusste und fühlte, dass man das Leben eines Menschen hätte bewahren können, hätte man nur seine Arbeit besser gemacht. Das war bei Ärzten ähnlich. Der Tod gehörte als Berufsrisiko dazu. Ebenfalls die Frage der Schuld, und hier musste man sich immer wieder vor Augen führen: Schuld am Tod eines Menschen waren am Ende nicht die Fehler eines Arztes oder Polizisten. Schuld waren am Ende einzig und allein die Krankheit oder der Mörder.

Erneut sinnierte Albin über Radien, Start- und Landepunkte. Wie beiläufig schob er das Weinglas auf der Karte hin und her, nahm schließlich einen roten Filzstift zur Hand und richtete den Mittelpunkt des Glases auf die markierten Leichenfundorte und die aus der Vergangenheit bekannten Punkte aus, an denen die Opfer zuletzt gesehen worden waren. An jeder Stelle zeichnete er mit dem Filzer einen Kreis und nutzte als Schablone den Fuß des Glases, der im Maßstab der Karte etwa zweieinhalb Kilometern entsprach.

Als er fertig war, leerte er das Glas und betrachtete die Karte erneut. Starrte beinahe fünf Minuten darauf und spürte, wie sich eine Idee näherte. Erkannte, dass die Kreise wiederum eine Art Kreis darstellten. Dass es wie bei einem Rad Speichen gab und diese Speichen von Straßen symbolisiert wurden. Die Idee kam näher, wollte aber nicht zur Tür herein. Es war, als läge Albin mit einem Mal ein Name auf der Zungenspitze, der ihm aber partout nicht über die Lippen kommen wollte – obwohl er da war. Vorhanden. Im Orbit.

Das Läuten an der Tür riss Albin aus seinen Gedanken und verhinderte endgültig, dass der Gedanke Gestalt annahm. Wer klingelte denn abends bei Albin Leclerc?

Tyson musste einen ähnlichen Gedanken gehabt haben. Er schoss sofort kläffend zur Tür, um sein Reich mit Gebell zu verteidigen. Albin stand auf, ging durch den Flur und öffnete schließlich.

»Véronique?«

»Höchstpersönlich«, erwiderte sie und strahlte Albin an. Ein Lächeln zum Herzerweichen. Albin hatte Véronique im Geschäft angerufen, um mit ihr über Roussillon zu sprechen. Sie hatte gesagt, sie habe gerade keine Zeit und werde sich wieder melden. Und nun stand sie vor seiner Tür, mit einem ziemlich großen Bratentopf in der Hand, aus dem es köstlich duftete. Tyson musste die Witterung aufgenommen haben. Vielleicht freute er sich auch bloß. Jedenfalls kläffte er nicht mehr, sondern winselte eher und wedelte mit dem Schwanzstummel, als wolle er damit Sahne schlagen.

Sie wartete gar nicht darauf, ob Albin sie hereinbitten würde, sondern drängelte sich an ihm vorbei und meinte: »Ich habe gekocht und du sicher noch nichts gegessen. Es ist zu viel für mich alleine. Also dachte ich, wir essen zusammen.«

Albin schloss die Haustür, wandte sich um und verfolgte, wie Véronique sich mit der Routine einer Hausfrau, Mutter und Großmutter mit wenigen gezielten Blicken einen Überblick verschaffte, sortierte und bewertete, was sie sah, und nach dem Sondieren des Terrains in die Küche marschierte.

»Albin Leclerc«, sagte sie und deutete mit dem Kinn auf die Mikrowellenlasagne, während sie den Bräter abstellte. »Das ist doch wohl nicht dein Ernst?«

»Nein, das ist mein Abendessen.«

»Du armer Mann«, erwiderte Veronqiue mit einem mitleidigen Blick. Schließlich nahm sie den Deckel vom Bratentopf, worauf Albin sich schwor, die Mikrowellenlasagne zu erschießen.

»Voilà«, meinte Véronique. Der Duft betörte Albins Sinne. Eine Lammkeule in Kräuterkruste, die schon vom bloßen Hinschauen zerfiel. Dicke Knoblauchzehen. Kleine Butterkartoffeln und Tomaten. Darüber Rosmarinzweige.

»Ich habe Gigot gemacht. Das magst du hoffentlich?«

»Es gibt Menschen«, sagte Albin und näherte sich, »die dafür töten würden.«

»Du auch?«

Albin nickte leicht, und Véronique lachte.

»Ich mache es schnell warm«, sagte sie, stellte den Herd an und öffnete instinktiv die richtigen Schubladen, um Geschirr und Besteck herauszunehmen.

Albin nutzte die Zeit, um ihr zu erklären, weswegen er angerufen hatte. Er berichtete, was geschehen war. Danach brachte Véronique nicht mehr viel vom Gigot herunter, dafür aber umso mehr Rotwein. Nach dem Essen setzten sie sich auf die Terrasse, hörten den Zikaden zu und blickten in die Sterne.

»Es gibt dort draußen Menschen, die sind Bestien«, sagte Véronique.

»Aber auf uns alle scheint der gleiche Himmel«, erwiderte Albin.

Natürlich hatte Albin eine differenzierte Meinung über diese Bestien. Manche wurden als solche geboren, manche dazu gemacht, andere stolperten einfach so in den Schlamassel hinein. Manchen konnte man helfen, anderen nicht. Aus dem Verkehr ziehen und bestrafen musste man sie alle, und niemand, wirklich keiner, war davor gefeit, selbst zum Tier zu werden, wenn die Umstände entsprechend waren. Es war ein schmaler Grat, und einige Menschen kippten schneller auf die dunkle Seite als andere. Was verschiedene Gründe hatte, aber stets ein- und denselben Effekt: Wer einmal drüben war, kehrte selten zurück. Er konnte sich verstecken, zusammenreißen, sich zwingen und alle täuschen. Aber er kam nicht wieder.

»Trotzdem«, sagte Véronique und massierte sich den Nacken. Sie gähnte. »Die armen Frauen. Die arme kleine Sängerin. Wenn ihr den Kerl erwischt, macht ihr am besten kurzen Prozess.«

»Dann unterscheidet uns nichts mehr von ihm.«

»Doch«, meinte sie. »Ich glaube, selbst dann unterscheidet euch noch eine ganze Menge.«

Schließlich erhob sie sich, um nach Hause zu gehen, und Albin bot ihr an, sie zu begleiten. Was Véronique für übertrieben hielt. An der Haustür sagte er spontan und aus dem Gefühl heraus: »Dann bleib doch hier.«

Véronique lächelte, strich Albin mit der Hand über die Wange und stellte sich auf die Zehenspitzen, um an der gleichen Stelle einen Kuss zu platzieren. »Ich muss morgen wieder sehr früh aufstehen und arbeiten. Ich werde dir nicht fortlaufen, Albin.«

Noch als er im Bett lag, hatte Albin ihren Duft in der Nase und spürte ihre Hand auf der Wange. Während sich in seinem Kopf ein Rad drehte, dessen Speichen um eine Nabe zirkulierten wie um das Zentrum eines Wirbelsturms, das Auge des Hurrikans. Und irgendwann gegen zwei Uhr morgens glaubte Albin zu wissen, wo es sich vielleicht befand.

29

ES WAR INZWISCHEN FAST ZWEI UHR morgens, als Hanna aus dem Schlafzimmerfenster schaute und immer noch einen schwachen Lichtschein sah. Er kam aus dem Park, genauer gesagt: vom Anbau her, wo Niklas immer noch vor sich hin werkelte. Gelegentlich war ein Hämmern zu hören. Manchmal auch ein Bohren. Dann wieder nichts.

Er hatte gesagt, er habe heute einen *Flow* und das körperliche Arbeiten tue ihm gut. Es sei eine gute Abwechslung zu der ganzen Kopfarbeit in Bezug auf die Architekturprojekte. Aber Hanna machte sich weiterhin Sorgen. Sorgen darüber, dass es für Niklas zum Problem werden könnte, bis mitten in der Nacht herumzuwerkeln, keinen Schlaf zu finden und sich dazwischen immer wieder in Justins Arbeitszimmer zu verziehen, um Dateien ans Büro zu schicken und Dateien vom Büro zu empfangen. Niklas war … nun, Hanna fürchtete, dass er auf dem besten Wege sein könnte, wieder in diesen Kreislauf zu geraten, in dem er sich schon einmal befunden hatte. Arbeitsdrang bis hin zur totalen Erschöpfung. Okay, auf der anderen Seite ließ einen der Job nicht los, das war bei Hanna nicht anders. Sie hatte vom Verlag die Bitte erhalten, so schnell wie möglich Zeichnungen, wenigstens Entwürfe, für das Steinzeit-Buch zu schicken. Weil sich irgendwelche Termine verschoben hatten.

Dennoch war es bei Niklas etwas anderes. Er fühlte sich immer unabkömmlich, riss alles an sich, musste alles unter Kontrolle haben, konnte nichts abgeben. Dabei dachte Hanna immer wieder über das »Warum« nach. Vielleicht fühlte er sich mit seiner Familie selbst überfordert und wich ihr daher aus, wo er nur konnte – so wie er damals bei Lillys Geburt zusammengeklappt war.

Oder aber es stimmte doch, dass er etwas mit einer anderen Frau hatte. Mit der er hinter Hannas Rücken korrespondierte. Blieb die Frage, warum er dann die Frankreichreise auf sich genommen hatte. Möglicherweise wollte er die Affäre beenden – vielleicht aber war es auch nur eine Tarnung in der Hinsicht, dass er auf das Erbe und den Traum vom Hotel und Justins Tod einfach so reagierte, wie man darauf normalerweise reagieren würde.

Hanna seufzte leise. So oder so war es eine beschissene Situation. Affäre oder Burn-out – was auch immer es war, am besten wäre, sie würde nun wirklich Henry anrufen. Ihren Bruder. Ihn um seine fachliche Meinung bitten. Vielleicht würde sie ihn sogar überzeugen können, unter einem Vorwand am Wochenende ins Château zu kommen, sich alles anzusehen, seine Glückwünsche auszusprechen – und dabei ein Auge auf Niklas haben und ihn ins Gebet nehmen. Henry würde Hanna ziemlich sicher sagen können, ob Niklas ihr nur etwas vorgaukelte. Falls das wirklich so war, dann konnte sie getrost davon ausgehen, dass es eine andere Frau gab. Und dann könnte er sie mal kreuzweise, es gab schließlich noch andere Männer. Zum Beispiel solche wie Jeremy, dessen Nähe irgendetwas mit ihr anstellte. Vermutlich nur deshalb, weil ihr Vertrauen in Niklas ins Wanken geraten war. Irgendetwas, dachte Hanna, musste jedenfalls geschehen. So konnte es nicht weitergehen.

Und es musste noch etwas anderes geschehen. Eigentlich hatte sie gehofft, Niklas wäre längst im Bett und tief und fest am Schlafen. Was die beste Chance bieten würde, die Manuskripte aus dem Safe zu nehmen, ohne dass er es mitbekäme. Er war den ganzen Tag im Arbeitszimmer beschäftigt gewesen, keine Möglichkeit für Hanna, sich hineinzuschleichen. Morgen früh würde sich diese wahrscheinlich ebenfalls nicht ergeben. Wer wusste, wann er heute endlich ins Bett kommen würde und ob Hanna bis dahin wach bleiben könnte?

Schließlich drang wieder das Hämmern gedämpft zum Fenster herein. Dann das Bohren. Es klang nicht danach, als würde Niklas in den nächsten Minuten im Haus erscheinen. Mehr als fünf Minuten würde sie nicht benötigen. Dann eben jetzt, dachte Hanna.

Sie nahm die Umhängetasche aus Filz vom Stuhl, in der sie sonst ihre Malblöcke und weiteren Utensilien transportierte, und ging hinaus auf den Flur. Kurz darauf stand sie vor der Tür zum Arbeitszimmer – und vor einem Problem: Wenn sie das Licht einschalten würde, dann wäre das von draußen zu sehen und fiele Niklas womöglich auf. Hanna verharrte einen Moment in der offenen Tür. Schließlich fiel ihr etwas ein. Sie fasste in die Tasche, nahm ihr Smartphone daraus hervor und schaltete die Taschenlampen-App ein, die endlich für etwas nützlich war. Die Blitz-LED des Gerätes flammte auf und warf kaltes, weißes Licht ins Zimmer. Hanna huschte hinein. Huschte über den weichen Teppich hin zum Schreibtisch, auf dem sich alle möglichen Unterlagen, Justins Notizbücher, Niklas' Laptop, sein Telefon und einige Briefe befanden.

Hanna stockte. Sie könnte den Laptop einfach aufklappen. Niklas' E-Mail-Programm war nicht mit Passwörtern gesichert, jedenfalls bisher nicht. Sie könnte auch einen Blick auf sein Handy werfen. Er hatte es nie mit einem Pin-Code gesichert, weil er die Zahlenkombinationen dauernd vergaß. Ein oder zwei Minuten, dann wüsste sie Bescheid. Aber: Wenn er etwas vor ihr zu verbergen hätte, würde er seine Sachen dann einfach hier liegen lassen? Gut, es könnte auch ein zweites Handy geben. Eines, das nur für die Korrespondenz mit …

Hanna schnaubte und schimpfte mit sich selbst. War sie wirklich schon so weit, dass sie die privaten Geräte ihres Mannes nach den Spuren einer Affäre durchsuchte, die vielleicht nur in ihrem Kopf stattfand? Egal, was sie entdeckte, es würde doch alles nur neue Fragen aufwerfen. Selbst, wenn sie gar nichts fand. So war es doch immer, oder? Man las irgendwelche SMS, die nicht für einen selbst bestimmt waren, und interpretierte wer weiß was hinein. Machte sich dann erst recht verrückt. Und … Nein, dachte Hanna. Nein, so weit bin ich noch nicht. Noch respektiere ich ihn zu sehr. Noch bin ich Hanna Streuben, und Hanna Streuben tut so etwas nicht.

Und damit wandte sie sich wieder dem Anlass zu, der sie hierhergeführt hatte, und einer anderen Frage: Wo befand sich der Schlüssel zum Safe? Hanna hatte angenommen, er würde in der obersten Schublade des Schreibtischs liegen. Zumindest hatte sie vor einigen Tagen verfolgt, wie ihn Niklas wieder dorthin zurückgelegt hatte. Bloß: Da war er nicht.

Hanna kramte in der offenen Schublade herum, in der sich alles Mögliche an Büromaterialien befand. Allerdings nichts, was Ähnlichkeit mit einem Schlüssel hatte. Vielleicht war er irgendwo auf dem Schreibtisch. Hanna strahlte im flachen Winkel über die Oberfläche, schob einige Bücher zur Seite. Blickte unter die Buchdeckel, dann unter die Briefe und fand nichts. Für einen Moment lenkte sie ihre Aufmerksamkeit auf eines der aufgeschlagenen Moleskine-Notizbücher Justins und blätterte darin herum. Wie zu erwarten, sah sie jede Menge Notizen. Die Schrift konnte sie nicht lesen. Es gab auch krakelige technische Skizzen, die ihr nichts sagten. Sogar ein oder zwei anatomisch anmutende Zeichnungen, die mit korrekter Anatomie nicht viel zu tun hatten – Justin muss ein mieser Zeichner gewesen zu sein. Wenngleich er den ein oder anderen schmutzigen Gedanken gehabt zu haben schien, denn die Zeichnungen zeigten Frauen in merkwürdig verrenkten Posen. SM oder so was, dachte Hanna und verzog den Mund, weil sie sich ertappt fühlte, einen Blick in Justins Intimleben geworfen zu haben. Andererseits machte das jetzt nichts mehr. Er war ja tot. Und vielleicht täuschte sie sich, und die Skizzen hatten irgendetwas mit seinen universitären Studien zu tun – sie selbst hatte in endlosen Sitzungen Werke großer Meister nachskizzieren müssen, um von ihnen zu lernen.

Doch wo war der Safeschlüssel? Hanna erinnerte sich daran, wie Niklas sich darüber aufgeregt hatte, dass Justin die Tresor-Schlüssel in der Schublade nur wenige Meter entfernt aufbewahrt hatte, was es Dieben so leicht wie nur möglich machte. Über die Dummheit mancher Leute, ihre Kennwörter neben dem Computer und PIN-Codes in der Brieftasche aufzubewahren. So wie er selbst das auch stets tat. Also öffnete sie die Schublade erneut, leuchtete hinein und schob einige der halbgeöffneten Medikamentenschachteln zur Seite sowie zwei Döschen mit irgendwelchen Kräutern und dem Aufdruck einer Apotheke – und fasste einer intuitiven Eingebung folgend mit spitzen Fingern in einen weißen Briefumschlag, wo sie die metallischen Zacken eines kleinen Schlüssels ertastete. Also doch.

Triumphierend huschte sie zum Wandregal. Sie steckte den Schlüssel in die dafür vorgesehene Öffnung im Tresor. Es gab ein leises Geräusch, als die Schließmechanik ihre Arbeit verrichtete – und ein etwas lauteres metallisches Klacken, als draußen die Gittertür zum Park ins Schloss fiel.

Hanna zuckte zusammen. Verharrte in der Bewegung wie schockgefroren und vernahm gedämpft im Kies knirschende Schritte. Niklas hatte offenbar entschieden, Schluss mit der Arbeit zu machen, und war auf dem Weg ins Haus. Ausgerechnet jetzt.

Hastig öffnete Hanna die Tresortür. Sie klemmte sich das Smartphone zwischen die Zähne. Ihre Finger schnappten nach dem schmalen Griff an der flachen Schublade und bekamen diesen erst nicht zu fassen. Im zweiten Anlauf gelang es. Hanna zog die Lade heraus, wischte den Schutzumschlag zur Seite. Sie griff, ungeachtet der weißen Handschuhe im Tresor, nach den drei Glasplatten, unter denen sich die Manuskriptseiten befanden. Sie hörte, wie die Haustür geöffnet wurde und kurz darauf wieder ins Schloss fiel. Ihre Nasenflügel blähten sich beim Atmen. Mitsamt dem Handy zwischen den Zähnen und den Glasplatten in der Hand lief sie auf Zehenspitzen zurück zum Schreibtisch. Dort hatte sie die Umhängetasche abgestellt. Auf halben Weg dorthin blieb sie mit den Zehen an der Teppichkante hängen und strauchelte. Stolperte beinahe. Spürte, wie ihr die Glasplatten aus den Fingern glitten und drohten, zu Boden zu fallen und dort zu zerschellen. Hanna keuchte, machte einen großen Ausfallschritt und fing sich wieder. Das Herz klopfte wild in ihrer Brust. Mit einem weiteren großen Schritt gelangte sie schließlich zum Schreibtisch, wo sie die Tasche auf der Sitzfläche des Stuhls abgestellt hatte. Sie schnappte sich eine leere

Kladde vom Schreibtisch. Schob die Glasplatten hinein und die Kladde in die Tasche.

Dann vernahm sie schwere Schritte auf der Treppe.

O mein Gott, dachte Hanna. Sie hatte die Schlafzimmertür offen stehen lassen. Sah er herein, würde er sofort bemerken, dass im Bett etwas fehlte – nämlich Hanna. Erneut verharrte sie in der Bewegung. Lauschte. Die Schritte kamen näher. Noch schlechter. Sehr viel schlechter. Vielleicht wollte Niklas noch an sein Laptop. Oder ans Handy. Beides befand sich auf dem Schreibtisch. Und Hanna stand genau davor. Nicht gut, gar nicht gut. Außerdem war die Tür zum Arbeitszimmer ebenfalls offen.

Hanna nahm das Smartphone aus dem Mund und stellte die Taschenlampen-App aus. Duckte sich instinktiv. Ging in die Hocke. Tauchte hinter dem wuchtigen Schreibtisch ab – wohl wissend, dass es die Situation noch idiotischer machen würde, wenn Niklas sie hier fände. Dusselige Kuh, schalt Hanna sich selbst und machte sich so klein wie möglich. Hielt die Luft an und dachte: *Oh, hallo Niklas, so eine Überraschung, mit dir hatte ich gar nicht gerechnet, bist du fertig unten? – Nein, es ist anders, als es aussieht. Tut mir leid, du musst denken, ich wäre bescheuert oder so, aber ich kann es dir erklären, weißt du, es ist nämlich so, dass mir mein Handy runtergefallen ist, weswegen ich es unterm Tisch suche, und außerdem …*

Schließlich knarrte die Tür. Im dunklen Zimmer wurde es noch etwas dunkler. Hanna hörte, wie die Tür geschlossen wurde. Dann bewegten sich die Schritte weg vom Arbeitszimmer.

Puh, verflucht … Sie atmete tief durch, zitterte leicht – und vernahm das Geräusch von rauschendem Wasser. Niklas war ins Bad gegangen, um zu duschen. Also kroch Hanna wieder unter dem Schreibtisch hervor und schlich zum Tresor, um ihn abzuschließen. Hielt auf dem Rückweg kurz inne, um mit dem großen Zeh die umgeschlagene Teppichkante wieder in ihre korrekte Position zu bringen. Sie schob den Schlüssel zurück in den Briefumschlag und schloss die Schublade. Dann schulterte sie die Umhängetasche, stellte die Taschenlampen-App wieder ein und huschte zur Tür, wo sie einen Moment stillstand und lauschte. Es klang nach wie vor, als ob Niklas duschte. Zum Glück war er einer von denjenigen, die das mindestens eine Viertelstunde lang taten. Hoffentlich auch jetzt, dachte Hanna. Sie legte die Hand auf den Türgriff, drückte ihn langsam herab und warf durch den sich nun öffnenden Spalt einen Blick auf den Flur. Kein Niklas. Die Tür zum Bad schien verschlossen. Gedämpft hörte sie das Rauschen.

Sie schlich sich auf den Flur, schloss die Tür hinter sich und lief auf Zehenspitzen zurück ins Schlafzimmer, wo sie ihre Umhängetasche auf ihrer Seite unter das Bett schob. Dann legte sie sich hin. Spürte den Puls in den Schläfen und das Herz in ihrer Brust hämmern. Spürte auch den leichten Schweißfilm auf ihrer Haut. Und spürte einen Riss in ihrer Seele: Sie hatte ihren Mann wie eine Diebin hintergangen und gefürchtet, von ihm ertappt zu werden. Wohin war das Vertrauen verschwunden? Was war aus ihr binnen so kurzer Zeit geworden? Was aus Niklas? Und was aus ihnen beiden?

Hanna seufzte schwer und starrte an die Decke. Sie hoffte, dass sich alles bald bessern würde. Vielleicht wäre das, was unter ihr auf dem Boden ruhte, der Schlüssel dazu.

»Alles wird gut«, flüsterte sie sich selbst im Dunkeln zu. Dann schloss sie die Augen und lauschte dem leisen und gedämpften Rauschen der Dusche, das wie ein ferner Regen klang.

30

DER KLEINE ORT FONTAINE-DE-VAUCLUSE war von Rauschen erfüllt. Dem Rauschen des Wassers. Dem Rauschen der Sorgue. Überall gurgelte und plätscherte es.

Die Geräusche hallten in der Schlucht wider, wurden von den beigegrauen Felsen zurückgeworfen und brachen sich an denen auf der anderen Uferseite erneut. Das Wasser selbst erschien so leuchtend grün wie der Uferbewuchs zu sein. Wie die Algen auf dem Grund, die wie Haare im reißenden Strom trieben.

Dort, wo die Quelle aus dem Gestein kam, hatte das Wasser ein dunkles Smaragdgrün, ins Türkis changierend – eine Farbe, die fast unnatürlich erschien. Sie sprudelte direkt unterhalb einer zweihundertdreißig Meter hohen Felswand hervor. Rundherum gab es unzählige Höhlen.

Die Quelle pumpte jährlich bis zu siebenhundert Millionen Kubikmeter Wasser heraus. Ein riesiges Netz von unterirdischen Flüssen speiste die Quelle das ganze Jahr über. Alles, was in der Gegend herabregnete, wurde irgendwann von der Quelle wieder ausgespuckt.

Sie galt als die größte in ganz Frankreich, eine der größten der Welt und auch eine der rätselhaftesten. Niemand wusste, wie tief sie war.

Der Tauchforscher Jacques Cousteau hatte es nicht herausgefunden. Viele andere ebenfalls nicht. Nicht einmal ein

Tauchroboter. Mehr als dreihundertfünfzehn Meter Tiefe schaffte dieser, und doch konnte er den Grund nicht erreichen. Man könnte den Eiffelturm darin versenken, er würde komplett verschwinden.

Man nahm an, dass die Quelle schon den Kelten als Heiligtum galt. Später auch den Römern, die den Ort *Vallis Clausa* nannten – verschlossenes Tal, woraus sich später der Name Vaucluse ableitete.

Mehr als tausendsechshundert Münzen jener Zeit waren in der Quelle gefunden worden, was belegte, dass schon früher die Menschen hierherpilgerten und ihre Opfergaben darbrachten. In christlicher Zeit zog die Quelle Mönche wie den Bischof von Cavaillon an sowie den italienischen Dichter Petrarca, der sich hier von 1339 bis 1353 niederließ.

Das Château de Vaucluse lag hoch auf den Felsen mit ausgezeichnetem Blick auf die Quelle und den Fluss. Heute war es verfallen. Nur noch Ruinen standen auf dem Felsen, und sah man heute von dort herab, blickte man vor allem auf Touristen.

Das Ufer der Sorgue war von Cafés und Restaurants mit dunkelgrünen Markisen gepflastert, von deren Terrassen aus man einen schönen Blick auf den Fluss hatte. Überall gab es Andenkenläden, und im Sommer waren es vor allem die Besucher, die durch die Straßen des Örtchens quollen, weniger der Fluss selbst. Viele ließen sich vor dem pittoresken und vermoosten Rad der alten Papiermühle fotografieren. Oder vor der Gedenksäule im Kreisverkehr, die an Petrarca erinnerte. Andere zog es zum Haus von Petrarca, in dem sich heute ein Museum und ein Archiv befanden.

Auf einem Parkplatz ganz in dessen Nähe stoppte ein Mietwagen mit dem Kennzeichen von Marseille. Kurz darauf stieg eine rothaarige Frau mit einer großen Sonnenbrille aus. Sie hielt etwas in ihren Händen, beinahe wie einen Schatz an ihre Brust gepresst, sah sich um, orientierte sich und ging schließlich los. Ihre Schritte knirschten leise auf dem Kies, der in einen Weg überging, welcher sie schließlich zum Museum und zum Archiv führte, das sich direkt am Flussufer in einem alten Haus befand. Ein kleiner Park gehörte dazu, hinter dem schroff eine graue Felswand emporragte.

Etwas weiter flussaufwärts gab es einen weiteren Felsen und darauf die Ruine des alten Schlosses mit ihren Mauer- und Turmresten. Das Wasser der Sorgue strömte darunter wie entfesselt durch einige Stromschnellen, glitzernd und grün wie ein Strom von Edelsteinen, befreit vom Berg und endlich unter der Sonne im Licht. Es rauschte, toste und tobte – und wenn es für einen Dichterfürsten einen romantischeren Ort zum Arbeiten als diesen geben sollte, dachte Hanna, dann müsste ein solcher erst noch erfunden werden.

Picards Büro befand sich in einem unspektakulären Zimmer. Der Boden war mit rötlichen und elfenbeinfarbenen Kacheln gefliest. Ein wuchtiger alter Schreibtisch dominierte den Raum, in dem sich außer Bücherregalen noch eine Büste befand, bei der es sich vermutlich um ein Bildnis Petrarcas handelte.

Picard begrüßte Hanna freundlich, aber reserviert, doch es war unverkennbar, dass er innerlich frohlockte, was sicherlich mit dem zu tun hatte, was Hanna in einer Mappe bei sich trug und nun vor Picard auf dessen Schreibtisch legte.

Während er begann, die in Glas eingefassten Manuskripte so vorsichtig zu begutachten, als könnten sie jeden Moment zerfallen, erklärte er: »Wir sind nur ein kleines Museum und Archiv. Wir haben jedoch die Freude, von der internationalen

Petrarca-Gesellschaft gefördert zu werden. Ein Verbund aus teils sehr finanzkräftigen Freunden der Literatur, Sammlern und Kennern. Einige leben in den USA, andere in China oder Russland. Die Gesellschaft hat eine Stiftung ins Leben gerufen, aus deren Kapital Ankäufe getätigt und Forschungsstipendien vergeben werden.«

»Klingt gut«, meinte Hanna und schämte sich für einen Moment, dass sie hier saß. Dass sie Niklas hintergangen und wie eine Diebin die Manuskripte an sich gebracht hatte. Andererseits war das Gespräch mit Picard völlig unverbindlich. Wenn sie zurückkam, könnte sie die Papiere immer noch wieder in den Safe legen, als sei nichts geschehen, und, falls das Angebot für die Manuskripte uninteressant wäre, all das für sich behalten.

Hanna verfolgte, wie Picard mit wachsender Begeisterung die Papiere untersuchte und dabei eine Lupe zu Hilfe nahm. Gelegentlich gab er ein leises, erstaunt klingendes Keuchen von sich und schien insgesamt äußerst zufrieden zu sein, was Hanna das schlechte Gewissen schnell wieder vergessen ließ. Denn klang Picard zufrieden, dürfte sich das unter dem Strich in einer Menge Geld ausdrücken. Schließlich legte er die Lupe zur Seite, lehnte sich in seinem Stuhl zurück und legte die Fingerspitzen wie ein Klavierspieler auf den Schreibtisch, ohne die Manuskripte aus den Augen zu lassen. Er hob an, etwas zu sagen, musste dann aber noch einmal nachdenken und unternahm einen zweiten Anlauf.

Picard sagte: »Frau Streuben, das ist wirklich alles sehr außerordentlich. Außerordentlicher als ich annahm. Gibt es Notizen oder Aufzeichnungen von Herrn Streuben? Ich bin mir sehr sicher, dass er hierzu intensiv gearbeitet hat.«

»Es gibt Notizen oder Tagebücher«, erwiderte sie. »Natürlich auch seinen Computer – keine Ahnung, wie er seine Notizen am liebsten festgehalten hat.«

»Hm.« Picard schob die Unterlippe vor und schnalzte mit der Zunge. »Ich glaube«, sagte er dann, »dass es sich bei den Manuskripten um dreierlei handelt. Einerseits um ein Papier in der unverkennbaren Handschrift Petrarcas, den Entwurf zu einem Sonett – ein Entwurf daher, weil sich Randbemerkungen finden. Korrekturen. Ein ganz bemerkenswertes Manuskript – soweit ich es erfasse, ist es ein Klagelied, in dem er sich die Erweckung seiner Laura wünscht.«

»Laura?«

Picard lächelte und trippelte mit den Fingern, als würde er beginnen, eine Nocturne zu spielen. »Sie sind nicht bewandert mit Petrarcas Werk, nein?«

»Absolut nicht.«

Picard nickte. »Ich erkläre Ihnen das gleich. Zweitens ist eine andere Manuskriptseite in Altgriechisch verfasst, das ich nicht lesen kann.« Picard deutete auf das Manuskript mit der kunstvollen Handschrift, an dessen Rand sich die kleinen anatomischen Skizzen befanden. Hanna dachte an die recht ähnlichen Bilder, die sie in Justins Notizbuch gesehen hatte.

»Vermutlich«, fuhr Picard fort, »ein mittelalterliches, vielleicht frühmittelalterliches Papier. Gleichwohl erkenne ich die alchemistischen Symbole darauf und meine daher, es inhaltlich einordnen zu können. Drittens ist alles für sich genommen bereits beachtlich, zusammengenommen jedoch außerordentlich. Ich wüsste zu gern, woher der alte Justin diese Papiere …«

»Außerordentlich bedeutet was genau?«

Picard machte eine abschätzende Geste. Er meinte: »Nun, natürlich müssten die Manuskripte wissenschaftlich begutachtet werden. Wenn Sie erlauben, würde ich sie gerne abfotografieren für eine erste Expertise. Stellt sich alles als echt heraus, dürften wir über einen Wert jenseits von einer halben Million Euro sprechen.«

Hanna schluckte. Sie ließ Picards Worte sacken und spürte, wie ihr leicht schwindelig wurde.

»Nun«, fuhr er fort, »kurz zu Laura. Wahrscheinlich Laura de Noves, die Gattin des Hugue de Sade, ein Graf der Provence, die Petrarca in der Kirche der Heiligen Klara zu Avignon zum ersten Mal sah und sich schlagartig unsterblich in sie verliebte: *Mich brachte Amor leicht in seine Macht*, schreibt er. Diese unerreichbare Liebe besang und beklagte er in Hunderten von Gedichten. Wissenschaftlich belegt ist über Laura wenig. Beide wechselten nie ein Wort miteinander. Ihren vollen Namen nannte er nie. Laura de Noves existierte, über sie ist jedoch nicht viel bekannt, und drei Jahrhunderte später brachte der Abbé de Sade in der allerersten Biographie über Petrarca den Namen seines Familienmitgliedes Laura de Noves als Objekt der Begierde des Dichters ins Spiel. Aber vielleicht war Petrarcas Laura vor allem eine literarisches Figur, ersonnen auf der Basis einer real existierenden Person. Petrarca selbst war verheiratet und hatte Kinder. Laura de Noves ebenfalls, seine Liebe zu einer hochstehenden Frau wie ihr also unmöglich. Vielleicht auch gar nicht wirklich beabsichtigt, denn als Dichter ging es ihm um etwas anderes als um die Erfüllung. Laura war für ihn Quell der Inspiration. Sie erscheint in den Gedichten stets nur als ferne Figur, wie eine Fata Morgana. Er beschreibt sie sogar.« Picard lehnte sich nun wieder ganz zurück, löste die Finger vom Schreibtisch, machte eine Geste und begann zu rezitieren: »*Die goldenen Haare wehten wild im Wind, der süße Wirrnis aus den Locken flicht, verlockend war, und ohne Maß, das Licht der Augen, nicht für die Sterblichen ging sie einher, nein, wie die Engel leicht, ihr Reden klang als kam es nicht aus eines Menschen Munde.* Nun ja, eine attraktive Blondine mit leichtem Gang und schönen Augen – etwas dürftig, also geht es wohl um etwas anderes. Das ist sie übrigens.«

Picard deutete auf die Wand in Hannas Rücken. Sie wandte sich um – und erblickte das Bild einer schönen Frau, die die Augen niedergeschlagen hatte. Ein Bild, das ihr im Château bereits ganz zu Anfang aufgefallen war. Es war das Bild neben der Ritterrüstung. Nun verstand sie, warum es dort hing. Dennoch war von blondem Haar die Rede, und Hanna fragte: »Aber … Ist ihr Haar nicht rot?«

»Sicherlich rötlich, ja. Vielleicht rotblond. Der Maler hat das Bild frei gefertigt. Es ist kein Porträt nach Vorbild und entstand erst nach ihrem Tod, als sich die Künstler mit Laura befassten. Und mit der Daphne.«

»Daphne?« Hanna drehte sich wieder zu Picard um.

»Die griechische Bergnymphe Daphne. Quellgöttin und …«

»Ja«, unterbrach Hanna, »es gibt viele Skulpturen und Gemälde von Tiepolo und Rubens und vielen anderen mit Daphne. Daphne und Apoll. Ich habe Kunst studiert.«

»Wunderbar.« Picard lächelte und faltete die Hände. »Dann kennen Sie sicherlich die Sage aus der griechischen Mythologie. Sie geht wie folgt: Der Gott Apoll verspottet Amor als miesen Schützen. Der rächt sich und schießt einen goldenen Pfeil auf Apoll, der darauf wie vom Schlag getroffen wird und sich Hals über Kopf in die liebreizende Daphne verliebt. Sie will nichts von ihm wissen und flieht. Aber er ist ein Gott und geradezu besessen von ihr. Sie ruft ihren Vater zu Hilfe, den Flussgott Peneios. Dieser verwandelt Daphne in einen Lorbeerbaum. Und Apoll erleidet Heulen und Wehklagen.«

Hanna nickte und lächelte. »Kann man sich vorstellen.«

»Ja, ein böses Spiel von Amor. Der Mythos von Apoll und Daphne beschreibt den Kampf zwischen der Versuchung, Daphne, und dem Verlangen, Apoll. Von Lust getrieben verfolgt er sie, und sie ist nur durch die Verwandlung in einen Lorbeerbaum vor ihm in Sicherheit zu bringen. Durch dieses Opfer wird sie gleichzeitig zum Sinnbild der ewigen Versuchung, denn nie wieder wird Apoll an sie herankommen können. Ihre nun ewige Unberührbarkeit verwandelt Apoll in ein Symbol, indem er einen Lorbeerzweig vom Baum bricht, daraus einen Kranz windet, der für alle Dichter, Denker, Schriftsteller und Musiker zum Sinnbild des Strebens nach dem Schönen macht. Wenn Sie so wollen«, Picard lächelte milde, »lebt der Mythos überall und zu jeder Zeit fort. Was wir verehren, wird erst unsterblich, wenn es stirbt und fort ist. Nichts ist verlockender als das, was wir nicht haben können. Paradox, aber so sind wir Menschen nun einmal. Widersprüchlich bis in die Fußspitzen.«

Hanna nickte wieder. Nun verstand sie die Sache mit dem Lorbeer, von der Picard beim Begräbnis gesprochen hatte, sehr viel besser.

Picard sagte: »Petrarca war von der Antike begeistert. Er sah sich als Apoll, Laura als Daphne. Sein Motiv war das Leid an der Liebe. Laura hat von der lateinischen Wortbedeutung her mit Lorbeer zu tun. Auf Griechisch heißt es Dafne. Außerdem zog Petraraca hierher, nach Fontaine-de-Vaucluse an die Quelle der Sorgue, die aus dem Berg entspringt. Daphne war eine Bergnymphe. Sie sehen, es läuft vieles hier zusammen. In diesem Zusammenhang ist es wirklich unwahrscheinlich interessant zu erfahren, worum es in dem auf Altgriechisch verfassten Manuskript geht.«

Hanna zuckte mit den Schultern.

Picard sagte: »Wenn Sie nichts dagegen haben, würde ich es gerne mit einer Digitalkamera ablichten und einem Kollegen schicken. Er könnte es übersetzen.«

»Natürlich«, meinte Hanna. »Was glauben Sie denn, worum es darin gehen könnte?«

Picard lächelte bedeutungsvoll und erwiderte: »Liebe Frau Streuben, ich kann mir jedenfalls Folgendes nicht vorstellen: dass ein in Altgriechisch verfasstes, vermutlich mittelalterliches Manuskript aus Justins Besitz einen profanen Inhalt hat.«

Hanna nickte leicht und dachte nach, während Picard aufstand und aus einem Schrank die Digitalkamera holte. Er nahm den Objektivdeckel ab und sagte: »Ich bin Ihnen jedenfalls sehr dankbar für Ihren Besuch. Ich denke, wenn ich die Dateien verschickt habe, dürfte ich in wenigen Tagen Informationen für Sie haben, Frau Streuben.«

Hanna nickte und lächelte. Blieb die Frage, wann sie Niklas mit diesen Informationen beglücken würde und wie sie es anstellte, von ihm keinen Kopf kürzer gemacht zu werden. Besser, dachte sie, sie behielte so lang alles für sich, bis sich Picard mit seinen Infos meldete.

31

ALBINS WAGEN RUMPELTE über den kleinen Wirtschaftsweg, der zum Château Ledrome führte. Die Klimaanlage war auf Anschlag gedreht, hatte aber bislang noch keine ernstzunehmende Wirkung erzielt. Draußen war es heiß. Heiß und stickig. Kein Wind, der die Saharahitze fortpustete.

Für die nächsten Tage hatten sie Unwetter vorausgesagt. Es würde reichlich krachen. Tatsächlich war eine Abkühlung für das ausgetrocknete Land dringend nötig, dachte Albin, da es seit beinahe drei Wochen nicht mehr geregnet hatte. Jeder sehnte das reinigende Gewitter herbei, und bei der drückenden Luft würde es sich wahrscheinlich in einer wahren Explosion entladen.

Albin hatte in einem Fernsehbericht gesehen, dass die Unwetter sowieso immer heftiger wurden. Wegen des verdammten Klimawandels, den man nicht mehr ändern, sondern allenfalls noch stoppen konnte. Man sah es ja überall in der Welt und täglich in den Nachrichten. Die Intensität der Stürme nahm zu. Gegen das, was man heutzutage serviert bekam, waren die Unwetter der alten Tage allenfalls Schauer mit Nieselregeln. So als habe sich die Natur jahrzehntelang allenfalls warmgelaufen, um nun schließlich Ernst zu machen und zu zeigen, was wirklich in ihr steckt.

Vor dem Wagen öffnete sich das kleine Wäldchen, in dem das Château lag. Beinahe wie ein heiliger Hain, dachte Albin, erinnerte sich dann aber an das, was er über die Maulbeerbäume gelesen hatte. Wenngleich er keinen Schimmer hatte, ob hier noch irgendwo welche herumstanden. Das meiste hielt er für Platanen und Kiefern. Er fuhr über die schmale Brücke. Links und rechts war nicht viel Platz. Man musste genau lenken. Darunter floss der Seitenarm der Sorgue – auf direktem Wege aus Fontaine-de-Vaucluse zur Rhône. Heute sah er nur aus wie ein kleines Flüsschen, aber zu einer anderen Jahreszeit konnte daraus ein reißender Bach werden.

Auf dem kleinen Parkplatz vor dem Château kam der Wagen zum Stehen. Dort standen noch andere Fahrzeuge. Einer in einem Verschlag, einer Art Garage. Dann der Mietwagen, in dem er die Streubens schon gesehen hatte. Daneben Lehmanns verbeulte Karre und ein Renault Kangoo Kastenwagen, den er nicht zuordnen konnte. Albin stieg aus, öffnete die Kofferraumklappe und hob Tyson heraus. Nicht nötig, ihn anzuleinen. Er klappte den Kofferraum wieder zu und ging zu dem alten Tor, zwischen den von verwitterten Löwen bewachten Pfeilern hindurch auf den Hof vor dem Château. Es wirkte größer, als Albin angenommen hatte. Das ganze Anwesen erschien ihm beinahe herrschaftlich, wenngleich in Würde gealtert und stets gut gepflegt. Man konnte sich hier wirklich gut ein kleines Hotel vorstellen, wo man unter den Bäumen draußen frühstücken konnte.

Weniger gut konnte er sich allerdings vorstellen, dass hier ein einzelner alter Professor jahrzehntelang alleine gehaust hatte. Er selbst würde niemals auf die Idee kommen, sich mehr als fünfundsiebzig Quadratmeter zuzulegen. Warum auch? Jedenfalls war das schon ziemlich irre und Streuben entweder ziemlich reich gewesen oder ein bisschen verrückt oder beides. Vielleicht hatte er an dem Haus damals einen

Narren gefressen. Vielleicht gefiel ihm die Geschichte des Châteaus. Vielleicht befand er aus einer Eitelkeit heraus, dass jemand von seinem Renommé, ein Literatur- und Geschichts- oder Literaturgeschichts- oder Was-auch-immer-Professor der Uni am besten in einem solchen Anwesen residieren sollte, um alle und jeden und insbesondere sich selbst damit zu beeindrucken.

Wie dem auch sei, jetzt befanden sich jedenfalls mehrere Personen auf dem Hof. Albin erkannte Hanna Streuben, die einen Pferdeschwanz, ein fleckiges T-Shirt sowie Shorts aus Jeansstoff trug. Er sah ihre kleine Tochter Lilly in einem rosa Kleid sowie Lehmanns Tochter Zoe in kurzen Hosen und einem T-Shirt. Sie standen um einen Gartentisch herum. Auf dem Gartentisch standen Getränke, die offensichtlich von Lehmanns Frau Marie herausgebracht worden waren – zumindest sah Albin Marie gerade im Hauseingang mit einem Tablett verschwinden.

Neben der Pforte lagerten zwei Zementsäcke. Ein Zeichen für den Umbau. Am Tisch befand sich außerdem ein Mann, den Albin vom Sehen her kannte. Jedenfalls war es nicht Niklas Streuben. Albin ordnete dem Kerl, der khakifarbene Shorts sowie ein weites hellblaues Hemd trug und attraktiv wirkte, den Kangoo zu. Er stand recht dicht neben Hanna Streuben, die nun Albin erkannte und ihm freudig zuwinkte. Als Nächstes bemerkte Lilly Albin und startete sofort durch, Zoe im Schlepptau, um Tyson zu begrüßen, der seinerseits den Mädchen entgegenstürmte und mit dem Schwanz – oder vielmehr dem Hintern – wedelte, als habe ihm Matteo heute Morgen statt Wasser Espresso in die Schale gegossen. Was Albin zumindest nicht hundertprozentig ausschließen wollte, denn Matteo war in der Hinsicht eine Menge zuzutrauen.

Albin schmunzelte und begrüßte die Mädchen. Dann ging er zum Tisch hinüber, auf dem Orangina-Flaschen und eine Karaffe mit Limonade standen. Hanna Streuben streckte ihm die Hand entgegen, während der Mann neben ihr zwei Gläser eingoss.

Hanna Streuben fragte: »Soll ich noch ein Glas holen? Haben Sie Durst?«

Albin winkte ab und meinte: »Eine Orangina tut's auch. Mir gefallen die Flaschen.«

»Ein echter Designklassiker wie Coca-Cola-Flaschen«, sagte der Mann. »Man erkennt sie unter Hunderten.«

Albin zuckte mit den Achseln, nahm sich eine und öffnete sie, während der Mann sich als Jeremey vorstellte. Jeremy Breton. Das war doch dieser Künstler, dachte Albin, und nun fiel es ihm wieder ein. Ja, das war dieser Künstler, und zwar der, der gleich um die Ecke in dem Haus mit den Windspielen auf dem Dach lebte. Gerade lächelte er Hanna Streuben an und prostete ihr mit dem Glas Limonade zu. Albin kannte diese Art von Blick. Hanna Streuben gewiss noch besser, also kein Grund zur Sorge. Außerdem war sie ja verheiratet, wenngleich ihr Mann nirgends zu sehen war.

»Albin Leclerc«, stellte er sich dann ebenfalls vor – und hätte um ein Haar noch »Kriminalpolizei Carpentras« gesagt. Er trank einen Schluck, sagte, dass er das Château beeindruckend fände, bedankte sich für die Einladung und betonte, dass er nicht lange stören wolle. Nur mal gucken. Interessehalber.

»Oh, Sie stören ganz und gar nicht«, erwiderte Hanna. »Jeremy und ich unterhalten uns gerade über Malerei. Stellen Sie sich vor, er möchte ein Porträt von mir malen.« Hanna stellte sich ein wenig in Positur. Jeremy lachte. Albin rang sich ein freundliches Lächeln ab, verzichtete jedoch auf einen Kommentar.

»Aber Sie müssen das für sich behalten«, meinte Hanna und legte den Zeigefinger auf die Lippen. »Jeremy schlug eben vor, dass es doch ein schönes Geschenk für meinen Mann sein könne, wenn er mit der Arbeit im Anbau fertig ist. Sozusagen zur Belohnung.«

Albin lächelte.

»Er arbeitet so viel und … Und wenn er in seinem neuen Büro immer auf ein Bild von mir schaut, denkt er wenigstens nicht an andere Frauen, oder?«

Jeremy lachte. Eine Spur zu gekünstelt, fand Albin. Er warf einen Seitenblick auf die Mädchen. Tyson lag gerade auf dem Rücken und ließ sich genüsslich den Bauch kraulen. Dieser Schwerenöter.

Er hörte Jeremy leise sagen: »Wir sollten uns dann bald treffen, Hanna, damit alles rechtzeitig fertig wird. Ich kenne übrigens noch einige wunderbare Stellen, die sich für deine Steinzeitmotive eignen würden.«

»Tatsächlich?«, fragte Hanna.

»Die Nesque-Schlucht«, sagte Albin beiläufig. »Ist gar nicht weit weg.«

»Sie wohnen auch hier?«, fragte Jeremy Albin.

»Ja.«

»Komisch, wir sind uns noch nie begegnet. Dabei ist die Welt doch so klein, und der Ort erst recht.«

»Ich bin nicht oft im Ort.«

»Der Beruf, richtig?«

Albin nickte.

Dann bemerkte er eine Bewegung neben dem Château. Dort, wo ein kleiner Brunnen stand und sich ein vergittertes

Tor befand. Ein Mann kam hindurch, nahm einen Schlüssel und schloss es hinter sich ab. Im Gehen steckte er den Schlüssel in die Jeans zurück, über der er ein schmutziges T-Shirt trug. Er wischte sich die Hände an der fleckigen Hose ab, und je näher er kam, desto mehr fand Albin, dass der Mann, bei dem es sich wahrscheinlich um Niklas Streuben handelte, ziemlich schlecht aussah. Er war hager. Die Hautfarbe war teigig. Ringe unter den Augen. Die Haare wirr. Der Blick matt, als dieser auf Albin traf.

»Ah, Niklas, dass ist Herr Leclerc. Der ältere Herr mit dem Mops, du weißt.«

»Ah«, sagte Niklas Streuben, sah aber so aus, als ob er keinen Schimmer hatte, was mit »der Herr mit dem Mops« gemeint war. »Ja«, ergänzte er fahrig, »ich musste nur gerade noch etwas in den Anbau bringen.«

»Ich hatte meine Hilfe angeboten«, meinte Jeremy.

»Nein, nein, alles gut«, erwiderte Niklas mit einer abwehrenden Geste. Er goss sich ein Glas Limonade ein.

Hanna erklärte Albin: »Im Park hinter dem Haus befindet sich eine Art alte Scheune. Mein Mann baut sie gerade aus zu einem Büro für sich und einem Atelier für mich. Er hat nicht gern Hilfe dabei.« Sie bedachte ihren Mann mit einem Seitenblick, und auch diese Art von Blick kannte Albin. Die Art von kurzem Blick, die man in einem Comic mit Blitzen versehen würde. Im nächsten Moment schaute sie Albin wieder strahlend an und ergänzte: »Weil es eine Überraschung werden soll, macht er das alles allein.«

Niklas nickte und trank das Glas in einem Zug leer. »Körperliche Arbeit ist fast wie eine Droge, wenn man ansonsten nur am Schreibtisch sitzt«, meinte er. »Ich genieße das wirklich.«

»Es wird sicher großartig«, sagte Jeremy.

»Ja«, meinte Niklas. »Das wird es.« Und an Albin gewandt, fügte er hinzu: »Ich bin Architekt.« Was gleichermaßen wie eine Erklärung als auch wie eine Entschuldigung klang.

»Was machen Sie eigentlich?«, fragte Hanna Albin.

»Ich bin im Ruhestand«, meinte Albin und leerte die Orangina. »Vorher war ich bei der Kriminalpolizei.«

»Oh, wirklich?«

Albin nickte und bemerkte, dass er nun die Aufmerksamkeit aller hatte. Nicht ungewöhnlich. Niemand hatte gerne mit der Polizei zu tun. Auch nicht mit der Polizei in Rente. Das war irgendein typisch menschlicher Reflex. So wie man bei Psychologen dachte, dass die einen sofort durchschauten, dachten viele Menschen das bei Polizisten ebenfalls. Denn irgendwie hatte ja jeder etwas auf dem Kerbholz.

Albin sagte: »Bei der Kripo in Carpentras. Aber ...« Er machte eine wegwerfende Bewegung und unterstrich den nächsten Satz mit einem Lächeln, das Entspannung signalisieren sollte: »... aber jetzt ja nicht mehr.«

»Kann ja nicht schaden«, meine Hanna, »einen Polizisten zu kennen. Wenngleich Ihr Wachhund etwas klein geraten ist.« Sie lachte.

Albin grinste und musterte die zwei Männer. An Niklas gewandt, sagte Albin: »Als ich eben ankam, sah ich nirgends Kameras, keine Überwachungs- oder Alarmanlage, gar nichts.«

Niklas zuckte mit den Achseln und machte eine ahnungslose Geste. »Ja, und?«

»Sie sollten sich darum kümmern. Ernsthaft. Das Château liegt abseits und ist schlecht einsehbar. Es wird hier viel eingebrochen, gerade in Ferienhäusern. Ich kann Ihnen gerne etwas vermitteln, die Polizei bietet kostenfreie Beratungen an.

»Ah, okay.« Niklas nickte verstehend.

Albin nahm seine Brieftasche, zog eine Karte hervor und reichte sie Hanna. »Rufen Sie mich einfach an, wenn Interesse besteht. Ich meine das wirklich ernst. Sie sollten sich darum kümmern.«

»Danke schön«, sagte Hanna und nickte. »Das werden wir.«

»Darf ich etwas fragen?« Jeremy wandte sich an Albin, der antwortete: »Natürlich.«

»Dieser schreckliche Mord bei Venasque ... Das war ja beinahe vor meiner Haustür.«

»Sie wohnen nicht weit entfernt, in der Tat.«

»Die Polizei war auch bei mir, aber leider konnte ich wirklich nichts dazu beitragen.«

»Mhm«, machte Albin und musterte den Maler.

Jeremy fuhr fort: »Weiß man da inzwischen mehr?«

»Mord?«, fragte Hanna entgeistert dazwischen. »Hier?«

Jeremy nickte. Albin ebenfalls.

Er sagte: »Ich bekomme nicht mehr viel davon mit, wissen Sie. Aber die Polizei tut, was sie kann.«

»Und dieser andere bei L'Isle-sur-la-Sorgue? Ich las es heute im Internet.«

Albin bemerkte, wie sich Hanna Streubens Augen weiteten. Sie legte sich die Hand auf den Mund, sichtlich erschrocken. Ihr Mann wirkte ebenfalls konsterniert. Er goss sich Limonade nach.

Albin erklärte: »Auch darüber bin ich leider nicht genau im Bilde. Fürchterliche Sache. Die Kollegen werden tun, was sie können, um den Täter zu fassen.«

»Aber«, keuchte Hanna, »das ist ja ganz fürchterlich. Tut mir leid, ich bin sehr ... überrascht, ich habe davon überhaupt nichts mitbekommen.«

Albin zuckte mit den Achseln. Drehte die leere Flasche in den Händen.

Jeremy fragte: »Die Zeitungen schreiben, dass die beiden Morde mit den anderen zu tun haben. Stimmt das?«

»Die Zeitungen schreiben alles Mögliche.«

»Andere?«, fragte Niklas Streuben.

»Noch weitere Morde?« Hannas Augen wurden noch größer.

»Es gab einige Morde in der Provence«, sagte Jeremy. »Die Polizei glaubt an einen Serientäter.«

Er warf einen Blick zu Albin, der nicht widersprach und nichts kommentierte.

»O mein Gott«, flüsterte Hanna. »Wie furchtbar.«

Jeremy fragte: »Waren Sie in Ihrer aktiven Zeit damit befasst, Herr Leclerc?«

Albin nickte und sagte: »War ich. Ich habe bis vor einem halben Jahr die Ermittlungen geleitet. Nun macht das jemand anders.«

Niklas und Hanna schwiegen betreten. Jeremy ebenfalls. Nach einem Moment fragte er: »Und man weiß wirklich noch gar nichts über den Täter? Überhaupt nichts? Es gibt doch sicher Profile oder Spuren, irgendetwas?«

»Sicher«, erwiderte Albin und stellte die Orangina-Flasche ab. »Das Wichtigste ist in jedem Fall: Der Täter wird gefasst werden. Sie werden am Ende alle gefasst. Jeder. Uns geht kein Mörder durchs Netz. Niemals.«

»Zum Glück«, meinte Jeremy.

Niklas entgegnete: »Wie furchtbar. Das ging alles total an uns vorbei.«

Hanna fragte: »Was genau … Was genau ist denn das für eine Mordserie? Müssen wir uns irgendwie Sorgen machen?«

Albin sah sie an. Er deutete zum Tor: »Sie sollten in jedem Fall eine Alarmanlage und Kameras installieren. Nun, und zu dem Fall selbst …«

Albin machte eine kurze Pause. Dann sagte er: »Die Medien sind voll davon. Es ist kein Geheimnis. In der Provence gibt es jemanden, der Frauen ermordet, Frau Streuben.«

»Schrecklich«, flüsterte sie. »Was für Frauen denn?«

»Er tötet rothaarige Frauen«, sagte Albin. Und das Schweigen, das nun folgte, dauerte etwas länger als das vorherige.

32

ALBIN SASS AM EINEN TISCHENDE, Berthe am anderen. Zwischen ihnen stand eine Tüte mit Schokocroissants. In dem weißgestrichenen Raum mit der weißen Küchenzeile, der weißen Kaffeemaschine und dem hellgrauen PVC-Fußboden tickte leise eine Küchenuhr. Berthe würdigte die Tüte keines Blickes. Sie starrte stattdessen Albin an, die Arme vor der Brust verschränkt. Albin schaute gelassen zurück. Seine Hände lagen flach auf der Tischplatte. Er bewegte eine vorwärts, bis die Finger die Bäckertüte berührten. Er schob sie fünf Zentimeter auf Berthe zu, was ein leises Wischgeräusch machte und die Tüte knistern ließ.

Berthe sagte: »Nein.«

»Na komm schon.«

»Nein.«

Sie schwiegen.

»Albin, kapierst du das nicht? Du bist nicht nur raus aus dem Geschäft. Du gehörst sogar zum Kreis der Verdächtigen.«

»Ach Unsinn.«

»Hast du Bonnieux nicht gehört? Deine Geldscheine? Deine Aussage über den Tatabend?«

Albin nahm die Hände vom Tisch und machte eine Geste. »Bonnieux geht es doch nur darum, mir einen Schuss vor den Bug zu knallen. Nun hat er die Steilvorlage dazu – voilà.

Würde er die nicht nutzen, wäre er nicht der Richtige in seinem Job. Wir alle machen nur unsere Arbeit.«

»Genau. *Wir.* Nicht du.«

»Soll ich dir sagen, was ich denke?«

»Nein. Kein Interesse.«

»Ich denke Folgendes: Er hat dieses Mal nicht den Elektroschocker verwendet. Warum nicht? Es gibt keinen Grund, darauf zu verzichten. Es sei denn, das Opfer hat Lunte gerochen, ist aus dem Wagen gesprungen und in den Weinberg gerannt. Und er hinterher. Was bedeutet, dass er wieder einen Fehler gemacht hat. Dass er nachlässig wird oder ihm zunehmend egal ist, ob wir die Opfer finden. Völlig aufgelöst rennt er also hinterher. Holt schnell seine Sachen aus dem Kofferraum – und erwischt die Frau schließlich. Er schlägt sie in seiner Wut und Panik brutal nieder. Dann fällt ihm ein, dass sein Wagen unten an der Straße steht. Vielleicht mit offenen Türen und aufgeklapptem Kofferraum. Das könnte jemand sehen. Also macht er schnell und hastig, schlägt ihr die Hände mit der Axt ab, nimmt sie mit und verschwindet.«

»Möglich«, sagte Berthe, öffnete die Croissantstüte mit spitzen Fingern und fischte ein Backteilchen heraus. »Spricht durchaus einiges dafür.«

Albin nickte. »Die Frage ist: Warum dieses Mal die Hände, warum beim anderen Mal die Füße? Ich habe nachgedacht.«

Nachgedacht und sich mit einem Vergrößerungsglas die Bilder angesehen, die er im Supermarkt ausgedruckt hatte. Die mit den Berichten von der Pinnwand im Besprechungsraum der Polizei. Er war verblüfft gewesen, wie gestochen scharf diese kleinen Digitaldinger fotografieren können.

»Bei Nicole Langlois wurden keine Schuhe gefunden. Sie war barfuß unterwegs. Ihre Schuhe lagen im Auto ihres

Freundes. Das war des Besondere an ihr – außer, dass sie rothaarig war. Die Füße gefielen dem Täter. Also nahm er sie mit. Dann Anouk. Sie war Gitarristin. Elegante Hände. Darauf fokussierte sich sein Blick, woraus folgt, dass er sie in Rousillon beobachtet haben muss. Die Hände wollte er. Sie waren das Besondere an ihr – und natürlich das Haar. Also nahm er dieses Mal die Hände mit. Ich habe mir kürzlich den Fall Sylvie Biard noch einmal angeschaut, die erste Verschwundene. Sie war Joggerin, lief jeden Tag. Ich sah mir die Fotos an. Wunderbare Beine. Vielleicht sah er Sylvie laufen. Ihm fiel das Spiel der Muskeln auf. Das gefiel ihm. Vielleicht hat er ihre Schenkel mitgenommen.«

»Albin«, sagte Berthe im Kauen, »wozu erzählst du mir das? Erzähl das Theroux.«

»Das werde ich noch. Ich werde meine Aussage machen und dann mit ihm über das wirklich Wichtige reden. Die anderen Opfer könnten ebenfalls hervorstechende körperliche Merkmale gehabt haben, die zum Zeitpunkt ihres Verschwindens besonders auffielen. Ihr Haar qualifizierte sie lediglich als Opfer.«

Berthe schwieg eine Zeitlang. Aß das Croissant auf. Wischte die Finger ab. Dann fragte sie: »Hast du von dem Fall Libero Ricci gehört?«

Albin machte eine ahnungslose Geste.

»Ein vermisster Rentner in Rom. 2003 sagt er seiner Familie auf Wiedersehen, er geht spazieren. Kehrt aber nicht zurück. Sie suchen ihn überall, finden ihn aber nicht. Die Sache wird zum Cold Case. 2007 brennt es irgendwo am Tiberufer. Ein heißer Sommer. Vielleicht haben einige Büsche durch herumliegende Glasscherben Feuer gefangen. Die Feuerwehrleute löschen den Brand und finden ein Skelett. Sie rufen die Polizei, die einen verkokelten Ausweis findet. Ausgestellt auf Libero Ricci. Sie finden einen Schlüsselbund. Er passt zu Riccis Wohnung. Prima, denken die Ermittler. Zur Identifikation und Untersuchung kommen die Knochen in die Rechtsmedizin. Routinesache. Der untersuchende Kollege an der römischen Uni La Sapienza erlebt jedoch den Schock seines Lebens. Denn er stellt fest: Es ist zwar ein perfektes Skelett. Die Knochen gehören jedoch zu fünf unterschiedlichen Personen. Drei Frauen, zwei Männer. Allesamt in verschiedenen Jahren getötet. Jeder im unterschiedlichen Alter. Nur zu Libero Ricci passt keinerlei DNA. Niemand weiß, was genau da geschehen ist. Auch die Identität der Opfer ist ungeklärt. Aber klar ist: Jemand hat den Ablageort genutzt und sich über Jahre hinweg mehr oder weniger aus verschiedenen Körperteilen seiner Opfer einen neuen Körper gebaut und daran ein bizarres Vergnügen gefunden. Nach dem Fund ist etwas Vergleichbares nicht wieder bekanntgeworden. Der Mörder hat aufgehört. Ist weitergezogen. Tot umgefallen. Oder sie haben bislang einfach nichts Neues gefunden. Keine Ahnung. Komisch eigentlich. Ich habe auf einem Kongress über den Fall gehört und auch die These, warum nach 2007 auf einmal Schluss war. Die Antwort ist ganz einfach: Der Killer war fertig, hatte sein Ziel erfüllt. Das Skelett und der Körper waren perfekt. Es gab nichts mehr zu verbessern. Höchstens ein Neuanfang. Noch ein Körper. Noch ein Skelett.«

Albin sagte nichts. Schwieg und dachte nach, während Berthe das nächste Croissant verspeiste.

»Du meinst«, sagte er schließlich zögerlich, »wir könnten es hier mit einer ähnlichen Sache zu tun haben?«

Berthe zuckte mit den Achseln. »Ich meine überhaupt

nichts. Ich bin Wissenschaftlerin. Das Puzzeln und Mutmaßen überlasse ich der Polizei. Mir fiel nur gerade der Fall Libero Ricci ein, das ist alles.«

»Jemand ist in der Provence unterwegs und sammelt Körperteile, um sich die perfekte Frau zu bauen. Das ist doch, woran du gerade denkst.«

Berthe wischte sich einen Krümel von der Unterlippe ab. Sie erwiderte: »Nun, es könnte eine brauchbare Theorie sein, denke ich. Und wenn sich deine Idee bestätigt, dass die anderen Opfer ebenfalls irgendwelche bestimmten körperlichen Merkmale aufwiesen, dann ist es vielleicht gar nicht dumm, oder?«

»Nein«, meinte Albin. »Aber schon ziemlich schräg.«

»Der Fall Ricci ist in der Tat sehr schräg und wirkt einzigartig. Aber weißt du, Albin, es ist so: In der Natur gibt es keine Singularität. Es gibt keine hochindividuellen Einzelereignisse. In den Ozeanen entdecken sie die merkwürdigsten Lebensformen. Aber es gibt sie immer mehrfach. So ist es auch mit menschlichen Verhaltensweisen und Vorlieben. Wer sich für einzigartig hält, täuscht sich. Irgendwo auf der Welt gibt es immer noch andere, die ähnlich gestrickt sind. Wir kennen die ungewöhnlichsten Unfälle und Morde. Aber sie sind nie ein Stand-Alone. Und wenn in Italien so etwas passiert wie bei der Libero-Ricci-Sache, ist es zwar sehr außergewöhnlich, aber nicht unvorstellbar, dass es anderswo auf der Welt noch mal geschieht. Zum Beispiel in Frankreich.«

Da draußen, überlegte Albin, war also vielleicht ein Typ unterwegs, der sich die perfekte Frau zusammensuchte. Die perfekte Rothaarige. Blieb die Frage, ob er fertig war oder ob ihm noch etwas fehlte. Die Speichen des Rades begannen, sich zu drehen. Sie drehten sich um die Nabe. Die Nabe hatte eine bestimmte Größe. Und irgendwo in ihrem Zentrum gab es den Mittelpunkt, um den herum alles kreiste.

»Ich muss jetzt los«, sagte Albin. »Theroux wartet auf meine Aussage.«

»Schönen Gruß«, meinte Berthe, lächelte und winkte.

33

»ACH JA«, sagte Albin beiläufig, während er seine Aussage unterzeichnete, »das habe ich ganz vergessen: Schönen Gruß von Berthe.«

Theroux warf seinen Kuli angewidert auf den Schreibtisch. »Das ist nicht wahr, oder? Du bist … Du warst doch nicht … Sie hat dir nicht etwa … Oder hat sie …?«

»Wir haben nur einen Kaffee getrunken und etwas geplaudert. Völlig unverfänglich. Mach dir keine Sorgen.«

Theroux gab ein genervtes Geräusch von sich.

»Also, was hältst du davon? Ihr müsst euch alle Bilder noch einmal genau ansehen. Auf Besonderheiten achten. Vielleicht fällt euch etwas auf.«

»Vielleicht auch nicht, denn es kann immerhin alles zufällig sein: Er sieht Anouks Hände, weil sie gerade spielt. Er sieht Nicoles Füße, weil sie gerade barfuß ist.«

»Trotzdem.«

Theroux nickte und seufzte. »Sicher«, sagte er.

»Und ich habe dir das mit dem Fall von Sylvie erklärt. Am Decathlon, du weißt. Ihr müsst die in Frage kommenden Areale absuchen. Mit Spürhunden. Infrarot. Bodenradar.«

»Bodenradar?«

»Ja. Besorgt euch so ein Gerät von einem geophysikalischen Institut oder einer Firma. Die suchen damit zum Beispiel nach Ölblasen. Archäologen benutzen so etwas ebenfalls. Du stellst es auf den Boden. Es klopft einmal drauf und misst die zurückkehrenden Wellen. Du siehst dann, ob etwas im Boden ist. Funktioniert wie ein Echolot in U-Booten.«

»Echolot«, wiederholte Theroux und machte sich eine Notiz.

»Dann müsst ihr auch die anderen Gebiete absuchen. Denkt immer an die Schablone, den Radius, den Abstand vom Ort des jeweiligen Verschwindens.«

Theroux gab einen Stoßseufzer von sich und wuschelte sich durchs Haar. »Sag mir lieber, Albin, wann deine Zeugin hier aufkreuzt.«

»Véronique?«

»Wenn das ihr Name ist.«

»Sie weiß Bescheid und wird kurzfristig erscheinen.«

»Wer ist das überhaupt?«

»Eine Frau.«

»Doch keine Transe?« Theroux grinste.

Albin sagte: »Deine Vorlieben sind nicht meine.«

Theroux' Grinsen schmolz dahin. »Du hast 'ne Freundin?«

»Wer weiß.«

»Also: Ja?«

»Man wird sehen.«

Theroux grinste wieder. »Cool. Ich bin sehr gespannt auf deine Valérie.«

»Véronique, du Vollidiot.«

Theroux lachte.

Albin fragte: »Habt ihr in Roussillon denn alles andere schon überprüft?«

»Wir stellen gerade alles auf den Kopf. Eine Heidenarbeit. Wir haben Kollegen aus Avignon und Cavaillon abgezogen, die den ganzen Ort auseinandernehmen und jeden befragen, den sie in die Finger bekommen können. Gibt aber noch nichts.«

»Und von der Spurensicherung?«

»Albin, du weißt ganz genau, dass ich sowieso schon viel zu viel erzähle ...«

»Haben sie Fasern gefunden? Reifenspuren?«

»Sie haben Fasern. Bei Anouk die gleichen wie bei Nicole.«

Albin schwieg einen Moment.

Theroux erklärte: »Es sind Textilfasern. Wahrscheinlich aus demselben Fahrzeug. Fußmatten oder von den Sitzen. Ist alles im Labor. Dauert.«

»Siehst du, kein Trittbrettfahrer oder Nachahmer. Der gleiche Wagen.«

Und, dachte Albin, sie würden außerdem Reifenspuren auswerten, wenn sie welche hatten. Allein die Textilfasern waren klasse, denn daraus ließ sich ableiten, zu welchem Fahrzeugtyp sie gehörten. Damit in der Hand ließ sich ein Kreis von Fahrzeughaltern ermitteln. Das war weitaus mehr, als sie bislang zur Verfügung gehabt hatten. Beinahe ein Quantensprung. Leider waren solche Analysen nicht von heute auf morgen zu leisten.

»Scheint so. Ja«, sagte Theroux.

»Was ist mit dem Formalin?«

»Überprüfen wir ebenfalls zurzeit. Es gibt einige chemische Großhandlungen, die das Zeug vertreiben. Genau wie Alkohol. Kleinere Mengen bekommst du auch ...«

»Er braucht größere Mengen.«

»Was?«

»Größere Mengen. Du brauchst mehrere Liter, um ein Bein, einen Arm, einen Oberkörper oder einen Kopf zu konservieren.«

»Sicher«, Theroux verzog das Gesicht. »Mehrere Liter. Meinetwegen.«

»Dann ist da noch was.«

Theroux zog entnervt die Stirn hoch und sagte: »Albin, es reicht langsam, echt. Warum nimmst du nicht deinen Hund und fährst ans Meer? Fahr nach Narbonne und lauf am Strand herum. Nimm deine Valérie und ...«

»Wenn du noch einmal Valérie sagst, polier ich dir die Fresse!«

Theroux verdrehte die Augen.

Albin rutschte auf der Sitzfläche des Stuhls etwas nach vorne. Er deutete auf die Karte, die hinter Theroux an die Wand gepinnt war. Sie war mit Klebezetteln und Kreuzen und Nadeln mit farbigen Köpfen gespickt.

»Es läuft alles wie Speichen eines Rades auf einen Punkt zu. Schau auf die Karte, was fällt dir auf?«

Theroux drehte sich um und antwortete: »Nicht mehr als vor drei Sekunden.«

Albin erklärte ihm seine Theorie. Von den Start- und den Landepunkten. Von der Komfortzone, den Uhrzeiten, den Radien und denkbaren Bewegungsmustern.

»Erkennst du es jetzt?«, fragte er etwa fünf Minuten später.

»Carpentras?«, meinte Theroux.

Albin nickte. Denn alle Wege führten nach Carpentras. Was diverse Gründe hatte. Einerseits war es immer schon eine wichtige Stadt gewesen. Viele Handelswege führten sternförmig in allen möglichen Richtungen auf den Ort zu. Wege, die später zu Bundes- und Landstraßen wurden. Wenn man hin und her fuhr, war es zwangsläufig, dass man eine dieser Straßen benutzte. Ging gar nicht anders. Jedoch: Zog man von Carpentras aus Linien zu den Orten, wo die Frauen verschwunden und die Leichen gefunden worden waren, ergaben sich Speichen eines Rades mit ähnlichen Abständen. Und alle Speichen waren annähernd deckungsgleich mit Straßen, die auf Carpentras zuführten. Verband man wiederum alle Fundorte und die Orte des Verschwindens miteinander, ergab sich ein – zugegeben ziemlich verdellter – Kreis, der um Carpentras herumführte.

»Ich weiß nicht«, meinte Theroux.

»Ich auch nicht«, sagte Albin. »Aber es wäre eine Möglichkeit. Und es ist zu offensichtlich, um Zufall zu sein.«

»Du meinst wirklich, er wohnt hier in der Gegend?«

»Denkbar ist es.«

»Carpentras ist groß.«

»Und mit den umliegenden Ortschaften noch viel größer. Aber wenn ihr den Wagentyp habt, wird es engmaschiger. Wenn der Halter in Roussillon war, wird es perfekt. Ist dieser dann noch jemand, der viel in der Gegend herumfährt und auf irgendeiner Einkäuferliste steht und sich größere Mengen Alkohol oder Formalin besorgt hat – bingo.« Albin schnippte mit dem Finger. »Hausdurchsuchung, zack. Fertig.«

»Ich weiß nicht, ob es so einfach ist.«

»Es ist nie so einfach. Aber es ist ein Weg, mein Freund. Wir alle wissen, dass der gerade Weg immer der kürzeste und die einfachste Lösung immer die beste ist. Zumindest so lange, bis sie sich als falsch erweist. Dann kommt die nächste an die Reihe.«

»Warum sind wir nicht früher darauf gekommen?«

»Weil wir den Fall Langlois nicht hatten. Weil wir den Fall Anouk nicht hatten. Weil es keine Daten gab. Keine Schablone. Wir haben dafür an alles Mögliche andere gedacht und wissen nun, was man sich davon noch mal genauer ansehen sollte und was nicht. Und wir wissen, was uns als attraktivste Lösung erscheint und was nicht.«

»Carpentras erscheint mir in der Tat attraktiv.«

»Dann trag das in der nächsten Besprechung vor. Überzeug die anderen. Verblüffe sie und streich die Lorbeeren ein. Am Ende wirst du vielleicht sogar noch befördert, wer weiß.«

»Aber es sind dann nicht meine Lorbeeren …«

Albin winkte ab. »Ich bin nur ein Rentner, der seine Meinung gesagt hat. Wovon du besser keinem was verrätst. Denn hören sie meinen Namen, werden sie alle wieder dichtmachen, Theroux. Kein Wort über mich, okay?«

»Nein, ist gut«, sagte Theroux im Ausatmen. »Kein Wort.«

Schließlich verabschiedeten sie sich, und Albin ging mit Tyson an der Leine wieder runter. Er grüßte die nette junge Frau am Empfang, stoppte kurz an dem Regal mit den Broschüren und Flyern und nahm einige davon mit. Solche, in denen es um Sicherheit im Haus und Einbruchsprävention ging. Im Rausgehen überlegte ein weiteres Mal: Er baut sich die perfekte Frau. Die Frau seiner Träume. Warum? Wozu?

Als er über die Straße zum Wagen lief, dachte Albin an die Bibliothek und das Abbild der Frau, die einmal für den Dichter Petrarca das Wesen seiner Begierde gewesen war. Laura de Noves. Die einen schrieben Gedichte über ihre Traumfrauen, dachte Albin. Die anderen töteten sie und zerhackten sie in Einzelteile, um sie nach einem Idealbild neu zusammenzusetzen. Aber um welches Idealbild ging es?

Seine Gedanken fuhren Karussell, und als er Tyson in den Kofferraum hob, dachte er kurz an seinen Besuch auf dem Château. An Hanna Streuben. Ihr rotes Haar. An diesen Künstler Jeremy, der sie malen wollte. Jeremy, der nahe der Straße nach Venasque wohnte, wo man Nicole Langlois gefunden hatte. Ein Künstler, der von dem Gesicht einer Frau so betört ist, dass er es malen will. Vielleicht auch, weil ihn ihr rotes Haar magisch anzog. Oder beides zusammen. Oder drittens, weil ihm noch ein Kopf für die perfekte Frau fehlte.

Albin schüttelte den Kopf, um die Gedanken daraus zu vertreiben.

»Tyson«, murmelte er, »ich sehe schon überall Gespenster, meine Güte.«

»Ja und?«, fragte Tyson. *»Besser, als gar nichts zu sehen.«*

Albin knirschte mit den Zähnen, nickte schwach und sagte leise: »Weißt du, was ich an dir am meisten hasse? Dass du dauernd recht haben musst.«

Damit warf er die Kofferraumklappe zu, setzte sich in den Wagen und fuhr los.

34

HACK, HACK, HACK.

Hanna stand in der Küche und wischte sich die Tränen aus den Augen. Schließlich gab sie die Zwiebeln zum Hackfleisch in die Pfanne und fragte sich, ob es wirklich nur an den Zwiebeln lag, dass sie weinte. Lilly saß im Wohnzimmer und durfte so lange fernsehen, bis die Spaghetti Bolognese fertig waren. Niklas ... Nun, der war wer weiß wo. Im Anbau renovieren, im Arbeitszimmer in Justins Leben oder in sein problematisches Architekturprojekt vertieft, SMS schicken mit seiner Affäre ...

Sie gab ein wenig Knoblauch in den Topf mit den zerkochten Tomaten, rührte um und zog die Nase hoch. Nein, so hatte sie sich das ganz und gar nicht vorgestellt. Arbeiten bis zum Umfallen, jeder auf seiner eigenen Baustelle: sie im Haus, Niklas im Anbau. Keine Zeit für Gemeinschaft und Familie. Inmitten der wunderbaren Landschaft und beim Wahrwerden des Lebenstraumes vom Hotel in der Provence, der sich immer mehr zum Albtraum entwickelte.

Die Sache mit den Morden beschäftigte Hanna. Rothaarige Frauen wurden umgebracht, Frauen wie sie selbst. Albin Leclerc, der freundliche alte Herr mit dem Mops, hatte bislang die polizeilichen Ermittlungen geleitet und schwirrte nun hier herum. Hatte das etwas zu bedeuten? Nein, natürlich nicht, gab sie sich selbst die Antwort. Der Ort war klein, und sie selbst hatte ja Leclerc angesprochen. Dennoch sorgte das alles bei ihr für ein Unbehagen. Nicht, dass sie Angst hätte. Sie hatte Angst wegen ganz anderer Dinge. Wegen Niklas und um ihre Familie.

Hanna nahm die Pfanne vom Herd, gab das gebratene Gehackte in den Topf und stellte die Pfanne dann zur Seite. Dann ging sie zur Fensterbank, zupfte etwas Basilikum und sah, wie Niklas ins Haus kam. Er sah völlig fertig aus. Kein Wunder. Erneut nahm sie sich vor, Henry anzurufen. Am besten heute noch. Gleich nach dem Essen. Einen Moment später kam Niklas in die Küche und wischte sich die Hände mit einem schmutzigen Tuch ab.

»Na, Schatz«, sagte er.

Hanna erwiderte nichts und wusch die Basilikumblätter ab.

»Was dieser Leclerc erzählt hat, hat mir wirklich zu denken gegeben.«

Hanna legte den Basilikum auf ein Holzbrett, um ihn kleinzuschneiden, rührte aber vorher noch die Soße um.

»Dir nicht?«

»Nein«, antwortete sie kalt und beiläufig. »Warum? Ich habe ja keine roten Haare.«

»Ach, das.« Niklas lachte leise. »Das meine ich ja gar nicht. Ich meine, was er über Alarmanlagen gesagt hat.«

»Lass dir am Anbau doch eine anbringen. Dann musst du keine Angst haben, dass dich dort jemand stört.«

Niklas kam etwas näher, um Hanna die Hände an die Hüften zu legen, aber sie wich aus. Er fragte: »Machst du dir wirklich Gedanken darüber?«

»Ich denke über alles Mögliche nach, Niklas.«

»Soll ich in den Supermarkt fahren und etwas zum Färben kaufen? Vielleicht Schwarz.«

»Ich finde das nicht witzig.«

Niklas seufzte und lehnte sich mit der Hüfte an die Arbeitsplatte. »Was ist dir denn dann über die Leber gelaufen?«

Hanna warf einige Kräuter in den Topf und sagte: »Alles.«

»Alles?«

Schließlich sagte sie es ihm. Sagte ihm, dass sie nicht ein einziges Mal zum Schwimmen gefahren waren. Kein Ausflug in eine der Städte, in die Natur. Gar nichts. Sagte ihm, dass sie sich stattdessen an der Arbeit kaputtmachten und finanziell noch überhaupt nichts geregelt sei. Warf ihm vor, dass er sich entweder im Anbau oder im Arbeitszimmer einigelte und sie überlegte, ob er das nicht nur alles vorschob, um keine Zeit mit ihr und Lilly verbringen zu müssen. Unterstellte ihm, dass er seine Gesundheit ruinierte und sie genau wisse, dass er die Tabletten nicht nahm. Dass sie viel mehr Angst davor habe, dass er wieder einen Zusammenbruch erleiden würde und sie dann mit dem riesigen Berg an Arbeit im Château und mit Lilly völlig alleine dastehen würde.

»Das ist verantwortungslos«, sagte sie. »Ich hatte gedacht, alles wird gut hier unten. Du hattest gesagt, wir fahren hier gemeinsam hin, weil du meinst, dass wir es brauchen. Aber tatsächlich fährst du hier eine reine Ego-Tour und spürst überhaupt nicht mehr, was mit dir und uns geschieht.«

Hanna schwieg eine Weile. Die Sauce blubberte. Leise waren aus dem Wohnzimmer Cartoon-Geräusche von einer Zeichentrickserie zu hören.

Niklas sagte: »Es kommt ziemlich viel auf einmal. Das stimmt. Aber da müssen wir nun mal durch und die Zähne zusammenbeißen, wenn wir unser Ziel erreichen wollen. Von nichts kommt nichts.«

Hanna lachte spöttisch auf. Sie sagte: »Ich wünsche mir

mal wieder ein wenig Normalität, Niklas. Ich beiße die Zähne schon recht lange zusammen.«

»Sollen wir alles hinschmeißen?« Niklas klang nun deutlich härter. »Gut, schmeißen wir alles hin. Verkaufen das hier. Fahren morgen zurück nach Hamburg. Kein Problem.«

»Du bist bescheuert.«

»Außerdem weiß ich gar nicht, was du willst. Statt im Haus was zu tun, fährst du durch die Gegend und malst deine Bilder …«

Hanna verdrehte die Augen und ließ den Löffel fallen, der in der Sauce landete.

»… oder hängst bei deinem neuen Malerfreund rum, dem es doch nur darum geht, dich flachzulegen.«

»Hör sofort auf damit«, zischte Hanna.

»Aber mache ich dir Vorschriften? Nein. Du willst malen und die Gegend kennenlernen? Kein Problem, Hanna Henna darf tun und lassen, was sie will.«

»Oh, ja, und das wird sie auch! Denn abgesehen von dir und deinen Aufträgen habe ich auch meine, und der Verlag will einige Bilder haben für das Wimmelbuch, und ich werde mich mit Jeremy treffen, denn er kennt einige Motive, sagt er, und …«

»Natürlich!«, rief Niklas. »Hanna will Steinzeitbilder malen für ihren Job und trifft sich dazu mit ihrem neuen Lover? Nur zu, Hanna Henna ist schon groß und weiß, was sie tut – alles, damit *du* Spaß hast, denn *ich* mache die ganze Arbeit schon! Und wenn *du* deine Arbeit machen willst, ist das natürlich etwas völlig anderes!«

»Niklas, bitte! Wenn du eifersüchtig bist, dann …«

Er lachte höhnisch. »Ich und eifersüchtig? Blödsinn. Geh du nur deinem Spaß nach. Bitte.«

»Mann, weißt du was? Du leidest an Realitätsverlust, du bist doch derjenige, der …«

Hanna biss sich auf die Zunge und schluckte es runter. Wobei der Moment perfekt war. Dennoch riss sie sich zusammen …

»Und wenn der Herr Niklas sich darum kümmert, dass alles klappt und läuft und funktioniert und sich den Hintern abarbeitet, damit die Kohle reinkommt, damit Hanna Henna ihren Traum leben kann, dann wird er in den Arsch getreten, weil ihr das auch alles nicht passt, so sieht es aus.«

Erneut riss sich Hanna zusammen. Denn für einen kurzen Moment war sie versucht, Niklas von ihrem Besuch bei Picard zu erzählen. Davon, dass sie im Gegensatz zu ihm etwas unternahm, damit Geld reinkam. Und da sie sich schon einmal stritten, kam es darauf auch nicht mehr an.

Allerdings war noch offen, ob die Dokumente wirklich echt und damit ihre Summe wert waren, und Picards vorläufige Expertise darüber stand noch aus. Deswegen erwähnte sie es nicht.

Sie sagte stattdessen: »Ich werde Henry anrufen und am Wochenende einladen.«

»Der fehlt mir noch.«

»Ja. Mir auch.«

»Du willst den nicht ernsthaft einladen?«

»Und ob!«

»Und wozu?«

Hanna verschränkte die Arme und verdrehte die Augen. »Weil er mein Bruder ist? Weil er das alles hier mal sehen soll? Weil es gut ist, wenn wir mal ein oder zwei Tage einen anderen Film fahren? Weil Lilly sich bestimmt über ihre Cousine freut?« Und sie dachte: *Weil ich will, dass er sich eine Meinung über dich bildet und mit dir redet, damit ich endlich weiß, woran ich bin.*

»Tu, was du nicht lassen kannst. Tust du ja eh immer«, erwiderte Niklas genervt. »Ich will niemanden zu Besuch haben, und erst recht nicht deinen Bruder.«

Hanna sagte kein Wort.

Niklas musterte sie. Nach einem Moment sagte er: »Aber ich werde den Anbau bis zum Wochenende fertig machen. Henry hin oder her.«

»Ja.« Hanna zuckte mit den Achseln. »Gut.«

»Ich mache das übrigens für dich, Hanna. Ich reiß mir den Hintern auf, weil es eine Überraschung für dich ist.«

»Ich will keine Überraschung zu diesem Preis. Was tust du überhaupt den ganzen Tag lang dort?«

Niklas schnaubte. Seine Augen glühten. Er machte eine Bewegung nach vorne und umfasste Hannas Handgelenk, die zusammenzuckte. Dann ruckte er an ihr und zog sie nach draußen auf die Terrasse und fauchte: »Gut! Bitte! Komm! Schau es dir an!«

Hanna wollte protestieren und stolperte hinter Niklas her. So hatte sie ihn noch nie erlebt. Er war regelrecht handgreiflich geworden – war sie vielleicht zu weit gegangen? Nein, war sie nicht, und nun ließ sie sich regelrecht von ihm abführen …

Sie stapften durch den Kies, während Niklas weiter lamentierte, dass er ihr nur eine Freude machen wollte, weil er wisse, wie gerne sie überrascht werde, das aber offensichtlich nicht gewünscht sei, und nun könne sie sich gefälligst selbst ein Urteil bilden.

Schließlich befreite sie sich aus dem Griff. Riss einfach ihre Hand fort und stapfte, nun ziemlich wütend, Niklas hinterher, bis sie nach wenigen Schritten vor dem Anbau standen. Von außen hatte er sich noch nicht wesentlich verändert – abgesehen von den lackierten Fensterrahmen und den neu verputzten Stellen, die Niklas bereits in einem rötlichen Ockerton gestrichen hatte. Niklas stieß die Tür auf, ging geradewegs hinein und blieb in der Mitte des Raumes zwischen einigen Säcken Zement und Farbeimern stehen, die sich auf dem alten Perserteppich befanden. Er machte mit beiden Armen eine Geste. Schwieg.

Hanna schwieg ebenfalls und atmete schwer. Sie sah sich um und stellte fest, dass das Innere überhaupt nicht mehr wiederzuerkennen war. Die Wände waren verputzt und in Naturockerfarbe gestrichen. Darauf steckten verschiedentlich neue Steckdosen und Lichtschalter. Der Boden war gereinigt und die Fensterrahmen auch von innen abgebeizt und neu lackiert. Das Gleiche galt für die Balkenkonstruktion unter dem Dach, die nun eher wie ein dekoratives Element wirkte, an dem sich nach unten gerichtete Halogenlampen befanden. Einige Dachpfannen waren abgenommen, so dass von oben Tageslicht hereindrang. Hier und da lag Laub herum, das offenbar durchs offene Dach hereingeweht war, auf dem Boden und dem Teppich. Überall stand und lag Werkzeug.

Niklas schob mit dem Fuß einige trockene Blätter zusammen und hob sie mit beiden Händen auf. »Und jetzt hast du nichts mehr zu sagen, oder?«

Hanna räusperte sich und rieb sich das Handgelenk. Sie sagte: »Es ist … toll. Fabelhaft. Ich bin beeindruckt.« Sie rang sich ein Lächeln ab, denn sie meinte es ernst. Die zwei Räume würden wirklich ein beneidenswertes Büro für Niklas und ein wunderschönes Atelier für sie selbst abgeben.

»Im Dach setze ich noch die Verglasung ein. Der Außenanstrich steht noch aus. Ich wollte eigentlich auch Holzdielen verlegen, aber der alte Boden gefällt mir roh besser.« Niklas deutete auf eine Kettensäge und eine Axt. »Lehmann hat mir ein wenig mit Werkzeug ausgeholfen. Draußen nehme ich noch ein oder zwei kleinere Bäume weg, damit mehr Licht durchs Dach einfällt.«

Hanna nickte.

»Am Wochenende«, sagte Niklas und lächelte nun ebenfalls, »wird das Werk vollendet sein, und du kannst hier einziehen.«

Hanna nickte noch einmal. Sie schaute auf den Boden. Dann blickte sie wieder hoch und sagte: »Entschuldigung, dass ich so explodiert bin.«

Niklas hob die Brauen und zerrieb die Blätter nachdenklich in der Hand. Im Ausatmen erwiderte er: »Sorry, wenn ich eben einige blöde Sachen gesagt habe. Vielleicht ist das wirklich alles anstrengender, als ich annahm. Emotional, organisatorisch und auch körperlich.«

»Das kann man wohl sagen.«

»Aber am Ende wird alles super.«

»Ja«, seufzte Hanna. Und hatte wieder ein schlechtes Gewissen. Sie dachte, dass es wirklich eine schöne Überraschung ihrerseits wäre, ihm zur Einweihung das Bild zu schenken, das Jeremy von ihr malen wollte. Eine kleine Wiedergutmachung, dass sie ihn dauernd verdächtigte – und hinter seinem Rücken die Papiere einfach so an sich genommen hatte …

»Wir kriegen das hin«, unterbrach Niklas ihren Gedankenfluss. Er kam auf Hanna zu und blieb dicht vor ihr stehen. Er fasste nach ihrer Hand, rieb mit dem Daumen über das Gelenk und flüsterte. »Ich habe mich vergessen. Ich wollte dich nicht so … anfassen wie eben.« Er legte seine Stirn an Hannas, und sie ließ es geschehen. »Wird nie wieder vorkommen.«

»Okay«, flüsterte Hanna zurück.

Sanft drehte Niklas ihre Hand um und ließ aus seiner anderen die zerriebenen Blätter in Hannas rieseln. Sofort breitete sich ein aromatischer Duft aus.

»Für die Soße«, meinte Niklas und gab Hanna einen Kuss. »Wilder Lorbeer.«

Nach dem Abendessen rief Hanna schließlich bei Henry an. Er war gerade auf dem Weg nach Hause. Hanna konnte die Fahrgeräusche hören. Sie stellte sich ihn vor mit seiner randlosen Brille und den obligatorischen Designer-Klamotten, wie er in seinem Geländewagen durch Frankfurt rauschte. Im Spaß nannte sie ihn manchmal »Gucci-Therapeut«.

Henry erkundigte sich gutgelaunt, wie es denn der neuen Schlossherrin erginge. Hanna gab ihm eine Zusammenfassung: traumhaft, jede Menge Arbeit, wunderschön, tausend Sachen zu beachten, herrliche Landschaft, unfassbar viel Papierkram, tadelloses Wetter.

Henry lachte. »Ich muss mir das unbedingt mal ansehen. Die Fotos, die du gemailt hast, sind wirklich toll.«

»Genau deswegen rufe ich an. Wie wäre es mit dem Wochenende?«

»Wie. Jetzt?«

»Hm?«

Henry schwieg eine Weile, sortierte sich und fragte, ob wirklich alles in Ordnung sei. Hanna schloss die Küchentür hinter sich und erwiderte, sie sei sich dessen nicht vollkommen sicher. Sie sagte ihm, dass sie sich um Niklas Sorgen machte und warum. Sie erzählte Henry jedoch nichts von ihrem Verdacht, Niklas könne eine Affäre haben.

Hanna fragte: »Kannst du nicht am Wochenende mit Mirja kommen und Pia? Lilly würde sich wirklich wahnsinnig freuen, Pia zu sehen.«

Mirja war Henrys Frau. Er sagte: »Puh, also … Also, Mirja ist am Wochenende nicht da, das weiß ich sicher.«

»Dann komm nur mit Pia.«

»Also, ich weiß nicht, Hanna. Das ist reichlich spontan, und die Fahrt dauert acht oder neun Stunden.«

»Du hast doch einen schnellen und bequemen Wagen.«

»Ja, schon …«

»Dann fährst du nachts los, die Autobahn ist frei und Pia schläft hinten.«

»Ich muss dann aber auch wieder zurück und …«

»Ach Henry, *bitte* … Tu's für mich!«

Wieder schwieg er eine Weile. Hanna hörte nur das Rauschen des Verkehrs in seiner Freisprechanlage. Er fragte: »Es ist dir wirklich wichtig, nicht?«

»Ja.«

»Auf einer Skala von eins bis zehn«

»Zehn.«

Henry atmete tief aus. Dann sagte er: »Okay. Ich versuche zu kommen. Ich muss mit Mirja sprechen und morgen ein paar Termine prüfen. Ich melde mich, okay?«

»Okay«, erwiderte Hanna. »Du meldest dich.«

35

ALBIN HOCKTE auf seiner kleinen Terrasse vor einem Berg von Papieren und Büchern. Er war nach seinem Besuch im Präsidium noch einmal in der Bücherei sowie im Einwohnermeldeamt im Rathaus vorbeigefahren und hatte außerdem alles an Unterlagen über die Mordserie zusammengesucht, was er im Haus hatte. Er wollte alles nochmals durchgehen. Prüfen, ob sich auf Grundlage der aktuellen Entwicklung etwas Neues ergab. Andere Zusammenhänge. Weitere Perspektiven und Interpretationsmöglichkeiten.

Die Kopien, Aktenordner und Bücher lagen auf dem kleinen Metalltisch, den er seinerzeit auf dem Flohmarkt gekauft und neu lackiert hatte. Er stammte aus einer riesigen Sammlung an Möbeln, die bei der Pariser Weltausstellung 1900 eingesetzt worden waren. Der Terrasse schloss sich ein kaum größerer Garten an, der ziemlich verwildert war. Das Gras stand hoch, überall wuchsen Blumen und an der Bruchsteinmauer, die den Garten einfasste, jede Menge Efeu. Zwischen den Blumen lag Tyson im Schatten und kaute auf Grashalmen. Wozu einen Rasenmäher oder ein Schaf anschaffen, dachte Albin, wenn man einen Mops hatte?

Die Kirchturmuhr schlug sechs. Eigentlich eine gute Zeit, um aufzustehen und zu Matteo hinüberzugehen, einen Pastis zu trinken und zu schauen, was sich heute beim Pétanque tat. Aber das würde warten müssen. Albin steckte sich eine Gitanes an, paffte den Rauch in den Himmel und starrte auf den Tisch. Obenauf lagen einige statistische Ausdrucke.

Das Département Vaucluse zählte demnach rund 550 000 Einwohner, annähernd die Hälfte davon Frauen. Etwa 17 Prozent der weiblichen Bevölkerung waren im Alter von 15 bis 29 Jahren, rund 20 Prozent zwischen 30 und 44 Jahren. Was rechnerisch über den Daumen bedeutete: zehn Prozent zwischen 25 und 35 Jahren. Ein bis zwei Prozent der Bevölkerung in Südeuropa, Männer wie Frauen, hatten rote Haare. Das wusste Albin aus den früheren Ermittlungen, bei denen sie bereits alles Mögliche in Bezug auf Rothaarige untersucht, betrachtet, analysiert und überlegt hatten. Die Statistik, angewandt auf das Département Vaucluse, bedeutete: Es gab vielleicht gerade mal fünfhundert Frauen im Département Vaucluse, die die Kriterien des Mörders erfüllten. Fünfhundert Frauen unter einer halben Million Menschen. *Fünfhundert*. Man hätte theoretisch neben jeder einen Polizisten parken können. Locker. Aber natürlich war das rechtlich und praktisch kaum umsetzbar. Nahm man die Auswärtigen hinzu – Touristen, Saisonkräfte, was auch immer –, wuchs die Zahl der potentiellen Opfer sicherlich, blieb aber immer noch verschwindend gering. Fünfhundert Frauen. Eine Turnhalle voll, mehr nicht. Wenns's hoch kam. Und die mit den gefärbten Haaren konnte man getrost außer Acht lassen. Der Kerl interessierte sich nur für die echten.

Albin hatte den Nachmittag über in den Büchern geblättert und sich Notizen gemacht. Alles in den Unterlagen noch einmal durchgeschaut und ergänzt. Ihn ließ der Gedanke nicht los, dass der Täter sich eine perfekte Frau zusammenstellte. Denn es war so: Hätte er nur Hass auf Rothaarige, würde er sie einfach töten, und zwar möglichst grausam, und ihnen dabei nahe kommen, um eine persönliche Beziehung zum Opfer aufzunehmen. Erwürgt oder erstochen hätte er sie. Vergewaltigt, um seine Dominanz auszudrücken. Würden ihn Rothaarige auf rein sexueller Ebene ansprechen, würde er die Opfer vergewaltigen und sie dann zur Verschleierung seiner Tat töten. Vermutlich ebenfalls erwürgen, erstechen oder erschlagen. Tat er aber nicht. Er sammelte. Daher waren die Morde nach Albins Theorie mehr Beschaffungskriminalität als alles andere. Dieser Fetisch für Körperteile von Rothaarigen musste eine Ursache haben.

Eine Variation des Chromosoms 16 sorgte für eine Veränderung eines Proteins. Eine Laune der Natur, die dazu führte, dass Menschen mit roten Haaren zur Welt kamen. Das verantwortliche Gen hatte einen Namen: Ginger-Gen. Vom englischen Ginger. Ingwer. In frühen Hochkulturen, hatte Albin herausgefunden, in Ägypten, Griechenland oder Rom, waren die Leute verrückt nach roten Haaren. Sie galten als etwas ganz Besonderes. Die Leute färbten ihr Haar mit Henna oder Zinnober oder schnitten es Gefangenen aus dem Norden ab, um sich daraus Perücken machen zu lassen. Huren färbten sich in der Antike die Haare rot. Rot – die Farbe der Leidenschaft. Aus dem gleichen Grund sprach man rotes Haar im Mittelalter Hexen zu, denn Leidenschaft war Teufelswerk und Hexerei ebenfalls. Man beschrieb die aus dem Garten Eden geworfene Lilith als Rothaarige. Manchmal galt es aber auch als göttlich, rothaarig zu sein. Bei den Schönheitsgöttinnen Aphrodite und Venus spielte es möglicherweise eine Rolle. Und hier und heute in der Provence spielte es vielleicht eine Rolle für einen Kerl, der auf seine persönliche Göttin scharf war.

Während Albins Gedanken auf Wanderschaft waren, rollte sich Tyson auf den Rücken und wieder auf den Bauch. Er sah einer Libelle hinterher und blieb mit dem Blick an Albin haften, der ein weiteres Mal einen Schwall Rauch in den Himmel entließ. Tysons Blick wirkte vorwurfsvoll. Jetzt gönnte der Köter ihm schon seine Zigarette nicht mehr.

»Kscht«, machte Albin.

Im nächsten Moment schreckte Tyson hoch und schlug an wie ein Wachhund. Er stellte die Ohren auf und raste wie ein Sprinter kläffend los in die Wohnung. Wenige Sekunden später klingelte es an der Haustür. Als Albin öffnete, stand Véronique da. Sie beugte sich vor, weil sie etwas in den Händen hielt, und gab ihm links und rechts einen Kuss auf die Wange.

Dabei redete sie in einem fort: »Als ich den Laden abgeschlossen habe, sah ich dich gar nicht bei Matteo und nicht beim Boule. Also dachte ich, du hast zu tun und kommst nicht zum Essen oder machst diese schrecklichen Mikrowellendinger warm, da dachte ich, wir essen schnell was zusammen, denn ich habe auch noch nichts gegessen.«

Bevor Albin auch nur »Äh« sagen konnte, drängelte sich Véronique schon an ihm vorbei, stellte eine Tüte und einen großen Topf in der Küche ab. Dann ging sie in die Hocke und nahm sich ausreichend Zeit, den vor Freude knurrenden und fiependen Tyson zu streicheln, zu klopfen und zu loben, was für ein feiner Kerl er sei. Albin stand noch verdattert an der offenen Tür. Er schloss sie und dachte: *Irgendwie ist sie genau wie ich, fällt mit der Tür ins Haus.*

»Ich störe dich doch hoffentlich nicht?«, fragte Véronique, stellte sich wieder hin und wusch sich die Finger. Sie öffnete den Topf, nahm alles Mögliche heraus, stellte es auf der Arbeitsplatte ab und ließ jede Menge anderes Zeug aus der Einkaufstüte folgen.

»Nein, gar nicht«, sagte Albin.

Er ging lächelnd in die Küche und überlegte, dass er das genau so meinte. Exakt so. Sie störte kein Stück. Es fühlte sich vielmehr so an, als habe sie schon immer hierhergehört, und er fragte sich, ob sie ähnlich dachte. Vielleicht, denn sonst würde sie hier nicht wie selbstverständlich dauernd aufschlagen … Obwohl. Also mal ernsthaft: Es war ja noch nicht einmal etwas zwischen ihnen gelaufen. Nullo. Aber trotzdem …

»Ich habe etwas Gemüse mitgebracht. Frisches Brot. Kaltes Rostbeef. Wein hast du doch sicher da?«

Und ob er das hatte. Beim Essen war Albin anspruchslos. Bei Wein, Zigaretten und Kaffee eher kompromisslos. Er nickte.

»Super.«

Véronique riss Schubladen auf, öffnete Küchenfächer und nahm einige Gegenstände heraus, von denen Albin bislang nicht gewusst hatte, dass er sie besaß.

Sie sagte: »Mach du doch gerade mal eine Aioli. Ich schneide das Gemüse zum Dippen. Man kann nicht jeden Tag Gigot essen.«

»Ich soll *was?*«

»Aioli.«

»Ich?« Albin blähte die Backen auf und kam sich vor wie ein Grundschüler, dem man sagte: *Zieh mal eben die Wurzel aus 234.*

»Albin«, sagte Véronique, während sie begann, ein paar Möhren zu schälen, »mir ist schon klar, dass du nicht der größte Koch aller Zeiten bist, weswegen ich alles mitgebracht habe, ja? Aber eine Aioli wirst du wohl gerade noch hinbekommen?«

»Ich?«

»Du. Und zwar hier und jetzt.«

Zuerst, erfuhr Albin, musste man sich für eine gelungene Aioli die Hände waschen, die den ganzen Tag lang wer weiß was angefasst hatten. Dann nahm man drei Knoblauchzehen, schälte und zerschnitt sie zu Würfeln, die in einen Mörser kamen. *Ich besitze einen Mörser*, dachte Albin. Erstaunlich. Dann kamen zwei Messerspitzen Salz dazu und eine zerhackte Peperonischote, an deren Stelle man auch etwas Harissa nehmen konnte – *diese marokkanische Peperonipaste, du weißt schon*, erklärte Véronique. Das Ganze wurde zerstampft, und ein Eigelb kam hinzu – wobei es nicht leicht war, ein Eigelb vom Eiweiß zu trennen, wenn man das noch nie getan hatte. Gelang es dennoch, rührte man alles durch und musste schließlich Olivenöl dazugeben – ganz vorsichtig zunächst, und zwar vernünftiges Olivenöl aus Véroniques Einkaufsbeutel und nicht das Zeug, das in der halbleeren Flasche seit Ewigkeiten schon neben Albins Herd herumstand. Teelöffel für Teelöffel kam das Öl hinzu, und wenn die Masse begann, fester zu werden und zu klumpen, durfte man durchaus etwas mehr Öl nehmen, und zwar supervorsichtig in einem feinen Strahl aus der Flasche gießen und dabei kräftig weiterrühren. Wenn Véronique dann *»Reicht!«* sagte, hörte man auf und gab ein paar Tropfen Zitronensaft dazu – fertig.

»Und jetzt?«, fragte Albin.

»Essen«, sagte Véronique.

Was sie dann auch taten – auf der Terrasse am Tisch von der Weltausstellung, nachdem Albin dort seine Sachen abgeräumt und Véronique ihr Gemüse in kleinen Schälchen sowie die hauchdünnen Roastbeefscheiben und etwas Käse auf kleinen Tellerchen drapiert hatte. Dazu präsentierte Albin aus seinem Keller einen Châteauneuf du Pape, und zwar einen

Clos de L'Oratoire des Papes mit dem schönen Jugendstiletikett von 2007, den er nicht alle Tage hervorholte – und war platt, dass seine Aioli sogar essbar war.

»Ich habe eine Aioli gemacht«, sagte Albin zu Tyson, dem Véronique eine kleine Tüte Futter mitgebracht hatte.

»Das ist so dermaßen klasse, Chef, ich drehe vor Begeisterung durch«, erwiderte Tyson und gähnte.

Véronique lachte und klatschte in die Hände. »Du redest mit ihm? Wie süß. Antwortet er auch?«

»Manchmal«, sagte Albin, dippte etwas Paprika in die Aioli und biss ab. »In jedem Fall ist er ein Besserwisser.«

Véronique grinste.

Albin trank einen Schluck Wein. Rubinrot. Aus verschiedenen Sorten, die auf verschiedenen Böden wuchsen. Ein Aroma von Kirschen, Beeren, Pflaumen, ein wenig Zimt. Voll, aber nicht überladen. Beim Châteauneuf immer eine sichere Bank. Eigentlich war der Wein zu schwer für einen warmen Abend wie heute.

Die Luft war drückend, die Zikaden sangen. Ein kühler Rosé wäre sehr viel passender gewesen. Albin machte sich die gedankliche Notiz, seinen Vorrat entsprechend aufzustocken. Er ließ den Wein über die Zunge rollen. Châteauneuf, dachte er. Rotwein. Château. Rot. Château Ledrome. Hanna Streuben.

»Ich bin immer noch reichlich entsetzt«, sagte Véronique dann und schüttelte schwach den Kopf. »Gerade erst haben wir dieses Mädchen gesehen. Dann ist sie tot.«

Albin nickte.

»Und dann wollen sie von dir noch eine Zeugenaussage. Armer Albin. Das klingt ja fast, als ob sie dich verdächtigen. Deine ehemaligen Kollegen! Nach all den Jahren, die du bei der Polizei warst! Das ist unanständig.«

»Sie machen nur ihre Arbeit.«

»Trotzdem gehört sich das nicht.«

Véroniques Handy gab einen Ton von sich. Es lag neben ihr auf dem Tisch. Sie warf einen Blick auf das Display und tickerte beiläufig etwas in die Tastatur. Albin war das schon öfter aufgefallen. Ständig hantierte sie mit dem Ding herum.

Ihr fiel sein Blick auf, und sie erklärte: »Meine Tochter. wir haben eine WhatsApp-Familiengruppe. So werde ich ständig mit den neuesten Infos und Bildern versorgt.«

»WhatsApp?«

»Solltest du auch haben.«

»Ich habe bislang ohne überlebt.«

»Dazu brauchst du erst mal ein neues Handy.«

»Meines funktioniert perfekt.«

»Ich habe auch ein iPad. Mit Facetime.«

»Face… was?«

»Albin, du lebst wirklich hinter dem Mond. Das ist wie Videotelefonie. Du könntest darüber mit deiner Familie kommunizieren.«

»Sie will aber nicht mit mir kommunizieren.«

Véronique machte mit einem Stück Rhabarber in der Hand eine Geste. »Weil du nicht über deinen Schatten springst.«

»Was physikalisch auch gar nicht möglich ist.«

»Nein. Doch. Im übertragenen Sinne. Die Sache ist ganz einfach, weißt du? Du hast Verantwortung. Du hast eine Enkelin und eine Tochter. Töchter und Enkelinnen haben einen Anspruch auf Väter und Großväter.«

»Das sieht meine Tochter anders.«

Véronique lächelte mitleidig. »Ich glaube, das solltest du einfach ignorieren. Du weißt doch, wie bockige Kinder sind.«

»Genau wie bockige Väter.«

»Ich glaube, du solltest nicht nachlassen, Kontakt zu suchen. Irgendwann wird sie entscheiden, dass du immer noch ihr Vater und die Kleine immer noch deine Enkelin ist und dir vergeben.«

»*Mir* vergeben? *Sie? Mir???*«

»Der Klügere gibt nach. Vor allem der Weisere. So ist das eben. So gehört sich das. Du musst signalisieren, dass es immer einen Weg zurück gibt.«

Albin verzog den Mund und leerte sein Weinglas, um es gleich wieder aufzufüllen.

Véronique sagte: »Übrigens habe ich heute mit deinem Kollegen gesprochen. Thierry?«

»Theroux.«

»Wegen eines Termins für diese alberne Zeugenaussage. Morgen und übermorgen kann er aber nicht und ist auch gar nicht im Haus. Und dann ist ja schon Wochenende.«

»Hat er frei?«

»Sie hätten auswärts jede Menge zu tun.«

»Die Befragungen in Roussillon? Damit müssten sie doch schon durch sein.«

»Ich weiß es nicht.«

Albin überlegte, dass »auswärts jede Menge zu tun« sicherlich bedeutete, dass sie diverse Durchsuchungen und Befragungen oder Überwachungen vornahmen. Was hieß, dass sie einen Tatverdächtigen hatten. Oder es hieß, dass Theroux Albins Vorschlag vorgetragen und durchgesetzt hatte, dass sie sich noch einmal das Areal im Umfeld des Decathlons ansahen, um nach der Leiche von Sylvie Biard zu suchen. Letzteres kam ihm wahrscheinlicher vor. Wo sie suchen würden, dass wusste er relativ präzise, denn es war ja sein Vorschlag gewesen.

»Am Wochenende«, sagte Véronique mit einem bedeutungsvollen Blick, »ist mein Laden übrigens geschlossen.«

»Ich weiß«, antwortete Albin und lächelte.

»Ich müsste morgens nicht früh aufstehen.«

»Müsstest du nicht.«

»Leider soll es ja Unwetter geben, sonst könnten wir etwas unternehmen.«

»Es gibt Dinge, die kann man auch bei Gewitter tun.«

»Ach ja?« Véronique grinste und knackte eine weitere Rhabarberstange mit den Zähnen.

»Ja.«

»Und zwar?«

»Mikado spielen. Ich bin wirklich gut darin.«

»Das klingt aber nicht sehr aufregend, Albin.«

»Vielleicht fällt uns ja noch ein anderes Spiel ein.«

Véronique gluckste. »Das«, sagte sie leise, »klingt schon viel besser.«

36

MATTEO STAND AUF DER TREPPE des Café du Midi und dozierte. Albin saß im Schatten mit der Zeitung, hörte mit einem Ohr zu und wartete ab, bis er dazwischenkäme. Dazwischen, um ein paar unverfängliche Worte mit Dodo und einer jüngeren Kollegin zu wechseln, die Dodo heute begleitete. Albin kannte die Frau nicht. Sie war recht klein, vermutlich knapp oberhalb der Mindestanforderung für den Polizeidienst, aber drahtig. Mittelalt. Kurze schwarze Haare, olivbraune Haut und eine verspiegelte Pilotensonnenbrille auf der Nase. Laut des Namensschildes oberhalb der Brusttasche ihres Kurzarmhemdes hieß sie Castel und wirkte wie jemand, mit dem nicht zu spaßen war. Vielleicht nur aufgesetzte Attitüde. Sie und Dodo hielten eine Tasse Kaffee in der Hand. Ihr weißer Streifenwagen parkte am Fahrbahnrand.

»Meine Güte«, sagte Matteo und verscheuchte mit dem Abwischtuch, das immer in seiner Hintertasche steckte, ein paar Wespen. »Wir haben zwanzig Prozent Arbeitslosigkeit. Die Geschäfte stehen leer. Ein Viertel unserer Einwohner hat Wurzeln im Maghreb, ist dir das klar?«

Dodo lachte und antwortete: »Wenn nicht mehr als ein Viertel, Spaßvogel. Was meinst du wohl, wer die Burschen dauernd festnimmt?«

»Genau das meine ich. Genau davon rede ich.«

»Das wird aber nicht besser«, sagte Castel und steckte sich eine Zigarette an. »Gar nichts ändert sich – wenn du nichts an den Ursachen änderst. Front National hin oder her. Und die sind die Letzten, die an den Ursachen interessiert sind.«

»Du musst uns auch Zeit geben«, meinte Matteo. »In Avignon haben wir fast dreißig Prozent geholt. Marion Maréchal-Le Pen ist eine von uns und hat ihren Wahlkreis in Sorgues. Gleich um die Ecke. Sie ist die Parlamentsabgeordnete für das Département Vaucluse. Sie ist unsere Parlamentsabgeordnete und kennt unsere Sorgen und Nöte.«

»Einen Scheiß kennt die.« Castel inhalierte tief. »Sie ist recht hübsch. Mehr fällt mir zu der nicht ein.«

Dodo ergänzte: »Vor allem in Lederjacke.«

»Pff«, mache Matteo und steckte sein Putztuch zurück in die Hintertasche. »Quatschkopf. Sie kommt nicht mal ansatzweise an ihre Mutter heran.«

Dodo sagte: »Niemand hat irgendwas gegen die Ziele der FN. Vor allem nicht bei der Polizei. Aber am Ende ändern sie auch nichts, Matteo. Gar nichts ändern sie. Gegen das rote Netz in unserem Land kommen die nicht an. Die Sozialisten haben alles auf Jahrzehnte hinweg versaut.«

Matteo sagte: »Das geht auch nicht von heute auf morgen, mein Freund. Zunächst sollte man sowieso die Todesstrafe wieder einführen. Für solche Typen wie den Killer, der die Mädchen umbringt. Eier abschneiden und ausbluten lassen.« Matteo wandte sich um. »Albin, was ist los? Habt ihr den Kaffer schon?«

»Frag doch die Polizei«, sagte Albin.

»Keinen Schimmer«, erwiderte Dodo. »Ist doch nicht unsere Baustelle.«

Albin blickte kurz von der Zeitung auf und sagte: »Also

gut. Im Moment verdächtigen sie einen Nazi, der eine Bar Tabac führen soll. Der Name war irgendwas mit M.«

Dodo lachte leise, Castel zog bloß an ihrer Zigarette, mit Blick zu Albin. Der Art von Kontrollblick, die Albin sagte: Er kannte Castel zwar nicht, aber sie wusste genau, wer er war.

Albin beantwortete den Blick und sagte beiläufig: »Ihr habt ja alle Hände voll zu tun, wie man so hört.«

»Das kann man wohl sagen«, erwiderte Castel. »Sie sind Leclerc, oder?«

»Von morgens bis abends.«

Castel machte zwei Schritte auf Albin zu, stellte ihren Kaffee auf seinem Tisch ab, lächelte und streckte ihre Hand aus.

»Freut mich sehr. Castel«, stellte sie sich vor.

Fester Händedruck, feste Stimme und sicher ein harter Blick hinter der Brille. Eher doch keine aufgesetzte Attitüde, und Albin hatte den vagen Eindruck, dass Castel vielleicht deswegen nichts von der FN hielt, weil die Front National gegen Homo-Ehen und Homosexualität insgesamt war. An der Innenseite ihres Handgelenks erkannte er eine kleine Tätowierung. Als habe sich ein Schüler dort eine Notiz zum Spicken gemacht. Arabische Schrift. Für einen Spruch zu kurz. Vielleicht ein Name.

»Dodos neue Anstandsdame?«, fragte Albin mit einem Blick auf Castels Schulterklappen, während Matteo und Dodo weiterredeten. Höherer Dienstrang als Dodo. Deutlich höher.

»Einer muss es ja tun.« Castel lächelte mit herbem Charme und entblößte dabei eine Reihe makelloser Zähne. »Zwei Monate Innendienst, jetzt bin ich wieder draußen. Ich möchte Ihnen sagen, dass ich Ihre Arbeit respektiere. Habe einiges über Sie gehört.«

»Verdammt.«

Castel lachte.

»Egal, was Sie gehört haben. Ich bin bloß Rentner.«

»Genau das hörte ich, ja.«

»Im Ruhestand.«

»Äußerst ruhig.«

»Sie sind nicht von hier?«, fragte Albin.

Eine rhetorische Frage. Mit dem Rang eines Lieutenant de Police im gehobenen Dienst würde er sie sonst kennen. Die Meriten musste sie sich woanders erworben haben und außerdem an der Hochschule gewesen sein.

»Ich war vorher in Marseille«, erwiderte Castel knapp.

Albin kommentierte das nicht. Aus Marseille bewarb man sich mit dem Dienstgrad nicht auf einen Job bei der Police Nationale in einer provenzalischen Kleinstadt, schob dort erst mal Innendienst und wurde dann auf Streife geschickt. Das passierte eher, weil man Mist gebaut hatte, versetzt wurde, aus dem Blickfeld verschwinden musste und eine zweite Chance bekam.

Albin fragte: »In Marseille lassen sie einen bei der Arbeit noch rauchen? Was für eine Traumstadt.«

Castel machte eine Geste mit der Zigarette in der Hand. »Traumstadt … Na ja.«

Albin sagte nichts weiter.

»Von einem Kollegen hörte ich, dass er einen angeblichen kriminalpolizeilichen Berater Albin Leclerc kürzlich an einer Straßensperre bei L'Isle-sur-La-Sorgue durchgewunken hat. Er bekam ziemlichen Ärger deswegen.«

Albin zuckte mit den Achseln. »Hat er glatt wieder etwas dazugelernt.«

Castel drückte die Kippe in Albins Aschenbecher aus. Im

Wagen kratzte ein Funkgerät. »Jedenfalls«, sagte sie, »sind Sie ja sicherlich im Bilde darüber, womit wir die Hände voll zu tun haben.«

»Bedingt.«

»Bedingt?«

»Ich frage mich, ob es heute irgendwo wieder eine Straßenabsperrung gibt. Ich würde glatt hinfahren, um mich bei dem Kollegen zu entschuldigen.«

»Natürlich nur deswegen.«

»Selbstverständlich.«

»Es gibt dauernd irgendwelche Absperrungen, aber ich weiß nicht, wann er Dienst hat.«

Albin dachte daran, dass Theroux seine SMS geflissentlich ignorierte und heute keine Zeit hatte, Véronique zu vernehmen. Weil so viel zu tun wäre. Vielleicht im Umfeld eines Sportartikel-Fachmarktes.

»Könnte ja sein, dass er zufällig in Le Pontet irgendwo ist. Oder in Vedène.«

Castel lupfte fragend eine Augenbraue.

»Nur so eine Idee.«

Castel stemmte die Hände in die Hüften und fragte: »Woher stammt die Idee?«

»Warum respektieren Sie meine Arbeit? Wegen meiner tollen Ideen?«

Castel lachte erneut. »Sie sind wirklich gut, Leclerc.«

»Eher Le Pontet oder eher Vedène?«

Dodo wedelte mit den Armen und rief: »Castel, wir müssen los.« Er war schon halb im Wagen.

Castel blickte sich über die Schulter um und nickte. »Ich wette«, sagte sie in Richtung von Albin, »Sie kommen von selbst drauf.«

Albin lächelte. »Bestens. Nächstes Mal gebe ich Ihnen ein Eis aus, Castel.«

Sie schmunzelte, linste über den Rand der Sonnenbrille. »Übrigens ein süßer Hund. Wie heißt er?«

»Tyson. Wie der Boxer.«

»Ernsthaft?«

»Ja.«

Castel schob die Brille wieder hoch und sagte: »Schönen Tag noch für Sie und Tyson.«

Damit ging sie rüber zum Wagen, den Dodo bereits gestartet hatte, stieg ein, und dann fuhren sie los.

Matteo erschien neben Albin. Er nahm das Tuch aus der Hintertasche und wischte über den Aluminiumtisch.

»Lehmann sagt, ich soll dich fragen, ob du am Wochenende spielen kannst. Hublot fällt aus. Ist auf seinen breiten Arsch gefallen und hat sich das Steißbein verstaucht.«

»Ich? Spielen?«

»Freundschaftsspiel gegen die Burschen aus Mazan. Gute Bouler. Sie kommen rüber, und Lehmann will nicht doof dastehen. Ich sage: Das wird sowieso nichts, am Wochenende soll es Unwetter geben. Aber Lehmann sagt: Wenn gegen Mazan geboult wird, hat das Wetter gefälligst mitzuspielen. Drüben ist bald Dorffest, und Lehmann hat irgendwas mit diesem Installateur am Laufen, Crouchaud aus Mazan. Kann den nicht leiden. Er will unbedingt gewinnen, damit er den Leuten beim Dorffest auf den Sack gehen kann.«

»Wie kommt er denn ausgerechnet auf mich?«

Matteo blähte die Backen. »Bin ich Jesus? Vielleicht will er dich als psychologisches Kampfmittel.«

Albin spie ein Lachen aus.

»Na ja, so aus der Welt ist das nicht. Die wissen schon, wer du bist in Mazan. Könnte die vielleicht ablenken oder irritieren.«

»Ich glaube, das letzte Mal habe ich 1992 Boule gespielt.«

»Ist doch wie Fahrradfahren. Das verlernt man nicht.«

Albin faltete die Zeitung zusammen, nahm das Handy und schrieb Theroux eine weitere SMS. Die fünfte heute, und die würde er wahrscheinlich ebenfalls ignorieren. Er sagte: »Ich weiß nicht.«

»Na komm schon.«

»Ich weiß wirklich nicht.«

»Ich sage Lehmann einfach, du bist dabei, und auswechseln kann er dich immer noch. Vielleicht will er dich eh nur als Reserve.«

»Das kann er mir gefälligst persönlich sagen.«

»Du weißt doch, wie das ist. Heute ist er hier, morgen da, ständig unterwegs. Und er hätte das sicher gesagt, wenn du deinen Hintern gestern hierherbewegt hättest, statt mit Véronique ...«

Albin sah Matteo scharf an, der eine Geste mit den Armen machte und fragte: »Was?«

»Vorsicht, was du sagst!«

»Was habe ich denn gesagt? Nichts habe ich gesagt.«

»Wie kommst du überhaupt jetzt auf Véronique?«

Matteo grinste überlegen, zuckte mit den Achseln und meinte: »War ein Schuss ins Blaue, Kommissar. Aber deine Reaktion gerade, mein Lieber ...«

»Schlitzohr.«

Matteo grinste weiter. »Solange du nicht dauernd unter ihrem Fenster stehst wie dieser Maler bei der Deutschen.«

Albin schaute fragend.

»Sagt Lehmann«, meinte Matteo entschuldigend. »Scharwenzelt wohl dauernd um die herum. Wenn ich deren Mann wäre, würde ich dem eine Ladung Schrot in den Hintern pusten.«

Albin hatte bei seinem Besuch auf dem Château mitbekommen, dass Hanna irgendetwas darüber geredet hatte, dass Jeremy sie malen wollte. Wegen eines Geschenks. Er erinnerte sich an Jeremys Fragen über die Ermittlungen und überlegte, ob er sich den Kerl vielleicht einmal etwas genauer ansehen sollte.

»Aha«, erwiderte Albin mit einem Schulterzucken und stand auf. Es gab heute einiges für ihn zu tun.

Matteo fragte: »Also sage ich Lehmann, du bist im Team?«

»Meine Güte, machst du einen Aufstand, Matteo.«

»Hast du eine Ahnung, was so ein Turnier für den Umsatz bringt?«

»Daher weht also der Wind.«

»War das ein Ja?«

»Ja! Damit du aufhörst zu nerven.«

»Gut, dann sage ich ihm das.«

»Das kann ich auch selbst. Komme eh gleich bei ihm vorbei.«

»Ein paar eigene Kugeln hast du?«

»Einige verrostete«, erwiderte Albin schon halb im Gehen.

»Den Rost bekommst du mit hochprozentigem Alkohol gut wieder ab.«

Albin blieb kurz stehen. Sah sich über die Schulter um und schaute erneut fragend.

»Sagt jedenfalls Lehmann«, meinte Matteo. »Er hat ja genug von dem Zeug da.«

»Reinen Alkohol?«

Matteo blähte die Backen, hob die Hände und ließ sie fallen. »Bin ich die Auskunft? In seinem Job wird er das Zeug wohl zum Reinigen nutzen, was weiß ich? Saufen tut er es jedenfalls nicht. Glaube ich zumindest.«

Albin drehte sich wieder um und ging. Er warf einen Blick aufs Handy. Keine Antwort. Musste er ihn eben persönlich aufsuchen, und zwar irgendwo in der Gegend von *»Sie kommen selbst drauf.«*

37

DIE FRAGE WAR, ob sie ihm erst den Kopf abreißen würden und dann zusammenstauchen oder andersherum, wenn er dort nun aufschlug, dachte Albin im Fahren. Es kamen ihm außerdem Zweifel darüber, ob es jetzt überhaupt schon Zeit dafür war. Wenn sie heute erst begonnen hätten, dann würde die Polizei zunächst eine Weile brauchen, um das Terrain zu sondieren. Absperrungen mussten eingerichtet werden und Suchtrupps eingeteilt. Sie mussten die Staffelführer briefen, die Hundeführer ebenfalls und wahrscheinlich eine technische Crew, falls sie tatsächlich Bodenradars besorgt hatten. Das konnte locker einen Vormittag lang dauern. Also würde er unter Umständen mitten in die Vorbereitungen hineinplatzen, was überhaupt nichts bringen würde. Außer Ärger. Also lieber auf einen besseren Zeitpunkt etwas später warten.

Albin stellte das Radio lauter und summte mit, warf einen Blick auf das Display des Gerätes und sah, dass der Sender gerade etwas von Sade spielte. Er dachte an de Sade, Laura de Noves, Petrarca und rothaarige Nymphen und kurvte dabei durch die engen Straßen, bis er am Ortsausgang schließlich Lehmanns Haus erreichte und scharf nach rechts auf den Hof abbog.

Früher gab es an dieser Stelle eine Autowerkstatt mit angeschlossener Tankstelle, die Lehmanns Opa bis zu seinem Tod geführt hatte. Zapfsäulen standen schon lange keine mehr da.

Auf dem Dach der Werkstatthalle befand sich das komplett verrostete Chassis eines Citroën Traction Avant als eine Art Markenzeichen. Das klassische Gangsterauto. Das Wrack hatte keine Fenster mehr und auch keinen Motor. Stattdessen wuchs allerlei Grünzeug aus dem Wagen, und in der offen stehenden Halle darunter befand sich jede Menge Krempel. Zwei Autos parkten davor, beide staubig. Kleine Peugeots mit Aufklebern von Lehmanns Hausverwaltung. Weiter hinten hielt ein Lieferwagen von dem Typ, wie die Kurierdienste ihn nutzten. Darauf stand der Schriftzug »Valois Brocante« der Entrümpelungsfirma von Lehmanns Schwager, der augenscheinlich einen Teil des Areals für Einlagerungen nutzte. Die hinteren Klapptüren waren geöffnet, und beim Einparken erkannte Albin, dass der Wagen noch halbbeladen war.

Albin stieg aus, ließ den Motor und damit die Klimaanlage weiterlaufen, damit Tyson nicht gebacken würde. Er blinzelte in die Sonne, steckte sich eine Zigarette an, sah sich um und marschierte dann quer über den Hof zum Wohnhaus, wo die Eingangstür so offen stand wie das Heck des Lieferwagens.

Er steckte seinen Kopf hinein. Im Halbdunkel des Flures roch es nach Putzmitteln und gekochtem Kohl.

Albin rief: »Hallo? Lehmann? Ist jemand da?«

Es war jemand da. Marie, Lehmanns Frau. Sie kam mit einem Korb voller Wäsche aus dem Keller und linste neugierig in den Flur.

»Ja, bitte? Albin? Was machst du denn hier?«

»Ich suche Jérôme, um ihm zu sagen, dass er beim Turnier mit mir rechnen kann.«

Marie kam auf Albin zu, stellte den Korb mit gebügelten und gefalteten weißen Laken auf einer Kommode ab und pustete sich eine lose Strähne aus der Stirn.

»Du spielst Pétanque?«, fragte sie und sah erstaunt aus.

»Eigentlich nicht.«

»Ja und?«

»Dein Mann hat mich trotzdem fragen lassen, ob ich am Wochenende mit im Team bin.«

Marie schmunzelte. »Der feine Herr *lässt* also schon fragen.«

»Matteo hat es mir ausgerichtet. Wo steckt Jérôme denn?«

Marie zuckte mit den Achseln. »Du, Albin, keine Ahnung, wirklich nicht. Mal hier, mal da. Soll ich ihn anrufen?«

Albin machte eine abwinkende Bewegung. »Sag ihm einfach, dass er mit mir rechnen kann. Ich denke, er will mich sowieso nur zur psychologischen Kampfführung gegen das Team aus Mazan.«

Marie grinste und entblößte eine dekorative Lücke zwischen den Schneidezähnen.

Albin lehnte sich in den Türrahmen und verschränkte die Arme. Er deutete mit einem Nicken auf den Waschkorb. »Ich störe dich beim Bügeln.«

»Oh, du störst nicht, keine Sorge. Ich habe eine dieser Mangeln im Keller, weißt du. Geht alles ganz schnell damit.«

»Ah, so. Wie praktisch.«

Praktisch vor allem, wenn man wie Marie jede Woche Hunderte Tischdecken und Laken waschen musste. Lehmann verwaltete eine ganze Reihe von Häusern in der Gegend, und Marie kümmerte sich um die Ausstattung. Putzen, Waschen, was auch immer. Ferienhäuser, ein oder zwei Hotels, kleine Restaurants. Und nach wie vor das Château Ledrome.

Albin tat, als wolle er gerade gehen und ihm sei eben noch was eingefallen. »Ich war kürzlich mal bei den Streubens im Château Ledrome. Haben ja jede Menge Arbeit.«

Marie nickte und lachte mitleidig. »Das kann man wohl sagen, Albin. Ich glaube, sie haben sich etwas zu viel vorgenommen. Und er …« Marie zuckte mit den Achseln.

»Er?«

»… arbeitet sich kaputt mit diesem Anbau. Will keine Hilfe annehmen.«

»Er sagte, die körperliche Arbeit tue ihm gut.«

»Also, ich bin froh über jede körperliche Arbeit, die ich nicht tun muss.«

Albin lachte leise.

»Aber die Kleine ist süß. Lilly. Sie und Zoe verstehen sich wirklich gut. Die Frau tut mir ein wenig leid. Sie will für alle nur das Beste, aber es wächst ihr im Moment etwas über den Kopf, glaube ich.«

»Sie ist ja Künstlerin.«

Marie schmunzelte. »Jeremy schwirrt dauernd um sie herum. Ich glaube, er macht ihr den Hof.«

Nun hörte er das schon wieder. Ihm selbst war es nicht sonderlich aufgefallen – nur, dass Jeremy Hanna Streuben so angesehen hatte, wie man attraktive Frauen eben ansah, die einem gefallen. Aber je länger er darüber nachdachte, desto mehr schien an der Sache dran zu sein.

Er sagte: »Einer verheirateten Frau den Hof machen – man stelle sich vor.«

»Ich glaube, sie ist nicht vollständig abgeneigt.« Marie lächelte vielsagend.

»O là là …«

»Na ja, vielleicht täusche ich mich auch. Vielleicht haben sie auch nur die gleichen Interessen und tauschen sich untereinander aus. Ein wenig Abwechslung zu der vielen Arbeit im Château.«

»Ich fahre gleich dort vorbei«, sagte Albin und fasste in eben diesem Moment erst den spontanen Entschluss dazu – denn Theroux und Co. wären sicher noch nicht viel weiter als vor eine halben Stunde. »Mache mir etwas Sorgen wegen der Sicherheit. Keine Alarmanlage. Gar nichts. Na ja, ich kann nicht ganz aus meiner Haut.«

Marie grinste und nickte. »Ja, das ganze Haus stand voller wirklich kostbarer Möbel. Mein Bruder sagt, er habe ein Bombengeschäft gemacht und könne die Sachen allesamt gut verkaufen.«

Maries Bruder Valois, der Brocanteur.

Albin sagte: »Schon erstaunlich, was der alte Justin als Professor so verdient haben muss.«

»Oh, er hat wirklich gut verdient und hatte sehr viel Geschmack«, sagte Marie. »Er hat sich nie lumpen lassen mit der Bezahlung und mir zu den Festtagen immer einen Bonus gegeben. Steckte von morgens bis abends mit der Nase in den Büchern und hat früher auch viel geschrieben. Wissenschaftlichen Kram. Er war ein echter Gelehrter und wusste so wunderbare Gedichte auswendig.«

»Wie war das eigentlich genau mit seinem Tod?«

Marie seufzte und band sich die dicken dunklen Haare zum Pferdeschwanz. »Ich kam wie jeden Morgen ins Château und wunderte mich schon, dass die Haustür offen stand. Herr Streuben war nirgends zu sehen. Normalerweise saß er um diese Zeit schon mit der Zeitung in der Küche und trank seinen Kaffee. Ich rief nach ihm, bekam aber keine Antwort. Also sah ich überall nach und fand ihn schließlich im Sessel in seinem Arbeitszimmer. Erst nahm ich an, dass er schlief. Aber dann … Na ja. Dann merkte ich, dass er nicht schlief.«

Albin verstand, wie sie das meinte. Wenn man einen Toten

sah, dann wusste man instinktiv Bescheid. Die Hautfarbe. Die vollständige Abwesenheit von Leben im Raum. Keinerlei Geräusch. Nicht der Hauch einer Bewegung.

»Jedenfalls«, erzählte sie weiter, »bin ich vorsichtig zu ihm und habe seine Hand berührt. Sie war eiskalt. Da war ich dann ganz sicher.«

»Es war ein Herzinfarkt, nicht?«

Marie nickte. »Er war ja nicht mehr der Jüngste, aber eigentlich noch recht fit. Dachte ich jedenfalls immer.«

»Hatte er denn Probleme mit dem Herzen?«

»Nicht dass ich wüsste.«

»Keine Medikamente?«

»Nein, er hatte einen kleinen Spleen und meinte, mit Kräutern könne man alles behandeln. Nahm dauernd dieses Lorbeerzeugs.«

Albin verzog spielerisch das Gesicht.

»Tja, so schnell geht es, Albin. Da machst du noch einen Spaziergang, setzt dich hin und …« Marie schnippte mit den Fingern.

»Spaziergang?«, fragte Albin.

»Er hatte noch die staubigen Schuhe an. Vielleicht hat er sich überanstrengt.«

»Kein Wunder bei dem Klima in den letzten Wochen.«

Nicht ein Regenguss. Seit Wochen nicht. Keine Wolke, gar nichts. In den Zeitungen schrieben sie schon von der Sahara, die sich immer weiter ausbreite. Und Matteo meckerte, dass die ganzen Tariks sich pudelwohl und wie im Maghreb fühlen mussten.

»Ja«, meinte Marie. »Aber der Regen soll ja bald kommen. Ausgerechnet am Wochenende, wenn das Turnier ist.«

Albin nickte. »Ich halte dich nicht weiter auf, Marie«, sagte er, hob die Hand zum Abschied und tat wieder so, als ob er gerade gehen wollte und ihm noch etwas einfiel. »Ach, wegen des Turniers. Meine Kugeln sind völlig verrostet. Matteo sagte, Lehmann hätte …«

»Nimm Alkohollösung«, sagte Marie.

»Habe ich nicht.«

»Kein Problem. Komm mal mit.«

Marie setzte sich in Bewegung. Albin machte ihr Platz und folgte ihr quer über den Hof zur früheren Werkstatt. Marie öffnete mit Schwung ein Metalltor, das früher einmal mintgrün gestrichen und heute mit Rostblumen übersäht war. Drinnen war es unerträglich warm. Es roch nach Staub, Öl, Chemie, nach allem Möglichen. Durch die blinden Fenster fiel die Sonne. An den schmutzigen Wänden hingen noch alte Werbeschilder von Esso, Renault und Castrol, die mittlerweile sicherlich Sammlerwert hatten. Darunter befanden sich Regale voller Plastik- und Metallkanister und reichlich Verpackungen. Marie und Lehmann bunkerten hier offensichtlich die Vorräte für ihre Arbeit. Werkzeug stand auf einer alten Werkbank herum. Farbeimer. Lackdosen. Zwei Motorroller unter einer Plane.

Albin legte den Kopf schief und versuchte, die Aufdrucke auf einigen Kanistern zu lesen. Terpentin. Terpentinersatz. 60-Liter-Kanister Bioethanol. Sechsundneunzigprozentiger Neutralalkohol in Fünf-Liter-Gefäßen und größeren.

Albin fragte: »Habt ihr eine Schnapsbrennerei?«

Marie lachte. Sie stand auf den Zehenspitzen und suchte etwas auf einem der oberen Regalböden.

»Einiges wird zum Reinigen benutzt. Das Ethanol ist für diese neuartigen Deko-Kamine, weißt du? Zum Auffüllen.«

»Und der Alkohol?«

»Na ja, den bestellen wir im Großhandel mit. Für Georges, meinen Bruder. Er macht doch diesen Kräuterschnaps. Pastis, und ekligen Lavendellikör.«

»Ach?«

»Ja«, meinte Marie angestrengt und streckte sich. »Er hat als Brocanteur vor einigen Jahren in Forcalquier mal alle möglichen ausgemusterten Gerätschaften aus einer alten Destillerie aufgekauft und hat sich erklären lassen, was man damit macht. Seine Frau gestaltet die Etiketten am Computer selbst. Er verkauft den Likör und Schnaps in Fläschchen an die Touri-Läden. Selber trinken kann das ja kein Mensch.«

Schließlich hatte Marie gefunden, was sie suchte. Eine halbvolle Flasche mit einer klaren Flüssigkeit. »Bitte, kannst du mitnehmen.«

»Alkohol?«

Marie nickte. »Damit bekommst du alles weg.«

»Danke«, sagte Albin und warf noch einen Blick auf die Kanister. Er wollte gar nicht darüber nachdenken, was in diesem Raum geschehen könnte, wenn es noch ein paar Grad wärmer würde. Aber über etwas anderes, überlegte Albin und wog die Flasche in seiner Hand, würde er durchaus etwas nachdenken. Er dachte erneut an Laura de Noves, Petrarca und rothaarige Nymphen. Er dachte an den namhaften, aber toten, Spezialisten für dieses Thema, dessen Château zurzeit eine Rothaarige beherbergte. Er dachte an den in unmittelbarer Nähe des Châteaus lebenden Künstler, der um diese Frau herumschwirrte, sowie an Kanister voller Alkohol im Regal des Hausmeisters dieses Spezialisten – hochprozentigen Alkohol, in dem man eventuell Körperteile einlegen konnte. Und wurde dabei das Gefühl nicht los, dass sich die Kreise enger zogen.

38

ALS ALBIN AM CHÂTEAU VORFUHR, bemerkte er, dass ein Wagen fehlte. Der mit dem Mietwagenaufkleber. Der andere war noch da. In der Garage. Er stieg aus, öffnete den Kofferraum und ließ Tyson raus. Er nahm die Broschüren, die er aus dem Polizeipräsidium mitgenommen hatte, und machte sich auf den Weg, um nachzusehen, ob jemand zu Hause war. Falls nicht, müsste er den Streubens mal gewaltig die Meinung sagen, denn das Tor zum Hof stand sperrangelweit offen. Die Haustür ebenfalls. Dort könnte jeder sofort hineinmarschieren und alles ausräumen. Albin ging hin und linste in die Diele. Keiner da. Irgendwo schien ein Fernseher zu laufen.

»Hallo?«, rief er.

Keine Antwort.

Er überlegte, ob er einfach reingehen sollte, ließ es aber bleiben. Er marschierte weiter und warf im Gehen den Blick durch eines der Fenster. Dabei verortete er die Quelle der Fernsehgeräusche in Form eines TV-Gerätes, auf dem irgendein Zeichentrickfilm lief. Vor dem Gerät saß Lilly Streuben auf dem Boden und schien augenscheinlich von einer der herumzappelnden Zeichentrickfiguren hypnotisiert worden zu sein, denn sie regte sich kein Stück, hatte die Augen weit aufgerissen und den Mund leicht geöffnet. Eine leere Flasche Orangina in der einen Hand. Einen abgeknickten Strohhalm in der anderen. Um sie herum lagen Malbücher und Stifte auf dem Boden verstreut. Kinder und ihre blöden Fernsehsendungen, dachte Albin und fragte sich, ob seine Enkelin genau so aussah, wenn sie sich einen Film anschaute. Wahrscheinlich. Und dabei würde sie vermutlich ihrer Mutter ähneln, die früher ebenfalls ab und zu vor dem Fernseher geparkt worden war, um nicht im Wege zu sein.

Daran war an sich nichts auszusetzen, solange man es nicht übertrieb. Wenn man das Ding einschaltete, vergaßen sie einfach alles um sich herum – früher wie heute. Mit dem Unterschied, dass sie heute so viel mehr Sendungen für Kinder hatten. Sendungen, in denen man sogar jede Menge lernen konnte. Albin hatte sich einige einmal aus Interesse angeschaut, als er beim Switchen mit der Fernbedienung daran hängengeblieben war. Und hatte sich gedacht, dass es für ihn okay wäre, wenn seine Enkelin sich so etwas ansähe – und weitergeschaltet, als ihm einfiel, dass kein Schwein interessieren würde, wie er darüber dachte. Er stellte sich auf die Schuhspitzen und versuchte zu erkennen, ob es im Inneren einen Kamin gab. Vielleicht einen von den neuen, mit Ethanol befeuerten, sah aber nichts.

Albin ging weiter, und ihm stieg nun ein intensiver Geruch in die Nase. Würzig, voller Kräuter und gleichzeitig nach Rauch. Wie in einer Sauna beim Aufguss, bei dem man gleichzeitig Tannenzweige ankokelte. Allerdings roch es nicht nach immergrünen Nadeln, sondern nach irgendetwas anderem. Als Albin am Brunnen um die Ecke bog, sah er, woher der Geruch kam. Vor dem Anbau stand ein kalkeimerweißer Niklas Streuben und stocherte in einem Feuer herum. Er trug Arbeitskleidung wie beim ersten Mal, als Albin ihn getroffen hatte. Von oben bis unten war er mit Farbflecken bekleckst.

Die Flecken glichen im Ton dem Außenanstrich des Anbaus. Jede Menge Baumaterial stand dort herum. Zement- oder Estrichsäcke, leere Farbeimer. Holzleisten, Metallrohre, Werkzeug – eine Kreissäge, Hämmer, Bohrmaschinen –, außerdem Gartengerät – eine Axt, eine Gartenschere, eine große Handsäge.

Anscheinend waren es Gartenabfälle, die Streuben da gerade verbrannte. Jede Menge Äste. Frische Schnittkanten an den Bäumen direkt neben dem Anbau wiesen darauf hin, dass Streuben dort tätig gewesen war. Augenscheinlich, um das Grünzeug über dem Dach zu lichten.

Streubens Gesicht war mit einem Schweißfilm überzogen. Das Feuer knisterte und loderte, rauchte und dampfte. Er merkte erst auf, als Albin durch das Tor ging und ihm einen Gruß zurief.

»Guten Tag, Herr Streuben!«

Streuben grüßte träge zurück, mit einem Nicken, und musterte Albin. Er sagte: »Hallo, Herr …«

»Leclerc.« Albin grinste und zwang sich, nicht durch die Nase zu atmen. Der Geruch war hier ganz nah am Feuer wirklich extrem intensiv und harzig.

»Donnerwetter«, sagte Albin und wedelte sich vor dem Gesicht herum. »Was ist denn das für ein Zeug?«

»Lorbeer«, erwiderte Streuben mit einer Geste auf die Bäume mit den frischen Schnittkanten.

Das erklärte den Geruch. Albin sagte: »Sie sollten das übrigens nicht tun, Gartenabfälle verbrennen. Ist verflucht gefährlich, wir haben jedes Jahr Waldbrände …«

»Ich passe schon auf«, sagte Streuben fahrig.

»Funken können hochstieben, verweht werden und Hunderte Meter weiter …«

»Hören Sie schlecht? Ich sagte, ich passe schon auf!«

»... das trockene Gras entzünden, und in Nullkommanix gibt es einen Flächenbrand, der sich gewaschen hat.«

Albin machte eine kurze Pause. Legte den Kopf schief. Streuben sah wirklich schlecht aus. Als sei er bislang der Sonne erfolgreich aus dem Weg gegangen und habe sich dabei eine Magendarmgrippe eingefangen.

Albin erwiderte: »Mit meinem Gehör ist alles in Ordnung. Mit Ihnen auch alles in Ordnung?«

Streuben lachte schwach auf und winkte ab. »Ich arbeite zu viel, und das Klima macht mich fertig.«

»Das mit der Arbeit kenne ich. Das mit der Hitze auch. Da helfen zwei Dinge: weniger arbeiten und schwimmen gehen.«

»Musst du gerade sagen«, hörte Albin Tyson von unten.

Streuben machte ein Gesicht, als habe ihm so ein Hinweis gerade noch gefehlt. Er nahm den Stecken aus dem Feuer und stützte sich damit ab wie ein Hirte auf seinem Stab. Er machte erneut eine Geste, wollte etwas sagen, das ihm im gleichen Moment wieder entfiel, und sinnierte nun dem verlorenen Gedanken nach.

Albin meinte: »Macht es nicht gerade besser, bei der Hitze noch ein Feuerchen zu machen.«

»Die Gartenabfälle müssen weg.«

Albin zuckte mit den Achseln. »Machen Sie doch Brennholz draus und stapeln es für Ihren Kamin. Der Winter kommt schneller, als man denkt.«

Streuben lachte leise.

»Oder hat der alte Justin etwa einen von diesen neuen Designkaminen eingerichtet? Die Dinger mit Ethanol? Kann ich mir kaum denken.«

Streuben ging nicht auf die Bemerkung ein. Er sagte: »Nein, verbrennen ist besser, ich passe schon auf«, und sog die Luft tief durch die Nase ein, so als inhaliere er den Qualm. Im Ausatmen fragte er Albin: »Was tun Sie hier überhaupt?«

Albin zog die Broschüren aus der Hintertasche, die er im Foyer des Polizeigebäudes eingesteckt hatte. Er machte damit einen Schritt auf Streuben zu und hielt sie ihm hin. Dieser nahm sie entgegen und betrachtete die Flyer. Albin kniff die Augen zu und machte einen großen Schritt, um aus der Rauchfahne zu gelangen. Da wurde man ja irre. Hatte Lorbeer nicht eine halluzinogene Wirkung?

»Habe ich Ihnen besorgt«, sagte Albin. »Sie erinnern sich: Unser Gespräch über die mangelnde Sicherheit. Einbrecher und so weiter?«

»Ah«, machte Streuben und schloss eine Bewegung an, bei der Albin erst dachte, er würde die Flyer direkt ins Feuer werfen. Tat er aber nicht, sondern fächelte sich damit Luft zu.

»Danke«, sagte Streuben, trat nun ebenfalls aus dem Qualm heraus und sah aus wie ein Bekiffter. Also doch. Er steckte die Flyer ein und meinte: »Ich fürchte, so gut, die Hefte zu lesen und zu verstehen, ist mein Französisch nicht. Ich gebe sie meiner Frau.«

»Ich habe meine Karte ebenfalls noch mal dazwischengelegt. Meine Nummer.«

Streuben nickte.

»Ist Ihre Frau gerade zum Einkaufen?«

»Nein, Sie trifft sich mit einem Malerfreund, diesem … ach egal. Der aus der Nachbarschaft.«

»Jeremy?«

»Ja, Jeremy. Er hat ein Atelier, und Hannas ist noch nicht ganz fertig.« Streuben nickte in Richtung des Anbaus. »Sie muss etwas für ihren Job fertig machen. Illustrationen. Tja, Künstler unter sich.«

Streuben lachte spöttisch. Albin nicht. Es war Streuben anzumerken, dass ihm das mit Jeremy nicht gefiel. Aus Eifersucht wahrscheinlich. Oder weil er hier mit dem Kind und der Arbeit alleine gelassen war. Vielleicht beides. Albin gefiel das mit Jeremy ebenfalls nicht, allerdings aus anderen Gründen. Noch vagen zwar, aber immerhin.

»Verstehe«, sagte Albin. »Na ja, ich will Sie nicht länger aufhalten. Geben Sie nur bitte acht mit dem Feuer.«

»Ja.« Streuben grinste ein wenig und wedelte sich vor der Nase herum. »Ist wirklich ein Teufelszeug, dieser Lorbeer.«

Albin bestätigte das. Schließlich verabschiedeten sie sich. Im Gehen stolperte Albin beinahe über einen leeren Farbeimer, in dem sich irgendwelcher Schutt befand. Ihm war jetzt richtig schwindelig. Er stellte den Eimer wieder hin, entschuldigte sich mit einem Achselzucken und registrierte den Eimeraufdruck: Naturockerfarbe aus Roussillon.

Er ging mit Tyson an der Seite über den mit Kies bestreuten Hof zurück zum Wagen und fragte sich, wie es wohl mit den Befragungen in Roussillon stand. Ob es inzwischen Zeugen im Fall Anouk gab? Hinweise auf ein Auto oder sonst was? Albin erschien es eher unwahrscheinlich. Die meisten Personen, die vielleicht etwas gesehen haben könnten, waren wahrscheinlich ohnehin Touristen gewesen, die mit ihren Autos auf dem Parkplatz hielten. Andere kamen eher von auswärts – wie Albin und Véronique –, und Auswärtige erreichte man nur über die Medien. Also konnten Theroux und der Rest wohl nur darauf hoffen, dass sich jemand meldete, der die Berichterstattung über den Mord verfolgt hatte und dem dazu etwas eingefallen war. Wie auch immer, er müsste Theroux unbedingt fragen, wie die Dinge standen.

Albin öffnete die Heckklappe des SUV, packte Tyson unter dem Bauch, hob ihn hinauf und schloss den Kofferraum. Er öffnete die Fahrertür und überlegte, wie weit Theroux wohl inzwischen mit der Suche nach den Überresten von Sylvie in Pontet oder Vedène wäre. Er warf einen Blick auf das Handy. Selbstverständlich immer noch keine Antwort von Theroux. Kein Anruf, gar nichts. Vielleicht sollte er jetzt einfach …

Nein, dachte er sich, noch nicht. Denn erstens wären sie wahrscheinlich immer noch nicht so weit, dass sich ein Trip dorthin lohnte. Zweitens würde Albin sich damit bessere Chancen auf Informationen zu einem späteren Zeitpunkt verbauen, und drittens …

Albin ließ den Motor an. Die Lüftung spie zunächst feuchte heiße Luft aus, bevor dann die Klimaanlage auf Hochtouren brummte.

Drittens, was war noch einmal drittens?

Albin starrte auf das Armaturenbrett. Sah vor sich eine gespenstische Szene wie in einem Tagtraum. Trockene, zersprungene Erde. Sie bröckelte auf, als ob etwas von unten dagegen drückte. Ein Gesicht kam zum Vorschein. Staubig. Schmutzig. Faltig. Die Muskeln an den Augen zuckten, die am Mund und der Nase auch, so als würde das Gesicht Grimassen schneiden, um sich von der trockenen roten Erde zu befreien. Dann hoben sich die Lider. Darunter kamen leere Augenhöhlen zum Vorschein, die mit Erde gefüllt waren. Das Gesicht hatte die Züge von Sylvie.

Albin schüttelte sich, öffnete die Lüftungsschlitze und ließ sich die Bilder aus dem Kopf pusten. Schlimm, das lag bestimmt an der verfluchten Hitze und diesem Dreckszeug, diesem Lorbeerqualm.

Drittens, dachte Albin, genoss den kühlen Wind aus der Lüftung und legte den Rückwärtsgang ein, drittens würde er die Zeit konstruktiv nutzen und vorher noch jemandem einen unverbindlichen Besuch abstatten und nach dem Rechten schauen. Jemandem, der ganz in der Nähe wohnte.

39

SIE FUHREN ÜBER MÉTHAMIS in Richtung Sault, immer entlang des Flüsschens Nesque. Und dort, im landschaftlichen Nirgendwo, fuhr Jeremy auf einen unbefestigten Parkplatz und hielt neben einer Reihe anderer Autos, direkt an der Nesque. Das klare Wasser umfloss strahlend weiße Kiesinseln. Es war bereits zu erahnen, dass sich einige hundert Meter weiter eine Schlucht tief in den Berg fraß. Sie war einige Kilometer lang, hatte Jeremy unterwegs erklärt, und bis zu vierhundert Meter tief. Eine der großen Schluchten der Provence, die aus dem Ventoux-Massiv entsprang. Nicht annähernd so riesig und überwältigend wie die sehr viel weiter entfernte Verdon-Schlucht, aber damit sehr viel überschaubarer und vor allem problemlos begehbar. Zumindest einigermaßen. Jeremy hatte gesagt, dass man teilweise zwar am Ufer der Nesque entlangwandern konnte, teils aber auch durch das Wasser waten musste. Was nicht weiter schlimm war bei dem geringen Wasserstand: Es hatte ja seit Wochen nicht mehr geregnet.

Niklas hatte Hanna schlechtgelaunt ziehen lassen. Schlechtgelaunt, weil ihm nicht passte, dass er sich um Lilly zu kümmern hatte, wo er doch den Anbau fertigstellen wollte. Andererseits, nun, andererseits flammte vielleicht auch Eifersucht in ihm auf. Aber das geschah ihm ganz recht, denn sollte nicht vielmehr *er* mit Lilly und Hanna hier sein? Zu einem solchen Ausflug?

Jeremy hatte den Trip spontan vorgeschlagen. Zunächst hatte sie ihm in seinem Atelier ein Stündchen Modell für das Bild gesessen, das sie Niklas für sein neues Büro schenken wollte. Mit Jeremy hatte sie währenddessen über dies und das gesprochen. Über Kunst, die Gegend, natürlich auch über die Morde und wie schrecklich das sei. Jeremy hatte berichtet, wie die Polizei ihn deswegen vernommen hatte, und sich außerdem erkundigt, wie sie und Niklas denn überhaupt auf die Idee mit dem Hotel gekommen seien.

»Ein kleiner Traum«, hatte Hanna geantwortet, »an einem Ort zu leben, wo andere Urlaub machen. Das Leben an diesem Ort finanzieren und anderen Menschen Gastgeber sein zu können, um sie ein Stück an diesem Traum teilhaben zu lassen.«

»Das sind sehr ehrbare und sehr schöne Motive«, war Jeremys Antwort gewesen.

Davon, dass das Erfüllen eines gemeinsamen Traumes und eine Flucht aus den gewohnten Strukturen in Hamburg vielleicht auch ihre Ehe reparieren könnte, sagte sie nichts. Außerdem hatte sie die Hoffnung darauf inzwischen aufgegeben und das Gefühl, dass die ursprünglich »ehrbaren und schönen Motive« vielmehr zum Gegenteil führten, nämlich dazu, dass Hanna und Niklas sich immer weiter entzweiten. Und auch dazu, dass Hanna es wohlweißlich in Kauf nahm, dass Jeremy sie anflirtete. Man musste schon ziemlich blind sein, wenn man das übersehen wollte.

Schließlich war es zu heiß und stickig im Atelier geworden. Als Hanna von ihren Steinzeit-Skizzen für das Kinderbuch erzählte, schlug Jeremy vor, das Angenehme mit dem Nützlichen zu verbinden. Er erzählte vom Nesque-Canyon und den steinzeitlichen Siedlungsresten dort. Einen perfekteren

Ort könne er sich als Vorlage kaum vorstellen, und im und am Fluss könne man sich erfrischen.

»Aber ich habe keinen Bikini dabei«, lachte Hanna.

»Das haben dort die wenigsten«, erwiderte Jeremy und ergänzte, dass sie ja nicht ins Wasser gehen müsse.

Dann hatten sie sich auf den Weg gemacht – ohne dass Hanna einen Blick auf das noch nicht ganz fertige Bild werfen durfte. Die wenigsten Maler mochten das.

»Warte ab«, hatte Jeremy gesagt. »Zum Wochenende dürfte es fertig und durchgetrocknet sein.«

Jetzt schulterte Hanna ihren kleinen Rucksack, in dem die Zeichen-Utensilien steckten. Jeremy nahm eine Tasche mit Getränken. Sie marschierten eine Weile am Bachbett entlang. Der Kies dort wirkte in der grellen Sonne fast wie Schnee und blendete. Nach einer Weile mussten sie ins Bachbett wechseln. Das Wasser war eiskalt und kristallklar. Dort, wo die Nesque sich um die Felsen herumschlängelte und der Grund tiefer ausgewaschen war, war es dunkeltürkis. Gelegentlich trafen sie auf Ausflügler, die es sich an und auf Felsen bequem gemacht hatten und in der Sonne schmorten. Kinder spielten im Wasser. Hinter der nächsten Flussbiegung wurde es wieder komplett still – bis auf das allgegenwärtige Zirpen der Zikaden. Hanna sah große Libellen über das Wasser huschen. Sogar zwei Eisvögel. Und je weiter sie in die Schlucht eindrangen, desto schroffer erhoben sich links und rechts die grauen und ockerbraunen Felsen zwischen zahllosen Pinien. Sie passierten eine Stelle, an der zwei Bäume über den Bachlauf gestürzt waren, und tauchten halb darunter her. Inzwischen war Hanna vollkommen nass, doch in der heißen Sonne trocknete der Stoff schnell.

Schließlich deutete Jeremy auf ein breiteres Kiesbett im

Schatten, wo sie sich niederließen und gemeinsam eine Flasche Wasser leerten. Zwanzig Minuten gefahren und etwa zwanzig Minuten gewandert – und schon waren sie mitten in einer wahrhaftig prähistorisch anmutenden Landschaft, dachte Hanna. Sie wirkte sehr ursprünglich, genauso musste es hier vor zigtausend Jahren ausgesehen haben.

»Es ist wirklich großartig«, sagte sie. »Wunderschön.«

Jeremy nickte nur, zog sich sein Hemd aus und machte eine Kopfbewegung in Richtung des anderen Ufers. Dort erhob sich ein etwa hundert Meter hohes Massiv aus braungrauem Stein, in dem oberhalb einer Böschung aus Geröll höhlenartige Auswaschungen zu sehen waren. Manche größer, manche kleiner.

Er sagte: »Ich weiß nicht genau, wo es hier die steinzeitlichen Siedlungsreste gibt. Aber man kann sich richtig gut vorstellen, warum es unsere Vorfahren hierhinzog. Hier hatten sie alles, was sie brauchten. Besser kann man doch gar nicht wohnen.«

Natur pur. Wenngleich Hanna sich gut vorstellen konnte, dass die Nesque und sicher auch die anderen Flüsse zu reißenden Strömen werden konnten, wenn es in der Provence einmal richtig schüttete. Dann wäre es hier weniger beschaulich, sondern vielmehr lebensgefährlich. In den Höhlen der Felswand dürfte es hingegen stets sicher gewesen sein: Sie befanden sich einige Meter oberhalb des Flusslaufes.

Jeremy warf sein Hemd auf den Boden und zog die Schuhe aus, während Hanna ihr Handy aus dem Rucksack nahm. Empfang gab es hier keinen. Dennoch sah sie, dass eine Textnachricht von Henry eingegangen war. Er bestätigte, dass er am Wochenende kommen würde. So schnell und so früh wie möglich. Hanna atmete erleichtert auf. Gott sei Dank, hoffentlich würde er einen positiven Einfluss auf Niklas ausüben.

Dass Henry nun verlässlich erscheinen würde, nahm ihr eine Last von den Schultern, die sie vorher gar nicht bewusst gespürt hatte. Umso befreiter nahm sie nun die wunderbare Natur um sich herum wahr. Sie schaltete den Kameramodus ein, schoss drei Bilder von den Höhlen, legte das Handy dann wieder zurück, um einen Zeichenblock und Stifte herauszunehmen. Dabei bemerkte sie, wie ein paar Shorts und dann eine Unterhose zu Boden fielen.

»Ich brauche eine Abkühlung«, sagte Jeremy, und Hanna dachte: *Er ist nicht wirklich nackt, oder?*

Sie blickte auf. Er hatte tatsächlich nichts mehr an. Nahtlos braun war er, was bedeutete, dass er anscheinend öfter ohne Kleidung in der Sonne herumlief oder lag. Hatte sich einfach ausgezogen, als sei es das Natürlichste von der Welt. Und irgendwie, überlegte Hanna nach einigen ersten Schrecksekunden, war es das doch auch, oder?

Sie verfolgte, wie Jeremy über ein paar Steine balancierte und schließlich bis zur Hüfte im Wasser verschwand. Dann tauchte er einfach ab und war weg. Kurz bevor Hanna sich Sorgen machen konnte, tauchte er wieder auf. Schoss wie ein Korken hervor und juchzte.

»Es ist herrlich, wunderbar! Komm doch auch rein!«

Seine Stimme warf ein kurzes Echo zwischen den Felswänden. Hanna lachte, schüttelte aber mit dem Kopf. Jeremy mochte ein Freigeist und Naturist sein. Sie war jedoch Ehefrau und Mutter. Doch schloss das eine denn das andere aus? Eine Abkühlung wäre nicht schlecht, und dazu noch vor dieser wirklich malerischen Kulisse …

»Hanna«, rief er und prustete, »komm rein! Hast du Angst,

dass ich dir was abgucke? Sei nicht so eine verklemmte Deutsche! Inmitten der Natur darf man sich ruhig natürlich verhalten! Außerdem ist hier doch niemand! Keiner!«

»He!«, rief sie. »Nenn mich nicht verklemmt!«

»Du weißt nicht, was dir entgeht!«

Jeremy lachte und tauchte noch einmal unter. Und währenddessen dachte Hanna: War sie im Laufe der Jahre wirklich zu einer verklemmten Deutschen geworden, ohne es zu merken? Jemand, der sich darüber aufregte, wenn die Jugendlichen nachts ins Freibad zum Nacktbaden einstiegen, obwohl sie es früher selbst getan und dabei noch gekifft hatte? Oder war sie jemand, der FKK im Camping-Urlaub früher sogar gemocht und außerdem einige Male für fünfzig Euro in der Kunstakademie beim Aktzeichnen Modell gesessen hatte, um sich die Kasse aufzubessern?

Also legte Hanna Stifte und Block zur Seite. Stellte sich hin und zog die Shorts aus. Ließ das Tanktop folgen und balancierte schließlich in BH und Slip zum Ufer, wo sie sich in die eiskalte Nesque gleiten ließ. Eiskalt deswegen, weil das Wasser gerade erst den Berg verlassen hatte. Glasklar und frisch. Einfach herrlich. Nun juchzte sie auch.

Jeremy amüsierte sich: »Du hast ja doch einen Bikini dabei!« und spritzte sie mit Wasser voll.

Hanna spritzte zurück. Dann ließ sie sich auf dem Rücken liegend in der Strömung treiben. Betrachtete die glitzernden Wellen, darüber den tiefblauen Himmel, die Felsen, die Bäume. Sie lauschte dem Gurgeln der Nesque, das in Hannas unter Wasser liegenden Ohren dröhnte. Dann gelangte Jeremy in Hannas Sichtfeld und wischte sich die nassen Haare nach hinten. Streckte sein Gesicht der Sonne entgegen. Das Wasser perlte über seinen gebräunten Oberkörper und ließ ihn funkeln. Jeremy war so ganz anders als Niklas, dachte Hanna. Jemand, der auf völlig unbekümmerte Art und Weise etwas in ihr aktivierte, das in Vergessenheit geraten war. Na ja, dachte sie, vielleicht nicht ganz so unbekümmert. Der Mann wusste schon ziemlich genau, was er wollte, und sicher ebenfalls, wie er gut zur Wirkung kam.

Er sah zu ihr hin, grinste und machte eine beeindruckte Geste mit beiden Händen. »So sollte man dich malen. Die Strömung spielt mit deinem Haar, als sei es Tang. Hanna, Schaumgeboren. Wie eine Bachnymphe.«

Hanna lachte, stellte sich aber hin, weil ihr diese Betrachtungsweise und die Art, wie Jeremy auf sie herabschaute, unangenehm waren. Weil seine Blicke … Nun. Weil sie eben nicht unbekümmert waren. Weil es gefährlich werden konnte und nicht selten in unangenehmen Situationen für alle Seiten mündete, wenn Männer einen so anschauten. Noch viel mehr Unbehagen bereitete ihr, dass ihr etwas daran gefiel. Sie kommentierte Jeremys Bemerkung also nicht weiter, strich das nasse Haar in den Nacken und ging zurück ans Ufer. Jeremy tat es ihr nach. Splitternackt – Hanna zwang sich, nicht hinzuschauen.

Er zog sich seine Shorts an, ohne Unterhose, und fragte: »Alles okay?«

»Alles okay«, erwiderte Hanna und nahm die Malsachen. »Ich bin erfrischt, und ich will noch etwas zeichnen. Deswegen sind wir doch hier?«

»Ja«, sagte Jeremy mit einem Blick, der alles oder nichts bedeuten konnte. »Genau deswegen sind wir hier.«

Hanna nickte mit einem Lächeln und sah demonstrativ auf die Uhr. »Eine halbe Stunde habe ich noch.«

»Das reicht vollkommen.«

Eine halbe Stunde, dachte Hanna, würde für alles Mögliche reichen. Sie überlegte, für welche Dinge Niklas vielleicht eine halbe Stunde brauchen würde. Mit Jutta im Büro. Mit einer Architekturstudentin im Hotel. Mit seiner Ex auf der Restauranttoilette. In einer halben Stunde könnten viele Dinge geschehen, ja. Sie würde hier und jetzt sogar reichen für ... Hanna wischte den Gedanken schnell wieder fort und konzentrierte sich auf die mächtigen Felswände auf der anderen Seite des Ufers.

40

WENIGE MINUTEN, nach dem Albin das Château verlassen hatte, bog er in einen Feldweg ein und stellte den Wagen ab. Er näherte sich dem Haus des Malers Jeremy Breton zu Fuß. Tyson an seiner Seite. Und Tyson als Grund, um sagen zu können: *Wir gingen gerade Gassi und dachten spontan, wir gehen heute mal hier entlang.*

Albin warf einen Blick auf das Handy. Nach wie vor keine SMS von Theroux – und mal ehrlich: Damit hatte er ja auch nicht im Ernst gerechnet. Er überlegte, dass sie das abzusuchende Areal wahrscheinlich in unterschiedliche Zonen aufgeteilt und mit der Suche begonnen haben müssten. Vielleicht waren sie schon mit den Hunden im Gelände unterwegs.

Die Tiere waren hypertalentierte und hochtrainierte Wundermaschinen. Tyson würde mit keinem von ihnen mithalten können. Nicht ansatzweise. Wenn man jemanden in Einzelteile zerlegt, in Plastik gepackt und einen halben Meter tief einbetoniert hatte, würden die Leichenspürhunde auch nach Jahren noch anschlagen.

Dennoch gab es wahrscheinlich ein Problem, dachte Albin. Er schlenderte den Kiesweg entlang, der zu dem rötlich bemalten Haus führte, und kickte im Gehen einen Stein vor sich her. Sylvie Biards Leiche war vermutlich nicht in Plastik eingewickelt und nicht einbetoniert und damit nicht konserviert worden. Vermutlich hatte der Mörder sie einfach so im Boden verscharrt, womit der Körper skelettiert und der Verwesungsprozess längst abgeschlossen wäre. Was es den Hunden wiederum schwermachen dürfte, weil sie auf das Erkennen von Verwesungsgeruch trainiert waren. Eben deswegen hatte Albin die ergänzende Kombination mit dem Bodenradar vorgeschlagen. Damit ließe sich feststellen, ob überhaupt etwas in der Erde steckte. Wenn man dann etwas Auffälliges bemerkte, könnte man die Hunde hinschicken. Vielleicht würden sie dann noch etwas wahrnehmen, wenn man sie geradewegs mit der Nase drauf stieß. So dachte Albin sich das. Er hatte aber keine Ahnung, ob es erfolgversprechend wäre. Für einen Moment kam ihm wieder das Bild von eben in den Sinn. Das Gesicht unter der Erde. Aber es war schon viel weniger scharf umrissen. Verblasst. Es verlor an Schrecken. Wie ein schlimmer Traum, aus dem man gerade erwacht war und an den man sich eine Viertelstunde später nur noch schemenhaft erinnerte und sich fragte, wie, zum Teufel, einem ein solcher Mist in die Gehirnwindungen gelangt war.

Albin war nun fast am Haus angekommen. Auf dem Dach drehten sich die Windspiele in der glühenden Hitze praktisch gar nicht. Tyson hechelte neben ihm her wie ein kleines Islandpony im Trab. Sie gingen um eine leichte Kurve, hinter der Albin einen Wagen vor dem Gebäude parken sah. Den Mietwagen, den Hanna Streuben benutzte. Den Wagen von Jeremy sah er nicht. Stand vielleicht in der Garage.

»*Was versprichst du dir eigentlich hiervon?*«, fragte Tyson.

Albin zuckte mit den Achseln und kniff die Augen gegen die Sonne zusammen. Sondierte im Spazieren das Terrain. Scannte alles, was er sah.

»Er macht Hanna Streuben den Hof, das denkst du. Sprang sofort auf sie an, möglicherweise wegen ihres roten Haares. Er

wohnt an der Straße nach Venasque, wo sie Nicole Langlois fanden. Als Künstler fährt er viel in der Gegend herum. Als Künstler hat Jeremy Breton vielleicht verschrobene Ansichten über Musen. Vielleicht so verschroben, dass er sich eine eigene erschaffen will. Eine Venus, wie die von Botticelli. Und vielleicht hat er sogar eine Sammlung von Körperteilen in einem dieser geheimen Räume, die so manche dieser irren Serienkiller haben.«

Albin erwiderte nichts, kickte nur einen Stein fort.

»Oder ist es doch einfach nur dieses komische Gefühl? Das dir sagt, dass irgendetwas nicht stimmt? So wie es bei mir ist, wenn ich in der Luft etwas wahrnehme, ohne dass ich den Grund dafür erkennen kann? Etwas, das wie vor einem Gewitter in der Luft liegt und die Vögel und die blöden Katzen verrückt macht?«

Albin nickte schwach und murmelte: »Genau so ist es, mein Freund.«

Dann standen sie auf dem Hof. Alles wirkte wie ausgestorben. Albin ging zur Tür, schellte. Nichts regte sich.

Er rief: »Hallo, jemand da?«

Niemand antwortete.

Er ging um das Haus herum, sah auch dort keinen zweiten Wagen. Möglicherweise waren sie mit dem von Jeremy weggefahren. Albin betrachtete den Anbau, sah durch die Fenster hindurch. Es schien ein Atelier zu sein. Albin ging wieder zurück auf den Hof und blieb vor der großen Schiebetür stehen. Betrachtete sie. Klopfte an. Wartete einen Augenblick. Nichts geschah. Er umfasste den rostigen Knauf, rüttelte an der Tür. Sie öffnete sich einen Spalt weit. Unverantwortlich, dachte Albin. Sie waren fortgefahren, und Jeremy hatte nicht abgeschlossen. In einer Gegend wie dieser. Jeder könnte sofort hineinmarschieren und die Bude ausräumen. Albin öffnete die Tür etwas weiter und trat ein.

Er sah nach unten zu Tyson und sagte: »Du bleibst exakt hier sitzen und bewegst dich keinen Zentimeter, klar?«

Tyson setzte sich auf den Hintern und bewegte sich keinen Zentimeter.

»Guter Hund.«

Tyson betrachtete Albin mit ernstem Blick. Ein wenig skeptisch.

Albin sagte: »Nein, es ist kein Hausfriedensbruch. Ich will nur nachsehen, ob jemand im Haus ist. Mehr nicht. Also reg dich nicht auf.«

Tyson regte sich nicht auf.

Albin setzte sich in Bewegung und betrat das Atelier. Nahm den Geruch wahr. Schaute sich um. Sein Blick blieb an einem Stuhl haften sowie an einer davorstehenden Staffelei, auf der sich eine Leinwand befand. Er ging darauf zu, umrundete die Staffelei – und erkannte auf der Leinwand das Bild einer Frau, bei der es sich unverkennbar um Hanna Streuben handelte, obwohl das Bild modern und eher abstrakt gemalt war. Die Farbe glitzerte noch feucht. Das Rot ihrer Haare war übertrieben, fast signalrot.

Albin drehte sich um. Betrachtete einen größeren Arbeitstisch, auf dem Foto-Equipment lag. Ein Laptop. Ausgedruckte Bilder. Er betrachtete die Bilder eine Weile. Die Motive sagten ihm etwas. Ockerfelsen in Roussillon. Irgendetwas dämmerte ihm. Er erinnerte sich an einen Fotografen an dem Abend, an dem er mit Véronique in Roussillon gewesen war. An dem Abend, an dem Anouk starb. Das musste nicht Jeremy gewesen sein. Dort waren jede Menge Leute mit Kamera unterwegs, ganz klar. Dennoch …

Albin überlegte, dass man das Gerät überprüfen könnte. Nachsehen, welches die letzten Aufnahmen waren. Von seiner eigenen Kamera wusste er, dass darin mit jedem Bild auch Daten wie Uhrzeit und Tag und Jahr gespeichert wurden. Er entschied sich allerdings dagegen, die Spiegelreflex zu überprüfen. Das ginge dann doch zu weit. Außerdem hatte er keine Handschuhe dabei, und falls die Kamera zu einem Beweismittel werden würde, wären seine Fingerabdrücke drauf. Schlecht. Das Gehäuse abwischen wäre ebenfalls schlecht, weil andere darauf vorhandene Abdrücke vernichtet würden. Abgesehen davon kannte er sich mit dem Technikkram ohnehin nicht aus. Er konnte gerade so seine eigene Kamera ein- und wieder ausschalten.

Albin sah sich weiter um. Dunkle Flecken auf dem Boden überall. Spritzer. Nun, das kam vor bei einem Maler. Einige Spritzer waren rot. Farbe. Andere waren keine Farbe. Albin hockte sich hin, strich mit dem Finger darüber. Könnte alles Mögliche sein. Terpentin, Öl. Er roch am Finger. Kein bestimmter Geruch. Blut war es nicht. Blutflecken sahen anders aus. Fortgewischtes Blut hingegen konnte ähnliche Ränder hinterlassen wie die Flecken an anderer Stelle auf dem Boden. Man müsste etwas Luminol draufsprühen und würde sofort Bescheid wissen. Natürlich hatte Albin keines dabei, und auf Ideen mit weggewischtem Blut kam man nur, wenn man Albin Leclerc war und eine bestimmte Perspektive hatte. War man nicht Albin Leclerc, würde man annehmen, dass einfach ein Glas Wein übergeschwappt war oder in solchen Räumen eben schlicht und ergreifend alle möglichen Flecken auf dem Boden zu sehen waren.

Albin stand wieder auf. Er schlenderte durch den Raum, hin zu einem Stapel von Bildern, die an die Wand gelehnt waren und über denen eine Decke lag. Auf dem Weg dorthin stoppte er an einem Beistelltisch. Darauf stand ein Karton voller Flyer. Leporellos. Sah aus, als stammte der Karton aus einer Druckerei. Albin nahm einen der Flyer heraus und entfaltete ihn. Es handelte sich um eine Werbebroschüre von Jeremy, in der es um seine Malerei ging. »Atelier du Soleil« stand darauf. Es gab eine Webseite. Und es gab eine Agenda von Galerien, in der seine Bilder zu sehen waren. Seine eigene in Venasque. Dauerhaft ausgestellt in weiteren, und zwar in Roussillon, Les Baux, Aix, Gordes, Avignon, L'Isle-sur-la-Sorgue. *Da wird er viel unterwegs sein*, dachte Albin, faltete den Flyer zusammen und schob ihn in seine Hosentasche.

Dann ging er zu den Bildern, lupfte die darüberliegende Decke – und erkannte das Bildnis einer Frau. Ein Porträt wie das auf der Staffelei. Nur zeigte es nicht Hanna Streuben. Es zeigte eine ganz andere Frau. Das Bild dahinter ebenfalls und das dahinter auch. Insgesamt standen hier acht Frauenporträts. Alle im gleichen Format. Keines davon sagte Albin etwas. Nicht eines. Jedes Bild stellte eine andere Frau dar. Keine glich der anderen. Manche erschienen brünett, andere blond, wieder andere schwarzhaarig. Rothaarig war keine. Albin überlegte, dass Jeremy vielleicht seine Frauen gemalt hatte. Womöglich war das seine Trophäensammlung. Auftragsarbeiten schienen es jedenfalls nicht zu sein, sonst hätte er sie nicht behalten. In einer anderen Ecke standen weitere Bilder, über denen ein Tuch hing. Von hier aus wirkte es so, als handele es sich um weitere Frauenporträts. Der Kerl hatte es anscheinend faustdick hinter den Ohren!

Albin wandte sich zur Seite und blickte auf eine Tür an der Stirnseite des Ateliers. Zwei Stufen führten hinauf. Er nahm an, dass es sich um eine Durchgangstür handelte, die ins

Wohnhaus führte. Albin zögerte einen Moment. Er trat von einem Bein auf das andere und entschied schließlich, dass er jetzt besser hier verduften sollte, bevor plötzlich Jeremys Wagen vorfuhr.

Also ging er wieder raus und lobte Tyson, der immer noch am gleichen Fleck saß. Beide verließen den Hof und erreichten über den Feldweg Albins am Fahrbahnrand geparkten Wagen. Auf der Straße näherte sich ein Wagen, der den Blinker setzte. Am Steuer erkannte Albin Jeremy. Auf dem Beifahrersitz Hanna Streuben. Albin hob die Hand und winkte. Hanna erkannte ihn und winkte freundlich zurück. *Albin Leclerc wieder mit seinem Mops auf Tour, na so ein Zufall.* Jeremy hingegen wirkte überrascht und grüßte nicht. *Leclerc, hier vor meiner Einfahrt, was ist das denn?*

Verflucht, dachte Albin, gerade noch rechtzeitig verschwunden und dennoch zu spät. Denn vielleicht würde sich Jeremy Gedanken machen und aus diesen Gedanken seine Schlüsse ziehen – jedenfalls dann, wenn er etwas zu verbergen hatte. Und in diesem Fall hätte Albin ihn nun aufgeschreckt. Ganz schlecht.

Albin öffnete den Kofferraum und hob Tyson hinein. Er ging um den Wagen herum und war immerhin froh, dass er Hanna Streuben in guter Verfassung gesehen hatte. Beim Einsteigen dachte er, dass Jeremy unter Umständen alarmiert sein würde. Aber Albin war es ebenfalls. Er dachte an die vielen Bilder und an das Bild von Hanna, an die Flecken auf dem Boden, an die Kamera und die Ausdrucke mit den Ockerbrüchen von Roussillon. Er nahm das Handy aus der Hosentasche. Kein Theroux. Er warf das Handy auf den Beifahrersitz neben die Flasche mit Alkohol, die er von Marie Lehmann hatte. Wie war das noch mit Malern? Womit reinigten die ihre

Pinsel? Ebenfalls mit Alkohol? Albin hatte keinen Schimmer. Und wenn sie es taten, dann in jedem Fall nicht mit Hektolitern. Wie dem auch sei, dachte Albin und schnallte sich an, war es eine Überlegung wert.

Er startete den Wagen und fand, dass es wie mit dem Unwetter war, das sie fürs Wochenende ankündigten: Irgendetwas Ungeheures war im Anmarsch. Da war er sich mittlerweile vollkommen sicher. Und deswegen würde er jetzt losfahren, um mit Theroux zu reden. Um ihn zu überzeugen, einen Maler namens Jeremy Breton gründlich zu durchleuchten.

41

ALBIN FUHR AUF DIE ABSPERRUNG ZU und verlangsamte das Tempo. Ebenfalls langsam setzte sich die Polizistin vom Streifenwagen aus in Bewegung, um sich ihm in den Weg zu stellen. In ihrer Spiegelsonnenbrille blitzte das Licht. Albin stoppte direkt vor ihr und neben der Verkehrsinsel, auf der der Streifenwagen parkte. Er seufzte, hob die Hände vom Lenkrad und ließ sie wieder sinken. Als die Frau die Sonnenbrille betont auf die Nasenspitze schob und ihn darüber hinweg anlinste, umspielte ihre Lippen ein schwaches Lächeln. Dann ging Castel um den Wagen herum zur Fahrerseite. Dodo machte sich gar nicht erst die Mühe, aus dem Streifenwagen auszusteigen. War ihm draußen sicher zu heiß.

Albin ließ das Fenster runter und sagte: »Na, da habe ich aber ein Glück, was?«

»Doch nicht der Kollege, bei dem Sie sich entschuldigen wollten, hm?«, fragte Castel mit einem ironischen Unterton.

»Nicht ganz.«

»Die Kollegen aus Avignon wurden zu einem Einsatz gerufen. Als wir vorhin wegmussten, hatte man uns gerade als Backup zur Wachablösung beordert.«

»Offensichtlich.«

»Ich hatte recht damit, dass Sie selbst herausfinden werden, wo die Musik spielt, nicht?«

Albin sagte nicht, dass das kein Wunder war. Er hatte Theroux den Ort ja selbst vorgeschlagen.

Er sagte stattdessen: »Kluges Mädchen. Sie haben sich Ihr Eis wirklich verdient, Castel.«

Immer noch lächelnd, antwortete Castel: »Ich kann Sie dennoch nicht durchlassen. Und wenn Sie mich noch einmal Mädchen nennen, gibt's Ärger, okay?«

Albin lachte leise. Er blickte nach vorn. Weiter hinten standen diverse Fahrzeuge am Straßenrand. Er erkannte in der flimmernden Luft Kollegen in weißen Overalls. Sah einiges technisches Gerät.

»Können Sie schon, Castel«, sagte Albin. »Geben Sie sich einen Ruck und seien keine so hartherzige Frau. Das steht Ihnen nicht.«

»Haben Sie eine Ahnung.«

»Ich bestelle Ihnen auch Sahne zum Eis. Und Früchte und einen Espresso.«

Castel meinte mit ernstem Blick: »Ich kann und werde Sie nicht durchlassen, weil ich nicht den Hauch von Ärger gebrauchen kann.«

Albin nickte schwach. »Verstehe«, sagte er. Weitaus schlimmerer Ärger musste dafür gesorgt haben, dass sie sich an eben dieser Straßensperre in genau dieser Minute die Beine in den Bauch stand.

Castel nahm die Brille ab, verhakte sie mit dem Bügel im Ausschnitt des Uniformhemdes und sah Albin aus klaren grünen Augen an. Sie sagte: »Allein aus Respekt würde ich Sie am liebsten durchfahren lassen, Leclerc. Sagen wir so: Ich kann Ihren Standpunkt wirklich gut nachvollziehen. Das alles ist Ihr Fall gewesen. Ihr Baby. Endlich bewegt sich etwas, und Sie sind nicht mehr dabei.«

Albin nickte. Dachte sich seinen Teil dazu, warum Castel ihn so gut verstand. Und ein bisschen tat sie ihm auch leid, weil er nun nicht umhinkam, ihr fürchterlich auf die Nerven zu gehen.

Er sagte: »Ich bin sowieso nur wegen Theroux hier.«

»Theroux?«

»Ich mache mir Sorgen. Er geht nicht ans Telefon, er beantwortet keine SMS. Nichts.«

»Vielleicht, weil er arbeitet und nicht gestört werden will?«

»Nein, das kann ich mir nicht vorstellen. Ich mache mir ernste Sorgen.«

»Vielleicht ist sein Handy aus?«

»Sein Handy ist nie aus. Ich hoffe, er hatte keinen Unfall.«

»Es gab heute keinen Unfall.«

»Vielleicht ist er irgendwo zusammengebrochen. Kreislaufkollaps.«

»Nicht, dass ich wüsste.«

»Ich wäre sehr beruhigt zu wissen, dass es ihm gutgeht.«

»Ich bin aber nicht Theroux' Betreuerin.«

»Nein, aber Sie könnten ihn anfunken und bitten herzukommen, weil der vor Sorge verrückte Albin Leclerc sonst eine Dummheit begehen könnte.«

Castel hob fragend eine Augenbraue. »Darf ich Ihnen eine Frage stellen?«

»Klar.«

»Wollen Sie mich verarschen?«

Albin sagte: »Nein, nur einen Weg aufzeigen. Denn die Alternative ist viel schlimmer. Ich könnte einfach aufs Gaspedal drücken und weiterfahren. Das würde allen irrsinnige Probleme machen. Ihnen, weil Sie es nicht verhindert haben. Sie müssten mir hinterherfahren und die Straßenabsperrung aufgeben, und da heißt es gleich: Ah, kaum gibt es Ärger, ist die Castel dabei. Theroux würde außerdem reichlich Ärger bekommen, weil er nicht einfach angetanzt ist und den alten Albin beruhigt hat. Außerdem würde Theroux stinksauer auf Sie sein, Castel, und sagen: Meine Güte, kaum im Außendienst und dann gleich so ein Scheiß. Außerdem müssten sich jede Menge Leute um alles Mögliche kümmern und Berichte schreiben und Fragen stellen und reichlich Stress bekommen – Leclerc noch am allerwenigsten. Der würde bloß ein Ordnungsgeld bezahlen. Sagen wir 250 Euro, vielleicht. Aber das wäre es ihm bestimmt wert, wenn er nur weiß, dass mit Theroux alles in Ordnung ist.«

Castel öffnete den Mund, um etwas zu sagen, schloss ihn aber wieder und schüttelte den Kopf. Sie stemmte die Hände in die Hüften und starrte Albin an. Albin starrte zurück.

Dann fragte er: »Mögen Sie lieber Erdbeereis, oder sind Sie mehr der Schoko-Typ?«

Jetzt keuchte Castel ein Lachen hervor, schüttelte nochmals den Kopf, als könne sie nicht glauben, wie Albin drauf war, und warf ihm einen prüfenden Blick zu. Wie um sich zu vergewissern, ob er das wirklich ernst meinte. Sie schien zu einem Entschluss zu kommen und wandte sich schließlich zur Seite. Sie betätigte die Sprechmuschel ihres Funkgerätes, das an ihrer Brusttasche wie eine ziemlich hässliche Brosche heftete. Albin hörte atmosphärisches Rauschen und Krächzen. Dann eine Antwort, die im Rauschen der Klimaanlage unterging, die er einige Gänge höher geschaltet hatte, seitdem das Seitenfenster offen stand. Castel redete weiter, ging langsam im Kreis herum und setzte ihre Sonnenbrille wieder auf. Schließlich ließ sie die Sprecheinheit los und lose am Kabel herabbaumeln und kam wieder zu Albins Wagen.

»Theroux geht es super«, sagte sie.

»Ich würde lieber selber nachsehen.«

»Es geht ihm so super, dass er auf dem Weg ist, um Ihnen in den Hintern zu treten, soll ich ausrichten.«

»Das würden Sie aber nie zulassen, oder?«

Castel sagte nichts.

»Das wäre Polizeigewalt.«

»Eines muss man Ihnen lassen«, sagte Castel. »Sie sind ziemlich hartnäckig und können einem sehr auf den Geist gehen.«

Albin winkte ab. »Schlimmer wäre doch, wenn ich einfach durchfahre, oder?«

Castel stellte eine Gegenfrage: »Es ist Ihnen alles wirklich sehr wichtig, nicht? Richtig wichtig.«

»Es lässt mich nicht los«, sagte Albin. »Es geht weiter, ohne dass ich es aufhalten konnte. Aber ich muss es aufhalten. Es gibt Tage, an denen denke ich an nichts anderes. Es holt mich ein, weil ich jetzt Zeit habe, um überhaupt mal nachzudenken, Castel, und nicht im Job mit anderen Dingen abgelenkt bin. Es sitzt mir wie die beschissene Pest im Nacken, dass Frauen sterben und ich es zulasse, und ich blicke immer wieder auf die Bilder der Opfer, die mir sagen: Du hast uns versprochen, ihn zu finden. Ich kann einfach nicht ruhig dasitzen, Castel, keine Chance.« Albin schwieg eine Sekunde. »Vielleicht mag ich ein alter Sack sein. Aber ich habe selbst auf dem Abstellgleis immer noch mehr Dampf auf dem Kessel als manch anderer. Und der Dampf muss raus, weil mir sonst alles um die Ohren fliegt.«

Castel nickte, blickte nach unten und schabte gedankenverloren mit der Schuhspitze auf dem Asphalt herum. Dann merkte sie auf, sah sich um. Denn Theroux kam mit dem Smartphone in der Hand angejoggt und blieb außer Atem und schwitzend vor Albins Wagen stehen. Er sah echt sauer aus und schnauzte direkt los: »Hier kreuzt gleich Bonnieux auf, und wenn der dich sieht, dann gute Nacht! Denn …«

»Bonnieux? Also habt ihr was?«

»… denn er wird gleich wieder loslegen: Leclerc schon wieder an so einem möglichen Tatort, woher wissen Sie denn das alles so genau mit den Tatorten?«

»Also los, was habt ihr?«

Theroux schnaufte und wischte sich Schweiß von der Stirn. Castel wandte sich etwas ab. So als ginge sie das nichts an, blieb aber noch nahe genug dran, um alles mitzubekommen.

»Du hast recht gehabt, Albin«, sagte Theroux leise.

»Ihr habt sie?«

Theroux nickte.

»Sylvie …«

»Muss natürlich noch … Weißt schon. Identifikation und alles.«

»Aber es gibt keinen Zweifel.«

»Nein, eigentlich nicht.«

»Weil Körperteile fehlen?«

Theroux nickte.

»Welche?«

Theroux schwieg sich aus.

»Aber es gibt keinen Zweifel?«

»Keinen Zweifel.«

Albin schlug mit der Faust aufs Lenkrad und presste die Lippen zusammen. »Verfluchte Mistsau!«

Er rieb sich mit dem Handrücken über den Mund, wandte sich zum Beifahrersitz und nahm den Flyer, den er bei Jeremy gefunden hatte. Er reichte ihn Theroux, der damit nichts anfangen konnte.

»Jeremy Breton. Du musst ihn durchleuchten.«

Albin erklärte, warum. Er fragte Theroux, ob sie in Roussillon schon weitergekommen waren. Theroux sagte, es gäbe nichts Greifbares. Schaut euch den Maler an, wiederholte Albin. Und fragte, ob sie mit dem Formalin schon weiter seien. Theroux sagte, sie seien dabei. Albin erzählte von dem Zeug in Lehmanns Lager. Von Lehmanns Schwager. Sagte, dass er keine Ahnung habe, ob es etwas zu bedeuten habe, aber sie sollten es sich mal durch den Kopf gehen lassen und ihre Schlüsse daraus ziehen. Theroux nickte.

»Ihr kennt jetzt das Raster«, sagte Albin. »Wendet das gleiche System auf die anderen Verschwundenen an. Sucht sie, findet sie. Achtet darauf, welche Körperteile fehlen. Stellt fest, was er schon hat. Überlegt, ob noch etwas fehlt. Denn dann wird er weitermachen.«

»Klar«, antwortete Theroux.

Albin sah ihn eine Weile an. Gab ihm Gelegenheit, die Infos ein wenig zu verdauen. Alles Steilvorlagen für die Ermittlungen, was Theroux im Job nach vorne bringen würde. Richtig nach vorne, weil er für den Durchbruch gesorgt hatte und vielleicht noch mehr folgen würde.

»Also komm schon«, sagte Albin. »Du schuldest mir was, mein Freund. Welche Körperteile?«

42

AM NÄCHSTEN VORMITTAG war der Himmel eine diesige Masse. Klebrig und zäh. Ein feuchtschwüler Samstag und die Luft so geladen, dass Hanna der Kopf dröhnte. Sie hatte eine Tablette genommen. Hatte immer wieder auf die Uhr und auf das Handy geschaut und schließlich – endlich – einen Wagen vorfahren hören.

»Henry!«

Ja, da stand er im Tor mit einem kleinen Mädchen an der Hand. Pia. Hinter ihm der teure X-5 Geländewagen mit Frankfurter Kennzeichen und Henry in Shorts mit Polohemd, Bootsschuhe ohne Socken. Schmal, hochgewachsen. Die Haare streng gescheitelt und die randlose Brille, wie immer, etwas zu tief auf der Nase.

Hanna strahlte und ging mit raschen Schritten auf ihn zu. Mit jedem Meter fühlte sie sich erleichterter. Nicht mehr allein und machtlos. Gestern hatte Niklas wieder bis in die späte Nacht gearbeitet, erst im Anbau, dann im Arbeitszimmer – angeblich an der Fertigstellung seiner Aufträge.

Henry lächelte, breitete die Arme aus und begrüßte Hanna mit einer Umarmung. Sie flüsterte ihm ins Ohr: »Gott sei Dank, ich bin so froh, dass du da bist.«

Dann war Pia an der Reihe, Hannas Nichte, die schüchtern neben Henry stand und ihre Tante mit einer breiten Zahnlücke angrinste – die Schneidezähne wuchsen gerade erst wieder nach. Die langen Haare zum Zopf geflochten. Ein Sommerkleid und Sandalen.

»Da kommen ja schon die neuen Zähne!«, freute sich Hanna, hockte sich hin und gab der Kleinen einen Kuss. Pia grinste wieder breit – aber dieses Mal, um zu zeigen, wie toll sich die nächsten Zähne machten.

Hanna stand auf und führte die beiden zum Haupthaus, vor dessen Eingang Lilly und Niklas bereits warteten.

»Schön, dass du übers Wochenende kommst«, log Niklas und begrüßte Henry nüchtern per Handschlag.

»Ich war doch so fürchterlich gespannt«, log Henry zurück und lachte. »Meine Schwester als Château-Besitzerin in der Provence. Ich würde es nicht glauben, wenn ich es nicht mit eigenen Augen sehen würde. Und Pia wollte nicht glauben, dass ihre Cousine Lilly nun in einem Prinzessinnenschloss wohnt.«

Pia grinste verschüchtert und schmiegte sich an Henrys Bein. Lilly grinste verschüchtert zurück und schmiegte sich an Niklas' Bein. Die beiden ließen sich zwar keine Sekunde lang aus den Augen, benahmen sich aber so, als würden sie sich zum ersten Mal im Leben sehen und hätten nicht das geringste Interesse aneinander. Kinder.

Während die zwei Mädchen kurze Zeit darauf lachend und albernd herumliefen, als seien sie die allerbesten Freundinnen, führte Hanna Henry durch das Haus. Niklas marschierte eher desinteressiert hinterher und ergänzte hier und da die Erklärungen von Hanna. Sie warfen auch einen Blick ins Arbeitszimmer von Justin, das Niklas nach wie vor in Beschlag genommen hielt. Darin sah es inzwischen aus, als bereite Niklas eine Dissertation vor. Papierrollen standen herum, überall lagen Bücher, Papiere und Ausdrucke, dazwischen Niklas'

Laptop und das Handy auf dem Schreibtisch. Hanna erkannte außerdem Justins Tagebücher. Einen Moment lang fand sie, dass Niklas ruhig hätte aufräumen können, wo er doch wusste, dass Henry kam. Im nächsten dachte sie, dass es gar nicht schlecht so war. Dass Henry direkt den richtigen Eindruck bekam.

»Wow«, sagte Henry und sah sich um. »Ein tolles Arbeitszimmer. Und es sieht nach jeder Menge Arbeit aus.«

»Ja«, seufzte Niklas, »leider jede Menge zu tun. Es gab Komplikationen mit einem großen Projekt in Berlin, das eigentlich schon abgeschlossen war. Ich saniere außerdem gerade einen Anbau. Wir wollen ihn als Atelier für Hanna und als Studio für mich nutzen.«

»Oh, das auch noch?«

»Das geht ja nicht so weiter hier«, erwiderte Niklas mit einer Geste ins Zimmer.

»Der Anbau ist im Park«, erklärte er.

»Im Park?« Henry hob die Brauen.

Kichernd und lachend kamen Lilly und Pia angerast, und Lilly fragte, ob sie eine Orangina haben könnten. Und ein Eis. Und etwas Süßes.

Hanna lächelte und sagte zu Henry: »Was bin ich für eine schlechte Gastgeberin, ich habe euch nicht mal was zum Erfrischen angeboten!«

Henry winkte ab. »Für mich ist das nicht so wichtig. Mach doch den Kindern etwas fertig, und Niklas zeigt mir in der Zwischenzeit den Park, ja?«

Guter Schachzug, dachte Hanna und warf Henry einen vielsagenden Blick zu.

Niklas zuckte mit den Achseln und sagte wenig begeistert: »Von mir aus.«

43

»ALSO KOMM«, sagte Albin. »Welche Körperteile waren es?«

»Er hat die Beine mitgenommen«, sagte Berthe. Sie wischte einige Croissant-Krümel aus dem Mundwinkel und spülte mit einem Milchkaffee nach.

»Nur die Beine?«, fragte Albin.

»Nur die Beine.«

»Ohne Füße?«

»Ohne Füße.«

»Wieso denn das?«

Schweigen. Ruhe. Nur das Ticken der Bahnhofsuhr über der Tür zur Teeküche im Rechtsmedizinischen Institut. Ein Schnaufen von Tyson, der unter Albins Stuhl lag, das in einen Seufzer von Berthe überging.

»Albin, du hast es doch selbst ins Spiel gebracht. Sie war Joggerin. Die Beine fielen ihm auf. So wie die Hände der Gitarristin und die Füße von dem anderen Mädchen.«

»Aber … Die Füße sind doch an Beinen dran.«

»Die nahm er aber nicht mit.«

»Er hat wirklich nur die Schenkel mitgenommen?«

»Ober- und Unterschenkel. Links und rechts.« Berthe streckte das Bein unter dem Tisch hervor und zeigte die Schnitte mit der Handkante. »Hier am Oberschenkelhals. Hier am Fußknöchel. Sämtliche Fußknochen lagen in dem Grab. Neben den Turnschuhen.«

Das Grab …

Sie hatten es in einem Feld gefunden. In einer Kirschbaumplantage, und zwar fast genau dort, wo Albin es vermutet hatte. Und genau auf die Art und Weise, die er Theroux vorgeschlagen hatte: eine Kombination aus Bodenradar und Leichenspürhunden. Die anschließende Öffnung des Bodens war akribisch vorgenommen worden. Die Knochen und alles Weitere hatten sie zum Röntgen und zur Untersuchung nach Nîmes gebracht, wo heute Berthe Dienst schob, wie Albin mit einem unverfänglichen Anruf in der Zentrale des Instituts festgestellt hatte. Nach dem Telefonat hatte er aus dem Altpapier einen Karton mitgenommen und war nach Nîmes gefahren. An der Eingangsschleuse hatte er sich als Mitarbeiter eines Paketdienstes vorgestellt, auf den Karton gedeutet und gesagt, dass er von Berthe eine persönliche Unterschrift für die Sendung brauche und einen Personalausweis sehen müsse, weil sich in dem Paket etwas »Frei ab 18 Jahren« befinde. Berthe hatte sich darüber total aufgeregt, aber über die Schokocroissants gefreut, die in dem Karton waren, und dann erklärt, dass sie Albin über nichts Auskunft geben würde und für die Knochen sowieso ein forensisches Gutachten hermüsse, das sie in Nîmes nicht machen konnten.

Albin sagte: »Ich verstehe nicht, warum er die Beine nicht komplett mitnahm. Das ist unlogisch.«

»Vielleicht gefielen ihm die Füße nicht, ganz einfach.«

Albin machte ein fragendes Gesicht.

»Scheint doch so, nicht? Er hat ihr zumindest die Laufschuhe ausgezogen. Was für eine Begutachtung spricht. Er mochte nicht, was er sah. Viele, die regelmäßig laufen, haben eher derbe Füße, wenn du weißt, was ich meine. Vielleicht gab es Geruch, so blöd es klingt.«

Es klang so, ja. Aber grundsätzlich hatte Berthe sicher recht. Die einfachste Antwort war meist die beste – zumindest so lange, bis es eine bessere gab.

»Was ihm fehlte«, sagte Berthe, »holte er sich von Nicole Langlois. Weil ihm das besser gefiel.«

»Er ist extrem wählerisch und perfektionistisch«, meinte Albin.

»Nun, ist man nicht wählerisch, wenn man nach Perfektion strebt?«

»Dennoch widerspricht das der Methode, Berthe. Die Chance, dass du rein zufällig im Vorbeifahren oder sonst wo eine rothaarige Frau siehst, die zudem alleine unterwegs ist und sich auch niemand anderes als Zeuge in der Gegend befindet, ist schon wirklich sehr gering. Okay, deswegen erstrecken sich die Morde über eine so lange Zeit hinweg. Aber: Wenn du dann ein so rares Opfer in einer so extrem seltenen Situation antriffst – dann bist du doch nicht derart kleinlich?«

Berthe erwiderte: »Na ja, aber eine extrem seltene Beute ist doch viel wertvoller als eine beliebige. Und wenn du als Perfektionist dann zusätzlich nicht einfach nimmst, was du kriegen kannst, dann … Hm. Also, dann wird doch die Trophäe, die du mitnimmst, noch zusätzlich veredelt, weißt du?«

Albin verstand. Der Mörder machte quasi Jagd auf Einhörner, weil er auf das Elfenbein scharf war – aber ihm war längst nicht jedes Stück Elfenbein gut genug.

Albin sagte: »Weil wir über Perfektion sprechen. Sylvie war das erste Opfer, von dem wir wissen, und die Ausführung der Tat war außerordentlich sauber …«

»Nein«, sagte Berthe.

»Nein – was?«

»Die Antwort ist: Nein, er hat es nicht sauber ausgeführt.

Überhaupt nicht. Nichts spricht für Routine. Man kann natürlich nicht ausschließen, dass er vorher geübt hat. Dass es Opfer vor Sylvie gibt, von denen ihr noch nichts wisst. Es kann aber genauso gut tatsächlich der erste Fall gewesen sein.«

»Warum war es nicht sauber?«

»Er hat verschiedene Anläufe unternommen, um die Beine abzuschlagen. Das erkennt man an den Schnittstellen und Kerben. Bei den Knöcheln ist das Durchtrennen noch relativ einfach, weil um die Knochen herum wenig Gewebe vorhanden ist. Nur harte Sehnen und Bänder. Am Oberschenkelhals ist jedoch jede Menge Muskelfleisch, das du nicht einfach mit einer Axt durchschlägst, wenn du das noch nie getan hast. Es gibt nach. Federt. Dazu kommt, dass ein Knochen nicht mit einem trockenen Ast vergleichbar ist. Eher mit einem grünen, jungen Ast.«

»Also hat er diverse Male darauf eingeschlagen, bis er die Beine abgetrennt hatte?«

»Genau. Hätte er Übung gehabt, hätte er gar nicht erst eine Axt dazu genommen, sondern ein anderes Werkzeug.«

Albin schwieg eine Weile und betrachtete Berthe dabei, wie sie ihren Kaffee leerte.

Dann fragte er: »Wie genau ist das mit diesem Formalin?«

»Habe ich dir doch schon erklärt.«

»Erklär es mir nochmals.«

Berthe erklärte es erneut.

Albin fragte: »Wie sieht es mit Alkohol aus?«

»In Alkohol kannst du natürlich auch Körperteile als Nasspräparate konservieren. Früher haben sie das mit Ethanol gemacht.«

»Ethanol?«

Albin dachte an die Regale in Lehmanns Werkstatt. Die Kanister. Für die Kamine, hatte Marie gesagt.

Berthe nickte. »In Ethanol, ja. 70-Prozent-Lösungen. Früher wurde das dauernd gemacht. Also: ganz früher. In Sammlungen an Universitäten oder Museen findest du jede Menge davon. Die Präparate dort haben einen ganz bestimmten Look, wenn du so willst. Denn der Nachteil an Ethanol ist, dass die Farben ausbleichen. Alles wird etwas gelblich.«

»Ein Körperteil-Connaisseur würde das eher nicht wollen.«

»Wahrscheinlich nicht. Es sei denn, er will seine Sammlung nur vorübergehend konservieren oder steht auf Retro-Look.«

Albin war versucht zu grinsen, ließ es aber. Er fragte: »Ich nehme also einfach Alkohol oder Ethanol und werfe die Sachen rein und schraube das Glas oben zu.«

Berthe lachte und schüttelte den Kopf zu. »Nein, so einfach ist das nicht. Du nimmst nicht ein Marmeladenglas, gießt irgendwas rein und schmierst den Deckel mit Silikon zu. Du musst das Gewebe auch vorher fixieren, das ist eine Wissenschaft für sich.«

»Also muss man sich schon genau auskennen.«

»Wenn man das richtig machen will, dann schon.«

»Ich nehme also nicht einfach …« Albin deutete herum. »Ethanol als Kaminbrennstoff und mixe mir daraus etwas.«

Berthe zuckte die Achseln. »Du wirst nicht allzu lange Freude an den Präparaten haben. Man nimmt heute ja auch ganz andere Lösungen.«

»Aber früher nicht.«

»Früher nicht.«

»Früher nahmen sie Ethanol, und das geht auch heute noch.«

Berthe verdrehte die Augen. »Albin, worauf, zum Teufel, willst du hinaus?«

Albin griff in die Leinentasche, die neben ihm an der Stuhllehne hing. Darin hatte er die Croissants mitgebracht, aber auch noch etwas anderes. Er nahm die Flasche heraus, die ihm Marie gegeben hatte. Schraubte sie auf und schob sie über den Tisch zu Berthe hin.

»Ich frage mich, ob man aus Alkohol zum Schnapsbrennen oder hochprozentigem Ethanol, das man in diesen neuen Kaminen verwendet, eine Flüssigkeit herstellen kann, in der man Leichenteile konservieren kann. Ich gehe davon aus. Ich glaube es und kann es mir vorstellen. Aber ich bin kein Wissenschaftler oder Mediziner.«

Berthe schnüffelte vorsichtig an der offenen Flasche. Sie betrachtete das Etikett, las das Kleingedruckte. Dann wandte sie sich wieder zu Albin.

»Natürlich funktioniert das«, antwortete sie mit einem Achselzucken und schnippte gegen die Flasche. »Wenn du dich etwas auskennst, kannst du so etwas wie in der Flasche dazu benutzen. Kennst du dich aus, bist du Präparator, hast einen Job beim Bestatter, bist Anatom oder Biologe, Mediziner oder an der Uni oder kennst jemanden, den du fragen kannst …«

Albin überlegte einen Moment. Er fragte: »Uni? Wo sie diese alten Präparate in Ethanol aufbewahren, wie du eben sagtest?«

»Meine Güte, an welchen Unis denn sonst? An Fernunis sicher nicht.«

Albin dachte wieder nach. Leichenteile. Konservieren. Uni. Ethanol. Kamin. Lehmann. Und er ergänzte die gedankliche Kette. Rote Haare. Künstler. Perfekte Frau. Petrarca. Uniprofessor. Wenn er die einzelnen Kettenglieder in eine andere Reihenfolge brachte, wurde daraus eine zusammenhängende Geschichte.

Dennoch …

Erstens konnte man solche Assoziationsketten zu allem Möglichen bilden. Clustern nannte man das. Zweitens suchte sein Gehirn dringend nach einer solchen schlüssigen Kette und betrog ihn vielleicht. Drittens hatte er nach wie vor keinen Schimmer, ob es auch im Château Ledrome oder in Jeremys Wohnung einen modernen, mit Ethanol befeuerten Kamin gab. Viertens würde alles zusammen überhaupt nichts polizeilich Brauchbares ergeben. Nicht das Geringste. Alle möglichen Leute hatten heutzutage solche Kamine. Aber nur einer benutzte vielleicht den Brennstoff nicht zum Befeuern. Dennoch würde einem kein Staatsanwalt, der bei Trost war, auf einer solchen Basis von vagen Gedankenkonstrukten und diffusen Annahmen einen Durchsuchungsbeschluss ausstellen.

Und fünftens, fragte sich Albin: *»Wie kommst du überhaupt dauernd auf das Château Ledrome? Warum spielt es immer wieder eine Rolle in deinen Gedanken?«*

Tyson stupste unter dem Stuhl seinen Knöchel an und sagte: *»Weil du an Petrarca gedacht hast. An Justin Streubens Studien. Und an die Uni, wo man sich als Professor bei irgendwelchen Spezialisten kundig machen kann über das Mischen von formalinähnlichen Substanzen.«*

»Aber das ergibt überhaupt keinen Sinn«, dachte Albin. *»Justin Streuben ist tot, und Anouk wurde nach seinem Tod ermordet. Er war ein alter herzkranker Kerl.«*

»Nein, das ergibt keinen Sinn. Aber du weißt ja, wie das mit Sinnfragen ist: Ab und zu muss man sie sich dennoch stellen.«

»Und welche noch?«

Tyson meinte: *»Vielleicht die, ob Jeremy eine entsprechende Ausbildung hat und mal Assistent an der Uni war oder beim Bestatter jobbte? Oder Lehmann? Vielleicht auch noch Lehmanns Schwager Valois?«*

»Das wird Theroux herausfinden – wenn ich ihm sage, worauf er noch achten soll.«

»Dann mail ihm das.«

»Oder ich finde es selbst heraus.«

»Vergiss es, das übersteigt deine Möglichkeiten.«

»Albin?«, fragte Berthe. »Hallo? Bist du noch da?«

»Hm?« Albin merkte auf. »Ja. Bin voll da«, sagte er.

44

HANNA STAND IN DER KÜCHE, lehnte mit der Hüfte an dem alten Esstisch und trank kaltes Mineralwasser. Die Kinder hatten sich blitzartig von stummen Säulen in vor Vergnügen quietschende Wirbelwinde verwandelt und tobten nun in dem runden Turmzimmer, aus dem einmal ein Prinzessinnengemach werden sollte. Die zur Terrasse führende Tür stand offen. Hanna erkannte Henry und Niklas, die durch den Park in Richtung Flussufer spazierten und miteinander sprachen. Einmal drehten sie sich um. Niklas schien mit einem Fingerzeig auf die Fassade etwas zu erklären. Hanna winkte ihnen. Henry winkte zurück, Niklas nicht. Er wandte sich zur Seite und führte Henry weiter durch den Park. Wenigstens, dachte Hanna, riss er sich zusammen und benahm sich Henry gegenüber anständig, obwohl er dessen Gegenwart mit Sicherheit hassen würde. Aus zwei Gründen. Henry wäre einerseits in der Lage, Niklas Arbeitssucht entgegenzutreten und sie einzuschränken. Dass ihm seine Droge weggenommen wurde, hatte Henry ihr in der Vergangenheit erklärt, gefiel keinem Junkie – egal, ob er auf Heroin, Alkohol, wie ein Psychotiker auf Adrenalin und Endorphinen war oder auf die Arbeit als Droge stand. Die Sucht kämpfte wie ein lebendiges Wesen ums Überleben und darum, die Kontrolle zu behalten. Sie log, betrog, fälschte, verstellte sich wie ein dämonischer Trickser, um sich weiter von ihrem Wirt zu nähren. Andererseits würde Henry erkennen können, ob Hanna das alles nur überinterpretierte und Niklas eine Show abzog. Ob der Arbeitsrausch zwar vorhanden, aber ungefährlich wäre – worauf sie sich dann wirklich ernsthafte Sorgen darüber machen könnte, dass er eine Affäre hatte. Das eine wie das andere waren in jedem Fall ziemlich miese Alternativen.

Ein Klopfen riss Hanna aus den Gedanken. Sie zuckte zusammen, drehte sich herum und blickte zur offen stehenden Eingangstür. Dort, im Türspalt, erkannte Hanna das freundlich lächelnde Gesicht von Victor Picard.

»Liebe Frau Streuben«, sagte er und machte eine beschwörende Geste, »verzeihen Sie vielmals, ich wollte Sie nicht erschrecken. Ich war gerade unterwegs und dachte, ich schaue persönlich vorbei. Ich hätte besser schellen oder anklopfen sollen.«

»Schon okay.« Hanna lächelte und öffnete die Tür weiter. Sie bemerkte Schweißperlen auf Picards Stirn. »Kommen Sie nur herein. Etwas Kühles zu trinken?«

»Das wäre wunderbar. Die Luft ist schrecklich drückend. Es soll ja heute noch ein Unwetter geben.«

In der Tat: Die Luft war zum Schneiden und feucht wie ein warmer Waschlappen. Geradezu tropisch. Kein Lüftchen regte sich. Der Himmel war diesig und gelblich. Fast wie bei einem Sandsturm. Im Radio hatten sie heftige Gewitter mit Starkregen und Sturmböen vorausgesagt, wobei nicht klar war, ob es nur die Küste erwischen oder die Schlechtwetterzone bis ins Inland vordringen würde. Weswegen der Wetterdienst für ganz Südfrankreich Unwetterwarnungen herausgegeben hatte.

Picard trat ein, sah sich um und würdigte die Küche als auch das Château insgesamt mit lobenden Worten, während

Hanna ihm ein kaltes Mineralwasser reichte. Picard entschuldigte sich ein weiteres Mal für sein »überfallartiges« Erscheinen. Und schließlich nannte er den Grund dafür.

»Es gibt Neues über die Manuskripte«, sagte er. »Wie wir besprochen hatten, habe ich mir erlaubt, die Fotos der Papiere Fachleuten zukommen zu lassen. Vorbehaltlich einer Prüfung des Originals, wird die Petrarca-Schrift für echt eingeschätzt. Das Papier in Griechisch ebenfalls, wobei es sich dabei um eine mittelalterliche Abschrift handeln dürfte. Unabhängig vom Inhalt, ist es mithin sehr wahrscheinlich sehr alt und damit ebenfalls sehr wertvoll. Bezieht man den Inhalt mit ein und fragt sich, woher dieser wohl stammt, wird es umso interessanter.«

Hanna wartete einen Augenblick ab, in dem Picard sein Glas leerte. Sie füllte es nach und fragte: »Und?«

»Sie erinnern sich an unser Gespräch über Petrarca und Laura de Noves. Über den Mythos von Apoll und Daphne, den Petrarca sinngemäß auf sein eigenes künstlerisches Leben übertrug?«

Hanna nickte.

»Nun komme ich auf das Manuskript in Griechisch, das mir übersetzt worden ist. Gleichwohl ich dem etwas vorausschicken möchte. Es gibt eine antike, nach der Daphne benannte Stadt: Daphnis, ein Vorort des antiken Antiochia. In Daphnis gab es zahllose Quellen und Lorbeerwälder und einen heiligen Hain, den Hain der Daphne. Sie wurde dort verehrt, ebenfalls Apoll. Man weiß, dass es dort einen geheimen Daphnekult gab, einen Zusammenschluss aus Mystikern und frühen griechischen Alchemisten. Sie waren wie alle Alchemisten auch in späteren Jahren von der Metamorphose begeistert – der Verwandlung des einen in das andere – am besten von Blei in Gold.«

Picard lachte. Hanna schmunzelte. Sie sagte: »Um eine Verwandlung geht es auch in der Sage, richtig? Die Verwandlung von Daphne in einen Lorbeerbaum?«

»Exakt das machte es so interessant für die Alchemisten, die seinerzeit das Geheimnis des Elektrons erkannt hatten: Wenn man Bernstein reibt, erzeugt er eine Spannung. Statische Aufladung. Elektrizität, und die alten Griechen haben verstanden, dass diese Kraft eigentlich toten Dingen gewissermaßen Leben einhaucht. Unter statischer Spannung stehen einem die Haare zu Berge. Nun, und wo einerseits ein Künstler wie Petrarca seine Inspiration daraus zieht, dass er nicht bekommen kann, was er begehrt, zwingt die Hybris einen Wissenschaftler dazu, stets einen Weg für das Unmögliche zu finden.«

Hanna versuchte zu verstehen, was Picard andeuten wollte.

Picard sagte: »Petrarcas Gedichtfragment spricht vom Wunsch, die verstorbene Laura möge doch wieder leben. Der griechische Text spricht von den alten griechischen Alchemisten des geheimen Daphnekultes, die sich mit der Befreiung der Daphne aus ihrem Schlaf im Lorbeerbaum durch das Elektron befassen. Das eine ist die vom Wunsch beseelte Hoffnung. Das andere ist die Idee von der praktischen Umsetzung: dem Erwecken einer Göttin. Und in der Kombination sind diese beiden Papiere …« Picard verzog den Mund, schien nicht die richtigen Worte zu finden, »bemerkenswert«, schloss er dann. »Bemerkenswert, weil sie zeigen: Petrarca hat sich nicht nur mit einem Traum, sondern auch der Verwirklichung befasst. Das ergibt ganz neue wissenschaftliche Ansätze, um sein Werk zu beurteilen, wissen Sie?«

Hanna verstand nichts. Sie fragte: »Dieser Kult hat sich damit befasst, Tote zum Leben zu erwecken?«

»Ja. Mit Hilfe des Elektrons. Mit Hilfe von Elektrizität. Das Manuskript spricht genau darüber: über die Belebung von Körper und Geist durch das Elektron. Über die Befreiung der Daphne.«

»Das klingt total gruselig.«

»Vielleicht war es sogar mehr als das. Bedrohlich und ketzerisch. Sie wissen, was man über das Orakel von Delphi erzählt? Lange wurde dort Gaia angebetet, eine Naturgottheit, bis ein Apollkult alles revolutionierte. Sieht man die Daphne ebenfalls als Naturgöttin, käme ihre Wiedererweckung einer Konterrevolution gleich. Weswegen der Daphnekult sicher äußerst im Geheimen operierte. Wie eng der Mythos von Daphne und Apoll übrigens mit Delphi und dem Orakel verknüpft ist, zeigt sich in der Verwendung des Lorbeers.«

Hanna stutzte.

»Sie erinnern sich: Daphne im Lorbeerbaum. Apoll macht den Lorbeer zu seinem Symbol. Die Priesterinnen von Delphi nutzten den Lorbeer für ihre Orakelsprüche. Einerseits als Zeichen des Apoll sowie gewissermaßen als eines der Daphne, der alten Naturgottheit. Aber vor allem auch deswegen, weil Lorbeer eine berauschende Wirkung hat. Man weiß: Die Pythia, die wichtigste Priesterin Delphis, saß über einer Erdspalte und sagte Orakelsprüche auf. Sie war womöglich von aufsteigenden Gasen umnachtet. Man weiß aber ebenso: Genießt man Lorbeer in größeren Mengen oder verbrennt ihn als Räucherwerk und inhaliert den Rauch, führt es zu Trance und Bewusstseinsstörungen.«

Hanna dachte nach. Dann fragte sie schließlich: »Was bedeutet das letztendlich für den Wert der Papiere?«

»Ich denke, eine Menge«, erwiderte Picard, lachte leise

und machte mit einer Hand eine abwehrende Geste. »Ich weiß, ich bin ein schrecklicher Verhandlungspartner und rede mich um Kopf und Kragen, wenn ich derlei Dinge sage. Andererseits bin ich wirklich sehr daran interessiert, die Manuskripte einer wissenschaftlichen Auswertung zuzuführen, wozu ein Ankauf unabdingbar sein wird – und genau dafür möchte ich einfach gerne werben. Aber natürlich wird es in jedem Fall nötig sein, die Originale davor noch einer Expertise zuzuführen, einem offiziellen Gutachten – gleichwohl ich mir fast sicher bin, dass es in Justins Unterlagen bereits ein solches Zertifikat geben müsste. Ich kann mir nicht denken, dass er sie ohne ein solches angekauft hat. Zudem wäre interessant: von wem? Weswegen ich mir dachte, dass ich einmal bei Ihnen vorbeifahre, um …«

»Welches Zertifikat?«, fragte Niklas.

Hanna wirbelte herum und fühlte sich wie vom Blitz getroffen. Niklas stand in der Tür zur Terrasse. Henry hinter ihm. Sie hatte beide gar nicht kommen gehört. Und nun hatte Niklas womöglich alles mit angehört, und ihm wäre klar, dass sie hinter seinem Rücken …

»Welches Manuskript? Welche Gutachten? Welche Originale?«, fragte Niklas erneut im Hereinkommen.

Er lehnte sich nach vorne, stützte sich mit den Händen auf dem Tisch ab und blickte zwischen Hanna und Picard hin und her. Hanna bemerkte das leichte Zucken an Niklas' Augenwinkeln. Hinter ihm kam Henry in die Küche und blickte so sachlich wie immer.

»Guten Tag, Herr Streuben«, sagte Picard. »Mein Name ist …«

»Ich weiß, wer Sie sind«, erwiderte Niklas, der Hanna mit einem Blick fixierte, als wolle er sie wie einen Schmetterling aufspießen. »Hanna, gibt es irgendetwas, das ich wissen müsste?«, fragte er.

Hannas Blicke flitzten zwischen den drei Männern hin und her. Tja, die Stunde der Wahrheit schien gekommen zu sein. Warum auch nicht. Sie überlegte – und entschied, dass es drei gegen einen sein würde, da sie Picard auf ihrer Seite glaubte und davon ausging, in jedem Fall Unterstützung von Henry zu erhalten. Also holte sie tief Luft, atmete schwer aus. Und erzählte schließlich, was sie mit den Manuskripten getan hatte, dass sie bei Picard damit gewesen sei, und ergänzte, dass sie mit der möglichen Kaufsumme alle Probleme los wären. Erklärte außerdem in Richtung Henry, um welche Art von Papieren es sich handelte. Niklas sagte erst gar nichts. Aber Hanna erkannte, dass er kurz vorm Explodieren war.

Schließlich schüttelte er mit dem Kopf, starrte auf die Tischplatte und presste leise hervor: »Das … das kommt überhaupt nicht in Frage.«

Picard lupfte die Brauen, sah betreten zur Decke und schien sich fehl am Platz zu fühlen. Henry vergrub die Hände in den Taschen seiner Shorts und hörte zu.

»Niklas«, sagte Hanna, »was sollen wir denn mit den Papieren, und wenn wir …«

»Du hast das wirklich hinter meinem Rücken abgezogen?«

»Du hättest dem doch nie zugestimmt.«

»Nein, das hätte ich nicht.«

»Also.« Hanna zuckte die Schultern.

»Du hintergehst mich auf eine solche Art und Weise, ich … Ich kann das nicht fassen, Hanna.«

»Niklas, nun übertreib doch nicht, es geht doch nur …«

»Hier übertreibt niemand. Allenfalls treibst *du* es auf die Spitze.«

Picard faltete die Hände wie zum Gebet. Legte die Fingerkuppen an die Lippen und sagte leise: »Herr Streuben, wenn ich vielleicht als Vorschlag zur Güte ...«

»Sie!«, blaffte Niklas schließlich los und zeigte mit drohendem Zeigefinger auf Picard. »Sie halten am besten einfach die Klappe!«

Picard entfaltete die Hände zu einer beschwichtigenden Geste.

»Sie«, schnauzte Niklas weiter, »sind doch nichts weiter als ein Leichenfledderer, der hier abstauben will! *Wenn* Onkel Justin gewollt hätte, dass jemand die Manuskripte erhält, dann hätte er das verfügt. Er hat aber gewollt, dass sie im Besitz der Familie bleiben. In *meinem* Besitz! *Falls* es ihn interessiert hätte, dass ...«

»Niklas, bitte, jetzt reicht es«, sagte Hanna.

»... dass irgendjemand sein Allerheiligstes, seine Originalschriften, in die Finger bekommt, dann hätte er schon viel früher andere daran teilhaben lassen, oder?«

»Das ist möglich, aber ...«, sagte Picard leise.

»Aber gar nichts! Sie haben es ja nicht einmal für nötig gehalten, mit mir überhaupt zu reden!«

»Nun, ich sprach mit Ihrer Frau, und ...«

»Ja, das haben Sie großartig gemacht! Sich das schwächste Glied ausgesucht!«

Picard atmete tief ein. Sog die Luft scharf durch die Nase.

Nun meldete sich Henry zu Wort. Er sagte: »Vielleicht solltet ihr über die Sache in Ruhe reden, bevor ...«

Niklas wirbelte herum und schimpfte: »Du hast mir gerade noch gefehlt mit deinem Scheiß, Henry!«

Kleine Speicheltropfen flogen wie in einem Sprühregen durch die Luft.

Henry zuckte schwach zurück, reagierte aber nicht und sagte in Richtung Picard: »Vielleicht ist es besser, Herr Picard, das Gespräch zu einem anderen Zeitpunkt fortzusetzen.«

Hanna nickte und schluckte hart. »Ja. Genau. Tut mir leid, Herr Picard.«

Niklas stieß Henry vor die Brust, der ein wenig taumelte. »Was soll das, he? Kann ich nicht für mich alleine sprechen, Henry?«

»Nur bedingt«, erwiderte Henry und rückte seine Brille zurecht.

Hannas Hände zitterten. Ihre Knie wurden weich. Der Blick, mit dem Niklas Henry anstarrte … Und Henry blickte ungerührt und eiskalt zurück.

»Herr Picard …«, sagte sie leise.

»Natürlich.« Picard nickte. Verdattert, irritiert, drückte Hanna zum Abschied einmal den Oberarm und rang sich ein Lächeln ab. Dann sah er zu, dass er so schnell wie möglich hier rauskam. Seine Schritte knirschten rasch über den Kies.

»Was soll das heißen«, zischte Niklas, »dass ich nicht für mich selber sprechen kann?«

»Ich habe *bedingt* gesagt. Weil du im Moment nicht ganz du selbst bist«, antwortete Henry. »Natürlich regst du dich gerade sehr auf und hast einen guten Grund dazu. Aber du würdest doch normalerweise nicht so sehr ausflippen. Du würdest mich nicht vor die Brust stoßen, und du würdest dich fragen, warum Hanna das wohl so und nicht anders gemacht hat.«

Niklas legte den Kopf schief und streckte das Kinn herausfordernd vor. »Was willst du mir sagen, Sigmund Freud?«

»Eine klare Antwort?«

»Ja, und zwar dalli.«

»Du bist auf dem besten Wege, wieder krank zu werden.«

Niklas lachte laut.

Als ginge ihn das alles gar nichts an, erklärte Henry weiter: »Deine viele Arbeit, Justins Tod, dann das Hotel, der Umbau – das ist alles too much. Medizinisch würde ich es Belastungsdepression nennen. Burn-out. Tust du nichts dagegen, wird es immer schlimmer, und du musst in eine Klinik.«

Wieder lachte Niklas. »Ich gehe doch in keine Klinik!«

Henry zuckte nur mit den Achseln. »Musst du auch nicht. Aber wenn es schlimmer wird, entscheiden andere das für dich.«

»So ein Bullshit!«

»Du weißt, dass es keiner ist, Niklas.«

»Und wer sollen diese *anderen* sein? Etwa du?«

Wieder zuckte Henry mit den Achseln. »Ich, Hanna, die örtlichen Behörden – was spielt das für eine Rolle?«

Niklas presste die Lippen zusammen. Starrte hektisch hin und her. Blieb mit dem Blick an einem Messerblock haften.

Henry bemerkte das. Hanna ebenfalls. Ihr Herz stand beinahe still.

»Ich sage dir nur, was passieren könnte, Niklas. Vielleicht brauchst du erst mal nur etwas Ruhe.«

Niklas starrte Henry an, dann wieder die Messer. Wieder Henry.

»Im Ernst«, meinte Henry und nickte. »Regen wir uns alle wieder ab. Vielleicht machst du einfach im Anbau weiter. Und ich rede mal mit Hanna darüber, dass sie Mist gebaut hat, okay? In einer halben Stunde merken wir dann alle, dass sich die Dinge in Ruhe viel besser klären lassen.«

Niklas presste die Lippen zusammen. Er wandte sich an

Hanna. Er sagte: »Ich kann es nicht fassen, dass du mich so hintergehst und mich so auflaufen lässt vor deinem Bruder und vor diesem Picard-Arsch.«

Hanna seufzte und sagte mit bebender Stimme: »Niklas, ich …«

»Ach, vergiss es doch!«, bellte er, wirbelte herum und marschierte schnurstracks aus der Küche heraus.

Hanna hielt sich die Hand vor den Mund und presste zwischen den Fingern heraus. »Siehst du, was ich meine, Henry?«

»Ich sehe, was du meinst.« Er stieß sich mit der Hüfte ab, ging zu Hanna und legte den Arm um sie.

»Kriegen wir das wieder hin?«

»Ich denke schon. Ich habe ihn gerade auch etwas provoziert.«

»Ich weiß nicht, was ich tun soll.«

»Hanna, du bist in einem anderen Land und fühlst dich unsicher. Deswegen hast du mich angerufen. Deswegen bin ich gekommen.«

Hanna drückte sich an Henry und wiederholte: »Kriegen wir das hin?«

»Ja«, sagte er. »Wir kriegen das hin.«

45

DIE STADT WIRKTE an diesem Samstagmittag betriebsam. So quirlig wie viele Städte im Süden, die einem den Eindruck vermittelten, sie seien mindestens doppelt so groß, wie sie wirklich waren. An Freitagen war es ziemlich schlimm. In den engen Straßen von Carpentras drängten sich dann die Menschen auf dem Wochenmarkt – einerseits unter den Platanen am Parkplatz der Avenue Jean Jaurès direkt gegenüber der Crédit Agricole, andererseits in der ganzen Innenstadt bis zur Mairie an der Place Maurice Charretier, bis hin zur Kirche und zur Porte d'Orange. Überall klang aus kleinen Boxen, die an den Straßenlaternen angebracht waren, Musik. Auch Werbung. An den zahllosen Marktständen, unter grünen, roten und blauen Markisen wurde alles Mögliche angeboten. Die volle Wucht der Provence.

Frisches Obst, Gemüse, Gewürze, Fisch, Fleisch, Seifen, Kräuter, Käse und so ziemlich jedes nur erdenkliche Produkt, was man aus Lavendel fertigen konnte – hier gab es alles, und zwar frisch vom Feld. Dazwischen jede Menge Stände mit Schnickschnack aus China und andere, wo T-Shirts mit Aufdrucken von Heavy-Metal-Bands oder quietschbunte Rüschenkleider angeboten wurden.

Heute, am Samstag, drängten sich die Menschen eher auf den Parkplätzen der Supermärkte und in den Lebensmittelgeschäften der Innenstadt. Wie die Lemminge, hatte Albin gedacht. Als habe der Wetterbericht mit den Ankündigungen von Gewittern die ganzen Schönwetterprovencalen zu Hamsterkäufen veranlasst.

Beim Fleischer an der Rue Vigne hatte Albin kurz gestoppt und sich die Auslagen angeschaut. Weil er Véroniques mahnende Stimme über vernünftige Ernährung im Ohr hatte, war er auch hineingegangen. Ausgerechnet bei den Gebrüdern Brunet, die schon im Schaufenster damit warben, dass sie im Gault Millaut eine Doppelseite über den Laden gebracht hatten, wobei einem bereits beim Lesen die Euros aus der Brieftasche wanderten. Egal, es war wenigstens noch ein vernünftiger Schlachter. Mit einer schönen mit Holz verkleideten Fassade und goldenem Schriftzug, und drinnen trugen die Mitarbeiter allesamt feine blauweißgestreifte Fleischerhemden und keine Arztkittel wie hinter den Supermarkttheken.

Albin hatte sich einen Überblick verschafft, aber keine Ahnung gehabt, was er mit dem ganzen leckeren Fleisch anfangen sollte und wie man es ordentlich zubereitete. Schließlich hatte er sich einige Salamis vorführen lassen. Und nicht widerstehen können. Betört von dem Duft und beinahe so bekifft wie gestern von dem Kräuterfeuer am Château, hatte er zwei knüppelharte Würste gekauft. Der Vorteil daran: Tyson würde ihm keine davon wegessen, weil er auf dieses salzige Zeug nicht stand. Schließlich war Albin zum Café an der Mairie marschiert, von dem aus man einen guten Überblick hatte und auf einen Brunnen schaute. Der Platz vor dem Rathaus war freitags vom Wochenmarkt belegt. Heute war er leer. Leer und staubig und nur von eiligen Passanten frequentiert. Autos fuhren hin und her. Lieferwagen. Gepäckdienste.

Albin saß da, las Zeitung und trank einen Milchcafé, während Tyson unter dem Plastiktisch Wasser aus einer Schale schlabberte und am Futter herumkaute, das Albin ihm daneben gestreut hatte. Er hatte immer in der Hosentasche etwas dabei, diese kleinen Verpackungen, die einen an Gummibärchentüten für unterwegs erinnerten.

Er sah sich das Treiben an, warf ab und zu einen Blick auf die Uhr. Nach etwa einer Viertelstunde erkannte er schließlich die Person, auf die er hier wartete. Bepackt mit mehreren Einkaufstüten drängelte sie sich zwischen zwei gepanzerten Bankfahrzeugen hindurch und war lediglich darauf fokussiert, heil am Café anzukommen. Weswegen sie Albin erst im letzten Moment bemerkte, als dieser die Tageszeitung zusammenfaltete, auf den Tisch legte und sich eine Zigarette anzündete.

»Nee, oder?«, sagte Theroux.

»Dir auch einen schönen Tag, mein Lieber.«

»Was machst *du* denn hier?«

»Auf dich warten.«

»Aber …«

»Der Mensch ist ein Gewohnheitstier. Du gehst jeden Samstag zum Gemüsemann und beim Bäcker einkaufen und anschließend hier einen Espresso trinken. War also nicht so schwer, wie du vielleicht denkst, Theroux.«

Theroux seufzte, zuckte mit den Achseln, stellte dann die Einkäufe ab und setzte sich auf den Plastikstuhl neben Albin, der nachdenklich weiße Wolken in den diesigen Himmel paffte. Konnte nicht mehr lange dauern, dann würde es gießen wie aus Kübeln. Oder auch nicht. Der Wetterbericht hatte sich nicht festgelegt – beinahe wie die Politiker.

Albin bestellte einen Espresso für Theroux, der prompt serviert wurde. Dann fragte Theroux: »Also gut, nur pro forma: Was willst du?«

Albin erwiderte: »Was habt ihr über diesen Maler?«

»Hast du einen Schimmer, was mir alles an den Hacken klebt? Wir haben auf einen Schlag hundert Baustellen eröffnet, Albin, da kann ich mich nicht um jeden Mist kümmern, bloß weil der feine Herr Leclerc ein Jucken im großen Zeh verspürt!«

Albin drückte die Zigarette aus. »Aber du hast dich trotzdem darum gekümmert.«

Theroux sagte eine Weile nichts. Trank seinen Espresso und dazwischen das Glas Wasser, das dazu gereicht worden war. Schließlich entschied er sich, doch etwas zu sagen.

»Vor einigen Jahren ist gegen ihn ermittelt worden. Es gab sogar ein Verfahren.«

»Aha?« Albin lehnte sich im Stuhl zurück.

Theroux erklärte: »Seine Frau verlässt ihn, und er dreht durch. Lauert ihr überall auf und geht ihr fürchterlich auf die Nerven. Sie zeigt ihn wegen Stalking an und erwirkt eine einstweilige Verfügung. Er hält sich nicht dran, muss ein hohes Ordnungsgeld bezahlen. Ist total besessen von ihr. Schließlich fährt sie in die Ferien nach Arcachon, radelt herum und wird von einem Auto angefahren und schwer verletzt. Drei Tage später stirbt sie. Der Unfallwagen wird nicht gefunden, aber wegen der Vorgeschichte nehmen sie ihren Ex-Mann unter die Lupe – Jeremy Breton. Und siehe da: Er war ihr tatsächlich nach Arcachon hinterhergefahren. Es gibt ein Verfahren gegen ihn, aber offenbar ist er sauber. Sie können ihm nichts nachweisen und stellen die Ermittlungen ein. Er packt seine Koffer, bricht alles hinter sich ab und zieht hier herunter. Voilà.«

»Hatte sie rote Haare?«, fragte Albin.

»Nein, sie war brünett.«

Albin dachte an die Bilder, die er in Jeremys Atelier gesehen hatte. Die Gemälde, die an der Wand lehnten. Allesamt Frauenporträts. Er hatte angenommen, dass es alles Bilder von Jeremys Freundinnen sein könnten. Vielleicht zeigten sie aber auch immer wieder dieselbe Frau, und Albin hatte es wegen der abstrakten Malweise nicht erkannt. Und dazwischen das Bild von Hanna Streuben.

»Keine Ahnung, Albin«, sagte Theroux. Er fasste nach seinen Plastiktüten und hob sie auf den Schoß. Bereit aufzubrechen. »Jedenfalls genügt das überhaupt nicht, um ihn zu einer Vernehmung vorzuladen oder seine Wohnung zu durchsuchen.«

»Hast du ein Bild von seiner Frau?«

»Ja, aber nicht für dich, das kannst du dir abschminken.«

»Der Name?«

Theroux verdrehte die Augen. »Du weißt doch ganz genau ...«

Albin machte eine abwehrende Geste. »Ist irgendetwas in seiner Vita auffällig? Hat er mal als medizinischer Assistent gejobbt? Bei einem Bestatter oder Präparator oder so?«

»Nichts dergleichen. Warum?«

Albin erklärte Theroux noch einmal die Sache mit dem Ethanol und dem Alkohol.

Theroux sagte: »Darüber sprachen wir doch schon. Lehmann und so.«

Albin nickte und ergänzte es um die Informationen, die er von Berthe hatte, ohne dabei Berthes Namen zu erwähnen. Und erklärte, warum er nach den speziellen Jobs gefragt hatte. Meinte noch, dass man sich in diesem Hinblick auch Lehmann und seinen Schwager ansehen sollte. Dass die sicher

Fahrtenbücher führen würden, die man sich einmal ansehen könne.

Theroux seufzte. »Albin … Auch wenn das alles Hand und Fuß haben mag, kann ich niemanden vorladen, bloß weil er einen Ethanolkamin hat oder Alkohol zum Schnapsbrennen lagert, okay? Ich kann keinen Baumarkt durchsuchen, bloß weil sie dort …«

»Ihr könntet Jeremy nochmals als Zeugen anhören. Vorgeblich wegen Venasque und dem Fall Langlois. Und dann dreht ihr die Vernehmung in eine andere Richtung und fühlt ihm auf den Zahn. Seht euch die ganzen Frauengemälde mal genauer an.«

»Frauengemälde? Will ich wissen, woher du weißt …«

»Willst du nicht«, sagte Albin, der sich eine weitere Zigarette angezündet hatte und nun heftig daran zog.

»Mann, wir haben zurzeit zig Zeugen wegen Anouk und Roussillon zu vernehmen!«

»Vielleicht war Jeremy ebenfalls dort.«

»Wegen dieses Flyers, meinst du? Weil er dort ausgestellt hat, oder wie?«

Albin dachte an die ausgedruckten Bilder von den Ockerbrüchen bei Jeremy. An den Mann mit dem Fotoapparat.

»Vielleicht war er auch dort«, wiederholte Albin. »An genau dem Abend. Ihr könnt ihn doch ruhig mal fragen.«

Theroux hielt seine Einkäufe fest, als sei etwas unheimlich Wertvolles in den Tüten, und starrte Albin nachdenklich an. Im Aufstehen fragte er: »Warum hast du dich so auf den Kerl eingeschossen?«

»Weil er eine Menge Kriterien erfüllt, oder? Mehr als jeder andere Verdächtige bislang«, erwiderte Albin und starrte zurück.

Theroux dachte eine Weile nach. Er sagte: »Also gut. Ich lasse mir Montag was einfallen.«

»Montag?«

»Ob vielleicht gerade Wochenende ist? Und nur die Bereitschaft an Bord?«

Albin sog an der Zigarette, inhalierte tief und sagte nichts.

»Ich habe aber keine Bereitschaft. Meine Mutter hat Sonntag Geburtstag und wird fünfundsiebzig. Und ich schiebe ein Überstundenkonto vor mir her, nach dem ich bereits jetzt schon in Rente gehen könnte.«

Albin überlegte, dass der Kriminaldauerdienst sich bedanken würde, wenn er wegen so einem Kleinkram wie einer getürkten Vernehmung und mit einem halbgaren Briefing losgeschickt würde, von dem er unterwegs die Hälfte wieder vergaß. Dass er anschließend einen Bericht schrieb, in dem man im Fachkommissariat montags dann lesen würde, dass die befragte Person ihre Aussage wiederholt hatte und am betreffenden Tag nicht in Roussillon, sondern zu Hause vor dem Fernseher gewesen war, was aber keiner bezeugen könne – und peng.

Er sagte zu Theroux: »Dann mach es Montag. Und kauf dir einen Mops, wenn du in Rente gehst. Dann gehen wir zusammen Gassi.«

Theroux grinste und sagte: »Ich kaufe mir lieber 'ne Harley und mache in St. Tropez einen auf dicke Hose.«

»Super«, sagte Albin. »Aber setz unbedingt deine Pornostarbrille auf.«

Theroux lachte. Albin wünschte ihm ein schönes Wochenende und blickte ihm hinterher, als er ging. Dann drückte er die Zigarette aus, legte ein paar Euro auf den Tisch und meinte leise zu Tyson: »Dann rede ich eben selbst mit Jeremy.«

Tyson schaute mit gerunzelter Stirn nachdenklich zurück und antwortete: *»Weißt du was? Mach doch, was du willst, machst du ja sowieso, sturer Esel.«*

Verdammt, dachte Albin, *der Hund redet inzwischen schon genau wie ich.*

46

DER ÄRGER IM CHÂTEAU riss mit Picards Verschwinden nicht ab. Niklas hatte Henry den Nachmittag über geflissentlich ignoriert und Henry Hanna verdeutlicht, dass er seine Worte mit Bedacht gewählt hatte.

»Ich meine das wirklich ernst«, meinte er, während sie auf der Terrasse saßen und Niklas sich im Anbau eingebunkert hatte, um sich dort um die Elektrik zu kümmern, wie er sagte. »Niklas sollte sich um seine Gesundheit kümmern.«

»Aber er wird sich weigern.«

»Früher oder später geht das auch unter Zwang, Hanna. Ich kenne die Regularien in Frankreich nicht, aber auch hier werden Ärzte Gutachten schreiben und Ordnungsbehörden mit der Polizei einschreiten, wenn ein Mensch eine Gefahr für sich und seine Umwelt wird und sich selbst nicht mehr helfen kann. Auch hier wird es Notdienste geben, die das rund um die Uhr in kurzer Zeit veranlassen können.«

»Aber meinst du denn wirklich …«

»Ich kann nur einen Eindruck gewinnen, Hanna. Und der sagt mir, dass er sich zu viel zumutet. Wir beide wissen, dass er disponiert ist für einen Burn-out, den er schon einmal hatte.«

»Also stimmt mein Eindruck?«

»Wie gesagt – es ist alles etwas viel, denke ich.«

»Henry, ich hatte die Befürchtung, er schiebt das alles nur vor. Die vielen Telefonate mit der Firma. Die ganzen Dienstreisen. Und hier zieht er sich immer mehr zurück. Ich dachte … Ich dachte, er schiebt die Arbeit vielleicht vor, weil er eine Affäre hat.«

Nun war es raus. Hanna seufzte. Henry musterte sie eine Weile nachdenklich. Er fragte: »Hast du dafür ernsthafte Belege? Oder ist das nur so ein Gefühl?«

»Eher ein Gefühl.«

»Frauen liegen mit solchen Gefühlen oft richtig.«

Hanna seufzte.

»Frag ihn doch einfach.«

»Was?«

»Frag ihn, ob er eine Affäre hat.«

»Nein, das kann ich doch nicht machen, also bitte.«

»Frag ihn danach und sag dazu, dass du dir Gedanken über seine viele Arbeit und die vielen Mails machst. Der Gedanke würde dich quälen, und du möchtest ihn einmal aussprechen. Ich finde, das kannst du ruhig tun, und ihm wird deutlich werden, wie sehr dich seine momentane Situation beschäftigt.«

»Und … und was ist, wenn er Ja sagt?«

»Dann weißt du Bescheid und kannst entsprechend handeln.«

Hanna seufzte. »Aber … Ich weiß nicht. Hältst du es denn für möglich, dass er eine Affäre hat?«

Henry zuckte mit den Achseln und meinte: »Hanna, ich kann dazu nicht viel sagen. Möglich wäre es natürlich, sicher. Er wäre nicht der erste Mann, der den Job vorschiebt, um eine Affäre zu verschleiern. Andererseits wäre es dann merkwürdig, dass er mit dir in Frankreich ein Hotel bauen und ein neues Leben beginnen will. Abgesehen davon wäre er ein totaler Idiot, wenn er meine Schwester betrügt.«

Hanna lachte leise. »Ja. Ich weiß. Ich ... Ach, ich weiß auch nicht.«

»Ihr müsst darüber sprechen, Hanna. Es ist so: Gegen mögliches Fremdgehen kann ich wenig tun. Ich kann aber etwas dagegen tun, dass Niklas einen Zusammenbruch erleidet, und er steuert darauf zu. Es kann natürlich sein, dass die Belastung durch eine Affäre, die er vielleicht beenden oder fortsetzen will, zu allem dazukommt und ihn zusätzlich unter Druck setzt. Ich weiß, das hörst du nicht gern, aber ...« Henry tippte auf zwei Päckchen, die vor ihm auf dem Tisch lagen. »Habe ich von einem Freund besorgt, der Arzt ist. Als Therapeut verschreibe ich nichts, aber mein Kollege schon. Er bekommt reichlich neue Präparate als Muster. Dafür benötigt man kein Rezept. Das hier ist eines davon. Eine Art Valium. Das andere sollte Niklas ebenfalls einnehmen. Und du solltest ihn am besten ins Auto setzen und nach Hause fahren, wo er eine Soforttherapie beginnen könnte.«

»Aber wir können hier doch nicht alles stehen und liegen lassen, Henry ...«

»Doch. Kannst du. Als ich am Anfang von dem Château hörte, fand ich es wunderbar. Auch die Idee, dass Niklas hier durch die Arbeiten auf andere Gedanken kommen und sich entspannen wird. Dass es sich als gut für eure Beziehung erweist, weil ihr gemeinsam ein neues Leben beginnt und das dafür Nötige zusammen anpackt – du hast in unseren Gesprächen in der letzten Zeit immer wieder mal Andeutungen gemacht, dass es nicht ganz rund läuft zwischen euch. Aber es hat sich dann doch als Fehler erwiesen hierherzukommen. Offenbar waren die emotionalen Bindungen zwischen Niklas und seinem Onkel doch sehr viel tiefer, als du geglaubt hast. Ich denke, sein Tod hat ihn tief getroffen.«

Hanna machte eine wegwerfende Geste. »Sie hatten kaum Kontakt, wirklich, seit Jahren nicht.«

Henry sah sie über den Rand der Brille hinweg prüfend an. »Sicher?«

»Natürlich.«

»Wirklich?«

»Ja.«

Henry blickte wieder nach vorne. »Manch betrogene Ehefrau weiß ebenfalls nichts von den Affären ihres Ehemanns.«

»Den Spruch hättest du dir sparen können.«

Henry zuckte mit den Achseln. »Ich sage nur, dass man sich nie hundertprozentig sicher sein kann, und denke, dass Niklas' emotionale Reaktion für eine tiefere Bindung spricht als angenommen. Dem stünde logisch eigentlich entgegen, dass beide so lange keinen Kontakt mehr hatten. Aber ich mag mich irren. Niklas war oft als Kind und Jugendlicher hier, hast du erzählt. Im Heranwachsen werden sehr viele sehr tiefe Bindungen geknüpft oder Verletzungen erfahren. Wer weiß, wie wichtig für Niklas sein Onkel und das Château in dieser Zeit waren. Vielleicht wusste er das selbst nicht einmal. Und als er schließlich hier ankam und Justin beerdigte, hat ihn das überwältigt. Zudem hat es ihn in einer instabilen Situation getroffen – bedingt durch berufliche Überforderung einerseits und die Herausforderungen, die das Château rein wirtschaftlich an euch stellt, andererseits. Obendrauf kommt die Idee, das bisherige Leben komplett umzukrempeln. Das ist sehr viel auf einmal.«

Hanna saß eine Weile da und starrte auf die Pillenpäckchen.

»Ich habe das alles nicht gewollt«, sagte sie schließlich leise. »Ich habe gedacht … Ich dachte …«

Es schnürte ihr die Kehle zu. Sie konnte nicht verhindern, dass sich ihre Augen mit Tränen füllten. Henry stand auf, kniete sich neben Hanna und nahm sie in die Arme. Drückte sie fest. Sie schniefte. Sog den vertrauten Geruch ein, der ihr Sicherheit gab. Wenigstens für den Moment. Irgendwo über ihr grollte es in den dicken Wolken. Regentropfen klatschten auf den Tisch. Trafen ihren Rücken, wo sie sofort vom Stoff aufgesogen wurden.

Im nächsten Moment näherten sich Schritte. Sie knirschten im Kies. Hanna löste sich von Henry, der sich umdrehte. Als sie ihren Blick hob, sah sie Niklas, der einen Hammer in der Hand hielt. Er blickte auf den Tisch. Auf die Päckchen. Dann sah er zu Henry, zu Hanna, wieder auf die Päckchen. In den dunkelgrauen Wolken über ihm leuchtete ein Blitz auf. Immer mehr Tropfen fielen zu Boden, zerplatzten auf dem Tisch.

»Was ist das?«, fragte Niklas. Er deutete mit dem Hammer auf die Tabletten.

Henry sog die Luft tief durch die Nase ein. Er stand auf und sagte: »Das habe ich für dich mitgebracht, Niklas. Ich denke, du solltest die Pillen nehmen, um wieder ein bisschen zur Ruhe zu kommen, und …«

Niklas schlug vor Wut mit dem Hammer auf den Tisch. Das Krachen vermischte sich mit dem nächsten Donnern. Niklas sah aus wie ein Tiger kurz vor dem Sprung. Die Schultern hochgezogen. Sehnen und Adern traten an seinem Hals hervor. Er schnaufte und sagte leise: »Du bist nicht hierhergekommen, um das Château anzusehen, nicht? Du bist gekommen, weil Hanna dich wegen mir darum gebeten hat, oder? Nur wegen der … Pillen.« Das letzte Wort spie er regelrecht hervor.

Hanna stand auf. Sie sagte: »Niklas, ich …«

Er warf den Hammer scheppernd auf den Tisch. »Wie oft willst du mich noch hintergehen, Hanna? Hm? Die Sache mit den Dokumenten. Mit deinem Bruder hast du mich ebenfalls angelogen. Gibt es noch etwas, das ich nicht weiß, hm? Vielleicht mit deinem Malerfreund? Hintergehst du mich da auch und vögelst mit ihm rum?«

Hanna keuchte. »Nein! Ich … Niklas, ich hintergehe dich doch nicht, ich …«

»Tust! Du! Wohl!«

Henry machte mit beiden Händen eine beruhigende Geste. Er sagte: »Hanna hat sich hilflos gefühlt und mich gebeten zu kommen. Das war es eigentlich auch schon.«

Niklas starrte Hanna an. Seine Blicke gingen ihr durch Mark und Bein. Er schien wirklich zutiefst enttäuscht zu sein. Aber was hätte sie denn tun sollen? Was?

Niklas sagte: »Ich brauche keinen beschissenen Doktor. Schon gar nicht dich, Henry.« Er machte eine Handbewegung und fegte damit die Medikamentenpackungen vom Tisch. »Pack deine Sachen ein und verschwinde von hier.«

Hanna wollte protestieren, aber Niklas schnitt ihr das Wort ab. »Am besten, du verschwindest gleich mit ihm, Hanna!«, blaffte er. »Oder verzieh dich zu deinem Malerfreund und lass dich von ihm durchvögeln!«

Hanna brachte kein Wort hervor. Sie zitterte. Ihre Tränen vermischten sich mit dem Regen.

»Also gut«, sagte Henry ruhig. »Vielleicht ist es wirklich besser, wenn ich wieder fahre.«

»Ja«, sagte Niklas und drehte sich zur Seite. Er nahm den

Hammer wieder in die Hand. »Tu das. Ich will dich in meinem Haus nicht haben.«

Damit setzte er sich wieder in Bewegung und ging zurück zum Anbau. Er trat hinein und schmetterte die Tür hinter sich zu. Hanna sah zu Henry. Henry machte einen Schritt auf sie zu. Fasste sie bei den Schultern und sah sie fest an.

»Sein Standpunkt ist nicht ganz falsch, Hanna.«

»Was …«

»Aber dein Standpunkt ist ebenfalls nicht falsch. Du hast vollkommen richtig gehandelt, als du mich angerufen hast.«

Henrys Brillengläser waren inzwischen von Regentropfen benetzt. Dahinter verschwammen seine Augen.

Er ergänzte: »Er empfindet mich als Provokation. Wir sollten die Situation entschärfen, daher werde ich jetzt fahren.«

Hanna schnappte nach Luft. »Du willst mich doch nicht alleine lassen? Und die Kinder?«

»Wir tun Folgendes, Hanna. An der Autobahnabfahrt habe ich Hotels gesehen. Dort fahre ich ab und nehme mir ein Zimmer. Die Mädchen nehme ich beide mit. Wenn sich Niklas wieder etwas beruhigt hat, redet ihr miteinander. Die Tabletten lasse ich hier. Versuche, ihn davon zu überzeugen, welche zu nehmen. Morgen früh komme ich wieder – unter dem Vorwand, Lilly zurückzubringen. Sollte es Probleme geben, rufst du mich an, okay?«

»Okay«, flüsterte sie.

Henry zog sie zu sich heran und drückte sie nochmals. Leise sagte er: »Wir bekommen das hin. Er muss sich beruhigen, und ich hoffe, dass er dann ein Einsehen haben wird.«

Das hoffte Hanna ebenfalls.

Henry fragte: »Sollte ich irgendetwas über diesen Malerfreund wissen?«

Hanna keuchte ein zittriges Lachen hervor. »Ach das … Es ist nicht wichtig. Nur der Nachbar, ein Künstler, mit dem ich mich angefreundet habe. Er … Er hat ein Porträt von mir gemalt, das ich Niklas eigentlich für sein neues Büro im Anbau schenken wollte …«

»Keine Affäre?«

»Natürlich nicht.«

»Sicher?«

»Sicher.«

»Hast du Niklas vielleicht bewusst eifersüchtig gemacht?«

Hanna atmete tief aus. Sie sagte: »Nicht bewusst, nein. Aber eventuell unbewusst. Möglicherweise wollte ich Niklas ein wenig provozieren.«

»Nur das?«

»Ja«, sagte Hanna. Und zögerte vielleicht einen Hauch zu lang damit.

»Ich meine nur: Vielleicht redest du dir das mit Niklas' möglicher Affäre ein, um damit zu rechtfertigen, selbst eine anzufangen. Könnte das sein?«

»Nein. Ich meine … Nein, glaube ich nicht. Weiß ich. Bestimmt nicht.«

Hanna spürte an der Schulter, wie Henry nickte. Er sagte: »Das mit dem Bild ist eine schöne Idee. Wenn du es Niklas schenkst, kann ich mir vorstellen, dass sich seine Bedenken und die Eifersucht wieder etwas legen. Er wird es als liebevolle Geste von dir sehen, und vielleicht klärt sich sein Blick dann etwas und ihr habt eine gute Basis, um ein paar grundlegende Dinge zu besprechen.«

»Hoffentlich«, flüsterte Hanna. »Das hoffe ich sehr.«

47

ES GOSS INZWISCHEN seit Stunden wie aus Kübeln. Am nachtschwarzen Himmel explodierten Blitze. Ein Gewitter schien sich mit dem nächsten abzuwechseln. Vielleicht war es auch die ganze Zeit über schon ein und dasselbe. Ein beschissenes Riesengewitter, dachte Albin, das Sturmböen mit sich brachte, in denen sich die Bäume bogen und ihre Äste brachen.

Die Regentropfen prasselten wie Maschinengewehr-Salven auf die Karosserie und die Scheiben seines Wagens, der mit eingeschalteter Zündung in einem Feldweg parkte, die Motorhaube zur Straße ausgerichtet und die Scheibenwischer auf Intervallschaltung. Alle zehn Sekunden schaufelten sie das Wasser von der Windschutzscheibe, und der Blick auf die Einfahrt wurde klar. Die Einfahrt führte auf ein Haus zu, in dem Lichter hinter Fenstern glommen. Die Windspiele auf dem Dach waren inzwischen in der Schwärze praktisch nicht mehr zu erkennen.

Im Radio redeten sie die ganze Zeit von zahllosen Feuerwehreinsätzen überall im Süden. Vor allem die Küste hatte es böse erwischt, Cannes und Nizza. Dort waren Schiffe in Seenot geraten, weil sich irgendwelche Idioten nicht an die Warnungen des Wetterdienstes gehalten hatten. Eine Zeitlang hatte es den Anschein gehabt, als würde die Unwetterfront sich dort unten austoben und die Provence nur die Ausläufer abbekommen. Aber dann hatte sie es sich doch anders überlegt, hatte über der Côte d'Azur jede Menge Wasser und Kraft getankt und sich entschieden, an Land zu gehen. Sie war über die Seealpen gekrochen, hatte sich über der Camargue ergossen und ertränkte gerade Marseille. An anderer Stelle war sie vom Ventoux-Massiv aufgeschlitzt worden und blutete sich nun dort leer. Jede Menge Straßen standen unter Wasser. Waren von umgestürzten Bäumen blockiert. Gegenüber dem, was sie alle paar Minuten im Radio durchgaben, befand man sich in der Gegend um Carpentras herum geradezu auf einer Insel voller guter Laune mit strahlendem Sonnenschein.

Erneut schaufelten die Scheibenwischer einen Liter Regen zur Seite. Albin starrte nach vorne, sog an der Zigarette, deren Spitze in der Dunkelheit aufleuchtete wie ein irres Glühwürmchen. Er war am Nachmittag bei Véronique vorbeigefahren. Sie hatten Kaffee getrunken und Kuchen gegessen. Am Abend hatte sie einen Salat gemacht und er ihr dabei geholfen. Oder besser: helfen müssen. Ein köstlicher Salat mit kleinen Tomaten, Putenbruststreifen, Paprika und Ziegenkäse, und Véronique hatte gesagt: »Salat kannst du ruhig öfter mal essen, Albin«. Er hatte sich über den Bauch gestrichen und gemeint: »Bis heute dachte ich, Salat legt man bloß zur Dekoration neben Steaks, damit das Rind sich glücklich und wie auf der Weide fühlt.«

Draußen gewitterte es längst, und er hatte Véronique gebeten, sich ein wenig um Tyson zu kümmern, weil er noch etwas zu erledigen habe. Véronique sah ihn groß an und fragte, was zum Teufel er bei dem Mistwetter noch zu tun habe, und sie hätte ja eigentlich gedacht, dass er noch ein bisschen – oder auch ein bisschen länger – bleiben würde, wobei sie vielversprechend gelächelt und Albin damit beinahe rumgekriegt hatte. Er hatte ihre Hände genommen, ihre Finger geküsst und erklärt, dass er nichts lieber als genau das tun würde. Dass es aber dennoch etwas gäbe, dass er wirklich dringend tun müsse, etwas wirklich Wichtiges – und wenn er zurückkäme, sei er zu restlos allem bereit. Véronique hatte ihn eine Weile durchdringend und mit einem schwachen Lächeln angesehen. Schließlich hatte sie ihre Hände aus seinen gezogen, ihn auf die Stirn geküsst und gesagt: »Tu, was du tun musst. Ich warte auf dich, Albin Leclerc. Pass in dem Unwetter bitte auf dich auf.« Etwas Besseres, dachte er, hätte sie wahrhaftig nicht zu ihm sagen können.

48

HANNA STAND IM FLUR. Regen prasselte gegen das Fensterglas. Sturmböen peitschten um das Château herum, so dass die Äste der Bäume gegen die Scheiben schlugen und daran kratzten wie die knöchernen Finger eines riesigen Wesens, das hereinkommen wollte. Blitze erhellten das Innere, und Hannas Blick fiel auf das Bildnis der Laura de Noves neben der Ritterrüstung, die sich stoisch auf ihrem Schwert abstützte. Hanna schaute in den großen Spiegel, erkannte sich nur noch als Schatten ihrer selbst und sah schließlich auf ihr Handy, das auf der Anrichte vor dem Spiegel lag. Sie nahm es und las die Nachricht von Henry. Alle gut angekommen, ein schönes Hotel in Avignon gefunden, halt dich wacker. Sie legte das Handy zurück auf die Faltblätter, die Albin Leclerc vorbeigebracht und Niklas gegeben hatte. Dort lag auch seine Visitenkarte. Sie starrte auf das beleuchtete Display des Telefons, bis es erlosch, und dachte an Lilly.

Hanna hatte ihr erklärt, dass sie mit ihrer Cousine und Onkel Henry woanders übernachten würde. Lilly hatte das zunächst nicht verstanden und gesagt, dass das Haus doch groß genug sei, so dass alle darin schlafen könnten und es doch außerdem ebenfalls ein Hotel sei, zumindest fast. Ja schon, hatte Hanna geantwortet und erklärt, dass sie und Papa heute aber alle Räume mit Möbeln vollstellen müssten wegen des Umbaus und es doch blöd sei, wenn sie nicht mit ihrer Cousine Pia zusammen in einem Zimmer übernachten könne und Onkel Henry deswegen ja extra für sie ein Zimmer gebucht habe. Nur für diese eine Nacht. Lilly zögerte – und die Wendung gab es erst, als Henry den rettenden Satz sagte: »Ich wollte mit euch ja zu McDonalds zum Essen. Mal sehen, ob sie hier in Frankreich Stinkekäse-Burger und welche mit Schnecken und Froschschenkeln haben.«

Hanna blickte in zwei weitaufgerissene Augenpaare und offen stehende Münder.

»Die Franzosen essen das wirklich«, sagte Henry.

»Stimmt«, ergänzte Hanna. »Sie haben außerdem gerade neue Spielfiguren zu den Happy Meals für Kinder.«

Was Hanna auf einem Werbeplakat gesehen hatte. Lillys anschließende Zustimmung war im irren Gekicher der beiden Mädchen und Witzen über Froschburger mit Stinkekäse und Schneckencrossies untergegangen.

»Weißt du denn«, fragte Hanna ihren Bruder, »wo es einen McDonalds gibt?«

Henry nickte. »Einen im Zentrum und ein Drive-In. Habe ich auf dem Navi gesehen.«

Unter das gedämpfte Tosen des Unwetters mischte sich nun ein anderes Geräusch. Eigentlich zwei. Sie kamen von oben, und Hanna merkte auf. Sie hörte ein leises Summen, kaum wahrnehmbar, und den digitalen Klingelton, den Niklas für sein Handy verwendete. Ein Anruf, samstagabends, um diese Zeit? Und Niklas – nun, der war nicht hier.

Hanna setzte sich in Bewegung, nahm zwei Stufen auf einmal. Im Gehen verortete sie die Quelle des Tons im Arbeitszimmer, und als sie es erreichte, hatte der Anrufer bereits aufgegeben. Im Dunkeln strahlte das leuchtende Display des Telefons wie eine Taschenlampe.

Hanna ging durch den Raum auf den Schreibtisch zu, wo Niklas' Handy zwischen Stapeln von Papieren und Büchern auf dem zusammengeklappten Laptop lag. Dieses Mal, dachte sie, würde sie nicht mehr davor zurückschrecken, in Niklas' Privatsphäre einzudringen. Zu schnüffeln. Sie fasste nach dem Telefon, hielt es wie einen Fremdkörper in der Hand und verstand zunächst nicht, was sie sah. Sie musterte das Gerät. Versuchte, das, was sie sah, in einen sinnvollen Zusammenhang zu bringen. Was ihr jedoch nicht gelang.

Das Symbol für Kurzmitteilungen zeigte an, dass mehr als zwanzig SMS eingegangen waren. Sie mussten alle ungelesen sein. Außerdem stellte das Zeichen für Niklas' WhatsApp-Account mehr als fünfzig ungelesene Nachrichten dar. Das Briefumschlagsymbol für die E-Mails zeigte die rote Ziffer 32 an, das Signet mit dem Telefonhörer über 30 nicht angenommene Anrufe.

Hanna verstand nicht. War er von seiner Geliebten regelrecht mit Mails und Anrufen bombardiert worden und hatte diese alle ignoriert? Hieß es, dass Henry recht damit hatte, dass Niklas die Sache vielleicht beenden wollte, so es denn eine gäbe? Aber andererseits ... Andererseits war er doch dauernd mit dem Handy beschäftigt gewesen, hatte Mails auch in ihrem Beisein gelesen und kommentiert, das sei das Büro. Das hatte sie sich doch nicht eingebildet. Oder ... Oder ging es um ganz etwas anderes?

Mit dem Zeigefinger tippte sie auf den Telefonhörer. Betrachtete die Einträge dort. Sie tippte auf das E-Mail-Zeichen, auf das WhatsApp-Signet und die Taste für die SMS. Sie schlug die Hand vor den Mund, wobei ihr zwischen den Fingern ein »O Gott« mit einem Stoßseufzer entwich.

Die Anrufe stammten fast ausnahmslos von dem Büro, für

das Niklas in den letzten Tagen wegen wichtiger Projekte angeblich Überstunde um Überstunde und Nachtschicht für Nachtschicht eingelegt hatte. Nicht von irgendeiner Frau. Es gab nicht eine einzige Mail von einer anderen, und die Büro-Mails hatten auch nichts mit irgendeiner Jutta zu tun.

Vielmehr hatten sie zu allen möglichen Uhrzeiten versucht, Niklas telefonisch zu erreichen – zuletzt gerade eben. Sie hatten ihm außerdem diverse E-Mails geschickt und Textnachrichten, die er offensichtlich geflissentlich ignoriert hatte. Ausnahmslos. Die Mails waren zunächst noch freundlich-drängend verfasst, danach immer harscher, knapper und wütender. Bis hin zu einer Mitteilung, dass er von dem Projekt entbunden sei. Dass sie ihm die Anwälte auf den Hals hetzen würden. Dass er Daten und Pläne, Statiken und alles andere herausrücken müsse.

Zusammengenommen bedeute das – außer ganz enormen Schwierigkeiten: Niklas hatte keinen Handschlag für den Job getan. Gar nichts. Er hatte Hanna angelogen, immer und immer wieder. Er hatte sich außerdem vor der Arbeit versteckt, alles einfach ignoriert. Das mochte seine Gründe haben – natürlich hatte es das.

Aber was hatte Niklas dann in den vielen Stunden hier im Arbeitszimmer getan, wenn er vorgeblich an seinen Projekten arbeitete? Hanna sah den Rufnummernspeicher durch. Auch den für die gesendeten SMS und E-Mails. Daraus ergab sich nichts, gar nichts. Niklas hatte zu keiner Zeit mit irgend jemandem über sein Smartphone kommuniziert.

Hanna klappte den Laptop auf, schaltete ihn ein und forstete den Browserverlauf durch, der Aufschluss über die zuletzt von Niklas besuchten Internetseiten geben musste. Hanna fiel dabei nur auf, dass er sich mit Elektronikseiten befasste. Wohl für die Verkabelung und Beleuchtung im Anbau. Es gab Links zu einer Farbenfirma in Roussillon – Lehmann hatte ja die Produkte empfohlen, und Niklas hatte die Adresse herausgesucht. Dazwischen tauchten stets Seiten über Petrarca auf. Was in der Summe hieß: Niklas hatte sich mit diversen Themen befasst, nur nicht mit der Arbeit.

Hanna legte das Handy zurück. Ihre Blicke strichen über die Papiere und Bücherstapel. Abwesend blätterte sie in einigen davon herum. Sah auf Ausdrucke. Musterte die Rücken von Folianten. Betrachtete auch die aufgeschlagenen Notizbücher von Onkel Justin. Dachte dabei immer wieder an Dinge, die ihr Picard in Fontaine-de-Vaucluse und bei seinem Besuch heute erzählt hatte. Justins literaturwissenschaftliche Forschungen, die Niklas offenbar auf verwirrende Art und Weise mehr beschäftigt hatten als sein Job. Verwirrend, weil Hanna nie und nimmer angenommen hatte, dass Niklas sich auch nur ansatzweise dafür interessieren könnte. Sie dachte an Henrys Worte. Dass die Verbindung zwischen Justin und Niklas vielleicht doch eine sehr viel engere gewesen sein musste, als sie geglaubt hatte.

Trotzdem, dachte Hanna und spürte, wie der Zorn sich seinen Weg bahnte. Trotzdem. Wie konnte er sie nur so hintergehen? Und ihr genau eben das vorwerfen: dass sie ihn hinterging? Was, zum Teufel, dachte er sich dabei? Was trieb er die ganze Zeit – auch im Anbau? Denn, wenn sie so recht überlegte, konnten die paar lackierten Balken, das Verlegen von Kabeln und der Anstrich doch nicht so viel Zeit in Anspruch nehmen. Er schmiss seinen Job hin, ohne mit ihr zu reden? Er ignorierte einfach seinen Arbeitgeber? Warum? Weil ihm das alles über den Kopf wuchs? Mochte ja sein, dennoch konnte man doch nicht … Hanna schnaubte. War Niklas noch ganz bei Trost?

Ihr müsst reden, hatte Henry gesagt. Ja, dachte Hanna und setzte sich mit energischen Schritten in Bewegung. Exakt. Genau das. Reden – und zwar in verdammt deutlichen Worten. Burn-out oder Belastungsdepression oder was auch immer, dachte Hanna stinksauer. Niklas konnte sich jetzt ein für alle Mal auf etwas gefasst machen.

49

ALBIN DRÜCKTE DIE ZIGARETTE im Aschenbecher aus und wandte sich zum Beifahrersitz. Er griff in die Einkaufstasche aus Stoff, in der er vorher ein paar Dinge verstaut hatte. Einerseits sein Handy, eine Packung Kekse und eine Flasche Wasser. Andererseits zwei Gegenstände, die er aus einer Kiste genommen hatte, die er unten im Kleiderschrank aufbewahrte. Der erste Gegenstand war klein, handlich und schwer. Eine Beretta PX4, Kaliber .40. Vierzehn Schuss im Magazin, eine Patrone bereits geladen. Seine private Waffe, die er seit einigen Jahren und wie viele Polizisten in Ergänzung zur Dienstwaffe besaß. Für alle Fälle, und weil man die Dienstwaffe im Safe vom Hôtel de Police aufbewahren musste. Oder ganz abgeben, wenn man Rentner war. Albin hatte sie eingesteckt weil …

Nun, weil er einfach gedacht hatte, dass es besser wäre, sie dabeizuhaben. Das galt auch für den zweiten Gegenstand aus der Kiste, den er nun zur Hand nahm und einschaltete. Es handelte sich um ein simples, digitales Nachtsichtgerät, das im Prinzip wie ein gummiertes Fernrohr aussah. Es verfügte über eine Restlichtaufhellung mit zuschaltbarer Infrarotfunktion. Man benutzte es für die Jagd. Oder, wenn man bei Dunkelheit und Dreckswetter aus einiger Entfernung ein Gebäude beobachten wollte. Albin nahm es vor das Auge, fokussierte auf Jeremys Haus und sah es durch das Okular wie in helles, grünes Licht getaucht. Er drehte am Objektiv, zoomte näher heran und schaltete auf Infrarotsicht um. Einen Moment später verwandelte sich das Grün in einen psychedelischen Mix aus Rot-, Gelb- und Blautönen. Hinter einem der Fenster bewegte sich etwas. Ein greller Schatten huschte dort hin und her. Die Silhouette eines Menschen. Jeremy, der mit irgendetwas beschäftigt war.

Albin dachte darüber nach, ob nun der Zeitpunkt gekommen war, zu ihm zu fahren, zu klingeln und ihm ein paar sehr ernste Fragen zu stellen. Bislang hatte er, entgegen seiner ursprünglichen Absicht, darauf verzichtet. Denn draußen tobte ein irres Unwetter, und da konnte er schließlich nicht vorfahren und sagen: »Oh, war gerade zufällig in der Gegend und dachte, ich sage mal Hallo, weil ich ein schönes Bild für meine Wohnung suche.« Da könnte er genauso gut ein Transparent vor sich hertragen, auf dem stand: »Jetzt bist du reif, Maler.« Das Wetter machte ihm einen Strich durch die Rechnung. Und er grübelte immer noch darüber nach, ob und wie er unter welchem Vorwand und mit welcher Fragetaktik den Schritt nun wagen oder ob er lieber zurück zu Véronique fahren und die ganze Sache auf morgen verschieben sollte, als der grelle Umriss verschwand und in der nun offenen Haustür auftauchte.

50

HANNA HOLTE TIEF LUFT, dann öffnete sie die Tür. Sie flog ihr fast entgegen – von außen drückte der Wind dagegen. Über ihr krachte der Donner. Die Äste der Bäume bogen sich im Sturm und unter dem Regen. Hanna spürte die Tropfen wie Nadelstiche auf der Haut, als sie loslief. Sie sprang über die Pfützen im Kies. Ihre Schritte knirschten. Schon nach wenigen Metern war sie komplett durchnässt. Außer Atem kam sie am Tor an, das in den Park führte. Dort wirkte es im Wetterleuchten und Blitzen fast, als wären die Bäume lebendig geworden. Als rangen sie miteinander und kämpften darum, ihre Wurzeln aus dem Boden zu reißen und wegzustapfen wie die Baumwesen im »Herrn der Ringe«, um dem tosenden Orkan zu entkommen und sich selbst zu retten.

Hanna trat in eine große Pfütze. Ihre Ballerinas sogen sich sofort mit Wasser und Schlamm voll. Schließlich stand sie keuchend vor der Tür des Anbaus, aus dessen Fenstern Licht schien. Sie riss die Tür auf und knallte sie sofort wieder hinter sich zu.

Und stand im Leeren.

Kein Niklas. Sie sah sich um, zitternd und tropfend. Sie wischte ihr klatschnasses Haar zurück. Bemerkte, dass er in der Tat ganze Arbeit geleistet hatte. Das Licht, das sie eben von draußen gesehen hatte, stammte von kleinen, in die Decke eingelassenen Halogenlampen. Mit den aufgearbeiteten

Deckenbalken, den rohen und ockerrot gestrichenen Wänden sowie dem neuversiegelten Fußboden konnte man meinen, in einer trendigen Hamburger Werbeagentur zu stehen. Fehlte nur noch der Architekt.

»Niklas?«

Keine Antwort.

Ein eigentümlicher Geruch lag in der Luft. Irgendwie verbrannt und chemisch, dennoch würzig. Außerdem hörte Hanna ein Geräusch, das sie nicht einordnen konnte. Dumpf. Ein rhythmisches Pochen. Hanna bewegte sich vorwärts, hin zum zweiten Raum. Dort war eine Schiebetür eingebaut, die sie nun öffnete.

Der Raum, der ihr Atelier werden sollte, glich dem ersten wie ein Ei dem anderen. Bis auf einen Unterschied. Ein Unterschied, der ihr erst jetzt auffiel – vermutlich, weil die ganze Zeit über Krempel dort herumgestanden hatte und Niklas zwischenzeitlich Werkzeuge und Material für den Innenausbau gelagert hatte. Material, das sich nun an anderer Stelle befand. Das auf einem alten Teppich lag, der zur Seite gezogen worden war. Darunter befand sich eine Klapptür im Boden. Wie eine Luke. Die Luke stand offen. Einige Treppenstufen führten hinab. Von dort unten schien das dumpfe Klopfen zu kommen.

»Niklas?«

Wieder keine Antwort. Hanna ging auf die Luke zu.

51

ALBIN ERKANNTE durch das Nachtsichtgerät an Jeremys Körperhaltung, dass er etwas unter dem Arm trug. Es war nicht zu sehen, worum es sich dabei handelte. Jedenfalls schien er immer noch dabei zu sein, es zu verpacken und in eine Art Folie zu wickeln. Die Art von Folie …

Das war ein Müllsack, dachte Albin. Einer von den großen. Reißfest. Schwarz. Dicht. Ein Müllsack, in dem man Körperteile transportieren konnte.

Dann war Jeremy fertig. Er hastete geduckt über den Hof und setzte sich ins Auto. Sekunden später flammten die Lichter an. Regelrecht geblendet, nahm Albin das Nachtsichtgerät von den Augen, legte es auf den Beifahrersitz und versuchte, die Phantombilder auf der Netzhaut wegzublinzeln, was ihm leidlich gelang. Sie überschnitten sich mit den zwei weißen Punkten der Scheinwerfer von Jeremys Wagen, die langsam näher kamen und die Schwärze wie ein Messer durchschnitten. Das Auto stoppte an der Einbiegung zur Straße. Nicht mehr als zehn Meter von Albins Standort entfernt. Im Licht sah Albin riesige Pfützen auf der Straße und am Fahrbahnrand. Das Regenwasser schoss die Straße hinab. Schließlich bog Jeremy ab und beschleunigte langsam. Die Räder ließen das Wasser in Fontänen nach links und rechts spritzen.

Scheiße, dachte Albin, *wo fährt der denn jetzt hin?* Bei dem

Unwetter setzte man doch keinen Fuß vor die Tür, wenn man nicht ...

Wenn man nicht etwas wirklich Wichtiges zu erledigen hatte. So wie Albin jetzt. Blieb die Frage, was für Jeremy so bedeutsam war. Womöglich etwas, das man anschließend in einen stabilen Müllsack mitnahm. Albin ließ den Motor an und folgte den roten Heckleuchten, die ihn aus der Finsternis wie die glühenden Augen eines Dämons anglotzten.

52

DIE STUFEN FÜHRTEN HINAB in ein Kellergewölbe. Mit jeder Stufe, die Hanna nahm, wurde der merkwürdige Geruch stärker. Und das Pochen lauter. Eine an der feuchten Stirnwand angebrachte Glühbirne spendete schwaches Licht. Der Raum, den sie ausleuchtete, mochte drei mal drei Meter messen und war an der höchsten Stelle vielleicht zweieinhalb Meter hoch. An einer Wand befand sich eine Tür. Sie war geschlossen. An der Tür lehnte Niklas. Er starrte ins Leere. Unter die Decke. Den Kopf in den Nacken gelegt. Er war kalkweiß. Schwitzte oder war vom Regen nass. Nein, nicht nur vom Regen. Er hielt ein Cuttermesser mit ausgezogener Klinge in der Hand. Im Sekundentakt klopfte seine geballte Faust gegen die Tür. Mit jeder Bewegung schnitt der Cutter in Niklas Cargohose. Sie war am Oberschenkel bereits völlig zerfetzt. Hatte sich dunkel vollgesogen. Blut lief an seinem Oberschenkel und der Wade hinab. Es hatte den rechten Turnschuh bereits dunkel verfärbt und bildete eine kleine Pfütze auf dem Boden.

Hanna wollte etwas sagen, brachte aber nur ein Krächzen zustande. Sie machte einen Schritt auf Niklas zu. Hob beschwörend die Hände. Die Hände zitterten.

»Hanna«, hörte sie Niklas sagen. »Hanna, gefällt es dir in deinem Atelier?«

»Niklas.« Hannas Stimme klang wie das Wispern von Papier. »Niklas … Was tust du da? Dein Bein …«

Niklas senkte den Blick und sah Hanna aus glasigen, rotgeränderten Augen an. Die Pupillen wirkten riesig im Halbdunkel. Er beschrieb eine kraftlose Geste mit dem Cutter und dessen blutiger Klinge.

Er sagte: »Es ist … eigentlich … fast. Fast ist alles fertig. Noch nicht ganz aber … beinahe.«

Hanna hielt sich beide Hände vor das Gesicht und keuchte. »Niklas, du blutest! Wir müssen dein Bein verbinden, mein Gott.«

Erst jetzt schien er zu realisieren, was los war. Überrascht blickte er an sich herab. Zog die Schnitte an der Hose auseinander. Blickte auf sein Bein. »Oh. Ja. Tatsächlich, ich blute. Wie dumm.« Dann schaute er wieder auf und meinte: »Du … Wusstest nichts von diesem Keller, nicht?«

Hanna schüttelte mit dem Kopf. Ihre Augen brannten. Ihr Herz pochte wie wild.

»Tjaaa …« Niklas lachte leise, schüttelte den Kopf und fuhr sich durch die Haare. »Der Teppich und all das Zeug lagen die ganze Zeit oben auf der Klappe, und …«

»… und du hast sie weggeschoben, ja …«

»… und hier unten, also …« Er schlug mit dem Hinterkopf gegen die Tür.

»Was ist hier unten?«, flüsterte Hanna durch ihre Finger hindurch. »Was hast du hier unten gefunden?«

Niklas seufzte laut und schnaufte ein Lachen hervor. »Es ist … einfach unglaublich.«

Was auch immer er andeutete, dachte Hanna, was auch immer sich hinter der Tür befand, wann auch immer Niklas es gefunden hatte – schon vor ein paar Tagen oder eben gerade erst, es musste dafür gesorgt haben, dass Niklas den Verstand verloren hatte.

»Was ist hinter der Tür?«, flüsterte sie.

Niklas seufzte erneut.

Hanna kam einen Schritt näher. *»Was ist hinter der Tür?«* Sie schrie jetzt fast.

Niklas schniefte. Verzog sein Gesicht wie zu einer Grimasse. Er schwieg.

»WAS IST HINTER DER TÜR???« Jetzt brüllte Hanna. Dann hörte sie ein metallisches Knirschen. Niklas musste hinter dem Rücken den Türgriff betätigt haben. Sie öffnete sich einen Spalt.

Er fragte leise: »Du willst es wirklich sehen?«

»Ich will es wirklich sehen.« Hanna zitterte am ganzen Leib. Als habe sie Schüttelfrost.

Niklas schloss die Augen. Er lächelte wie weggetreten. Sein ohnehin bereits angeschlagener Verstand, dachte Hanna, musste sich nun schlussendlich vor Schock zurückgezogen haben wie eine Schnecke in ihr Schneckenhaus.

»Okay«, flüsterte er dann. Und öffnete die Tür.

53

DIE SCHEIBENWISCHER arbeiteten auf der höchsten Stufe. Es gelang ihnen eher schlecht als recht, gegen den Regen anzukämpfen. Links und rechts sprühte das Wasser auf der Straße in Fontänen an Albins Wagen hoch, rauschte in den Radkästen, als würde man sie mit einem Hochdruckreiniger durchspülen. Die roten Lichtpunkte vor ihm waren nichts mehr als diffuse Schemen in der Schwärze.

Er folgte Jeremy in sicherem Abstand. Bog links ab, als er links abbog. Bog rechts ab, als er es tat. Und als Jeremy ein weiteres Mal rechts abbog, dachte Albin: *Scheiße, wo will der denn hin?*

Natürlich lag die Antwort auf der Hand. Jeremy bog in die Zufahrt zum Château Ledrome ab.

Albin nahm den Fuß vom Gas und ließ den Wagen ausrollen. Er bremste schwach ab und kam schließlich mitten auf der Straße zum Stehen. Wenn er Jeremy jetzt weiter folgen würde, würde es ihm auffallen. Dann wäre Albins Wagen kein zufälliger Hintermann mehr auf der Straße. Also besser abwarten.

Albin überlegte, dass es nur drei Möglichkeiten gab. Hier stehen bleiben – aber das schied aus. Das wäre Unfug. Er könnte weiterfahren. Zu Véronique, und sich die ganze Nacht lang fragen, warum Jeremy zum Château gefahren war. Sich verrückt damit machen, dass der Kerl vielleicht Schlimmes plante. Und sich für den Rest des Lebens Vorwürfe machen, wenn es geschah. Die dritte Möglichkeit …

Albin starrte in das Nichts. Er wartete eine Minute. Wartete eine weitere. Schließlich entschied er, dass ausreichend Zeit verstrichen war. Er legte den Gang wieder ein, gab vorsichtig Gas und bog auf den Weg zum Château ab.

Der Wagen furchte durch den Kies. Nach einer Weile tauchten die Pfeiler der Brücke auf, die über den Seitenarm der Sorgue führten, der das Château wie eine Insel einfasste. Und soweit Albin das beurteilte, was er nun vor sich sah, hatte sich das Grundstück mittlerweile tatsächlich in eine Insel verwandelt.

Die Wassermassen, die auf das ausgetrocknete Land getroffen waren, hatten die Flüsse in den letzten Stunden anschwellen lassen. Der Boden hatte es nicht aufnehmen können. Sturzbäche hatten sich aus den Klüften des Ventoux ergossen und mussten flutwellenartig zu Tal geschossen sein. Deswegen war der schmale Bach zu einem reißenden Fluss geworden, der bereits über die Ufer getreten war.

Von der Böschung war nichts mehr zu sehen. Das Wasser strömte längst darüber hinweg und hatte auch die Brücke überflutet. Albin erkannte im Scheinwerferlicht nur noch die Konturen der flachen Mauern, die die Brücke seitlich begrenzten. Treibgut staute sich davor, dicke Äste, das der anschwellende Seitenarm der Sorgue vor sich her geschoben hatte. Es war schwer zu sagen, ob die Brücke diesen Belastungen gewachsen war.

Andererseits war es eine alte Brücke und das hier sicher nicht die erste Flut, die ihr übel mitspielte. Außerdem hatte Jeremy es mit seinem Wagen darüber hinweg geschafft. Und er fuhr keinen SUV mit hohem Radstand wie Albin, der erneut das Tempo reduzierte und den Wagen nun mit Schrittgeschwindigkeit über die schmale Brücke manövrierte. Er nahm an, dass das Wasser bis zur Stoßstange hinauf reichen musste. Wenn es noch weiter stieg, stellte sich die Frage, ob er wieder zurückkommen würde oder das Château von der Außenwelt abgeschnitten wäre.

Albin verwarf den Gedanken und konzentrierte sich auf das, was vor ihm lag. Schließlich hatte er die Brücke hinter sich und gelangte auf das Areal vor dem Haupttor des Châteaus. Etwa zwanzig Meter weiter rechts befand sich der Verschlag mit der Garage. Daneben standen der Mietwagen von Hanna Streuben sowie der Wagen von Jeremy. Von Jeremy selbst war nichts zu sehen.

Albin stellte die Scheinwerfer aus und stoppte. Wer immer vielleicht von hier entkommen wollte, überlegte Albin, müsste in jedem Fall an ihm vorbei. Und der SUV verschloss den Rückweg wie ein Korken eine Flasche Châteauneuf.

54

WIR ALLE HABEN ANGST vor Gespenstern und Monstern. Sie leben in uns, sagt man, und manchmal hören wir ihr Grollen oder verspüren einen eiskalten Hauch, wenn sich die Türen, hinter denen sie hausen, ein Stück zu weit öffnen. So war es Lilly an dem Tag ihrer Ankunft in der Provence ergangen, als sie sich vor dem Château gefürchtet hatte.

Als sie noch klein war, hatte Lilly Angst vor dem Staubsauger und der Toilette gehabt. Beide machten sehr laute Geräusche und merkwürdige. Aber das war nicht der Kern der Furcht, wie Hanna später herausgefunden hatte. Lilly wusste, dass der Staubsauger kleine Dinge verschwinden ließ, die niemals zurückkehrten. Das Gleiche geschah in der Toilette. Und Lilly war ebenfalls klein, weswegen sie Panik davor hatte, dass das mit ihr ebenfalls passieren könnte. Dass der Staubsauger sie einfach einsaugen würde oder die Toilette sie verschluckte und fortspülte. Beide waren für sie lebendige Wesen mit einem unstillbaren Hunger nach Kindern. Diese Angst war nicht wegzudiskutieren. Sie war irrational, aber dennoch real. Wie das Grollen hinter den Türen. Wie der eiskalte Hauch, der einem daraus entgegenweht. Lilly hatte irgendwann verstanden, dass die Toilette harmlos war, nachdem Hanna sie wieder und wieder zum Pipimachen daraufgesetzt hatte – trotz allen Geschreis und Widerstands. Sie hatte ihr dabei Lieder vorgesungen, ihr Geschichten erzählt und sie abgelenkt, um sie über die Schwelle ihrer Furcht zu tragen und ihr zu zeigen, dass sich auf der anderen Seite etwas völlig Harmloses befand.

Aber nicht mit jeder Türschwelle war es so einfach. Und nicht hinter jeder sich öffnenden Tür befand sich etwas, das man sich bloß einbildete. Etwas, das am Ende gar nicht so schlimm war wie gedacht. Es gab Türen, bei denen war das ganz und gar anders. Das waren die Türen, die am besten geschlossen blieben. Die man mit schweren Vorhängeschlössern sicherte.

Türen wie die, durch die Hanna nun hindurchging.

Was sie in dem Raum sah, entzog sich zunächst ihrem Verstand. Sie brauchte einige Momente, um es zu erfassen. In Zusammenhänge zueinander zu bringen. Und dennoch blieb es ganz und gar monströs. Wie etwas, das aus einer dämonischen Höllenkluft auf die Erde gespien worden war und sich allen hier geltenden Regeln der Natur widersetzte. Wie in Trance und ferngesteuert machte Hanna zwei weitere Schritte, um sich an der Kante eines Tisches festzuhalten, denn die Beine drohten, ihr einfach kraftlos wegzuknicken.

Das Gewölbe erinnerte an eine Art Werkraum. Links und rechts befanden sich alte Tische, die offenbar als Arbeitsflächen dienten. Genau wie der Tisch vor Hanna. Auf den Tischen an den Seitenwänden befanden sich Gefäße aus Glas oder Kunststoff in verschiedenen Größen. Wie Aquarien. Manche sehr groß. Andere klein. Sie alle waren mit einer klaren Flüssigkeit gefüllt. Dazwischen lag Werkzeug ungeordnet herum. Außerdem elektrische Geräte. Voltmesser. Lötkolben. Kupferdrahtspulen. Klemmen. Kabel. Feuerzeuge. Außerdem Schalen mit verbrannter Asche, wahrscheinlich Ursprung des würzigen Kräuterduftes, der sich mit dem Gestank nach

Alkohol und Chemie vermischte. Auf dem Boden standen weiße Kanister. Jede Menge davon. Auf dem Tisch, an dem sich Hanna festhielt, lagen Papiere verstreut. Dokumente, vergilbte und neue, mit hektischer Schrift beschrieben. Bücher, aufgeschlagen und zugeklappt. Bildbände. Ein wuchtiges Fotoalbum. Darin alte Familienbilder. Ein Mann. Eine Frau. Ein Kind. An den Wänden hefteten Graphiken. Ausdrucke oder Originale, das war nicht zu sagen.

Sie zeigten alte Darstellungen – Mosaiken, Fresken, Zeichnungen oder Reproduktionen von Gemälden. Manche wirkten mittelalterlich. Andere neuzeitlich, einige sogar modern. Alle hatten jedoch eines gemeinsam: Die Motive zeigten stets eine Frau, die häufig mit roten Haaren, rötlich-blonden oder blonden dargestellt war. Sie war entweder im Wald auf der Flucht vor einem Mann, der nach ihr griff. Oder sie war das alleinige Motiv. Ihr Körper verwandelte sich gerade in einen Baum. Die Beine und der Torso waren der Stamm. Die Arme und Haare die Äste.

Die Bilder zeigten beinahe genau das, was den Mittelpunkt des Gewölbes bildete: eine absurde und bizarre Plastik. Nein, das Böse selbst.

Dort stand ein Lorbeerbaum, der bis zur Decke reichte. Er wirkte wie abgestorben, denn hier unten gab es kein Licht. Körperteile waren in die Äste und um den Stamm herumgewunden. Arme und Beine, weiß und tot. Die Arme und Finger streckten sich wie in Ekstase nach oben. Die Beine und Füße wuchsen den Wurzeln entgegen. In der Mitte befand sich der in der Hüfte abgeknickte Oberkörper mit bloßen Brüsten – alles zusammengenommen war die Pose akribisch der auf den Bildern nachempfunden.

Je länger Hanna auf den Baum starrte, desto mehr Details

nahm sie wahr. Der Körper glänzte feucht und nass, als sei er mit einem Gel beschmiert oder seine Bestandteile gerade erst den Gefäßen entnommen worden. Bestandteile war der treffende Begriff, denn der Körper war aus verschiedenen zusammengefügt worden. Er bildete kein Ganzes. Er sah vielmehr aus wie eine Gelenkpuppe, die Maler zum Zeichnen und für Studien verwendeten. Alle Glieder schienen mit einer Art transparentem Klebeband miteinander verbunden zu sein. Füße, Unter- und Oberschenkel. Die Hüften und der Oberkörper, daran die Brüste. Die Oberarme an den Schultern, an den Ellenbogen die Unterarme und dann die Hände. Jedes einzelne Körperteil wiederum war an dem Stamm oder an den Ästen mit einer Art Draht befestigt worden. Weitere Drähte sprossen aus den Fußknöcheln. Sie krochen über den Boden, wo sie in ein Kabel mündeten. Das Kabel hing von dem Tisch herab, an dem sich Hanna zitternd festhielt. Es führte zu einem Generator, der den Raum mit leisem Summen erfüllte. An den Generator war eine Art Trafo mit einem Drehregler angeschlossen.

Hanna versuchte, etwas zu sagen, brachte aber kein Wort hervor. Sie konnte ihre Augen nicht von der entsetzlichen Figur abwenden, und für eine grauenvolle Sekunde fragte sie sich, wer ihr Schöpfer gewesen sein mochte. Welcher wahnsinnige Künstler des Todes hier im Keller seine Version der Daphne erschaffen hatte, die beinahe vollendet war, denn …

Polternde Geräusche ließen Hanna herumwirbeln. Niklas stand hinter ihr. Für einen Moment trafen sich ihre Blicke. Aus Niklas' Augen schien Überraschung zu sprechen, bevor auch er sich herumdrehte. Schließlich schauten sie beide auf einen tropfnassen Mann, der im Türrahmen erschien und sie verwirrt ansah. Er hielt einen größeren Gegenstand unter dem Arm, der in nass glänzende, schwarze Plastikfolie gewickelt war.

»Hier seid ihr?«, fragte Jeremy und blickte zwischen Hanna und Niklas hin und her. Dann schwieg er. Blickte zwischen beiden hindurch in den Raum. Dann wieder zu Hanna. Zu Niklas. Wiederum zu Hanna.

Hanna starrte auf das, was Jeremy in den Händen hielt. Was unter der Folie verborgen war. Und dachte daran, dass die entsetzliche Figur noch nicht komplett war. Es fehlte noch der Kopf.

55

ALBIN NAHM DAS NACHTSICHTGERÄT zur Hand, um sich zu vergewissern. Kein Jeremy mehr im Auto. Auch kein Jeremy sonst irgendwo. Albin schaltete auf Infrarotsicht um. Ebenfalls nichts zu sehen.

Er legte das Gerät wieder neben sich auf dem Beifahrersitz ab und dachte nach. Hörte dem prasselnden Regen zu. Natürlich war es möglich, dass er sich in seinen Verdächtigungen vollkommen täuschte und Jeremy zu Besuch hier war. Vielleicht hatten die Streubens ihn angerufen. Eingeladen. Vielleicht um Hilfe wegen irgendwas gebeten. Vielleicht war der Keller überflutet, und Jeremy besaß eine Pumpe. Die er vielleicht in einem Plastiksack mit sich führte, weil es in Strömen goss und er nicht wollte, dass sie nass wurde. Möglich war das. Die Antworten mochten ganz einfach sein. Und es wäre idiotisch, wenn sie zum Beispiel bei einem gemeinsamen Abendessen saßen und Albin dann tropfnass hineinplatzen würde. Es sei denn, er hätte eine wirklich gute Ausrede beziehungsweise eine Spitzenerklärung. Bloß – welche? Albin nahm eine Zigarette aus der Packung und steckte sie an. Er paffte.

Abgesehen davon, überlegte er, würde es doch der bisherigen Vorgehensweise des Killers widersprechen, ein Opfer in seinem Zuhause aufzusuchen und zu überwältigen. Das wäre eine komplett andere Hausnummer. Andererseits hatte es bei den letzten beiden Fällen bereits Schwankungen im Modus gegeben. Es sprach überhaupt nichts dagegen, dass sich dieser weiter verändern würde. Weil vielleicht alles auf die Klimax hinsteuerte. Dem Höhepunkt entgegenstrebte. Dem Ende. Weswegen vielleicht auch die Abstände zwischen den Morden an Nicole Langlois und Anouk – im Vergleich zu den bisherigen Taten – so beachtlich kurz gewesen waren. Weil es nur noch um das letzte Teil im großen Puzzle ging. Eventuell um Hanna Streuben, die man nicht einfach so zufällig auf der Straße treffen konnte wie die anderen Opfer. Und dem Killer wäre danach vielleicht sowieso alles egal, weil dann sein Werk vollendet wäre. Möglich. Oder Albin hörte die Flöhe husten und reagierte über. Das Dumme war: Albins Ratio zweifelte. Sein Bauchgefühl zweifelte jedoch kein Stück.

Was tun, sprach Zeus, dachte Albin, paffte vor sich hin und starrte auf das Gittertor. Ein Blitz erhellte die Nacht. Die Löwen auf den Pfeilern wirkten in dem grellen Schlaglicht wie Monster, die sich jeden Moment auf ihn stürzen würden.

56

»WAS TUN SIE HIER?«, fragte Niklas leise.

Er stand nun schützend vor Hanna und funkelte Jeremy an. Jeremy schien etwas sagen zu wollen, brachte aber kein Wort hervor.

»Ich …«, sagte er schließlich und wirkte wie weggetreten. Wie betäubt. »Ich … war nur … Ich wollte …«

Statt weiterzureden, wickelte er langsam die schwarze Folie von dem Gegenstand ab, den er mitgebracht hatte. Unfähig, sich vor Schock auch nur einen Zentimeter zu bewegen, verfolgte Hanna, wie er Schicht um Schicht von der Folie löste, die sich als schwarzer Müllbeutel entpuppte. Regenwasser, das sich in den Falten gesammelt hatte, floss herab. Tropfte zu Boden. Schließlich griff er in den Beutel. Zog an dessen Enden. Und förderte einen Frauenkopf zutage, den er in der Rechten hielt. Den Kopf einer Rothaarigen. Unverkennbar mit Hannas Zügen. Er war lebensgroß in Acryl gemalt.

»Ich wollte nur«, krächzte Jeremy, »das Bild vorbeibringen. Draußen tobt zwar das Unwetter, aber … Hanna … Ich dachte, du wolltest es dringend haben. Dieses Wochenende. Wegen des Anbaus und als Geschenk für deinen Mann. Und …«

Wiederum stockte Jeremy. Starrte zwischen Hanna und Niklas hindurch auf die entsetzliche Figur im Gewölbe. Sein

Mund öffnete und schloss sich wie der von einem Fisch auf dem Trocknen.

»Was«, fragte er, »was ist das?«

Niklas antwortete mit einer Gegenfrage. »Ein Bild? Ein Geschenk für mich?«

Hanna hatte das Gefühl, als würde ihr der Boden unter den Füßen weggezogen und sie in einem aus der Verankerung gerissenen Fahrstuhl in eine bodenlose Tiefe rasen.

Niklas fragte: »Ein Porträt? Hannas Kopf?« Dann lachte er amüsiert und meinte: »Na, so ein Zufall aber auch.«

Im nächsten Moment machte er eine schnelle Bewegung mit der rechten Hand, in der er das Cuttermesser hielt. Einen Augenblick später klaffte Jeremys Hals auf wie der grinsende Mund eines Clowns mit roten Lippen.

Und dann spuckte der Clown Blut. Versprühte es wie ein pulsierender Wasserspeier. Das Gemälde fiel zu Boden. Jeremy griff sich an den Hals. Er versuchte vergeblich, die riesige Wunde zu schließen, und taumelte. Niklas ließ eine weitere rasche Bewegung folgen. Dieses Mal von unten nach oben gerichtet. Es gab ein reißendes, nasses Geräusch. Die Cutterklinge schlitzte Jeremys Leib von der Hosennaht bis zum Brustbein auf und öffnete den Bauch, als habe Niklas an einem Reißverschluss gezogen. Gurgelnd und blubbernd stürzte Jeremy wie ein nasser Sack zu Boden.

Hanna wollte schreien, brachte aber nur ein Wimmern zustande. Sie wich zurück, stieß mit der Hüfte gegen den Tisch, von dem alle möglichen Bücher und Papiere hinabfielen. Sie stolperte weiter rückwärts, vorbei an dem schrecklichen in Lorbeer geflochtenen Wesen, bis sie wieder gegen einen Tisch stieß. Eines der Glasgefäße darauf schwappte beinahe über. Es roch scharf nach Alkohol.

»Niklas ...«, flüsterte sie mit weitaufgerissenen Augen. »Niklas, o mein Gott, Niklas ...«

Niklas drehte sich langsam nach ihr um. Er war von oben bis unten mit Blut bespritzt und wischte sich mit dem Handrücken etwas davon aus den Augen. Er lächelte Hanna an und betrachtete dann die Skulptur.

»Ist sie nicht wunderschön?«, fragte er. Niklas warf einen Blick auf das aufgeschlagene Fotoalbum. Klappte es zu, schob es zur Seite und fasste dann nach dem Transformator. »Onkel Justin«, sagte er träge, »war ein Genie, weißt du? Ein unglaublicher Mann. Aber auch etwas verrückt wie so viele Genies.« Niklas schien der letzte Satz zu amüsieren. »Er hat sich wahnsinnig intensiv mit Petrarca befasst und sich mit dessen Gedanken sehr identifiziert. Leider starb Tante Lorraine so früh, wegen der er ja nach Frankreich gezogen war. Habe ich dir eigentlich je von ihr erzählt?«

Hanna bibberte am ganzen Körper. Sie saß hier in der Falle. Wie eine in die Ecke gedrängte Ratte. Sie musste hier raus. Hilfe holen. Die Polizei. Irgendetwas finden, womit sie sich zur Wehr setzen konnte.

»Ja, aber nur, dass es sie gab«, erwiderte sie leise und griff hinter sich – in der Hoffnung, dort einen harten oder scharfen Gegenstand zu ertasten.

»Lorraine hatte wunderschöne rote Haare. Man erkennt es auf dem Schwarzweißbild oben in Justins Arbeitszimmer leider nicht sehr gut – das alte Hochzeitsbild, du weißt«, sagte Niklas selbstvergessen und drehte langsam an dem Trafo.

Ein weiteres Mal traf Hanna das Entsetzen, als die zu einer Figur verklebten Körperteile an dem Baum begannen, sich zu bewegen. Langsam. Sich rhythmisch windend wie in einer beginnenden Ekstase.

»Er hat einen Weg gefunden«, flüsterte Niklas, »seine Lorraine wieder zum Leben zu erwecken. Seine Laura. Seine Daphne. Seine Göttin. Die perfekte Frau. Und ich habe ihm dabei geholfen, weißt du?«

Tränen strömten unkontrolliert aus Hannas Augen. Sie wimmerte. Ihre Fingerkuppen stießen an etwas Eckiges. Kleines. Befühlten es. Ihr Bein zuckte. Der Fuß stieß gegen die Ascheschale. Verbrannte Lorbeerblätter darin. Räucherwerk, wie die griechischen Priesterinnen es benutzt hatten. Das Bewusstseinsstörungen und Trance auslöste. Niklas musste es immer und immer wieder inhaliert haben.

»Denn ich«, fuhr Niklas fort, »ich muss sein Werk vollenden.«

Wieder drehte er am Trafo. Die Körperteile im Lorbeerbaum wanden sich stärker. Tote, nass glänzende weiße Schlangen. Körperteile, die in den Aquarien aufbewahrt worden waren. Körperteile, die wahrscheinlich den verschwundenen rothaarigen Frauen gehört hatten. Frauen, die von Justin und Niklas ermordet worden waren, dachte Hanna und hatte für einen kurzen Moment das Gefühl, ohnmächtig zu werden. Sie biss sich auf die Zunge, um wach zu bleiben.

Niklas sagte: »Justin hatte sich dieses Mädchen mit den wunderschönen Füßen geholt, weißt du. Aber er war alt und hat sich total damit übernommen. Sein Herz war schwach, und er hat viel zu viel von dem Lorbeer genommen. Wir haben oft telefoniert.« Niklas grinste Hanna an. »Hast du nicht mitbekommen.« Er gluckste. »Ich war nicht immer auf Baustellen, weißt du. Ich habe manchmal ein bisschen gelogen. Vielleicht hast du sogar gedacht, ich hätte eine Affäre. Aber das musst du mir glauben: Das hatte ich nie. Es gab für mich immer nur die eine. Nur dich, Hanna. Du bist meine Auserwählte, und keine andere sonst.« Er sah Hanna mit einem Blick an, der ihr Mark und Bein gefrieren ließ. Dann seufzte er traurig. »Ich habe viel nachgedacht, wie es mit Justin passiert sein könnte, und ich bin mir sicher: Mit dem Mädchen hat sich Justin zu viel zugemutet. Ich habe ihm gesagt: Lass mich das mit den Füßen machen. Aber er war ein Sturkopf. Als er sich die Füße geholt hat, muss er einen Herzinfarkt bekommen haben. Oder Kammerflimmern oder wie man das nennt. Er hat es dann noch bis nach Hause geschafft. Aber dann, als er sich ausruhen wollte …« Niklas seufzte.

Hanna nahm hinter dem Rücken den Gegenstand zwischen die Finger. Er war schlank. Schmal. Aus Kunststoff. Sie spürte eine Taste und etwas wie Schrauben. Kleine Rädchen. Schließlich wusste sie, was sie in der Hand hielt.

»Niklas«, flüsterte sie mit brechender Stimme. »Niklas, bitte lass uns hier rausgehen und draußen weiterreden, okay?«

Niklas schüttelte mit dem Kopf. »Nein«, sagte er, »das geht doch nicht, weil …« Er machte eine Geste auf die sich windende Skulptur und betrachtete sie. Die vertrockneten Blätter des Lorbeerbaumes raschelten leise. »Weil … Ich meine, du siehst es doch. Es ist nicht fertig. Der Kopf fehlt.« Niklas Blick senkte sich. Ruhte auf Hanna. Niklas sagte: »Als wir uns kennenlernten, habe ich Justin ein Bild von dir geschickt. Er hat gesagt, du siehst aus wie Lorraine früher, weißt du. Er hat gesagt, ich soll dich festhalten und nie wieder loslassen, und das habe ich getan. Aber, ich muss nun das Werk vollenden, und du und Lorraine – ihr werdet ewig leben. Ihr werdet Göttinnen sein.«

Und damit setzte sich Niklas langsam in Bewegung. Mit einer Daumenbewegung schob er die Cutterklinge raus und rein.

»Nein, bitte …« Hanna presste die Lippen aufeinander. »Bitte, Niklas, nicht …« Sie schüttelte den Kopf hin und her. Sie ließ sich in die Hocke sinken, um ihn auf den Knien um ihr Leben anzuflehen. Ihre freie Hand griff nach einem Papier, das auf dem Boden lag, zerknüllte es.

»Ich will dir nicht weh tun«, sagte Niklas sanft und schüttelte nun ebenfalls den Kopf. »Lass es einfach geschehen.«

»Du willst mir den Kopf abschneiden …« Als sie das sagte, hatte Hanna wiederum das Gefühl, gleich ohnmächtig zu werden. Sie biss sich erneut auf die Zunge. Hielt das Papier hoch wie ein Messer, um Niklas zu bedrohen.

»Nein«, sagte er und umrundete den Tisch. »Ich schneide deine Pulsadern auf. Du wirst einschlafen, Hanna. In meinen Armen. Erst dann nehme ich die Axt und …«

Hanna sprang auf. Ihre Stimme überschlug sich, als sie kreischte: »Du wirst gar nichts tun!«

Im nächsten Moment bewegte sie ihre andere Hand nach vorne. Die mit dem Feuerzeug. Sie zündete das Papier an. Hielt es wie eine Fackel. Niklas machte einen großen Schritt nach vorn. Hanna griff nach einem der kleinen Glasgefäße. Fasste an den Rand und schleuderte es mit aller Kraft durch den Raum. Die Flüssigkeit spritzte durch die Luft, Glas zersprang am Stamm des Lorbeerbaums, das Gefäß zerplatzte wie eine Wasserbombe.

»Nein!«

Niklas brüllte. Schlug mit dem Cutter blindwütig in Hannas Richtung. Sie wich aus und warf das brennende Papier an den Lorbeerbaum, der im nächsten Moment in einer Stichflamme regelrecht explodierte und sofort lichterloh brannte. Und mit ihm die vom Alkohol nassen, zappelnden Körperteile, was Justins und Niklas' grauenhafte Skulptur der

Daphne nun vollends aussehen ließ wie ein Wesen aus der Hölle. Bestialischer Gestank erfüllte die Luft.

Niklas stockte und gab entsetzte Laute von sich. Er suchte nach etwas, um das Feuer zu löschen. Hanna nutzte den Moment und rannte los. Sie hastete aus dem Raum. Ein Schrei löste sich von ihren Lippen, als sie im Raum nebenan durch eine riesige Blutlache laufen musste und mit einem großen Schritt über Jeremys darin liegenden Leichnam stieg. Sie kletterte die Treppe hinauf. Verlor beinahe den Halt, fing sich dann aber wieder. Rannte durch den ersten oberen Raum. Sprintete durch den zweiten und riss die Tür auf. Stolperte nach draußen, wo das Gewitter mit unverminderter Heftigkeit tobte. Blitze zuckten um sie herum. Der Donner krachte. Hanna stürzte in den Kies. Rappelte sich wieder auf. Lief weiter. Raus aus dem Park.

57

ALBIN HATTE DAS FENSTER einen Spalt weit geöffnet und blies Zigarettenqualm nach draußen. Der Regen prasselte unaufhörlich nieder, aber zum Glück nicht durchs offene Fenster. Blitze erhellten die Nacht.

Albin blickte erneut durch das Nachtsichtgerät und sah genau das, was er vorher auch schon gesehen hatte: nichts. Er war immer noch hin und her gerissen und überlegte nach wie vor, was er nun tun sollte. Ob er überhaupt etwas tun sollte.

Was erwartete er denn – die ganze Familie Streuben wäre anwesend, und wenn tatsächlich irgendetwas geschähe, dann wären sie in der Lage, zu telefonieren und Hilfe zu rufen. Aber: Was sollte denn geschehen? Und: Was eigentlich glaubte er, dass Jeremy in dem Müllsack mit sich herumtrug? Anouks Hände? Den Kopf eines neuen, noch unbekannten Opfers? Wozu, um Himmels willen, sollte Jeremy das Zeug zum Château bringen, wenn er der Killer war? Außerdem: Wenn Jeremy nun wieder herauskäme und zum Auto lief – was sollte Albin dann erklären? Aus welchem Grund parkte er dann hier mit ausgeschalteten Scheinwerfern und blockierte die Brücke?

Nein, dachte Albin, er hatte nicht die richtige Entscheidung getroffen, Jeremy bis hierher zu folgen. Es wäre besser, von hier zu verschwinden – solange der Fluss und die überflutete

Brücke es noch zuließen. Also legte er das Nachtsichtgerät zurück auf den Beifahrersitz. Er zog ein weiteres Mal intensiv an der Zigarette, schnippte sie aus dem Fenster und beugte sich vor, um das Fenster wieder zu schließen, den Motor anzulassen und hier abzuhauen. Morgen würde er dann mit Jeremy reden. Das hätte er von Anfang an so planen sollen.

58

»HILFE«, keuchte Hanna im Laufen. »Hilfe.«

Aber natürlich war nirgends Hilfe zu erwarten. Sie musste fliehen. Entkommen. Wohin auch immer. Hilfe holen. Ihr fiel das Handy ein, das im Foyer vor dem Spiegel lag. Aber welche Nummer hatte der Notruf in Frankreich? Unter dem Handy hatte der Flyer von der Polizei gelegen. Und die Visitenkarte. Die Karte des Polizisten Albin Leclerc. Das Handy holen, dachte Hanna. Das Handy und diese Karte. Dann weg von hier. Egal, wohin. Denn jederzeit konnte Niklas hinter ihr auftauchen.

»Hilfe«, schrie sie unwillkürlich im Laufen gegen den Sturm an. »Hilfe!«

Dann erreichte sie die Haustür. Sie stürzte hinein. Rutschte auf den glatten Fliesen fast aus. Fing sich wieder halbwegs und griff nach dem Telefon auf der Ablage. Erwischte das Handy nur mit den Fingerspitzen. Verfolgte, wie es von der Ablage fiel und auf die Kacheln krachte. Das Display zersplitterte. Die Verschalung sprang ab und der Akku flog raus.

»Scheiße«, zischte Hanna, rutschte auf den Knien herum und versuchte, das Handy wieder zusammenzubauen.

Eine Stimme mischte sich unter den Donner. Der Sturm wehte sie zur Tür herein.

»Hanna!«

Es war Niklas. Er kam.

»Hanna!«

Der Akku glitschte ihr aus den zitternden Fingern. Hanna versuchte erneut, ihn einzusetzen. Und begann zu beten. *Vater unser, der du bist im Himmel …*

59

ALBIN NAHM DEN FINGER VON DER TASTE, die das Seitenfenster hochsurren ließ. War da eine Stimme? Er horchte genau hin. Ja, da war eine Stimme. Ein Hilfeschrei. Danach wurde ein Name gerufen. Eine weibliche, danach eine männliche Stimme. Der Name war Hanna. Nicht gut.

Ein Blitz zuckte am Himmel. Es war, als schlüge er in Albins Nervenbahnen ein. Er wandte sich zur Seite, fasste nach rechts. Griff in den Beutel und nahm die Waffe daraus hervor. Nahm auch das Handy. Steckte es in die Brusttasche seines Hemdes. Öffnete die Tür und sprang aus dem Wagen, wobei er vergaß, die Zündung auszustellen.

Es war, als ob er sich unter die Dusche stellte. Der Regen durchnässte Albin innerhalb von Sekunden bis auf die Haut. Mit der Waffe in der Rechten rannte er los und nahm sie dabei in beide Hände, den Lauf nach unten gerichtet und die Fingerspitze auf der im Abzug eingebauten Sicherungstaste. Albin passierte das Tor mit den Löwen, hastete geduckt über den mit Kies bedeckten Hof, der sich in eine mit Wasser bedeckte Fläche verwandelt hatte. Er versuchte, sich zu orientieren. Und zischte einen Fluch hervor, als er am anderen Ende hinter dem Brunnen einen Lichtschein wahrnahm. Er sah genauer hin, wich einige Meter nach links aus, um den Sichtwinkel zu verbessern.

Der Lichtschein stammte von Flammen. Die Flammen

schlugen gegen eines der Fenster des Anbaus wie ein lebendiges Wesen, das sich die Freiheit erkämpfen wollte. Er hörte ein gedämpftes Krachen und Scheppern. Aber es kam nicht aus Richtung des Anbaus. Es kam aus dem Haupthaus.

60

HANNA HOCKTE AUF DEM BODEN, wimmernd und zitternd. Endlich saß der Akku im Gehäuse. Sie musste fort von hier, raus, sofort, und das Handy mitnehmen. Es unterwegs irgendwo einschalten. Hilfe holen. Nur weg. Niklas entkommen, der jeden Moment hier sein würde.

Sie sprang auf, glitschte dabei fast auf den nassen Fliesen aus und fing sich im letzten Moment. Machte zwei große Schritte zur Haustür, die hinter ihr ins Schloss gefallen war. Fasste an den Griff – und starrte im selben Moment durch die Glasscheibe in das Gesicht von Niklas. Einen Augenblick später warf er sich mit der Schulter von außen gegen die Tür. Sie sprang nach innen auf, schlug Hanna mit der Kante vor die Stirn und traf sie an der Brust.

Die Wucht schleuderte Hanna zurück auf den Flur. Sie stolperte, rutschte aus und krachte schließlich mit dem Rücken gegen etwas Hartes, das scheppernd und krachend mit ihr zu Boden ging. Das Blech und das Eisen der Ritterrüstung stürzten über Hanna zusammen. In ihrem Kopf hämmerte es. Blut rann ihr aus einer Platzwunde über das Gesicht.

Sie trat um sich, kickte die Rüstungsteile fort – und sah im Licht eines Blitzes den Umriss von Niklas in der nun wieder offenen Tür. Er bewegte sich auf sie zu. Er hielt etwas in der Hand. Eine Axt. Er wich den über den Boden schlitternden Beinschienen der Rüstung aus und stand schließlich vor Hanna.

Im Halbdunkel erkannte sie, dass seine Unterarme und die linke Gesichtshälfte verbrannt und mit Blasen überzogen waren. Er tropfte vom Regen und schwang die Axt wie ein Baseballspieler, der unruhig mit seinem Schläger Maß nahm, bevor der Pitcher warf.

»Du verdammte blöde Schlampe«, zischte er. »Was hast du da angerichtet, du arme Irre?«

Hanna keuchte. Versuchte, weiter nach hinten zu kriechen. Aber da war bereits die Wand. Sie bekam etwas zu fassen und wusste instinktiv, was es war. Das Schwert, das zu der Rüstung gehörte. Sie packte es mit beiden Händen. Riss es hoch und zielte mit der Spitze auf Niklas.

Niklas lachte leise und sagte: »Das ist doch nur zur Dekoration, du dumme Gans.«

»Geh weg!« Hanna kreischte. Ihre Stimme überschlug sich. »Geh weg von mir!«

Aber Niklas tat nichts dergleichen. Vielmehr holte er mit der Axt weit aus, wie um sie über den Kopf hinweg nach unten zu schwingen.

Dann krachte es zweimal laut. Der Spiegel an der Wand zerbarst und regnete in Scherben hinab. Das Bild der Laura de Noves über Hanna explodierte. Niklas gefror in der Bewegung. Die Axt fiel ihm aus der Hand. Hanna sah, wie seine Augen aus den Höhlen quollen. Er öffnete den Mund, wie um etwas zu sagen. Aber es kam nur ein Schwall Blut hervor. Dann flackerten Niklas' Augen. Er stürzte nach vorne, in Hannas Richtung. Das Schwert, das sie immer noch in den Händen hielt, bohrte sich mit einem widerlichen Knirschen durch Niklas' Brustkorb.

Hanna begann zu schreien und wild um sich zu treten. Sie versuchte, Niklas' Körper von sich zu schieben und gleichzeitig darunter wegzukriechen. Schließlich zerrte irgendetwas an Niklas, und sie kam frei. Sie kroch auf allen vieren über den Boden durch die Scherben. Bekam mit einer Hand den Sockel des Treppengeländers zu fassen und zog sich daran hoch. Schließlich erkannte sie die Umrisse eines Mannes, der Niklas an den Fußgelenken von ihr gezogen hatte.

»Sind Sie verletzt?«, hörte sie eine Stimme. Sie schüttelte mit dem Kopf.

»Nein, ja, nein ... Ich weiß nicht.«

Hanna keuchte. Strich mit den Händen an sich herab. Alles war warm und klebrig, voller Blut. In ihren Handflächen steckten kleine Scherben. Der Mann saß in der Hocke und richtete sich wieder auf. Im nächsten Moment schoss ein greller Lichtblitz durch den Raum, als die Deckenbeleuchtung ansprang. Hanna blinzelte, ruckte zurück, wie um dem Licht auszuweichen. Dann erkannte sie den Mann, konnte ihn im ersten Moment aber nicht zuordnen. Er hielt eine Waffe in der Rechten, ein Handy in der Linken und telefonierte mit irgendwem. Er steckte das Handy und die Pistole weg. In die Hosentaschen. Und schließlich wusste Hanna, wer der Mann war.

»Sie?«

»Ja«, sagte Albin Leclerc. Der Polizist. Der alte Mann mit dem Mops.

Einen Moment später wich alle Kraft aus Hanna. Alles Adrenalin, das sie in den letzten Minuten auf den Beinen und am Leben gehalten hatte, war aufgebraucht. Ihr wurde schwindelig und schlecht. Weiße Punkte tanzten vor den Augen. Sie spürte nur noch, dass sich kräftige Arme um sie legten, um sie zu halten. Dann spürte sie gar nichts mehr.

61

DIE KUGEL FLOG wie ein Tropfen aus Quecksilber durch die Luft. Sie zirkulierte um ihre horizontale und die vertikale Achse. Wie in einem nach außen gewölbten Fisheye-Objektiv reflektierte die obere Hälfte den klaren, wolkenlosen Himmel als ein Panorama, das von Gebirgszügen und roten Hausdächern eingefasst wurde. Die untere konvexe Hälfte spiegelte die Häuser des Ortes, den sandfarbenen Bouleplatz, parkende Autos und Menschen, die bunten Stecknadelköpfen glichen. Einer davon überragte alle anderen. Ein weißer Stecknadelknopf. Oder genauer: ein Mann, dessen Haar der Farbe der Asche an der Zigarettenspitze ähnelte, die er gerade zur Seite schnippte. Neben ihm, kaum sichtbar in der Reflektion, hockte ein kleines Etwas, das auf den Namen Tyson hörte.

Albin führte die Zigarette wieder zum Mund und sog daran, bis sie orangerot aufglühte. Er inhalierte den Rauch der Gitanes und dachte an die Flammen im Anbau des Château Ledrome.

Der Regen hatte den Brand gelöscht, noch bevor die Feuerwehr eingetroffen war. Und bevor sie kam, hatte der Sturm bereits an Intensität nachgelassen. Er verschwand im Laufe der Nacht und wich am anderen Morgen einem strahlend blauen Himmel, unter dem das Grauen wirkte wie ein Krebsgeschwür an der Wange der Mona Lisa.

Hanna Streuben hatte nur leichte Verletzungen davongetragen. Schnittwunden. Die Verletzungen in ihrer Seele hingegen … Niemand konnte sich vorstellen, wie tief sie sein mussten. Noch in der Nacht hatten sich Notärzte zum Château vorgekämpft und sich um die Frau gekümmert. Inzwischen war sie in einem Hotel untergebracht. Bei ihrer Tochter und ihrem Bruder namens Henry. Er war Psychotherapeut und Hanna Streuben damit in den besten Händen. Man musste kein Hellseher sein, um zu erahnen, dass sie das Anwesen ziemlich sicher verlassen und verkaufen würde. Falls irgendjemand es noch kaufen mochte, nach dem, was dort vorgefallen war. Im Château des Schreckens.

Nachdem der Anbau einigermaßen abgekühlt war, waren dort die sterblichen Überreste von Jeremy, dem Maler, gefunden worden. Jedenfalls musste es sich nach den Angaben von Hanna Streuben um seine Leiche handeln, und eine spätere Obduktion müsste das bestätigen. Was ihn anging, hatte sich Albin vertan. Er war kein Killer. Er war ein Opfer.

Mit den Notärzten und der Feuerwehr waren auch Castel und Dodo eingetroffen, später natürlich Theroux, Bonnieux und jede Menge andere Offizielle. Die Rechtsmedizin. Berthe. Theroux war gegen Mittag mit einem kleinen Team der Spurensicherung zu Jeremys Haus gefahren und hatte später erzählt, dass die Gemälde von Frauen in seinem Atelier nach seiner Meinung allesamt die gleiche zeigten: Jeremys Exfrau. Vielleicht würden sich im Zuge der Ermittlungen neue Erkenntnisse über deren vermeintlichen Unfalltod ergeben. Vielleicht auch nicht. Wahrscheinlich nicht, dachte Albin, und wahrscheinlich war Jeremy einfach nur ein Kerl gewesen, den die Liebe zu einer Frau zu einem Besessenen gemacht hatte. Jemanden, der diese Obsession in seiner Malerei auslebte.

Die Besessenheit hatte Justin Streuben und seinen Neffen Niklas hingegen in den Wahnsinn getrieben. Albin war sich sicher, dass die beiden vorher schon eine Schraube locker gehabt haben mussten und damit gewissermaßen die Türen offen standen, um den Irrsinn hereinzulassen. Hanna Streuben hatte unter Tränen unfassbare Dinge berichtet – die sich im Wesentlichen mit dem deckten, was im Kellergewölbe des Anbaus vorgefunden wurde. Verbrannte Körperteile, und ohne Frage würden die rechtsmedizinischen Untersuchungen ergeben, dass sie zu den vermissten und ermordeten Rothaarigen gehörten.

Stück für Stück, Wort für Wort und Fund für Fund hatte sich das Puzzle für Albin zu einem Bild gefügt. Und das sah nach seiner Meinung wie folgt aus: Aus Kummer und gestützt auf seine Forschungsarbeiten hatte sich Justin Streuben in eine absurde Phantasiewelt begeben, mit der er auch seinen mental labilen Neffen infiltriert hatte, und zwar von Kindesbeinen an. Streuben hatte sich dabei mit Biodrogen zugedröhnt, und in seiner Schreibtischschublade hatten sie noch ganz andere psychoaktive Wirkstoffe in Pillenform gefunden, mit denen Streuben offenbar nach Bewusstseinserweiterung gesucht hatte.

Irgendwann hatte er die Entscheidung gefasst, dass er die Arbeit von irgendwelchen griechischen Geheimbünden fortsetzen und die Nymphe Daphne – Sinnbild seiner vergötterten, aber mausetoten Frau – zum Leben erwecken müsse. Dann hatte er begonnen, die Frauen zu töten. Eine nach der anderen, um aus den nach seiner Einschätzung am meisten ansprechenden Körperteilen eine neue Frau zusammenzusetzen. Inwieweit ihm sein Neffe Niklas dabei geholfen hatte, war noch zu klären. Es deutete sich jedoch an, dass Niklas in jedem Fall für den jüngsten Mord an Anouk verantwortlich war. Der an einem Herzleiden erkrankte Justin Streuben hatte sich zunächst mit dem Mord an Nicole Langlois körperlich übernommen und hatte ihre Leiche daher offen liegen lassen. Er war anschließend an einem Herzschlag gestorben, und zusammengenommen hatte das bei Albin den Eindruck hinterlassen, der Killer habe seinen Modus geändert. Hatte er ja auch, aber eher unfreiwillig. Niklas Streuben erbte das Château und übernahm damit ein noch ganz anderes Erbe seines Onkels – und hatte sich in der Pflicht gesehen, dessen Werk zu vollenden. Niklas musste in Roussillon gewesen sein, vielleicht, um Farben für den Anstrich des Anbaus zu kaufen, wobei ihm die Straßensängerin Anouk aufgefallen war. Der Mord an ihr hatte nach Albins Meinung wiederum eine andere Handschrift gehabt als alle bisherigen Fälle. Dieses Mal die Handschrift des eher ungeübten Niklas Streuben. Seine Vorgehensweise warf zwar Zweifel darüber auf, ob er bereits vorher am Verschwinden der anderen Frauen beteiligt gewesen war. Andererseits hatte nach den Worten von Hanna Streuben ihr Mann bereits in der Vergangenheit einen psychischen Zusammenbruch erlitten und gesagt, er habe seinem Onkel geholfen. Die weiteren Ermittlungen würden in den kommenden Wochen sicherlich mehr Klarheit in dieser Hinsicht bringen.

Wie auch in die Zusammenhänge zwischen der ganzen Geschichte mit der Nymphe Daphne. Laura de Noves, den rothaarigen Opfern und Niklas Streubens Wahl von Hanna als Ehefrau: ihre roten Haare, ihr ganzes Aussehen, dass Niklas sie köpfen wollte … Dieses Wissen musste für die arme Frau einfach unerträglich sein. Das Wissen, vermutlich von Anfang an als Krönung einer bizarren Göttinnen-Skulptur aus Leichenteilen vorgesehen gewesen zu sein. Hanna Streubens Aussagen darüber hatten allen das Entsetzen ins Gesicht gemeißelt. Die pure Fassungslosigkeit, und es würde Wochen und Monate dauernd, bis alle Ermittlungen abgeschlossen wären und die Polizei auch die restlichen Leichen gefunden hätte.

Gefunden hatten sie bereits etwas im Kofferraum von Justin Streubens Wagen: verkrustete schwarze Müllsäcke, Kabelbinder und eine Axt mit Blutspuren. Hanna hatte gesagt, dass Niklas die ganze Zeit den Wagen allein genutzt hatte und sie das Mietfahrzeug. Deswegen war ihr nie etwas aufgefallen. Und Albin hätte sich in den Hintern treten können, dass er verschiedentlich am Täterfahrzeug vorbeimarschiert war. Na ja, andererseits hatte er ja sogar dem Täter selbst die Hand geschüttelt …

»Albin, du hattest den richtigen Riecher«, hatte Theroux irgendwann am Mittag gesagt. Sie sahen gerade dem Notarztwagen hinterher, der Hanna Streuben zum Hotel fuhr.

Albin zuckte nur mit den Achseln.

Selbst Bonnieux kam an. Wollte Albin auf die Schulter klopfen, schien sich dann aber an Albins unwirsche Reaktion vom letzten Mal zu erinnern und strich sich mit einer verlegenen Geste durch die Haare.

»Letztlich«, sagte Bonnieux, »bleibt mir nichts anderes übrig, als zu sagen: Danke, Leclerc. Sie waren zur richtigen Zeit zur richtigen Stelle und haben das Richtige getan.« Bonnieux wirkte für einen Augenblick so, als wolle er noch anfügen: *Dennoch billige ich Ihre Methoden nicht*, sagte aber nichts weiter. Berthe blieb kurz bei Albin stehen, während sie zwischen dem Anbau, dem Wagen der Rechtsmedizin und der Spurensicherung hin und her pendelte.

»Genau wie wir gedacht hatten, oder?«, fragte sie.

»Nur noch schlimmer«, sagte Albin.

»Sehr viel schlimmer.«

Schließlich war Albin ins Haus gegangen, hatte sich drinnen umgesehen und nachdenklich den Kamin im Wohnraum betrachtet. Kein Kamin, den man mit Holz befeuerte. Einer von den modernen. Ein Ethanolkamin.

»Sehr sicher sind die nicht«, vernahm er hinter sich eine Stimme.

Albin wandte sich um und sah in die stahlblauen Augen von Castel.

»Glückwunsch, Leclerc«, sagte sie. »Am Ende haben Sie Ihren Fall abgeschlossen.«

»Scheint so.«

»Wie fühlt es sich an?«

»Beschissen.«

»Das tut es immer, nicht?«

»Irgendwann«, sagte Albin, »gebe ich Ihnen ein Eis aus und Sie erzählen mir, was es mit Ihnen und Ihren Weisheiten auf sich hat, Castel.«

»Das ist schon die zweite Einladung auf ein Eis.«

»Sie versetzen mich ja dauernd.«

Castel lachte. »Bringen wir erst mal diesen ganzen Albtraum hinter uns.«

Der Albtraum dieser Nacht – die Provence selbst hatte ihn schadlos überstanden. Morgens war sie aufgewacht, hatte sich die Augen gerieben, sich wie benommen wachgeschüttelt und war langsam wieder zu sich gekommen. Die Sonne hatte den ganzen Tag über geglüht wie eh und je, die Straßen getrocknet, das Wasser in den Pfützen verdampfen lassen. Die

Straßen waren von umgestürzten Bäumen geräumt worden, das Laub und die Äste weggefegt. Die Flüsse waren wieder abgeschwollen. Am frühen Abend schien es beinahe, als sei nie etwas passiert.

Was natürlich nicht stimmte. Jeder wusste, was geschehen war. Genau aus dem Grund war sich Albin unsicher, ob am Abend das Pétanque-Turnier stattfinden würde oder ob sie es wegen der Ereignisse abgesagt hatten. Ob der Platz überhaupt bespielbar war und all das. Sein Handy war im Eimer – Kurzschluss, war gestern einfach zu nass geworden, und damit war es endlich an der Zeit für ein neues. Wahrscheinlich eines von diesen Smartphones, andere bekam man ja nirgends mehr. Also konnte er Lehmann nicht anrufen und fragen, was nun mit dem Spiel war. Vielleicht wäre er sowieso nicht drangegangen, weil Theroux und Konsorten ihn in die Mangel genommen hatten. Nach dem Abstecher zu Jeremys Wohnung waren sie mit einer kleinen Spurensicherungscrew auch bei Lehmann vorbeigefahren, um sich nach den Ethanolkanistern umzusehen und Lehmann zu befragen. Danach waren sie zurückgekommen, und Theroux hatte Albin eine kurze Zusammenfassung gegeben. Nun, es wäre kein Wunder, wenn Lehmann wegen der Scherereien sauer wäre und keine Lust mehr auf Boule hatte. Vielleicht würde er es Albin auch persönlich übelnehmen, dass er ihm Theroux und Co. auf den Hals gehetzt hatte.

Wie auch immer, war Albin nichts anderes übriggeblieben, als einfach davon auszugehen, dass wie geplant geboult werden würde. Er hatte deswegen vorhin seine Sachen gepackt und war rüber zu Matteo gegangen, um dort festzustellen, dass das Turnier wie geplant stattfand. Alle anderen standen schon herum, unterhielten sich aufgeregt und schwiegen schlagartig, als Albin auf der Bildfläche erschien. Sie nickten ihm nur stumm zu. Die Leute aus Mazan. Die Zuschauer. Nicht einmal Matteo sagte ein Wort. Auch Lehmann nicht. Er machte wortlos zwei Schritte auf Albin zu. Nickte zum Gruß.

Lehmann sah übernächtigt aus. Ernst. Wie um Jahre gealtert. Er musste einen Haufen Ärger befürchten und sich Vorwürfe ohne Ende machen, dachte Albin. Er hatte Justin Streuben in den letzten Jahren immer wieder die Ethanolvorräte für den Kamin aufgefüllt und ihm ein paar weitere Kanister vorbeigebracht, als Streuben gemeint hatte, dass ein Professoren-Kollege von ihm nun ebenfalls einen solchen Kamin besitze und über Justin billiger an das Ethanol gelangen könne. »Kein Problem«, hatte Lehmann gesagt und geliefert – und sich nie irgendwelche Gedanken gemacht. Am allerwenigsten darüber, dass Justin Streuben mit dem Ethanol das anstellen könnte, was er damit schlussendlich angestellt hatte. Dazu fehlte es jemandem wie Lehmann allein schon an der Phantasie. Ehrlich gesagt: Jedem würde es dazu wohl an der Vorstellungskraft mangeln. Theroux hatte jedenfalls den Nachmittag über Lehmanns Lager nach allen Regeln der Kunst auseinandergenommen und ihm mit ziemlicher Sicherheit ein schlechtes Gewissen gemacht. Nach dem Motto: »Aha, die gleichen Kanister wie im Château, das gleiche Zeug, in dem der Irre und sein Neffe ihre Spielsachen eingeweckt haben – von Ihnen haben die das also, Lehmann, wussten Sie das? Das war Ihr Sprit.« Logischerweise traf Lehmann nicht der Funke einer Schuld. Nicht einmal den Kerl im Baumarkt, der irgendwann Justin Streuben eine langstielige Axt verkauft hatte. Äxte waren zum Schlagen von Holz gedacht. Nicht zum Abtrennen von Körperteilen. Ethanol war zum Befeuern von Ethanolkaminen. Es war nicht dazu gemacht, Körperteile von Mordopfern darin einzulegen und zu konservieren.

Wie Lehmann nun vor Albin stand, schien er auf irgendetwas zu warten. Nicht sicher zu sein, wie er reagieren soll. Albin musterte Lehmann noch einen Moment lang. Dann sagte er: »Marie hat mir gesagt, ich soll meine Kugeln mit Alkohol polieren, damit der Rost abgeht.«

Lehmann nickte. Blickte auf die Kugeln. Sah wieder auf. Er öffnete den Mund, um etwas zu sagen, schloss ihn aber wieder. Albin reagierte mit einem schwachen Achselzucken.

»Was soll's«, sagte Lehmann. »Spielen wir Pétanque.«

»Spielen wir Pétanque«, wiederholte Albin und fragte zur Sicherheit: »Du willst mich wirklich aufstellen?«

Lehmann nickte.

»Nicht nur in der Reserve, sondern im Team?«

»Sicher«, sagte Lehmann.

»Das kann ins Auge gehen. Es ist wirklich lange her, Lehmann.«

»Man wächst mit seinen Aufgaben, und wie ich das sehe, gehst du einer Herausforderung nicht aus dem Weg, sondern trittst an.«

»Mazan ist verdammt gut.«

»Ja«, erwiderte Lehmann zäh. »Aber du bist Albin Leclerc.«

Albin hatte geschmunzelt und noch etwas zum Abwiegeln erwidern wollen, es dann aber einfach dabei belassen und gemeint: »Du bist der Chef.«

Dann gingen sie rüber zum Platz. Albin spürte Matteos Hand auf der Schulter. Er schaute ebenfalls so, als ob er nicht wusste, was er sagen sollte. Ob er sagen sollte *Super gemacht, Champ*, oder *Meine Güte, ist das alles schrecklich* oder *Ich hatte unrecht, sorry, war wohl doch kein Kaffer.* Vermutlich wollte er alles gleichzeitig sagen, was ihm zu viel auf einmal war, und fragte stattdessen: »Dreifacher Pastis für dich? Auf Kosten des Hauses?«

Albin erwiderte: »Ist bei dir der Wohlstand ausgebrochen?«

»Nein, sind nur ein paar Reste aus den Flaschen, die wegmüssen.«

»Dann sage ich nicht Nein.«

Matteo grinste, nickte und klopfte Albin nochmals auf die Schulter, bevor er verschwand. Kurz darauf schwirrte er mit einem Tablett wieder herbei.

Und nun stand Albin da, das Glas in der freien Hand, und verfolgte den Flug der Kugel, die dieser Installateur Crouchaud aus Mazan geworfen hatte. Das in der Sonne glitzernde Ding erreichte den Scheitelpunkt der Flugkurve, senkte sich ab und näherte sich dem Boden an. Sie kam mit einem dumpfen Knirschen auf dem Sandplatz auf, rollte noch ein wenig, kickte dabei zwei Kugeln des Lehmann-Teams zur Seite und platzierte sich näher als alle anderen am Ziel.

Albin dachte an die Kugeln, die er letzte Nacht in seinem Ziel platziert hatte. In Niklas Streuben. Er hatte ihn zweimal in den Rücken geschossen. Aus nächster Nähe – und dabei ziemliches Glück gehabt, dass Hanna Streuben nicht getroffen worden war, denn die Projektile waren durch Streubens Körper wie durch Butter geglitten. Hatten ihn gefällt, worauf er in das Schwert gestürzt war, das seine Frau noch in den Händen hielt. Scheußliche Sache, aber nicht zu ändern. Als Albin an die Haustür herangetreten war, hatte Niklas Streuben gerade mit der Axt zum Schlag ausgeholt. Es war keine Zeit da, ein Für und Wider abzuwägen. Vielleicht erst auf die Beine zu schießen oder einen Warnruf abzusetzen. Beides hätte nur damit geendet, dass Hanna Streuben nun tot wäre. Da musste sich niemand etwas vormachen. Albin hatte einfach die Waffe hochgerissen und zweimal abgedrückt. Fertig. Ein Mörder hatte seinen Preis gezahlt. Und dennoch auch ein Ehemann und Familienvater. Ein Mensch.

Ein Mensch und ein wahnsinniger Mörder, der Jahre, wenn nicht Jahrzehnte eine Art Zweitexistenz geführt haben musste. Der, wenn er seine Frau liebevoll ansah, wahrscheinlich völlig andere Gedanken gehabt hatte, als sie annahm. Ganz und gar fremdartige. Hanna Streuben musste mit diesem Wissen weiterleben, dachte Albin. Das war eine völlig andere Hausnummer, als in dem Bewusstsein zu leben, dass man einem Killer in den Rücken geschossen und damit einen weiteren Mord verhindert hatte. Was Hanna Streuben bevorstand, war etwas ganz und gar Unvorstellbares. Ein real gewordener Horrorfilm, der niemals enden würde.

So hatte Véronique es treffend bezeichnet. Sie war mit wehenden Fahnen zum Château gelaufen, nachdem sie im Ort gehört hatte, was vorgefallen war. Sie hatte ohnehin nicht lange darüber nachdenken müssen, dass Albin wahrscheinlich in die Sache verwickelt wäre.

»Ogottogottogott«, hatte sie wie ein Mantra wiederholt, als sie ihn an der Polizeiabsperrung in den Armen hielt. »Du bist nicht zurückgekommen«, erklärte sie. »Ich habe mir Gedanken gemacht. Als ich es nicht mehr aushielt, habe ich dich angerufen. Aber es gab keine Verbindung. Ich fürchtete, du hättest einen Unfall. Dann habe ich gegen Mitternacht bei der Polizei angerufen. Und dann nochmals. Und nochmals. Niemand sagte mir etwas, Albin, gar keiner. Dann rief mich eine Frau namens Castel zurück …«

Castel, dachte Albin. *Sie wird mir bald zum Schatten.*

»… und sie sagte mir, dass alles in Ordnung sei und ich mir keine Sorgen machen müsse …«

Er hielt Véronique weiter in den Armen. Drückte sie an sich. Fühlte sie. Roch sie. Spürte ihr Herz nah an seinem pochen. Er vernahm etwas wie Sicherheit. Verlässlichkeit. Etwas, das lange nicht mehr da gewesen war und von dem er überhaupt nicht gewusst hatte, dass er es vermisst hatte. Sehr.

»… aber natürlich habe ich das dennoch getan, denn sie hat mir nicht gesagt, in was du verwickelt bist. Ich habe kein Auge zugetan, und als ich heute Morgen mit Tyson vor die Tür ging, da hörte ich es dann.«

»Er ist mit dir vor die Tür gegangen?«

»Na, sicher.«

»Einfach so?«

»Albin, also bitte – er ist ein Hund. Hunde müssen Gassi gehen.«

Der Hund geht schon mit ihr Gassi, dachte Albin.

Er sagte: »Danke für alles, Véronique.«

»Du musst mir für gar nichts danken«, erwiderte sie und presste ihr Gesicht in seine Halsbeuge.

Später hatte er Véronique ein weiteres Mal gedankt. Sie hatte sein Kugelset auf Hochglanz poliert. Kein Staub Rost mehr. Dafür hatte sie ein halbes Paket ihrer Wattepads zum Nagellackentfernen geopfert und dann noch dreimal draufgespuckt und *Toi toi toi* gewünscht, bevor sie die Kugeln zurück in den Beutel gesteckt hatte.

Jetzt stand sie im Halbschatten. Etwas abseits. Sah zu ihm herüber und hielt beide Daumen nach oben, als Albin die Kugeln unruhig durch die Hände gleiten ließ.

Tja, dachte er. Alles ist eine Frage der Kugel. Ob du gewinnst oder verlierst. Ob du lebst oder stirbst wie Niklas Streuben – im Ernstfall entscheidet es eine Kugel. Darum dreht sich alles, und letztlich leben wir auf einer Kugel, die mitsamt unzähligen anderen Kugeln als Planeten, Sonnen oder Monde in einem Affenzahn durch die Gegend flitzen, irgendeinem Ziel entgegen. Genau wie beim Pétanque. Große Kugeln sausten durch die Luft. Sie krachten aufeinander, schoben sich gegenseitig fort und rollten außer Kontrolle durch die Gegend. Alles, dachte Albin erneut, war nur eine Frage der Kugel. Im Weltraum, im Leben, beim Boule.

Manche machten beim Pétanque eine wahre Wissenschaft daraus. Welche nimmst du? Leicht oder schwer? Hart oder mittelhart? Wie groß ist deine Hand und wie groß die Kugel? Dazu kommt die Frage, was du bist. Ein Pointeur, der die Kugeln legt und wohl platziert? Bist du ein reiner Schießer, ein Tireur? Bevorzugst du ein Demi-Portée als halbhohen Wurf? Stehst du auf den Devant-Schuss, der kurz vor der Gegnerkugel aufschlägt und sie dann wegschiebt, wenn du gut bist? Oder bist du einer von der harten Sorte? Einer, für den nur der Eisenschuss in Frage kommt? Der sich sagt: Ganz oder gar nicht – entweder, ich erwische den Gegner mit voller Breitseite, oder ich versemmel ihn?

Nun, Albin war für keine halben Sachen. Und er war kein Wissenschaftler. Deswegen machte er keine großen Anstalten, als Lehmann ihm nun leicht zunickte und damit die Bahn freigab. Albin stellte sein Glas auf den Boden. Er ging zu dem in den Sand gezogenen Strich. Er kümmerte sich einen Scheiß um alles, was in diesem Moment um ihn herum geschah, und richtete seinen Blick auf das Malheur einige Meter vor ihm. Denn es sah verdammt gut aus für Mazan und Crouchauds

Team und verdammt schlecht für Lehmanns Truppe. Und damit auch schlecht für Albin in seinem ersten Pétanque-Spiel seit vielen Jahren.

Albin klemmte sich die Zigarette zwischen die Zähne und wischte mit der Hand über die Kugel. Natürlich bestand in dieser Situation die Möglichkeit eines Carreau mit Konter, überlegte er – er konnte die Kugeln des eigenen Teams herausschießen. Superriskant und bei einem ungeübten Spieler wie ihm sogar enorm wahrscheinlich. Zudem einem Spieler, der mit einem Beutel irgendwelcher alter Billigkugeln angekommen war und nicht mit dem Profizeug wie Burschen aus Mazan. Und wenn schon. Denn es war, wie es war: Alles war eine Frage der Kugel, und Albin kannte seine. Wusste, wie sie flogen und rollten und mochte, wie sie in seiner viel zu großen Hand lagen. Er wusste, dass sie funktionieren würden. Genau wie die Pistole funktioniert hatte.

Also stellte er sich mit den Schuhspitzen an die Linie. Ging leicht in die Knie. Kniff das linke Auge gegen den Qualm der zwischen den Lippen klemmenden Gitanes zusammen und zielte mit dem rechten Auge. Er holte aus. Ging in einer Bewegung leicht in die Knie. Er bewegte den Arm mit Schwung nach vorn und streckte sich dabei in die Höhe.

Die Kugel verließ seine Hand und sauste durch die Luft. Rotierte um beide Achsen, denn Albin hatte sie mit leichtem Linksschnitt und einem Topspin versehen. Sie stürzte wie ein Artilleriegeschoss punktgenau nach unten und erwischte Crouchauts Kugel mit einem lauten metallischen Klacken halb an der linken Seite und schoss sie an den Rand. Und blieb einfach fett und bräsig auf der Stelle liegen. Kein Grashalm hätte mehr zwischen Albins Kugel und das Schweinchen gepasst. Damit war die Sache klar und entschieden. Ein

Hammerwurf. Lehmann und die anderen johlten. Die Burschen aus Mazan knirschten mit den Zähnen. Matteo applaudierte. Véronique hüpfte grinsend und klatschend auf der Stelle. Tyson bellte.

Albin nahm die Zigarette wieder zwischen die Finger und tat noch einen tiefen Zug. Er blies einen Schwall Rauch in den Himmel und sah ihm hinterher. Eine Partie war entschieden. Nicht mehr und nicht weniger. Aber verflucht, dachte Albin und lächelte in Richtung Tyson.

»Verflucht nochmal«, sagte Tyson ein bisschen stolz, *»zieht euch alle warm an: Albin Leclerc ist wieder im Spiel.«*

Und es geht weiter
mit der spannenden Serie von

PIERRE LAGRANGE

LESEPROBE

aus dem zweiten Fall
für Albin Leclerc

PROLOG

SECHZEHN LEERE METALLHÜLSEN standen auf dem wurmstichigen Holztisch. Akkurat aufgereiht wie kleine Soldaten, die darauf warteten, in den Krieg geschickt zu werden. Auf der Tischplatte befanden sich außerdem einige Verpackungen mit dunklem und hellem Pulver für die Treibladungen. Zudem eine Schachtel mit Zündplättchen. Parallel zu den messingfarbenen, glänzenden Hülsen waren sechzehn spitze Geschosse aufgereiht. Sechzehn weitere kleine Soldaten, die ihrem Ziel entgegenfliegen und verheerenden Schaden anrichten würden. Zuvor mussten sie fest in die Hülsen gedrückt werden, nachdem die spezielle Pulvermischung hineingefüllt worden war. Am anderen Ende des Messingröhrchens brachte man die Zündplättchen an, auf die der Schlagbolzen traf und die dafür sorgten, dass das Pulver explodierte, wodurch die Geschosse auf eine Geschwindigkeit von rund sechshundert Metern in der Sekunde beschleunigt wurden. Nötig waren für die Herstellung einige spezielle Geräte, die auf der anderen Seite des Tisches bereits auf ihren Einsatz warteten, zum Beispiel die dort angeschraubte Wiederladepresse. Sie würde anschließend samt der anderen Werkzeuge und dem Rest Material spurlos auf dem Schrott verschwinden.

Es waren exakt sechzehn Geschosse und Hülsen, weil jeweils acht Patronen in ein Magazin passten, und mehr als zwei Magazine würde der Mann nicht brauchen, der jetzt summend zum Radio ging und es lauter stellte. Es war ein altes Gerät – einer jener Kästen, die vor Jahrzehnten in den Wohnzimmern standen und dort dekorativ auszusehen hatten. Es verfügte über große Tasten und Intarsienarbeiten aus Holz. Der Klang ließ nach all der Zeit nichts zu wünschen übrig. Warm und satt tönte die Stimme von Charles Trenet durch den Raum, der vom Meer sang, »La Mer«, und von nichts anderem. Davon, wie es in der Sonne glitzerte und wie es bei Regen aussah. Ein Lied, das so rein war und beschwingt wie die Urlaubserinnerung an heiße Sommertage an der Küste.

Der Mann goss sich ein Glas Rotwein ein, nahm es hoch, schwenkte es und betrachtete die leicht ölige Flüssigkeit im Licht der Glühbirne. Das Lied war, dachte der Mann, so rein wie die Farbe des Blutes. Schließlich leerte er das Glas in einem Zug und machte sich an die Arbeit.

1

DIE KRÄHE SCHRECKTE AUF, als es mehrmals krachte. Mit kräftigen Flügelschlägen schraubte sie sich vom Haupt der Madonna hinauf in den tiefblauen Himmel über der Provence. Es knallte wieder und wieder. Die Krähe krächzte, flatterte höher und höher in die klare Morgenluft. Der Mont Ventoux mit seinem grauen Gipfel war zu sehen. Einige weitentfernte Ortschaften und, mehrere hundert Meter tiefer, der hellgrüne See inmitten des viel dunkleren Grüns der Wälder. Seine Oberfläche glitzerte wie eine Glasscherbe in der Sonne.

Die Krähe drehte einige Runden. Sie spähte panisch nach links und rechts, nach oben und nach unten. Sie kannte dieses dumpfe, satte Geräusch und wusste, dass damit Gefahr verbunden sein konnte. Manchmal, wenn es im Frühjahr oder Herbst derart knallte, fielen einige ihrer Artgenossen einfach vom Baum, aus dem Himmel und blieben auf den Feldern liegen.

Nach einigen Minuten nahm die Krähe an, dass wohl alles wieder sicher war. Sie reduzierte Geschwindigkeit und Höhe. Die dunkelgrüne Fläche unter ihr lichtete sich. Die Wipfel der Pinien rückten näher. Zwischen den Bäumen kamen graue und ockerfarbene Felsen, steinige Wege und eine nicht asphaltierte Straße zum Vorschein. Die Krähe segelte im Wind, stellte dann ihre Flügel steil und flatterte gegen den Auftrieb an, um abzubremsen. Sie flog über das von der Sonne verblasste Dach der kleinen Bergkapelle. Es war ein einfacher Zweckbau – weder besonders groß, noch besonders klein. Der Stirnseite mit dem Eingang war eine Art Überdachung vorgelagert, damit Wanderer bei Unwettern Unterschlupf finden konnten. Die Wände bestanden aus schlichten Bruchsteinen, die grob verputzt worden waren. An einer Seite befand sich eine Sonnenuhr.

Die Krähe spreizte die Krallen. Sie glitt über die gebrannten Dachziegel hinweg, vorbei an dem kleinen Glockenturm der Kapelle, und landete schließlich zielsicher dort, wo sie eben schon gehockt hatte: auf dem Haupt der fast lebensgroßen Marienstatue. Die Figur stand zwischen einigen streng in die Höhe ragenden Zypressen vor der Kapelle auf einem gemauerten Sockel, der von einem gusseisernen Gitter umgeben war, damit niemand nah genug herankam, um die Mutter Gottes zu berühren.

Eine Weile ließ sich die Krähe die heiße Sonne auf die schwarzen Federn scheinen und wartete ab, ob sich nicht doch noch etwas regen würde, vor dem sie erneut flüchten müsste. Aber alles blieb ruhig. Einige Zikaden zirpten. Eine Eidechse flitzte über die bröckeligen Felsen und begutachtete den roten Bach, der die Steine nass glänzen ließ.

Die Krähe blinzelte und ruckte mit dem Kopf herum. In ihren schwarzen Augen spiegelten sich ein recht großes Fahrzeug sowie ein eher kleines mit nur zwei Rädern. Das große hielt im Schatten nahe der Kapelle. Das kleine lag auf der unbefestigten Straße, die an dem Gebäude entlangführte. Das Tier zuckte und blinzelte erneut. Es nahm einen sehr vertrauten Duft wahr. Wieder ruckte der Kopf herum. Hoch und runter. Die Krallen machten tickernde Geräusche auf dem

LESEPROBE

Stein. Die Krähe spreizte die Flügel, flatterte aufgeregt und legte sie wieder an. Sie reckte den Hals, gab ein Krächzen von sich und schien sich nicht entscheiden zu können, ob sie ihren sicheren Standort verlassen sollte. Doch die Gier war stärker, und das Risiko schien überschaubar zu sein.

Mit wenigen Flügelschlägen glitt die Krähe hinab und landete auf dem steinigen Boden im Schatten einer der Zypressen. Die Eidechse machte sich sofort aus dem Staub, aber an ihr schien der Vogel ohnehin nicht interessiert zu sein. Er betrachtete stattdessen den roten Bach, der träge und in zahlreichen Mäandern vor sich hinfloss. Es war nicht der einzige. Es war vielmehr ein wirres Geflecht aus Bächen, manche breiter, andere schmaler, das die hellen Steine rot einfärbte. Das war Blut. Die Krähe hatte keinen Zweifel. Ihre Witterung hatte sie noch nie getäuscht. Außerdem lag ein weiterer Geruch in der Luft: der Geruch nach Tod.

Das Tier drehte sich um die eigene Achse. Es balancierte über die Felsen, machte einige Hüpfbewegungen und fand sich schließlich auf der Brust eines Mannes wieder. Er war weder jung noch alt, die Haare leicht ergraut, und er lag auf dem Rücken. Seine muskulösen Beine wirkten wie verknotet. Die Arme waren zu den Seiten ausgestreckt. Er trug eine seltsame Schale auf dem Kopf und bunte, enganliegende Kleidung. In der Brust befanden sich ein Loch und ein dunkelroter Fleck. Das galt auch für die Stirn des Mannes. Der Hinterkopf war nur noch rudimentär vorhanden und lag in einer blutigen, matschigen Masse, die an Substanzen erinnerte, die die Krähe manchmal am Straßenrand fand.

Ihr Kopf ruckte nach rechts. Vor dem großen Fahrzeug lagen zwei weitere Menschen am Boden, ein Mann und eine Frau, auf dem Bauch. Ihre Kleidung hatte sich mit Blut vollgesogen und klebte auf dem Rücken zwischen den Schulterblättern fest. Ihre Köpfe sahen aus, als seien sie explodiert.

Die Krähe blickte daran vorbei. In einiger Entfernung nahm sie in der flirrenden Hitze über der Straße einen dunklen Punkt wahr, der sich entweder entfernte oder näher kam. So genau war das nicht zu erkennen. Der Geruch des Mannes, auf dessen Brust sie hockte, war außerdem viel interessanter und lenkte sie ab. Sie pickte einmal in die Brust, dann ein weiteres Mal. Als sie sich sicher war, dass nichts geschehen würde, hopste sie voran und kletterte auf das Kinn des Mannes. Der Mund stand offen. Ihre Krallen griffen um die Unterlippe und die untere Zahnreihe. Die Augen des Mannes starrten in den Himmel. Eines war blutrot unterlaufen. Es sah wirklich verlockend aus, fand die Krähe.

Und machte sich ans Werk.

2

ES GAB EIN LEISES KNACKEN, dem ein schlürfendes Geräusch folgte. Schließlich knackte es erneut, schlabberte und matschte. Für einen Moment stoppte Tyson mit dem Fressen und Trinken und starrte abwechselnd Albin und Matteo an, die zurückstarrten. Dann machte er sich wieder über den Futternapf und die Schale mit dem Wasser her.

Albin saß an einem Metalltisch im Schatten der Platane vor dem Café du Midi, dessen Fassade verwittert und dessen Fensterscheiben stumpf waren. Die von der Sonne verblichene Markise mochte früher einmal rot gewesen sein. Darunter führten ausgetretene Stufen hinauf zu einer Bar Tabac, in der es auch kleine Snacks und Kaffee gab. Einer stand gerade vor Albin, schwarz und stark in einer dickwandigen Tasse. Der Aschenbecher, in dem Albins Gitanes glimmte, war knallgelb und mit einer Werbung von Ricard bedruckt. An der gegenüberliegenden Straßenseite hielten zwei Lieferwagen. Ein Postauto und der Transporter eines Paketdienstes rauschten heran und stoppten neben der Boulebahn, die sich an das Café anschloss. Ein geschäftiger Morgen in einem kleinen Ort.

Matteo lehnte mit einem Wischtuch in der Hand an Albins Tisch und fuhr sich mit der anderen Hand über die Halbglatze. Sein Hemd, das von einem gewaltigen Bauch ausgefüllt wurde, war fleckig, die Hose ebenfalls, und Matteos

Doppelkinn war von grauen Bartstoppeln übersäht. Er war nicht sehr groß. Aber neben Albin wirkten die meisten Menschen eher klein. Albin war ein normannischer Schrank mit zerknautschem Gesicht und fast weißem Haar und wirkte selbst im Sitzen noch riesig.

Tyson fraß und trank weiter vor sich hin.

Matteo sagte: »Dein Hund hat die gleichen Tischmanieren wie du.«

»Immerhin hat er welche.«

»Wie kann man nur einen Mops besitzen?« Matteo betrachtete das Tier. »Ich kann mir nicht helfen, aber ich muss ständig an einen vernünftigen Hund denken, der zu heiß gewaschen wurde und dem jemand ins Gesicht getreten hat.«

Albin beugte sich schweigend nach vorn und nahm die Zigarette auf, um dran zu ziehen. Nun, er hatte sich das nicht ausgesucht mit dem Mops. Die Kollegen von der Polizei hatten ihm Tyson zum Ruhestand geschenkt. Damit Albin etwas zu tun hatte und ihnen nicht auf den Geist ging. Da hatten sie sich ziemlich vertan. Anfangs hatte Albin keinen Schimmer gehabt, was er mit dem Hund anfangen sollte. Inzwischen vertrat er die Auffassung eines deutschen Komikers, der gesagt hatte, dass ein Leben ohne Mops möglich, aber nicht erstrebenswert sei. Oder so ähnlich. Manchmal, auf langen Spaziergängen, unterhielt er sich sogar mit Tyson. Also: Nicht wirklich, nur in Gedanken. Immerhin besser, als vor die Wand zu starren und mit der Tapete zu reden.

Albin entließ einen Schwall Rauch in die Luft. Er legte die Gitanes zurück in den Aschenbecher, nahm die Kaffeetasse und trank einen Schluck. Der verdammt beste Kaffee, der südlich des Ventoux zu bekommen war. Nördlich davon war Albin ohnehin nicht sehr oft.

Er sagte: »Ohne das Spülmittel würde dein Kaffee nach nichts schmecken.«

Matteo schnalzte mit der Zunge. Er blickte auf, als die Kirchturmuhr schlug. Zehn Uhr an einem ganz normalen Morgen in der Provence. »Na ja«, entgegnete er und verscheuchte mit dem Wischtuch eine Fliege, »die Geschmäcker sind eben verschieden.«

»Stimmt«, erwiderte Albin und setzte die Tasse ab. »Hat dein Vater sicher ebenfalls gesagt, als er dich zum ersten Mal sah. Er hat dich doch mal gesehen?«

»Keine Witze über meinen Vater.«

»Keine Witze über meinen Hund.«

»Tyson *ist* ein Witz. Allein der Name.«

»Macht dein Vater immer noch Zwangsarbeit auf Guayana, oder wohnt er inzwischen wieder unter dieser Brücke?«

Matteo lachte und runzelte die Stirn. Er warf Albin einen Blick zu. Albin warf ihm ebenfalls einen zu und fragte sich, wie lange sie sich eigentlich schon kannten, Matteo und er. Jedenfalls, dachte Albin, konnte er sich nicht mehr an die Zeit erinnern, in der er Matteo nicht gekannt hatte.

Albin griff erneut nach der Zigarette und lehnte sich im Stuhl zurück, der unter seinem Gewicht ächzte. Er betrachtete die Straße und die Autos und vermisste darunter eine ganz bestimmte Art von Fahrzeug.

Er sagte: »Sie sind spät heute Morgen. Irgendwas gehört?«

»Keine Ahnung«, erwiderte Matteo und stopfte sich das Wischtuch in die Hintertasche der ausgeleierten Hose.

»Sie sind sonst immer pünktlich. Kurz vor zehn ist ihre Zeit.«

»Meine Güte, sie werden schon noch kommen. Sie kommen immer.«

Albin stieß Rauch durch die Nase aus. Jeden Morgen kamen die Kollegen von der Polizei hier vorbei, die gerade auf Streife unterwegs waren. Sie legten am Café du Midi eine kleine Frühstückspause ein, tranken einen Kaffee und boten Albin damit eine ausgezeichnete Gelegenheit, sich zu erkundigen, ob und was gerade so lief. Er war Jahrzehnte lang Ermittler bei der Kriminalpolizei in Carpentras gewesen und konnte sich einfach nicht damit abfinden, auf einmal zum alten Eisen zu gehören und von jedem Informationsfluss abgeschnitten zu sein. In den Ruhestand geschickt zu werden hatte sich für Albin angefühlt, als ob man ihm von Gesetzes wegen die Halsschlagader zudrückte, um die Blutzufuhr zum Gehirn zu unterbinden. Menschen verfügten einfach nicht über An- oder Ausschalter. Vor allem nicht Menschen wie Albin, die Zeit ihres Lebens hundertfünfzig Prozent gegeben hatten und mit fünfundsechzig Jahren immer noch über die Hälfte der jungen Kollegen in die Tasche stecken konnten.

Als er erneut an der Gitanes zog, kamen sie schließlich doch. Ein Streifenwagen fuhr vor und hielt mit knirschenden Reifen in einer Parkbucht am Café.

»Na also«, meinte Matteo.

Er lehnte sich vor, blinzelte und versuchte augenscheinlich zu erkennen, welche Besatzung heute unterwegs war. Schließlich gab er ein »Ah« von sich und setzte sich in Bewegung, um das herbeizuschaffen, was die betreffenden Kollegen für gewöhnlich bestellten. So weit Albin wusste, wäre in jedem Fall ein schwarzer Kaffee ohne Milch und Zucker dabei. Denn so trank Cathérine Castel, die gerade auf der Fahrerseite ausstieg, ihn am liebsten. Was Dodo meistens trank, der bereits auf dem Bürgersteig stand und die Beifahrertür zuwarf, hatte sich Albin nicht gemerkt – was auch für Dodos richtigen Namen galt. Jeder kannte ihn nur unter diesem Spitznamen.

Dodo war recht lang und schmal. Castel eher klein und drahtig. Ihre Haut war tiefbraun. Sie trug eine Pilotensonnenbrille mit grünen Gläsern und die schwarzen Haare sehr kurz geschnitten. Sie erkannte Albin und ging gemächlich auf ihn zu, ohne ihren Gesichtsausdruck auch nur einen Deut zu verändern. Diesen Ausdruck, der einem sagte: Leg dich bloß nicht mit mir an! Wobei sie für Albin gelegentlich eine Ausnahme machte. Castel war früher ebenfalls bei der Kripo gewesen, allerdings in Marseille, und aus irgendwelchen Gründen, die Albin noch herausfinden würde, in einer Uniform und im Streifenwagen in der Provence gelandet.

Castel tippte sich mit den Fingern grüßend gegen die Stirn, wobei die Innenseite ihres Handgelenks einen tätowierten arabischen Schriftzug offenbarte.

»Leclerc«, sagte sie. »Guten Morgen. Die Spinne wartet schon in ihrem Netz, hm?«

Albin lachte leise. Castel stemmte die Hände in die Hüften und verzog die Lippen zu einem amüsierten Lächeln. Dann ging sie in die Hocke, um Tyson zu begrüßen, der bereits mit fiependen Geräuschen und Schwanzwedeln auf sich aufmerksam machte.

»So ein guter Hund«, sagte Castel und kraulte Tyson zwischen den Ohren. »So ein feiner Hund mit so einem blöden Namen.«

»Ich habe den Namen nicht ausgesucht«, sagte Albin.

»Ich weiß«, erwiderte Castel.

»Ihr seid spät dran«, sagte Albin.

»Sind wir das?«

Tyson gab brummende und knurrende Töne von sich,

während er sich auf den Rücken rollte, um sich von Castels kurzgeschnittenen Fingernägeln den Bauch bearbeiten zu lassen.

»Seid ihr«, sagte Albin. »Aufgehalten worden? Oder ist irgendwo etwas los?«

Castel schwieg, lächelte und hatte nur Augen für den Hund.

»Also ist etwas passiert«, resümierte Albin, der Castels Schweigen als Zustimmung wertete. »Wo und was?«

»Darüber darf ich nicht reden, und das wissen Sie ganz genau, Leclerc.«

»Also ist es schlimm. Wie schlimm?«

Castel linste über den Rand der Sonnenbrille nach oben zu Albin, der den Blick interpretierte, nickte und fragte: »Wie viele Tote?«

Castel seufzte und stand wieder auf. Tyson wurschtelte sich zurück auf die Beine und schüttelte kleine Kieselsteinchen ab, die in seinem Fell hängen geblieben waren.

Castel fragte: »Sie geben nicht auf, oder?«

»Niemals.«

»Warum machen Sie sich nicht einen schönen Tag am Meer oder unternehmen eine Spazierfahrt?«

»Spazierfahrt?«, fragte Albin.

»Caromb soll dieser Tage sehenswert sein. Es heißt, die Leute liegen dort gerne in der Sonne herum.«

Albin verstand. Ein paar Tote in der Gegend von Caromb, das war los. Wo genau, würde er vor Ort sehen – Caromb war nicht sonderlich groß. Dort gab es einen kleinen Stausee, den Lac du Paty, ein beliebtes Ausflugsziel.

»Danke, Castel«, sagte Albin.

»Wofür?«, fragte sie unschuldig zurück.

»Dafür. Sie haben sich ein Eis verdient.«

Castel lachte hell auf. »Inzwischen dürften das schon zehn Eis sein, oder?«

»Na, na«, sagte Albin, drückte die Zigarette aus und fischte im Aufstehen den Autoschlüssel aus der Hosentasche, »nun werden Sie mal nicht unverschämt.«

3

DER LAC DU PATY war ein kleiner Stausee oberhalb von Caromb. Die Gemeinde hatte vor ein paar hundert Jahren beschlossen, den Fluss Brégoux aufzustauen, woraufhin ein Mathematikprofessor aus Avignon eine Mauer konstruiert hatte, die zwischen 1762 und 1764 erbaut wurde. Das Wasserreservoir sorgte dafür, dass unten in Caromb Wein, Oliven, Obst und Feigen angebaut werden konnten. Insbesondere auf die Feigen bildete man sich etwas ein, vor allem auf die Sorte Noire de Caromb, um deren Produktion sich die der Bruderschaft *Confrérie de la Figue Longue Noire de Caromb* angeschlossenen Bauern kümmerten. Solche Bruderschaften gab es für alles Mögliche, auch für den Wein. Caromb lag im Anbaugebiet Ventoux.

Zum See gelangte man, wenn man von der Avenue Charles de Gaulle in den Chemin du Paty abbog, wo sich ein kleines Hinweisschild auf den See befand und sich die engen Serpentinen zwischen dichtbewachsenen Felsen hinaufschlängelten, bis man schließlich zu einem Parkplatz gelangte, wo sich ein kleines Restaurant befand. Eher ein erweiterter Imbiss. An einem Ufer des Sees gab es einen aufgeschütteten Sandstrand. Auf der anderen Seite lagen die Leute auf den Felsen oder auf Kies unter Pinien. Früher, erinnerte sich Albin, hatte man auch auf der Staumauer in der Sonne gebrutzelt. Das war aber heute verboten. Vor allen an den Wochenenden kamen viele Familien hierher, um sich im türkisfarbenen Wasser eine Abkühlung zu verschaffen. Es wurde gepicknickt und vielleicht der eine oder andere Fisch auf den Grill gelegt, den man im See oder am Fluss geangelt hatte.

Außerdem kamen reichlich Touristen her, denn der See hatte dafür gesorgt, dass Caromb sich nicht nur zu einem beliebten Naherholungsgebiet für die Einheimischen entwickelt hatte. Es urlaubten hier auch jede Menge Leute auf dem an der Avenue Charles de Gaulles gelegenen Campingplatz Le Bouquier. Kurz vor der Einfahrt zum Campingplatz führte ein schmaler Schotterweg hinauf auf den Höhenzug, der den See einfasste. Wenn man sich nicht auskannte, würde man die Zufahrt ohne Zweifel verpassen. Lediglich ein kleines Kreuz an einer Ecke deutete darauf hin, dass es hier zur Kapelle ging.

Albin kannte sich aus und setzte den Blinker nach rechts. Sein Geländewagen rumpelte über den schmalen Schotterpfad, der zunächst an Oliven- und Feigenbaumplantagen entlangführte und schließlich durch dichten Pinienwald. Er schaltete in den zweiten Gang, als der Weg steiler wurde, und kurvte durch die Serpentinen. Nach dem zehnten Schlagloch warf er einen Blick in den Rückspiegel, um zu überprüfen, ob mit Tyson alles klar war, der es sich auf der Ladefläche auf seiner Decke bequem gemacht hatte. Die Rücklehnen der hinteren Sitze blockierten jedoch die Sicht. Andererseits beklagte Tyson sich nicht, warum sich also Sorgen machen? Außerdem hatte er reichlich Platz in dem SUV, den Albin kurz nach der Pensionierung gekauft hatte, weil er nun Hundebesitzer war und dachte, ein Hundebesitzer benötige auch ein größeres Fahrzeug. Sicher, manche fanden es übertrieben: ein SUV für einen Mops. Albin scherte sich nicht drum. Sollten die Leute doch denken, was sie wollten.

Zudem war der Wagen praktisch wegen der vielen Einkäufe. Seit er mit Véronique zusammen war, die im Ort gegenüber Matteos Café einen Blumenladen führte, galt Albin als Stammkunde im Leclerc – dem Supermarkt mit demselben Namen wie er – und auf dem Wochenmarkt. Früher hatte er sich vor allem von Nahrung aus Dosen, der Tiefkühltruhe und seinen heißgeliebten Fertiggerichten für die Mikrowelle ernährt. Was Véronique, die ein wenig jünger war als Albin und sich für Anfang sechzig spektakulär gehalten hatte, nicht länger tolerierte. Ihr Ziel war, Albin das Kochen beizubringen. Weswegen auf dem Beifahrersitz ein Korb mit einer Einkaufsliste lag: Heute Abend sollte es mit Spinat gefülltes Brathuhn geben, und Albin musste dazu *Tomates à la provençale* beisteuern. Was ihn laut Véronique nicht überfordern würde: Man musste nur Tomaten halbieren, abtropfen lassen und an der Schnittfläche in Olivenöl anbraten. Dann gab man kleingehackte Petersilie und Knoblauch in die Pfanne sowie ein paar Löffel Semmelbrösel, füllte die Tomaten zusammen mit der Persillade in die Gratinform und ab mit dem Ganzen in den Ofen. Na ja, Ravioli aus der Dose waren einfacher zuzubereiten, aber diese Zeiten schienen endgültig vorbei zu sein.

Nach einigen Minuten erreichte er die oberhalb des Stausees gelegene Chapelle du Paty, die ein häufiger Zielpunkt für Wanderer, Radler und Mountainbiker in der Gegend war. Heute schien sie jedoch vor allem ein Zielpunkt für Polizei- und Notarztfahrzeuge, diverse private Dienstwagen sowie einen Kombi des Rechtsmedizinischen Institutes zu sein. Sie belagerten die Kapelle geradewegs, vor deren Stirnseite pfeilgerade Zypressen in den Himmel wuchsen, um deren Stämme rotweißgestreiftes Polizeiabsperrband gezogen war.

Im Schatten unter den Bäumen nahe der Kapelle sah Albin ein großes Wohnmobil und einige Kriminaltechniker in faserfreien Overalls, die damit beschäftigt waren, Koffer aus ihren Autos auszuladen.

Albin stoppte den SUV mit knirschenden Reifen und stellte den Motor aus. Er beobachtete, wie ein Mann auf den Wagen zukam und dabei eine hilflose Geste mit beiden Armen Richtung Himmel machte. Der Mann in heller Jeans, T-Shirt und Turnschuhen war ohne Zweifel Theroux, gut zu erkennen an seiner übergroßen Pilotenbrille, mit der er stets wie ein Pornostar aus den Siebzigern wirkte. Seinen Dienstausweis hatte er wie eine Kette um den Hals gehängt. Zwei Streifenpolizisten kamen mit ihm, und als Albin ausstieg, hörte er Theroux sagen: »Nein, lasst mal, das ist nur Leclerc, ich kümmere mich schon darum.« Worauf die Uniformierten nickten und sich wieder entfernten.

Albin ging um den Wagen herum, öffnete die Heckklappe und hob Tyson heraus. Dann schloss er die Klappe wieder und drehte sich um.

Theroux stand direkt vor ihm und sagte: »Albin, das kann doch wohl nicht wahr sein. Kannst du nicht irgendetwas Sinnvolles tun, statt uns dauernd auf die Nerven zu gehen? Fahr mit Tyson ans Meer, oder geh spazieren, oder …«

»Was ist passiert?«, fragte Albin. Er sah zur Kapelle hin und erkannte drei auf dem Boden liegende Körper, über die Tücher gebreitet worden waren. Er sah ein Mountainbike und außerdem jede Menge getrocknetes Blut auf den hellen Steinen.

Theroux erwiderte: »Du weißt, dass du hier nichts zu suchen hast! Ich muss dich bitten …«

»Ausgerechnet am Lac du Paty. Wo du hier dauernd mit

der Familie herkommst. Dann noch an der Kapelle. Den Leuten ist nichts mehr heilig.«

Theroux nickte.

»Also: Was ist passiert? Beziehungsdrama?«

Theroux trat von einem Bein aufs andere. Er blickte an Albin vorbei, seufzte schwer und starrte zu Boden. Dann sah er wieder auf und erklärte: »Drei Tote. Zwei Männer, eine Frau. Jeweils einen Schuss ins Herz und einen in den Kopf.«

»Scheiße«, sagte Albin.

Und Tyson sah aus, als nickte er.